"태양에 바래면 역사가 되고
월광에 물들면 신화가 된다."

산하 5
이병주

한길사

이병주전집 편집위원

권영민 문학평론가 · 서울대 교수
김상훈 시인 · 민족시가연구소 이사장
김윤식 문학평론가 · 서울대 명예교수
김인환 문학평론가 · 고려대 교수
김종회 문학평론가 · 경희대 교수
이광훈 경향신문 논설위원
이문열 소설가
임헌영 문학평론가 · 중앙대 교수

산하 5

지은이 · 이병주
펴낸이 · 김언호
펴낸곳 · (주)도서출판 한길사

등록 · 1976년 12월 24일 제74호
주소 · 10881 경기도 파주시 광인사길 37
www.hangilsa.co.kr
E-mail: hangilsa@hangilsa.co.kr
전화 · 031-955-2000~3   팩스 · 031-955-2005

출력 · 지에스테크 | 인쇄 · 현문인쇄 | 제본 · 자현제책

제1판 제1쇄 2006년 4월 20일
제1판 제2쇄 2018년 3월 10일

값 12,000원
ISBN 89-356-5935-5 04810
ISBN 89-356-5921-5 (세트)

잘못된 책은 구입하신 서점에서 바꿔드립니다.

이 도서의 국립중앙도서관 출판시도서목록(CIP)은 e-CIP 홈페이지
(http://www.nl.go.kr/cip.php)에서 이용하실 수 있습니다.
(CIP제어번호: CIP2006000764)

1권　1부 배신의 일월
　　　서장
　　　운명의 출발
　　　날마다 좋은 날

2권　역사의 고빗길
　　　굴절의 색채
　　　2부 얼룩진 승리
　　　허망한 도주

3권　허허실실
　　　악의 선풍 1
　　　악의 선풍 2

4권　명암의 고빗길
　　　3부 승자와 패자
　　　어설픈 막간 1
　　　어설픈 막간 2

산하 5권　별 하나 떨어지고 | 7
　　　　　운명의 고빗길 | 135
　　　　　권력의 회화 | 235

6권　4부 배신의 종언
　　　갈수록 산
　　　허상과 실상

7권　얼룩진 무지개
　　　모략의 덫
　　　종장

　　　행간에 묻힌 해방공간의 조명 • 이광훈
　　　작가연보

별 하나 떨어지고

1

역사는 바다와 마찬가지로 자정작용을 가진다. 터무니없는 우로에 빠져들기도 하면서 그러나 대강 그 궤도를 일탈하지 않는 것은 그러한 자정작용 때문이라고 할 수가 있다.

1945년 우리나라가 일제의 철쇄에서 벗어나자 거의 동시에 민족으로서 자정작용이 움직이기 시작했다. 그러나 좌우익의 대립은 이 국면에도 혼란을 가져왔다. 민족반역자를 처단하기는커녕 민족반역자까지도 포섭해서 자파의 세력을 키우려고 광분하게 된 것이다.

프랑스는 2차 세계대전 중 독일에 점령당한 기간이 2년 남짓하다. 이 동안 독일군에 협력한 프랑스인을 가려내어 처형한 숫자가 3만을 넘었다. 민족의 정화작용이란 슬로건을 붙인 이른바 협력파에 대한 숙청은 그야말로 가혹하기 짝이 없었다.

만일 우리나라가 프랑스식을 닮았더라면 과연 얼마나 많은 처형자를 내야 했을까? 통계내길 좋아하는 어느 친구의 말에 의하면 당시의 성인 인구 가운데 약 반 수에 해당하는 500만이 처형의 대상이 되었을 것이라고 한다. 하나 불행인지 다행인지 500만 명을 처형할 수 있는 추진력이 우리나라엔 없었다. 만일 그렇게 하려다간 나라는 수습할 수 없는 혼란에 빠져들 것이 뻔한 일이었다. 그런데 500만쯤을 처형하지 못할 바엔 아예 그런 숙청은 하지 않는 것이 낫다는 의견이 있었다. 소수만을 가려내게 되면 필연적으로 불공평이 생기게 마련이고, 그 불공평이 끝끝내 화근으로 작용하리란 것이다. 그러니 좌우익의 대립은 민족사의 자정작용을 흐리게 한 마이너스 면과 더불어, 자칫 잘못했다간 어떤 결과가 초래될지 모르는 위험을 미연에 피해버리게 한 플러스 면도 있었다는 의견이 있음직했다.

이승만은 누구보다도 이 점에 관해선 가장 현실적이었다고 할 수가 있다. 그러나 이승만인들 도도하게 팽배한 자정작용의 의지를 송두리째 무시할 수는 없었다.

1948년 8월 5일 국회 제40차 본회의에서 헌법 제101조의 규정에 의해 김웅진 의원 등이 '반민족 행위자를 처단하는 법률제정을 위한 특별 위원회의 구성에 관한 동의안'을 제기했다. 이 동의안은 재석 155명 중, 가 105, 부 6으로 가결되었다. 그리고 동의안을 체출한 김웅진이 동법의 기초위원장으로 지명되었다. 그리고 동 법률안은 8월 16일에 국회 본회의에 상정되어 9월 7일 통과되었고 9월 22일 정부는 이를 공포했다. 그 법률은 전문 3장 32조로 된 것이었는데 중요한 골자는 다음과 같다.

1. 일본 정부와 공모하여 한일합방에 적극 협력한 자, 한국의 주권을 침해하는 조약 또는 문서에 조인한 자 및 모의한 자.
2. 일본 정부로부터 작위를 받은 자 또는 일본 제국의회의 의원이었

던 자.
3. 일본 치하에서 독립운동가나 그 가족을 악의로 살해, 박해한 자 또는 지적한 자 등은 죄질에 따라서 각각 체형을 가하기로 하며,
4. ㄱ) 습작한 자.
   ㄴ) 중추원 부의장, 고문 또는 참의가 되었던 자.
   ㄷ) 칙임관 이상의 관리가 되었던 자.
   ㄹ) 밀정행위로 독립운동을 방해한 자.
   ㅁ) 독립을 방해할 목적으로 단체를 조직하였거나 단체의 간부로 활동한 자.
   ㅂ) 군, 경찰의 관리로서 악질적인 행위로 민족에게 해를 가한 자.
   ㅅ) 비행기·병기·탄약 등 군수공업을 책임, 경영한 자.
   ㅇ) 도, 부의 자문 또는 결의기관의 의원이었던 자.
   ㅈ) 일정에 아부하여 반민족적 죄적이 현저한 자.
   ㅊ) 관공리였던 자로서 그 직위를 악용하여 민족에게 해를 가한 악질적 죄적이 현저한 자.
   ㅋ) 일본 국민화를 추진할 목적으로 설립된 각 단체 본부의 수뇌, 간부로서 악질적인 지도적 행동을 한 자.
   ㅌ) 종교·사회·문화·경제 그 밖에 각 부분에 있어서 민족적인 정신과 신념을 배반하고 일본 침략주의와 그 시책을 수행하는 데 협력하기 위하여 악질적인 반민족적 언론 저작 및 기타 방법으로써 지도한 자.
   ㅍ) 개인으로서의 가장 악질적인 행위로 일제에 아부하여 민족에게 해를 가한 자 등.
이상은 죄질에 따라 체형 또는 일정기간의 공민권을 제한한다.

5. 일본 치하에서 고등관 3등 이상, 훈 5등 이상을 받은 관공리 또는 헌병보, 고등경찰의 직에 있었던 자의 공무원 취임권을 박탈한다.

이 밖에 해방 이후 전과를 뉘우치고 자진해서 건국에 이바지한 자, 즉 개전이 현저한 자는 형의 감면으로써 구제한다는 것과 국회에 특별조사위원회와 특별재판소를 두어 집행한다는 것 등을 규정하기도 했다.

이러한 과정에서 새 정부의 고위간부 가운데 친일파가 있다는 이유로 맹렬한 대 정부공격도 있었다. 1948년 8월 19일, 제44차 본회의장에서 행한 김인식 의원의 연설이 그 대표적인 것이다.

"새 국가를 건설하고 새 정부를 조직하는 데 있어서는 모름지기 친일파 색채가 없는 고결무오한 인사를 선택해서 국무위원을 비롯한 고위직을 임명해야 할 것임에도 불구하고 지금 나타나 있는 이 꼴은 도대체 무엇입니까? 황민화운동을 적극 추진한 자, 조선어폐지를 반대한 우리 애국지사를 일제에 밀고하여 감옥에서 신음케 한 자, 일본 군부에 물품을 헌납·아부하여 치부한 자, 문필로 일제에 협력했던 자, 이들이 지금 정부의 장차관 자리에 앉아 있단 말입니다. 이게 될 말이기나 합니까?"

심의과정에 있어서도 적잖은 파란이 있었다. 이 법률을 반대하는 분자들이 국회에 나타나 공공연하게 반대 전단을 뿌렸다. 그 가운덴

"반민행위 처단을 주장하는 놈은 공산당의 주구이다. 민의를 위반하는 의원은 자멸한다. 한국민은 지금 뭉쳐야 산다."는 등 과격한 내용의 것도 있었다. 뿐만 아니라 반공 구국궐기대회란 이름 아래 반민법을 반대하는 집회를 공공연하게 서울운동장에서 개최하기도 했다.

"반민법은 망민법亡民法이다. 망민법을 서두르고 있는 국회의원놈들

은 공산당에 나라를 팔아먹기 위해 광분하고 있는 놈들이다."

대동신문의 사장이란 이종형은 이 집회에서 이와 같이 떠들어댔다. 이종형은 만주에서 일본헌병의 앞잡이로 많은 독립운동자를 박해한 것으로서 악명이 높은, 그 자체 반민법의 대상인물이었다. 아닌 게 아니라 반민법을 추진하는 국회의원들의 양심을 의심할 수도 없었고, 동시에 그들의 그러한 노력이 공산당에게 이익을 주는 노릇이라고 못할 바도 아니었으니 사태는 미묘하기 짝이 없었다.

"생각해보면 제헌국회가 성립된 데는 이른바 반민족 행위자, 즉 친일파들의 노력에 힘입은 바가 컸죠. 빨갱이들과 정면에서 싸운 것도 그들이고, 대공투쟁에 자금을 댄 것도 그들이죠. 말하자면 그들이 애써서 제헌국회를 만들어주었더니 그 국회에서 자기들을 묶을 법률을 제정하려고 한 것 아뇨? 그러니까 자연 발악도 하게 된 거죠."
하고 당시의 사정을 잘 아는 어느 신문기자는 말했다. 하여간 일단 발족한 반민특위는 나름대로 맹활약을 하고 있었는데, 이승만의 찬물을 끼얹는 듯한 담화가 있었다.

"반민법의 시행에 있어선 특히 신중을 기해야 하겠습네다. 우리가 우리의 힘으로 싸워서 나라를 회복하였더라면 이완용, 송병준 등의 반역 원흉들을 모조리 처벌하고 공분을 씻어 민심을 안온케 했을 것인데 그렇지 못한 관계로, 또 국제정세로 인하여 지금까지 연기하여온 것입네다. 한 가지 중대히 생각할 것은 오늘 우리가 건국 초창기에 있어서 앞으로 건설할 사업에 더욱 노력해야 할 것이오, 지난 일에 구애되어 앞일에 장애를 만드느니보다 과거의 결점은 청소함으로써 국민의 정신을 쇄신하고 국가의 기강을 밝히기에 중점을 두어야 할 것이니, 입법부에서는 왕사往事에 대한 범죄자의 수효를 극히 감축하기에 힘쓸 것이오,

이 군정 3년 동안 우리의 정국이 심히 위험할 때 우리가 수차 언명한 것은, 누구나 왕사를 막론하고 국가에 공효를 세운 자는 장공속죄할 수 있다는 것이었고, 거기에 따라 안위를 얻고 건국에 많은 공효를 세운 사람이 있으니 이를 또한 생각하지 않을 수 없는 바이다……."

이어 2월 15일에는 정부 측에서 반민법의 중심골자가 되는 제15조와 특수기관의 조직에 관한 조항을 삭제 내지는 수정하여, 반민특위를 실질적으로 유명무실하게 만드는 결과를 가져올 수정안을 제기해왔다. 그 골자를 요약하면 다음과 같다.

1. 제5조에 규정된 일제 하 고등관 3등 이상, 훈 5등 이상 자에 대한 공무원 취임권 박탈 조항을 완화하여 그 대상을 악질적인 행위자에 한정하자는 것.
2. 특위는 집행기관으로서 행정부 산하 대검찰청 내에 두고 조사위원의 임명권을 대통령에게 부여하자는 것.
3. 재판관과 검찰관의 임명권을 대통령에게 주자는 것.

반민법의 시행을 호지부지하게 하려고 하는 이승만 대통령의 저의를 알아버린 국회가 이와 같은 정부 측의 개정안을 받아들일 까닭이 없었다. 국회는 맹렬한 반발을 보여 2월 24일 그 수정안을 폐기하고 말았다.

이에 앞서 1949년 1월 8일, 반 민족행위자 제1호로서 박흥식이 반민특위에 의해 체포되었다. 도하의 신문은 일제히 그 사실을 대서특필하고 사진을 곁들여 보도했다.

박은 총독부와의 야합으로 치부한 자로서 언제나 대중의 관심을 끌던 자이다. 전쟁 말기엔 비행기 회사까지 차려 일제의 전쟁목적에 협력했다. 반민법이 아무리 그 대상범위를 좁혀들어도 박만은 빠져나갈 수 없는 경력의 소유자이기도 하다. 그런데 특위가 박이 해외로 도피하려는 순간 바로 직전에 체포했다는 사정을 밝히자 장안은 후끈해졌다.

"도대체 외무부가 어떻게 해서 그에게 여권을 발급해주었단 말인가." 하는 의혹이 누구나의 가슴에도 고였던 것이다. 반민특위는 사전에 수차에 걸쳐 정부에게 박흥식의 여권을 발급하지 말라고 요청한 바 있었다. 그런데도 외무부는 박에게 미국 행 여권을 발급하고 있었던 것이다.

일본이 패망했다는 소식을 듣고 총력연맹의 이사장 한상룡은 너무나 큰 충격을 받고 졸도했는데, 박흥식은 "설마 돈으로 안 될 일이 있을라구." 하며 태연했다는 얘기가 있다. 말하자면 반민법 대상자 제1호이면서도 미국으로 갈 수 있는 여권을 받을 수 있었던 것은 그의 말대로 돈의 힘이었던 것이다. 비꼬아 말하면 일제의 총독부를 매수할 수 있었던 바로 그 돈이 대한민국도 매수할 수 있었다는 얘기가 된다. 박흥식의 법정에서의 진술엔 들어볼 만한 대목이 있다.

문 피고인은 정치나 민족 문제에 관한 역사적인 문헌을 조사해본 일이 있는가?
답 전혀 없습니다.
문 재산은 대략 얼마나 되는가?
답 3,000만 원 정도밖엔 없습니다.(조사 결과 1948년 9월 현재 조선식산은행 당좌예금 잔고는 3,507만 521원 10전이었다.)
문 인생 문제를 연구해본 일은?
답 없습니다.

문 민족 문제는?

답 있습니다. 일제 하에 일본인과 조선인 취급에 차이가 있어 비애를 느꼈습니다.

문 동척東拓에는 언제 주주가 되었나?

답 3, 4년 전 미나미南次郎 총독의 권유에 의해 들어갔는데 주권은 1,000주 가지고 있습니다.

문 동척의 성격은 알고 있는가?

답 설립 당시에는 식민지 착취기관으로 알고 있으나 제가 있을 때는 조선민족에 해 되는 기관은 아니었다고 생각합니다.

문 일본 침략의 특수정책기관이란 걸 피고인은 모르는가?

답 네, 알고 있습니다.

문 도죠 히데끼東條英機의 초청으로 일본에 간 일이 있는가?

답 있습니다.

문 피고인은 적도미영敵盜米英이란 말을 썼는데 그 당시에는 그래도 괜찮다고 생각했는가?

답 제가 그런 것을 압니까. 그저 그렇게 된 것이지요.

  …….

그런데 박흥식은 검거된 것도 제1호였지만 보석된 것도 제1호여서 다시 분분한 물의를 일으켰다.

반민혐의자 제12호로서 검거된 사람은 이종형이었다. 이미 언급한 바 있거니와 그는 권이란 가명으로 일본 관동군의 밀정 노릇을 한 사람이다. 해방 후엔 반공단장이란 감투를 쓰고 자기가 경영하는 대동신문에 공산당을 공격하는 악착같은 논진을 폈다. 그날도 38선에 나가 반공청년을 지휘하다가, 돌아오자마자 반민특위의 특경대에 의해 체포되었다.

서울 소격동 자택으로 특경대가 들이닥치자 "나는 처벌 받을 아무 죄도 없다. 이 법을 만든 네놈들을 오는 8·15 전까지 모조리 잡아 혼을 내주겠다."고 호통을 쳤다. 이종형은 특위의 신문을 받자 "나는 빨갱이를 잡은 죄밖에 없다."고 발악하기도 했다.

이어 1월 13일엔 중추원참의 방의석, 악명 높은 일제의 고등계형사 김태석 등이 검거되었고, 3·1운동 독립선언서에 서명한 33인 가운데의 하나인 최린, 창씨개명에 앞장선 이승우, 그 부친이 거부한 작위를 부친 별세 후에 받은 이풍한, 전 매일신보 사장이었던 이성근, 자작 이기용 · 박중양 · 이원보 등이 속속 검거되었다.

2월 7일, 서울 우이동에 있는 육당 최남선의 집에 특경대가 들이닥쳤다. 특경대는 "출판사에서 왔다."고 했다. 의심쩍은 눈초리를 하면서도 아들은 특경대원을 서재로 안내했다. 최남선은 그들이 특경대원임을 눈치채고 있었다.

"먼 데를 일부러 오시느라고 수고했소."

마침 쓰고 있던 원고에 붓을 놓으며 최남선이 한 말이었다. 최남선은 특경대원들에게 차까지 대접하고 태연자약하게 옷을 갈아입고 특경대원이 몰고온 지프차에 올랐다. 뒤에 최남선은 다음과 같은 술회를 했다고 한다.

"그때 나는 역사라는 것을 느꼈소. 피부로 심장으로 역사를 느꼈소. 그리고 역사학도로서의 나의 일생이 헛된 것이란 사실을 뼈저리게 깨달았소."

바로 같은 시각에 서울 효자동 이광수의 집에서도 처량한 드라마가 전개되고 있었다. 특경대임을 고하고 집 안으로 들어서자, 부인 허 여사는 남편에게 놓아주던 주사기를 떨어뜨렸다.
"지금 페니실린 주사를 놓는 중인데요."
특경대원을 쳐다보는 부인의 목소리는 떨렸다.
"몸이 아파 자진해서 가진 못했습니다. 오실 것을 기다리고 있었소." 하고 춘원 이광수는 초췌한 몸을 특경대원에게 맡겼다. 이들의 뒤를 이어 정국은·문명기·배정자·이병길·이상협 등도 단죄를 기다리는 몸이 되었다. 이렇게 해서 3월 9일 현재 검거된 민족반역자의 수는 54명을 헤아렸다.
그 가운데서도 1월 25일 체포된 노덕술을 가장 문제 인물이라고 하는 까닭은, 이 노덕술을 도화선으로 해서 이승만과 반민특위 사이의 알력이 표면화하게 된 때문이다. 노덕술은 일제 때 일본인들이 감탄해마지않을 만큼 일제에 대한 충성이 열렬하고 수사기능이 뛰어난 사람으로서 이름이 높았다. 이승만은 이러한 노덕술의 수사능력을 높이 평가하고 대공전선에 있어서 가장 신임하고 있었다. 그런 까닭으로 노덕술의 신상 문제에 있어서 이승만은 직접 누차에 걸쳐 안심하라는 말을 해왔던 터였다. 뿐만 아니라 국회에 불순분자가 있다는 심증을 굳히고 있는 이승만은 노덕술과 그 일당에게 비밀임무를 맡기고 있었던 것이다.

2

노덕술이 반민특위에 의해 체포되었다고 들었을 때 이승만은 분격한 감정을 숨기지 않았다. 그는 곧 특위의 간부들을 관저에 초청했다. 그

가운데 김상덕 위원장과 김상돈 부위원장이 끼어 있었다. 이승만은 위원장 김상덕을 향해 단도직입적으로 이런 말을 했다.

"노덕술이란 사람을 체포했다는데 그건 대단히 잘못한 일입네다. 당장 석방하도록 하시오."

"노덕술은 일제에 고용된 가장 악질 경찰입니다. 그런 자를 석방해야 한다면 반민특위는 문을 닫아야 합니다."

김상덕이 분연히 대답했다.

"아닙네다. 건국과정에 있어서의 그의 공로는 전과를 속죄하고도 남음이 있습네다. 그 공로를 봐서도 석방할 이유가 충분히 있습네다. 그리고 그는 경찰 기술자입네다. 그가 없으면 치안을 하는 데 지장이 있어요."

이승만의 이 말을 듣자 김상덕은

"그럼 각하께서 공식적으로 노덕술을 석방해달라는 청원서를 국회에 제출해주십시오. 그렇게 하시면 국회에서 충분한 토론을 통해 각하의 의향을 따를 수 있게 될지도 모르겠습니다."

하고 버텼다.

이승만의 안색이 변했다.

"그래요? 꼭 그런 생각이라면 나는 나대로 하겠소. 당신들도 알아서 해요."

바로 그 다음날에 기자회견이 있었다. 다음에 그 회견 내용을 초록해 본다.

문 반민법을 제정·공포해놓고 얼마 안 돼서 개정하려는 이유는 뭣입니까?

이　특위의 일부 위원들 때문에 치안에 영향을 주게 되므로 교정할 필요가 있기 때문입니다. 대통령이 국회와 싸움을 한다고 해서 요새는 국회에 구경꾼도 많은 모양인데 민주주의 사회에서는 이런 충돌이 좋은 것입니다. 그래야 민중이 정사를 알 수 있고 또 비판도 해서 장난꾼들이 못된 짓을 못하게 되는 것입니다.

문　국회에서는 15일의 개정 담화를 취소하라고 주장하고 있는데 어떻게 생각하시는지요.(이때 이승만은 안면근육에 약간 경련을 일으키며 미국식 억양으로 답변했다.)

이　왜 취소를 해! 한참 애써보라구 그래! 또 담화가 나올 터이니. 이보라구, 대통령이 친일파를 옹호한다고 그러지만 그건 오해야! 말도 안 되는 소리야! 그들은 민심을 선동하려고 그러는 거야. 그건 공산당이 하는 방법이란 말입네다. 사실을 가지고 논하라구…….

문　각하께서 노덕술이를 내주라고 말씀하신 것이 사실입니까?

이　그건 사실입네다.

문　그 이유는 무엇입니까?

이　그건 나중에 서면으로 밝히도록 하겠습네다.

이승만이 반민특위를 완전 분쇄할 생각을 갖게 된 것은 이 무렵이라고 추측된다. 이승만으로서는 극소수의 사람들을 골라 형식적인 처벌을 함으로써 반민법의 보람을 최소한으로 살릴 작정이었으나 노덕술 같은 심복에게까지 처벌이 미친다면 반민법 자체를 백지화할 수밖에 없다는 각오를 했다. 한편 반민특위로선 공산당을 잡는 기술이 능하다는 이유만으로 노덕술을 처벌대상에서 제외할 순 도저히 없는 일이었다. 김상덕의 말 그대로 노덕술을 놓아준다면 반민특위의 문을 닫아야 하는 것이다. 시경 수사과와 사찰과는 국회 내의 불순분자를 색출하려는 이 마당에 그 기간요원을 체포하는 덴 불순한 동기가 있는 것이라고 이승만에게 직소直訴하는 사태로 번졌다.

이 무렵 묘한 사건이 있었다. 노덕술이 반민특위에 체포되기 일주일 전쯤에 이종문을 찾아왔다. 자연 반민특위의 문제가 화제에 올랐다.

"대통령 아부지께선 절대로 노형들에게 나쁘게는 안 할깁니다."
하고 이종문은 이승만으로부터 들은 얘기를 들먹이며 자신 있게 말했다.

"각하께서 우리들을 생각하고 계시는 줄은 우리도 잘 알고 있소만 사태가 급박하단 말입니다. 우리 힘으로 사태를 막아야 할 필요가 있지 않을까 해요."
하며 노덕술은 언제 반민특위에 걸려들지 모른다고 하고, 그렇게 되면 현재 하고 있는 일에 지장이 있을 뿐 아니라 동지들의 사기에도 영향을 줄 것이라고 장탄식을 했다.

"그럼 어떻게 하면 좋겠소?"
하고 이종문이 물었다.

"이 사장헌테니까 통사정을 합니다만 반민특위의 간부들을 쥐도 새도 모르게 없애버릴까 해요."

"어떻게요?"

"그 방법은 문제가 아닙니다. 대통령 각하께서 용인하실지 안 하실지 그게 문젭니다."

"그렇다면 내가 아부지의 의향을 한번 떠보겠습니더."

"그걸 부탁하려고 온 겁니다."
하고 노덕술은 덧붙였다.

"그러나 너무 솔직하게 말씀드리면 각하께 걱정을 끼치는 일이 되니까 그 점 조심을 해야 할 겁니다."

"여부가 있소. 나는 이래뵈도 눈치 하나만은 자신이 있소."

"어떻게 말씀하실라오?"

"아무래도 그놈들, 반민특위를 그냥 둬선 안 될 것 같은데 감쪽같이 해치울 수만 있다면 그런 비상수단이라도 써서 박살을 내버리는 게 어떻겠느냐고, 노형들 얘기는 빼고 넌지시 물어보겠습니다. 그럼 무슨 답이 계실 것 아닙니꺼. 그 답을 우리가 검토한 연후에 결론을 내는 게 어떻겠소?"

"그거 좋습니다."

하고 노덕술은 흐뭇해하며 국회에 공산당의 프락치가 있다는 사실을 대강 파악했다는 것이고, 얼마 안 가 확실한 증거를 잡을 수 있을 것이라고도 했다.

"공산당의 프락치를 캐내기만 하면 노형은 큰 공을 세우게 되겠구먼요."

이종문이 술잔을 권하며 노덕술을 격려했다.

"그러니까 말입니다. 그 성사가 되기 전에 무슨 일이 있을까봐 겁이 난다, 이겁니다."

노덕술의 말은 자못 심각했다.

"아부지의 내락만 얻으면 좋은 방법이 있습니까?"

"있고말구요."

노덕술이 자신 있게 말했다.

그 이튿날 밤 이종문이 경무대로 갔다.

"한량이 찾아왔으니 무슨 좋은 소식을 가지고 왔겠지."

이승만이 웃으며 이종문을 맞이했다.

"좋은 소식을 가지고 오지 못해 황공합니더. 그러나 꼭 말씀드릴 것이 있어서 왔습니더."

"말해보게."

"아부지, 그 반민특위란 것 백해무익한 건데 감쪽같이 없앨 수 있다면 없애버리는 게 어떻겠습니꺼?"

"비눗물방울이 아닐진대 어떻게 감쪽같이 없앨 수 있단 말인고?"

"하여간 그런 방법이 있다면 없애도 좋지 않겠습니꺼?"

"서두를 건 없어. 차차 없는 거나 마찬가지로 될 테니까."

"만시지탄이란 것도 있는 것 아닙니꺼."

하고 이종문은 노덕술로부터 들은 얘길 했다.

"국회에 공산당의 프락치가 있다는 사실을 포착하고 지금 그 증거를 수집 중에 있답니더. 그런디 반민특위에서 미리 눈치를 채었는가, 수사관들을 체포할 작정을 하고 있는 모양입니더. 그렇게 되면 만사는 수포로 돌아가지 않을까 하고 모두들 걱정을 하고 있습니더."

"그러니까 빨리 일을 서두르면 될 게 아닌가. 그 일이 성공되면 반민특위는 없어지는 거나 마찬가지로 되는 거야."

그런데 이종문은 이승만의 말을 조금 엉뚱하게 전했다.

"비눗방울처럼 감쪽같이 없앨 수 있다면야 여부가 없다는 말씀이었소. 그리고 빨리 놈들이 공산당원이란 증거를 잡으라고 하십니다."

최난수와 노덕술은 이종문이 전하는 말을 듣고 용기를 얻었다. 그들은 곧 이미 짜놓은 계획을 실천할 준비를 했다. 그러나 그 계획이 어떤 것인가를 이종문이 안 것은 훨씬 뒤의 일이었다.

반민특위에 적의를 품은 수도경찰청 수사과장 최난수와 차장 홍택희, 그리고 노덕술, 박장림 등은 미리부터 반민법 시행을 방해할 공작계획을 모의하고 있었다. 박흥식으로부터 그 공작에 필요한 자금지원도 받고 있었다. 다만 그 계획을 실천에 옮기지 못한 이유는 만에 하나의 경우 그 모의가 탄로되었을 때 대통령이 어떻게 생각할까, 하는 걱정이었다. 그런데 이종문을 통해 대통령의 내의內意를 얻었다고 할 수 있으니 결행은 시간 문제였다.

"빨리 서두릅시다." 한 것은 노덕술이었다.

"실패가 없도록 해요." 하고 최난수는 못을 박았다.

그들은 돈과, 미리 준비해두었던 수류탄·권총·탄환 등을 앞서부터 내약內約을 하고 있던 백민태 일당에게 지령과 함께 넘겼다. 백민태는 중국 태생으로 대륙에서 청부살인업을 해왔던 불량배였다. 백민태에게 내린 지령은 다음과 같이 무시무시한 내용의 것이다.

1. 국회에서 반민법의 시행에 관한 제안 설명과 찬성발언을 한 김웅진·김장렬·김인식·노일환 의원을 강제로 납치할 것.
2. 납치된 의원들에게 '나는 이남에서 국회의원 노릇을 하기보다는 차라리 이북에 가서 살기를 원한다.'는 요지의 성명서를 자필로써 작성케 해서 대통령과 국회 및 각 신문사에 각각 한 통씩 발송할 것.
3. 이들 국회의원을 38선 상에서 살해하고, 마치 우익계 폭력배들에 의하여 살해당한 것인 양 가장할 것.
4. 신익희 국회의장을 비롯해서 김병로·권승렬·이청천·김상덕·김상돈·유진산·이철승·서순영·오탁관·최국현·곽상훈·서용길·김두한·서성달 등을 살해할 것.

물론 이 계획은 미수로 끝나고 말았다. 백민태와 그 일당이 아무리

신출귀몰하는 재주를 가졌기로서니 그 같은 방대한 살인계획이 성공할 까닭이 없는 것이다. 그러나 그 계획이 시작도 되기 전에 좌절되지 않을 수 없게 된 데는 뜻밖의 사건이 발생한 데에 그 이유가 있었다.

노덕술이 이종문을 찾아와서 백민태와 그 일당 다섯 명을 태동여관에 유숙시켜달라는 부탁을 해온 것은 종문이 경무대를 다녀온 지 이틀 후의 일이다.
"주일은 넘기지 않을 거요."
하고 노덕술이 그들의 숙박비를 선불하겠다는 것을 이종문이
"우리 째째하게 놀지 말기로 합시다."
하는 말로써 딱 잘랐다.
노덕술은 백민태를 이종문에게 소개했다.
"두고 보시면 알 거요. 기력과 담력이 겸전한 애국투사요."
노덕술의 칭찬이 너무나 과하기에 이종문은 백민태의 관상을 자세히 봤다. 노름꾼에겐 나름대로의 관상학이 있는 것이다. 그런데 이종문은 되바라진 듯한 백민태의 얼굴에 왠지 모르게 일종의 역겨움을 느꼈다. 한마디로 말해 노덕술쯤 되는 사람이 상종할 상대가 아니란 판단이 선 것이다.
"저 백민태라고 합니다. 앞으로 많은 지도 바라겠습니다."
하고 제법 표정과 말을 꾸미며 내미는 백민태의 술잔을 받으면서도 이종문은 그럴 경우 흔하게 쓰는, 이를테면 "천만의 말씀입니다." 하는 따위의 말도 입 밖으로 나오지 않았다. 노덕술은 이종문의 그런 마음의 움직임엔 아랑곳없이 빨갱이를 없애는 것이 이 나라를 살리는 첩경이란 역설을 한바탕 하곤 "그런 점에서 볼 때 백형은 영웅이라고 할 수 있

다."며 기염을 토하기도 했다.

 백민태는 으쓱하는 기분이 되었는지 시중을 들고 있는 진주의 어깨를 덥석 잡으며

 "이 사장, 요 에미나이 오늘밤 캬 하고 싶은데 어떻겠소?"
하고 시뻘건 잇몸을 드러내며 웃었다.

 "캬 하고 싶다니 그게 무슨 소립니꺼?"

 말투로써도 알아차릴 수 있었는데도 이종문이 우직스럽게 물었다.

 "허 참, 이 사장, 캬 하는 것도 모르오?"

 백민태는 어울리지 않게 너털웃음을 웃었다.

 "대강 알겠소."
하고 이종문이 정색을 하고 말을 이었다.

 "그 사람은 내 처제요. 팔자가 기박해서 이런 데 나와 있지만 예사로 캬 당할 입장은 못 됩니더."

 그러자 백민태의 입에서 험한 말이 쏟아졌다.

 "제기랄! 입장을 × 앞에 써 붙여놨나?"

 그때 노덕술이 당황했다.

 "백형, 점잖은 사람 앞에서 그게 무슨 소린가."

 "점잖은 놈은 부랄을 떼어놓고 다니나 뭐."

 백민태는 능글능글하게 굴었다.

 이종문이 슬그머니 화가 났다. 노덕술을 환대하는 뜻으로 해남장에서 모처럼 데리고 왔는데 사태가 이렇게 되면 종문의 체면이 아닌 것이다.

 "진주 씨 돌아가시오. 귀한 손님을 대접한다꼬 모처럼 모셨는데 오늘 일진은 과히 좋지 않은 모양이다."

 진주는 재빨리 일어서서 밖으로 나갔다. 백민태가 버럭 고함을 질렀다.

"썅! 에미나이 빨랑 돌아오지 안캤어? 이게 뭐야, 이게 손님 대접이야?"

종문의 명령으로 밖으로 나간 진주가 다시 돌아올 리는 없었다. 이종문이 노덕술을 건너다보고 말했다.

"아무리 생각해도 나는 저런 손님을 대접할 생각은 없소. 노형 데리고 가시오."

"아닙니다."

하고 노덕술이 안절부절못하며 말했다.

"약간 술에 취해서 실수를 한 것 같습니다만, 그 점은……."

"실수고 뭐고 없소. 나 같은 놈이사 어디 사람 취급을 받을 수 있소."

이종문이 자리에서 일어섰다. 노덕술이 당황했다.

"백형! 사과를 해요, 사과를."

"흥! 사과? 내가 누구헌테 사과를 해. 서울 바닥에 마굿간 같은 여관을 가지고 있으니까 눈에 뵈는 게 없는 모양이로군."

이종문은 노덕술에 대한 체면을 생각해서 그 이상 백민태를 상대하지 않기로 했다. 그래

"노형 내일 연락하겠소."

하고 밖으로 나와버렸다.

"노 선생! 나를 우습게 보지 말아요."

하는 백민태의 괴팍한 음성이 등 뒤에 들렸다.

'저걸 당장.'

울컥하는 기분으로 종문이 발을 멈췄다. 노덕술이 낮은 소리로 뭔가를 타이르고 있었다.

"이 따위 여관엔 하룻밤도 있을 수 없어."

별 하나 떨어지고 25

하고 백민태가 고함을 질렀다.

"백형! 그럼 못써요."

노덕술의 말투도 약간 거칠어졌다. 그러나 그것도 한순간의 일이었다.

"그럼 못쓴다구? 노 선생! 이제 와서 내 버릇 고칠 참이오?"

하는 백민태의 비꼬는 말이 있자 노덕술은 다시 말소리를 죽이고 뭔가를 속삭였다. 아무리 생각해도 노덕술은 백민태에게 무슨 약점으로 해서 덜미를 잡힌 게 분명했다.

"여러 말 말구 내 비위를 거스르지 않으려면 아까의 그 에미나이 데리고 와요."

백민태는 계속 고집을 부렸다.

"백형, 그건 좀."

하고 노덕술이 애원하는 투가 되었다.

"노 선생, 나를 무엇으로 알죠? 내가 푼돈 때문에 그런 일을 맡고 나선 줄 아슈? 나는 의리에 죽고 사는 놈이오. 그런 나에게 에미나이 하나 못 붙여주겠단 말요?"

"못 붙여주겠다는 게 아니라, 이 집 주인이 어디 말을 들으려고 하오?"

"헛 참, 당신은 당당한 서울시 경찰국의 간부가 아니우? 그런 사람이 일개 여관집 주인에게 절절 매우?"

"이 사장은 단순한 여관집 주인으로만 볼 사람이 아니오."

"그럼 됐소. 나도 아까 한 약속 포기할 테니까 그렇게 아시오."

"여보 백형! 무슨 말을 그렇게 하는 거요."

노덕술의 말에 약간 노기가 섞였다.

"정승도 제 하기 싫으면 그만이랍니다."

"백형! 그건 사사로운 문제가 아니지 않소."

"사사로운 문제든 아니든 나를 위해 에미나이 하나 못 붙여주는 사람들 때문에 난 모험하긴 싫소다."

"백형! 당신 그래갖고 일신이 편할 줄 아오?"

"안 편하면 어쩔 거요. 날 없애겠다, 그 말인가?"

백민태는 계속 배짱을 부리는 판이고 노덕술은 다시 애원하는 투로 돌아갔다.

'알고도 모를 일!'이라고 생각하며 이종문은 발소리를 죽여 자기 방으로 올라갔다.

뒤에야 이종문이 안 일이지만 그날 밤의 그런 경위로 해서 백민태를 시켜 반민특위의 간부를 말살하려는 계획은 수포로 돌아가고, 며칠 뒤 노덕술은 반민특위의 특경대에 의해 체포되었다. 그러고 보니 계획을 실패케 한 원인은 이종문에게 있었고 그게 또한 당시의 시경 수사과를 위해 전화위복의 결과가 되기도 했던 것이다.

그런데 백민태에겐 원래 일을 결행할 의사가 없었던 것이 아닌가 하는 추측을 해볼 수도 있다. 돈만 받아 챙기곤 어거지를 부려 위약할 구실을 찾고 있었던 것이라고 짐작할 수 있기 때문이다.

종문이 들은 바에 의하면 백민태는 박흥식이 조달한 돈을 끝끝내 도로 내놓지 않았다고 한다. 그리고 그 돈을 도로 내놓으라고 요구할 처지도 못 되었다. 기는 놈 위에 나는 놈이 있다는 말은 최난수·노덕술 등에 대한 백민태의 경우를 두고 하는 말일 것이었다.

3

하여간 반민법을 시행하고자 한 반민특위의 노력은 하나의 파동으로 한때 비말을 올리고 꺼져버린 결과가 되었지만 만화적인 풍경이라고도 할 수도 있는 몇 토막은 기록해둘 가치가 있는 것으로 생각한다.

박중양의 경우.
박중양은 한때 충청북도지사를 지낸 경력의 소유자이며 해방 직전 중추원참의로 있던 사람이다. 그는 반민특위 사무국에서 취조를 받고 나오며 계단에서 숨을 헐떡이며 물었다.
"고코가 무카시노 조쿄깅코데스카?"(이곳이 옛날 조흥은행 자리인가?)
"아닙니다. 제일은행 자립니다."
반민특위를 취재하러 왔던 기자가 대답했다.
"아아, 다이이치 깅코데스카!"(아아, 제일은행이었군!)
하고 그는 고개를 들어 천장을 바라보며 탄식하듯 말했다.
"아아, 무카시가 나쓰가시네."(아아, 옛날이 그립구나.)

춘원 이광수는 반민특위의 옥중에서 '나의 고백'이란 제목 하에 다음과 같이 썼다.

……대동아전쟁이 발발하자 본인이 민족의 위기가 도래하였다는 느낌을 갖고 일부 조선인 인사士라도 일제에 협력하는 태도를 보임이 오히려 민족의 목전에 임박한 위기를 모면하는 길이라고 생각하

고, 기왕 훼절한 몸이니 이 경우에나 나 자신을 희생시키겠다고 스스로 결심하여 일제에 협력하였다. 조선의 젊은 학도들을 전장에 나가도록 권유하러 지방을 순방하며 강연한 것은 그 당시 대학 재학생들이 학병을 거절하면 노동·징용과 제적·퇴학 등 혹은 그 부모형제들에게 화가 많았으므로 본인을 위하여 또는 민족을 위하여 나가라고 권유하였던 것이오. 지금은 다만 민족의 재판을 기다릴 뿐이다.

그리고 특위의 조사관이
"그렇게 훌륭한 재주와 머리를 가지고 왜 친일을 했느냐?"
고 추궁하자 그는
"나는 민족을 위해 친일을 했소. 내가 걸어온 길이 정녕 대로는 아니오마는 그런 길을 걸어 민족을 위하는 일도 있다는 걸 알아주오."
라고 대답했다.

김동인은 "……춘원이 서둘러서 막지 않았다면 일본의 성난 제국주의는 얼마나 많은 피를 이 민족에게 요구하였을 것인가."하고 춘원의 행동을 높이 평가하고 있지만 일제 말기엔 일본 옷을 입고 일본식 생활을 하며 이를 합리화시키려는 이론을 꾸미기까지 한 그의 태도에서 민족의 양심을 찾기란 힘들다. 그는 지병을 이유로 1949년 6월 4일 출감, 동 8일 특위의 기소여부 투표에서 4대 3으로 불기소 결정을 받아 공식적으론 반민족행위자란 누명을 벗게 되었다.

육당 최남선은 3·1운동 30주년을 즈음해서 30년 전 자기가 기초한 독립선언문이 실린 신문에 아래와 같은 글을 썼다.

……민족의 이름으로 반민족의 지목을 받음은 종세에 씻기 어려운 대치욕이다. 내 이제 그 지탄을 받고 또 거기에 이유가 없지 아니하니 마땅히 원구척성하기에 게을치 못하거늘 다시 무슨 구설을 놀려 감히 교과잠비의 죄를 거듭하랴. 해방 이래로 중방衆謗이 하늘을 찌르고 구무俱誣가 반이 지나되 이를 인수하고 결코 탄하지 아니함은 진실로 어떠한 매라도 맞는 것이 자회자책의 성의를 나타내는 일단이 될까 하는 생각이 있기 때문이었다. 그러나 군법의 탄문을 만나서 사실의 진상을 밝히려 하는 상의를 어기지는 못하겠으나 이왕이면 범과수오犯過數汚의 일단을 내 스스로 표함이 마땅히 반민자로 지목받은 자로서 심회를 풀음이 당연하리라.

이 육당의 자열서와 춘원의 '나의 고백'은 비교해볼 만하다. 두 사람의 성품이 대조적으로 부각되는 느낌이다.

이기용의 경우.
이기용은 대원군의 장질 완림군 이재원의 맏아들. 그러니까 고종황제의 당질되는 사람이다. 다음은 그의 재판 광경이다. 재판장은 신태익.

문 1945년 일본 귀족원 의원이 된 동기는?
답 제가 한 것이 아니고 윤치호 외 몇몇 사람이 먼저 결정해놓았던 것입니다.
문 일본 귀족원 의원으로 어떠한 정견을 가지고 있었는가?
답 별로 없습니다.
문 왜 거절하지 못했는가?

답 무서워서 그랬습니다.

문 합방 당시의 감상은?

답 무어라 말하기 어렵습니다.

문 송병준이가 조선을 1억 원이면 팔겠다는 걸 이완용이가 3,000만 원에 판 사실을 아는가?

답 몰랐습니다.

문 피고인이 수작금으로 받은 3만 원도 그 일부임을 몰랐는가?

답 네, 모르고 있었습니다.

문 피고인은 이 왕가李王家의 한 사람으로 이조 말엽의 정치를 어떻게 생각하는가?

답 잘못했다고 봅니다.

문 그러면 피고는 수작비로 3만 원을 주었다는 것은 왜적이 금강석을 빼앗아가면서 엿을 한 자루씩 준 격인데 이에 대해 어떻게 생각하는가?

답 그저 지금 그 말을 자꾸 하면 피고 역시 답변하기 거북합니다.

문 그 당시 이완용 같은 사람은 어떻게 생각했나?

답 역시 역적으로 알았습니다.

문명기의 공판은 보다 더 희극적이었다. 그는 자기 이름을 딴 '문명기 호'라는 비행기를 일제 때 헌납한 사람이다. 그는 또한 『소지일격』이란 책을 낸 일이 있는데 그는 그 책 가운데서 일본의 전설 속에 나오는 스사노오 노미코토素盞鳴尊의 아들이 바로 우리나라의 단군이며 박혁거세는 신무천황神武天皇의 백부가 된다는 등 떠벌리고 내선일체론을 견강부회했다.

재판장이 이런 사실을 들고 "그러한 촌수는 무엇을 근거로 산출한 것이냐?"고 묻자 그는 "그저 죽을 죄를 지었습니다."면서 허리를 굽신거렸다.

4월 28일에 열린 배정자의 공판정은 방청객이 만원을 이루었다. 배정자는 한말의 역사를 그의 육신으로써 누빈 요화란 별명을 가진 여자다. 이미 칠순을 넘긴 나이였는데도 배정자는 단정한 몸매로 법정에 나타났다. 전설 속의 인물이 돌연 생신으로 나타난 느낌으로 방청석에서 잠깐 소용돌이가 일었다.

문 배정자는 본명이냐?
답 아닙니다. 본명은 분남이라고 했습니다.
문 본적은?
답 경남 김햅니다.
문 생년월일은?
답 1871년 2월 27일입니다.
문 피고인은 언제 일본으로 갔느냐?
답 열세 살 때라고 기억하고 있습니다.
문 누굴 따라 일본으로 갔느냐?
답 마쓰오 히꼬노스께松尾彦之助라는 사람입니다.
문 그 사람은 무엇을 하는 사람이었던가?
답 내가 만났을 때는 승려였습니다.
문 일본에 가서 뭣을 했느냐?
답 안경수란 사람의 도움으로 소학교에 들어갔습니다.
문 그 뒤엔?

답 김옥균 선생의 잔심부름을 하고 지냈습니다.

문 이등박문伊藤博文을 만난 동기는?

답 고균 김옥균 선생을 통해서였습니다.

문 한국으로 돌아온 것은 언제인가?

답 동학난 때였습니다.

문 그동안 어떤 일을 했는가?

답 가쓰라타로의 편지를 고종에게 전하다가 그 편지의 내용이 오만불손한 것이어서 고종의 비위를 거슬러 절영도에 유배되었습니다.

문 언제 풀려났는가?

답 이등박문이 통감으로 왔을 때 풀려나왔습니다.

문 한일합방에 공이 크다던데 대강 어떤 일을 했는가?

답 지각없이 동분서주했을 뿐 뚜렷한 의도라는 것은 없었습니다.

문 3·1운동 때 총독부의 밀령을 받고 상해에 가서 밀정 노릇을 했다는데 사실인가?

답 그저 시키는 대로 했을 뿐 밀정이 뭣인지 모르겠습니다.

문 일본이 시베리아에 출병할 때 같이 종군하여 밀정 노릇을 했다는데 사실인가?

답 통역으로 따라갔을 뿐입니다.

문 범인회凡人會란 것을 만들어 독립투사들의 귀순공작을 했다는데?

답 비참한 처지에 있는 분들에 대한 동정심도 있고 해서 한 일입니다.

문 마지막으로 할 말이 없는가?

답 전비前非를 이제 와서 어찌 변명하겠습니까? 오늘 죽어도 한은 없습니다. 다만 제 아들 전유화의 무덤 앞에서 죽는 것이 소원입니다.

유머러스한 장면도 곁들여 반민특위의 활동은 그럭저럭 진행되고 있었는데 6월 3일 반민특위 앞에서의 데모사건에 이어, 6월 6일 서울시경에 의한 반민특위의 포위사건이 있었다.

이것은 서울시경 사찰과장 최운하를 반민특위가 구금한 데 대한 보복행위였으나 반민특위의 전반적 활동을 봉쇄할 목적을 가지고 있었다.

경찰은 반민특위의 특경대를 무장해제하고 전부를 연행했으며 피의자들의 관계문서를 압수 반출했다. 그리고 대통령에게 반민특위를 48시간 이내에 해산시켜줄 것을 요구했다. 그러자 대통령은 이 요구를 받아들여 특경대에게 해산을 명했다. 이로써 반민특위의 활동은 사실상 종지부를 찍었다.

한편 국회는 당초 2년의 공소시한을 규정했던 것을 1949년 8월까지로 단축하는 개정안을 통과시켰다. 반민특위는 전원 사표를 제출하는 등 저항을 했으나 이승만 대통령의 고집을 꺾을 수가 없었다.

국회는 새로운 사태에 대처하기 위해 이인 의원을 위원장으로 하는 새 반민특위를 구성했다. 반민법 공포 345일 만인 공소시효 만료일인 8월말까지 취급한 총 건수는 682건 · 검거 305건 · 석방 84건 · 송청 559건 · 판결 40건 · 도피자 51건을 기록했다.

출범 당시의 위세와는 달리 반민재판에서 사형선고를 받은 사람은 오동진 의사를 투옥 옥사케 한 일제 고등계 형사 김덕기 한 명뿐이었고 이른바 거물급은 반민특위의 퇴색과 함께 병보석 등의 명목으로 거의 출감하고 말았다. 사형선고를 받은 김덕기는 면소처분으로 곧 풀려나왔다.

반민특위의 과업을 끝내고 이인은 "반민자를 처단하고, 거괴巨魁만 섬멸하고 나머지는 관대히 하는 것이 인정을 펴고 민심을 수습하는 도리가 되는 것이다. 사람을 벌하려는 것이 아니요, 반민족정신인 죄를 징계하는 것이 목적이니 이 정도의 처단으로 족히 비일징백의 효과를 거두어서 민족정기를 바로잡을 수 있으리라 생각한다."고 했지만 비일징백이란 말도 어림이 없다. 반민법에 의해 처벌된 사람은 한 사람도 없기 때문이다. 태산명동서일필泰山鳴動鼠一匹도 채 되지 못한, 쥐새끼 한 마리도 잡지 못한 반민법파동이었다. 다음에 어떤 평자의 의견을 기록해둔다.

일제의 권력에 아부하여 가련한 동포들에게 군림하고 괴롭히던 민족반역자들이 있었다. 이 고약한 습성을 지닌 자들이 정계·경찰·군부 기타 각계각층에 골고루 침투하여 도사리고 있었다. 이들은 그들의 협력을 필요로 하는 야심 많은 정객들과 반공의 구실 하에 야합하였다. 이들의 협동된 집중적 반동공작에 의하여 반민특위의 활동은 마침내 좌절되고 비극적인 종말을 고하고 만 것이다.

반민특위의 기승전결을 지켜보고 있던 영국인 기자 프레드릭 죠스는 다음과 같은 기록을 남겼다.

코리언은 이처럼 관대한 민족인가? 여순반란사건의 현장을 둘러보고 포로가 된 자들의 처우를 살펴본 나는 결코 코리언이 관대한 민족일 수 없다는 결론을 얻었다. 그럼 이승만 대통령은 관대한 사람인가? 그 답은 백 번 천 번 노no다. 그런데 어떻게 민족반역자들에 대해선 그처럼 관대했을까?
나는 민족반역자들의 처단을 반대하는 데모대의 행진을 바라보며 이상한 감정에 사로잡혔다. 그걸 바라보는 행인들의 얼굴에서도 혐오의 빛을 발견하려고 했지만 허사였다. 반민특위가 경찰에 의해 포위당한 광경을 보면서도 누구 한 사람 비난의 아우성을 치지 않았다. 나는 이 민족이 도덕적 불감증에 걸려 있지 않나, 하는 의혹을 가지지 않을 수 없었다. 요는 염치심이 결여되어 있는 것이 아닌가도 했다.

그러나 나는 곧 이 민족을 그런 점으로 해서 책責해서는 안 된다고 생각했다. 그만큼 그들은 불행한 과거를 지니고 있었던 것이다. 반민족 행위자에게서 그들 자신의 모습을 본 것이다. 일반대중은 그들과 공범이었다는 스스로의 모습을 발견한 것이다. 죄 없는 자, 이 여자를 치라고 예수가 외쳤을 때 그 모습을 지켜보는 유태인들의 심정을 이들은 닮아있었던 게 분명하다.

더욱 이 민족이 불행한 것은 그들이 놓인 환경이 이미 어떤 죄인이라도 민족의 이름으론 처단할 수 없게끔 바뀌어져 있었다는 점이다. 오늘의 적과 싸우기 위해서 기왕을 탓할 수 없는 궁지에 몰려버린 것이다. 오늘날 코리아의 정치는 도의와 염치를 돌볼 수 없을 만큼 각박하고 추잡하게 오염되어 있다는 것을 지적하지 않을 수 없다. 이승만은 관대해서 민족반역자를 용서한 것이 아니라 고립을 두려워해서 관대한 척 꾸민 것이다. 두고 보면 알 일이다. 민족의 적에겐 관대한 이승만이 애국자인 정적을 죽이는 덴 가혹하기 짝이 없을 것이다.

위대한 역사의 전환기에 서서 스스로를 정화할 의지를 잃은 민족의 앞날이 빛날 것이란 예상은 도저히 할 수가 없다. 더더구나 그러한 환경을 만들어버렸다는 사실이 침통하기 짝이 없다. 아아, 다시 이 민족은 황량한 사막을 헤매는 신세가 되었다. 하나의 모세도 없는 2,500만의 방황은 인류사의 입장으로서도 거창한 비극이다. 이에 비하면 인도의 장래는 찬란하다고 할 수가 있다. 그들은 질병과 빈궁에 시달리고 있지만 간디와 네루 같은 모세를 가지고 있다…….

4

그 해의 초여름도 어느 계절이나 마찬가지로 정치에 압도되어 있었다. 이문원·최태규·이구수 등의 국회의원이 체포된 것이 5월 20일, 제3회 임시국회가 이 문제를 들고 논란하다가 그들의 석방결의안을 부결한 것은 5월 23일.

"안하무인 격으로 까불어젖히더니 모난 돌이 정을 맞았구먼." 하는 소리도 있었고(이문원은 국회에서 발언이 가장 많은 국회의원 중의 하나였다.) "빨갱이는 국회의원이든 뭐든 모조리 잡아 없애야지." 하는 소리도 있었고(이들은 정부의 발표를 그냥 믿고 말하는 골수 반공주의자들일 것이었다.) "이승만의 반대세력을 없애기 위한 책동일 것이 틀림없다."고 말하는 회의파도 있었다.

아무튼 장안은 이 문제로 해서 구석구석에서 물의가 일었다.

"명백한 증거까지 나왔다고 하잖아."

"그 증거란 게 엉터리란 말이다."

하며 언쟁을 시작해선 주먹다짐으로 번지는 장면도 더러 있었다.

"시경 사찰과가 불철주야하고 수사한 결과라는데 틀림이 있겠나." 하는 사람도 있었고 "낭산 김준연이 배후에서 조종하고 있다는 소릴 하는 사람도 있던데……." 하는 사람은 제법 정치계의 내막을 잘 알고 있는 사람일 것이었다.

"나라 꼴 더럽게 되어가는군." 성철주는 뱉듯이 말했고 "먹느냐 먹히느냐 하는 판이니 무슨 일이 없으려구." 문창곡은 태연했다.

사건은 급진적으로 확대되었다. 시경이 반민특위를 포위하고 특경대를 해산시키는 등 사건이 있은 지 얼마 뒤 6월 21일 이문원과 같은 혐의사실로 노일환 · 김옥주 · 박윤원 · 강옥중 · 황윤호 · 김병회 등이 헌병대에 의해 체포되었다. 이로써 이른바 국회의 소장파의 중심인물은 모조리 일망타진된 셈이다. 25일엔 국회부의장 김약수가 체포되었다.

그러자 항간엔 반민법에 해당된 일본경찰 출신들이 반민법을 감행하려는 국회의원들에게 반감을 품고 날조한 사건이란 풍설이 파다하게 퍼졌다. 다시 말하면 최운하 · 최난수 · 노덕술 등이 꾸민 소행이란 것이다. 진상이야 어떻든 이종문에겐 신나는 사건이며 구경거리였다.

김약수가 체포된 날의 저녁나절 우연히 태동여관에 들른 이동식을 상대로 이종문이 기염을 토했다.

"이 교수는 국회 프락치 사건을 어떻게 생각하나?"

"아직 뭐라고 할 순 없으나 증거가 좀 박약한 것 같아요."

"증거? 놈들은 전부 이승만 대통령을 반대하는 패거리들 아닌가. 그게 증거지, 별게 있어? 대통령을 반대하는 놈들은 모두 빨갱인기라. 빨갱이는 잡아족쳐야 해. 안 그래?"

"그러나 국회의원에겐 정부를 비판할 권한이 있는걸요. 말하자면 대통령도 비판할 수 있는 겁니다. 비판을 반대라고 하면 좀 뭣하지 않습니까. 설혹 반대를 했다고 해도 그 때문에 잡아넣는대서야 그걸 어디 민주주의라고 할 수 있습니까?"

쓸데없는 말인 줄 알면서도 동식은 언제나 종문을 설득하려고 노력하는 사람이어서 이렇게 말했다. 그러나 종문은

"그라고 증거가 드러났다 안쿠더나. 그런디 그 정재한이란 여자도 대

단하재. 암호문서를 ××속에 넣어갖고 있었다니 말이다. 공산당은 하여간 기가 막히는 놈들인기라. 여자의 ××까지 우체통으로 쓸라쿤께……. 핫하하."
하고 배꼽을 쥐고 웃었다. 동식도 따라 웃었다. "우체통으로 쓰려고 했다."는 표현이 우스웠던 것이다. 동식은 한참을 웃고 나서
"헌데 얘기가 너무 탐정소설처럼 짜인 게 이상하지 않습니까. 변소를 들여다보고 있다가 음부에서 문서를 빼내자 재빠르게 형사들이 그걸 빼앗았다고 하는데 그런 극한적인 수단까지 쓰는 간첩이 변을 보면서 형사들이 들여다보고 있다는 걸 눈치채지 못했다는 것도 이상하고, 또 변을 보면서 변소문을 잠그지 않았다는 것도 이상하구요……."
하며 느낀 바대로 털어놓았다.
"그렇게 의심을 하고 들라몬 한정이 없는기라."
이종문은 아무래도 우스워 죽겠다는 듯이
"엄지손가락만한 크기의 서류뭉치라고 하던디 그런 걸 ×× 속에 넣어놓고 걸으몬 기분이 어떨까."
하고 다시 껄껄댔다. 그러고는 물었다.
"국회 프락치사건이라고 하는디 프락치라는기 뭣꼬?"
"적의 진영에 이 편의 공작원을 침투시킨다는 뜻이죠."
"무식한 사람 어리둥절하게 하지 말고 알아들을 수 있는 말을 쓰몬 될긴디 프락치가 다 뭣꼬. 신문에 처음 났을 때 나는 그걸 까락지로 읽고 국회까락지사건이라 안 캤나. 무식한데다가 요즘은 눈이 갈라쿠는기라."
"돋보기를 사서 끼십시오."
"돋뵈기? 그 노인이 쓰는 안경 말이지? 안 되그만. 신문을 안 읽었으

면 안 읽었지 그건 안 쓸기거만."

"안 쓰면 눈이 더욱 피로할 텐데요."

"그래도 안 돼. 미리 노인이 될 게 뭐 있노. 그라고 이 교수, 돋뵈기 쓴 노인이 그걸 한다고 상상해봐. 안 되지 안 되어!"

하고 이종문은 다시 정재한 여인의 음부에 암호문서를 넣은 사건으로 화제를 돌렸다.

"여자라쿠는 건 이래저래 편리한 기라, 핫하하……."

1949년 6월 10일 오전 열 시. 서울을 출발한 개성 행 열차에 정재한이란 여자가 탔다. 미리부터 그 여자의 행동을 수상하다고 느끼고 경찰이 주목하고 있었는데 개성역에 도착하자마자 정재한을 검문하여 몸수색도 했다. 그러나 아무것도 나타나지 않았다. 그런데 정재한을 변소에 보내놓고 그 거동을 살폈더니, 정재한이 음부에 손을 집어넣어 무언가를 끄집어냈다. 형사들이 재빨리 뛰어들어 여자의 손목을 잡고 그 물건을 빼앗았다. 돌돌 말린 양면괘지 뭉치였는데 펴보니 깨알만한 글씨가 꽉 차게 적혀 있는 문서였다. 그러나 초두草頭 밑에 물 수水 자를 쓴 문자 등이 나열된 암호문서라서 당장 알아볼 순 없었다. 전문가가 해독한 결과 그것은 남로당의 지령을 받은 국회 소장파의 활동을 북에 보고한 문서임이 밝혀졌다. 초두 밑에 물 수 자로 된 글은 김약수를 지칭한 것이었다. 이 문서가 국회 프락치사건에 있어서의 가장 큰 증거였던 것이다.

이른바 국회의 소장파들은 '한국정부와 미국정부 간의 재정 및 재산에 관한 협정'의 체결을 반대했고, 미소 양군의 철수, 남북 정당·사회단체의 대표로써 남북정치회의를 구성해야 한다는 등의 주장을 내세웠다. 이와 같은 활동이 남로당 대남공작 7개 원칙과 일치된다는 것이 수사진의 견해였다. 게다가 수사진은 꼭 같은 인물인 남로당 공작원이 노일환에겐 이삼혁이란 이름으로, 이문원에겐 하사복이란 이름으로 접선하여 같이 모의하고 자금까지 제공한 사실을 포착했다고 했다.

"똑똑하다는 놈들도 별수 없어."

이렇게 서두하고 이종문이 말했다.

"노일환이 말이다. 술자리에 앉을 때마다 그 친구 얘기 안 나오는 경우가 없었어. 모두들 그 사람을 똑똑하다쿠고 앞으로 큰 인물 될끼라쿠고 찬양이 한창이드만, 가막소에 들어가서 똑똑하몬 우쩔끼고, 입이 백개가 있으몬 우쩔끼고……. 제기랄 그렇게 똑똑한 놈이 감옥살이 신세 될 줄을 왜 몰랐는고? 참말로 똑똑한 사람이 될라몬 앞을 내다볼 줄 알아야 하는기라. 그라고 자기 몸을 도사릴 줄도 알아야 하는기라."

"정치가라고 하는 건 그런 게 아닙니다. 때에 따라선 감옥살이도 해야죠. 이 사장이 좋아하는 이승만 씨도 감옥살이를 한 경력이 있습니다."

"그러나 앞날을 보는 눈이 있은께 지금 대통령이 되기 아닌가배."

"이문원이나 노일환은 아직 젊은 사람들 아닙니까. 평생 감옥에 있을 까닭도 없구, 그리고 감옥살이를 했기 때문에 더욱 훌륭하게 될지도 모르구요."

"더욱 훌륭하게 된다니, 이 사람 무슨 소릴 그렇게 하는고. 그럼 지금 그 사람들이 훌륭하다는 긴가?"

"그런 뜻은 아니죠. 사람은 나름대로 모두 훌륭한 것 아닙니까?"

"학자들 소린 난 모르겠어. 그러나 빨갱이 노릇해갖고 감옥살이 한 놈은 그만이야. 우리 대한민국에선 그만이란 말이다."

"그런 말 막 할 건 아니죠."

이동식이 넌지시 말했다. 이종문이 발끈 흥분했다.

"눈뺄 내기를 하자. 그놈들은 그로써 그만인기라. 놈들은 망했어. 철저하게 망했어. 두고 보라문."

동식은 말문을 닫았다. 그럴지도 모르고, 그렇지 않을지도 모르지만, 만에 하나라도 소장파들이 누명을 쓴 것이라면 조금 안타깝다는 생각이 들었다. 정재한 여인의 음부에서 나왔다는 그 암호문이 아무래도 알쏭달쏭하게 느껴진 때문이다.

이종문이 경무대로 불려간 것은 바로 그날 밤의 일이다.

"자네로부턴 받기만 허구 준 것이 없었는데 오늘 내가 자네에게 줄 것이 있네."

이승만은 매우 기분이 좋은 모양으로 이종문의 어깨를 치며 말했다.

"황공합니다."

하고 이종문이 머리를 조아렸다.

"자네 도로 포장공사 할 줄 아나?"

"포장요?"

"길에 아스팔트를 까는 일 말일세."

"예, 할 줄 알고말고요. 큰 철교도 만들었십니다."

"그럼 됐어. 서울서 인천 가는 길 알지? 그 도로를 포장하는 일을 자네에게 맡기겠어."

"고맙습니더, 아부지."

"이 일은 아버지로서 주는 게 아니고 대통령이 주는 거야. 일전에 인천엘 갈 일이 있었지. 그 길은 미국 친구들이 많이 왕래하는 곳인데 도로의 면이 말이 아니었어. 일본사람들이 전에 포장을 한 모양이지만 지금은 형편이 없어. 앞으로 우리나라의 도로도 미국과 같이 전부 포장할 날이 있을 것이지만 우선 서울 인천간의 도로부터 해야겠어."

"좋은 말씀입니더."

"자네에게 시키는 처음 일이니까 썩 잘해야 되네."

"여부가 있겠습니꺼."

"헌데 미리 자본이 많이 들 것 아닌가. 그 돈 준비는 되겠는가?"

"되고말고요. 모자라면 빚을 내서라도 하겠습니더."

"빚은 안 돼. 이자가 이익을 먹어버리면 쓰나. 내가 재무장관에게 얘길 해서 선금을 내주두룩 허지."

"황공합니더."

"황공허긴. 누가 해도 할 일을 자네에게 시킨다 뿐인데 황공할 것 까진 없지."

"아닙니더, 황공한 일입니더."

이승만은 잠깐 눈을 감고 있더니

"이번 국회의원사건을 세상사람들은 뭐라고들 하던가?"

하고 물었다.

"모난 돌 정 맞는다는 격언이 맞다고들 합니더."

"모난 돌이 정 맞는다구? 그 정도로 얘기들을 허나?"

"그것만이 아닙니더. 빨갱이는 국회의원이든 뭐든 이 잡듯 잡아버려야 한다는 말을 하는 사람도 있습니더."

"딴 소린 듣지 못했나?"

"누명을 씌운 거라고 하는 사람도 있습니다만 빨갱이 비슷한 놈들이면 으레 하는 소리 아닙니꺼."

"괘씸한 놈들이야. 국회에서 공산당 앞잡이 노릇을 하다니. 그놈들이 언제나 말썽이었거든. 놈들 때문에 미군이 철수하고 말지 않았나."

"고문단은 아직 남아 있지 않습니꺼?"

"고문단만 갖곤 부족해."

"아닙니더. 고문단이 남아 있다는 건 미군이 남아 있는 기나 마찬가집니더. 무슨 일이 있기만 하면 미군이 또 오겠다는 담보 아닙니꺼. 걱정하실 것 없습니더."

"자네의 말을 들으니 걱정할 게 하나도 없군. 좋아, 그런 태도가 좋아. 낙관하는 사람에겐 낙관할 수 있는 사태만 생기고 비관하는 사람에겐 비관해야만 하는 사태가 생기는 거니까."

하고 이승만은 온유하게 웃었다.

"그보다도 이번 사건으로 붙들린 국회의원을 석방해야 한다고 하는 국회의원이 88명이나 있는디 그자들을 처치해야 하는 것 아닙니꺼?"

"죄가 있으면 처치해야지."

"석방하라는 것만으론 죄가 안 됩니꺼?"

"국회에서의 행동은 면책권이란 게 있어."

"대단히 불편허고만요."

"불편허다?"

이승만은 또 한 번 웃었다. 이어 이승만은 세계 각국이 속속 대한민국을 승인하고 있다는 것과 미국의 원조가 날로 늘어가고만 있으니 빨갱이에 대한 대책만 완전하면 좋은 나라를 만들 수 있을 것이란 자신을 얘기하기도 했다.

이때 이종문이 들은 풍월로

"북쪽의 공산당을 몰아내고 남북을 통일하기만 하면 얼마나 좋겠습니꺼. 미국이 우리를 도우려는 적극적인 이때, 빨리 군인을 양성해서 북쪽으로 쳐들어가야 할 것 아닙니꺼. 시일이 늦을수록 상대방의 터전이 굳어질 것 아닙니꺼. 북쪽이 저 모양으로 있는 이상 인심은 항상 불안할끼고, 남쪽의 빨갱이는 여전히 설칠끼고 그른께 정치는 무리를 안 할 수 없을끼니 아부지의 정치적인 부담만 늘어갈 것 아닙니꺼. 빨리 북쪽으로 쳐들어가야 합니더."

"자네 생각이 내 생각과 꼭 같구나. 허나 시기라는 게 있어. 그리고 동족이 상잔하는 전쟁을 어찌 일으킬 수가 있겠나. 공산당을 죽이려다가 양민을 죽이는 경우가 있을 테구……. 공산당은 양민을 탄환막이로 할 게 틀림없는 일 아닌가. 핀세트로 뽑아내듯 공산당만 없앨 수 있는 전쟁방법이 있기만 한다면 내일이라도 시작해보겠어. 그러나 그렇겐 할 수 없으니 세계대세에 좇아 통일이 될 날을 기다릴 수밖엔 없는 거여. 가급적으로 전쟁은 피해야만 해."

할아버지가 손자에게 타이르듯 하곤, 이승만은 이기붕 비서를 불렀다.

"아까 재무에게도 말을 해놓았지만, 서울 인천간 도로공사는 자네가 서둘러 빨리 실현을 보도록 하게."

하는 분부를 내려놓고 덧붙이길

"만송, 거리의 소린 이 사람이 가장 잘 듣고 있어. 그리고 판단이 빠르고 정확하기도 해. 세론의 동태를 알고 싶거든 먼저 이종문에게 물어보도록 허게."

"예, 알겠습니다."

"걸핏하면 여론이 어떻구, 반응이 좋지 않다는 등의 말을 예사로 쓰는데, 덮어놓고 자기 기분대로 말하는 그런 사람들을 신용하면 못써."

"지당한 말씀이옵니다."

"그럼 종문이, 세세한 것은 만송과 의논을 허게."

하고 이승만은 이종문에게 나가라는 시늉을 했다.

 이렇게 해서 이종문은 수천만 원의 이득을 올릴 수 있는 대공사를 얻었다. 뿐만 아니라 공사비의 일부를 선불하는 지출결의서에 구두쇠 같은 김도연 장관이 서명을 했으니 이례적인 일이었다. 이승만 대통령의 강력한 지시가 있었기 때문이다.
 이종문은 하늘에 오를 것 같은 기분이었다. 문창곡과 성철주를 초대해서 큰 잔치를 벌이기로 했다.
 "또 노가다 십장 노릇을 해야겠군."
하고 성철주는 흐뭇해했는데 문창곡은 "임형철이란 놈이 부사장으로 있으면 나는 협력할 수 없다."고 딱 잘라 말했다. 그러자 성철주도 곧 맞장구를 쳤다.
 "그렇군, 나도 문 동지의 의견과 꼭 같소. 그놈이 있는 한 나도 협력할 수가 없소."
 그런데 그럴 만한 이유가 있었던 것이다.
 "왜 그러시는 겁니까?"
 이종문이 눈이 휘둥그레지며 물었다.
 "그 까닭을 모르겠소?"
 문창곡이 정색을 했다.
 "아마 이 사장은 모르고 있었을 거요."
하고 성철주가 설명을 가로맡았다.
 "며칠 전의 일인데 서북에서 온 청년들끼리 충무로에서 난투극이 벌어졌어요. 본래 서북청년회에 소속해 있던 같은 동지들이었는데 어쩌다 분열을 한 것 같다는 얘기였소. 우린 서북청년회와 아무런 관련이 없지만, 같은 서북출신이란 점에서 관심을 갖지 않을 수 없었는데, 청년회완 관계가 없는 입장이 조정적인 역할을 할 수 있는 입장이라면서 나와 문창곡 동지에게 부탁을 해왔어. 그래 가서 들어본즉 분열을 일으킨 장본인은 임형철이었다. 이 말씀이오. 임형철은 힘 꽤나 쓰는 순진하기 짝이 없는 서북청년을 열 명 가량 포섭해서 한청중구단부 건물을 접수하러간 청년단과 싸움을 시킨 거요. 접수하러간 청년단원 안에 서북청년도 끼어 있었지요. 옥신각신 말다툼을 하다가 너희들은 서북청년인데 어떻게 우리 사업을 방해하느냐는 말이 어디로부턴가 나왔는데 그때부터 배신자다, 반역자다, 하는 욕설과 함께 난투극으로 번져 피차 상당한 부상자를 냈어요. 임형철이 포섭했다는 청년들에게 물어보았더니 그들은 모두 대아건설의 사원이란 겁니다. 대아건설이면 그 사장이 우리의 친구라고 하고, 이종문 씨의 이름을 들먹이니까 그들은 대아건설의 사장은 임형철이지 이종문 씨가 아니라는 거였소. 그들과 그 문제를 갖고 시비하기도 뭣해서 그럼 너희들은 그 회사에서 무엇을 하느냐고 물었더니 그들의 목하 임무는 임형철 사장의 재산을 보호하는 데 있다는 얘기였소. 적수공권 혈혈단신으로 월남한 그들에게 임형철이 베푼 은혜를 갚기 위해선 앞으로도 모든 성의를 다하겠다는 거였소. 얼핏 우리는 생각했죠. 임형철의 재산이면 이종문 씨의 재산이 아닐까 하구요. 그래 더 이상 묻진 않았는데 임형철의 그런 소위는 불쾌하기 짝이 없었소. 순진한 청년들을 동지들께 배신까지 하게 해서 자기의 손발로 쓰고 있는 그런 태도 말입니다."

이종문이 새파랗게 질렸다.

"그럼 왜, 문 동지나 성 동지는 그런 말을 나한테 해주지 안 했습니꺼?"

"말을 할까도 했지."

하고 문창곡이 다음을 이었다.

"그러나 이 사장의 고민이 있지 않을까 싶었소. 그리고 결과적으로 임형철을 비방하는 거로 되니 점잖지 못하다는 생각도 있었구."

"나는 두 분 동지를 형제처럼 생각하고 있었는디 그런 말씀을 들은께 섭섭합니다. 그리고 나는 전연 모르는 일입니다. 언젠가 임형철이 나한 테 와서 청년단 합동에 찬성하지 않는 청년들이 몇이 있는데 앞으로 공사를 하는 데에 필요한 인물들이니 사원으로 채용하겠다고 합디다. 그래 좋다고 했습니다. 그란디 거겐 또 까닭이 있었습니다. 임형철이 자기 소유로 건물을 갖고 있는디 그걸 한청에게 빼앗길 판이니 장관이나 경찰국장에게 얘길 해달라쿠더만요. 그 청을 나는 딱 거절했습니다. 그랬더니 이 친구 섭섭하다 안캅니꺼. 자기는 내 일을 위해서 죽을판 살판 했는디 내 태도가 너무 무정하다쿠는기라요. 그런 판에 자기 동지들을 채용해달라는 청까질 어떻게 거절합니꺼. 올데 갈데 없는 청년들이면 그저 먹여주기도 해야 할 판인디 말입니다."

"그렇다면 지금 임형철은 이종문 사장이 내는 돈으로 자기 재산 지키는 놈들을 거느리고 있단 말 아니오?"

성철주가 물었다.

"얘기를 들어본께 그런 꼴인가 봅니더."

"헌데 그놈을 이런 사실을 알고도 가만 둘 작정이우?"

이번엔 문창곡이 물었다.

"두말 있습니꺼. 당장 파면을 하겠습니다. 사실 따지고 보면 그놈은 내게 손해만 끼쳤지 별 한 일도 없습니더."

"우리가 끼어들어 사장과 부사장을 이간시키는 것 같아서 께름하기도 합니다만, 그래서 이때까지 말을 하지 않은 것이지만, 이왕 말이 난 김에 과단성 있게 처리해야 될 거요. 벌써부터 짐작한 바이지만 그 사람 데리고 있다간 무슨 일이 있을지 모를 거요."

온유한 성격의 문창곡으로선 격한 어조로 말했다.

5

그날 오후도 동식은 인사동의 고서점을 둘러보고 있었다. 학원분규에 염증을 느껴 대학을 그만둔 이동식은 매일처럼 서울시내의 고서점을 둘러보는 것을 일과로 하고 있었다. 운동을 겸한 산책의 뜻도 있었지만 어쩌다 희귀한 책을 발견하는 기쁨이 우울한 나날에 있어서의 유일한 위안이었다.

다른 대학에서 와달라는 초청이 있었지만 동식은 그 청을 완강하게 거부하고 있는 터였다. 교육이 불가능한 사회란 인식의 탓도 있었지만 그는 스스로 교육자로서의 실격을 자각하고 있었다. 그는 가끔 스피노자를 생각했다. 렌즈를 닦아 호구의 수단으로 하면서 고고하게 철학적 사색에 정진한 스피노자가 그의 이상상이었던 것이다.

마르크스주의가 아니면 모조리 사이비철학으로 모는 공산주의자들의 독선도 물론 견딜 수 없었지만, 반공주의를 내세우기만 하면 경제적으로나 사회적으로 안전한 신분을 보장 받을 수 있는 풍조에 편승해 있는 교육계의 실정도 그로선 견디어낼 수가 없었다.

응당 공산주의, 아니 마르크스의 학설을 비판해야 할 대목에 이르러선 절대적인 관권이 탄압하고 있는 시국에 아첨하는 것 같아서 말끝을 흐리지 않을 수가 없었고, 응당 마르크스의 학설을 옳다고 해야 할 대목에서는 신체적인 불안을 느껴 흐지부지해야만 하는, 그런 어색한 상황을 매일매일 겪어야 한다는 것은 그야말로 고통이었던 것이다.

'이 나라에서 아무런 구애를 받지 않고 옳게 생각하려고 애쓰는 사람이 몇쯤은 있어도 될 일이 아닌가. 그러자면 공직에서 떠나는 것이, 더욱이 학원에서 떠나는 것이 가장 현명한 일이 아닌가. 육체노동을 해서라도 정신적인 치욕만 면할 수 있다면 그로써 족한 것이 아닌가. 그리고 옳게 생각하려고 하는 그 마음과 성과를 '마이엘'처럼 일기에 적으면서 조용히 살아가는 것도 하나의 방법이다.'

동식은 이런 생각을 실천하려고 했다. 송남수의 소개로 알게 된 이상백 씨를 통해 9월 신학기부터 서울대학으로 왔으면 하는 청을 받았으면서도 거절한 까닭이 여기에 있었다. 그렇다고 해서 교직에 남아 있는 사람들을 경멸하는 따위의 불순한 마음을 먹어본 적은 없었다. 나쁜 뜻이 아니게, 적당하게 교육자의 본분을 기술화할 수 있는 능력이란 것이 있을 수 있다고 믿기 때문이다. 만일 동식 자신도 직업 없이 살아갈 수 없는 형편이었다면 다소의 고통은 참더라도 교육자로서의 위치에 집착했을지도 모를 일이었다. 이렇게 생각하면 동식의 스피노자 숭배도 한갓 센티멘털리즘일지도 몰랐다.

그러나저러나 반 오십을 넘긴 나이에 부모의 부양만을 받아 살고 있다는 사실이 유쾌할 까닭은 없었다.

그날 동식은 T서점에서 라틴어로 된 '잘다노 브루노'의 저작집을 발견해서 가벼운 흥분을 느끼고 있었다. 동식의 라틴어 실력으로선 그 책을 쉽게 통독할 수는 없었지만 사전을 찾아가며 읽으면 그다지 무망한 노릇도 아닐 것이었다. 동식은 그 책을 들고 이곳저곳을 펴며 곰팡이 냄새를 맡아보았다. 시간의 거리는 차치하고라도 극동의 반도 서울 한 구석 고서점 서가에 잘다노 브루노의 저서가 숨을 죽이고 있었다는 사실이 무슨 기적같이만 생각되었다. 동식은 내라는 대로 값을 치르고 그 책을 샀다.

바로 그때였다. 가게 한구석에서 아까부터 삐익삐익 잡음 섞인 소리를 내뿜고 있던 라디오에서 돌연

"김구 선생이 흉탄을 맞고 돌아가셨습니다. 오늘 오후 열두 시……."

동식은 등골이 오싹함을 느꼈다. 아직 그 방송의 뜻을 완전히 파악하지 못했으면서도 본능이 먼저 알아차린 느낌이었다.

"그 라디오 소리 좀 키워보십시오."

동식이 숨가쁘게 말했다.

아나운서의 흥분을 가누지 못한 말소리가 상세하게 흉변을 전하고 있었다. 김구 선생의 암살범은 안두희란 이름의 육군소위란 것이었다.

뭉클한 것이 치밀어올라 목구멍을 메웠다.

"이게 무슨 변이람!"

하고 책점 주인이 혀를 차며 의자에 풀썩 주저앉았다. 때마침 가게 안에 있던 세 사람의 손님들도 눈을 휘둥그렇게 뜨고 도무지 믿을 수 없다는 표정이었는데, 그 가운데 한 사람이

"망했어. 나라는 망했어."

하고 울먹였다.

"창피해서 어디 살겠나."

또 한 사람의 말이었다.

동식은 걷잡을 수 없는 가슴을 담고 가게 밖으로 나왔다. 한산한 거리에 유월의 태양이 넘칠 듯 깔려 있었다. 일체의 음향이 사라지고 걷고 있는 사람들의 모습이 판토마임의 배우처럼 보였다.

동식은 원래 정치에 무관심하려고 했고 그런 때문에 김구 선생에 대

해서는 특별한 관심을 갖지 않고 있었다. 한국인이면 으레 가질 수 있는 평균적인 존경심 이외엔 별다른 감정이 없었던 것이다. 그런데 그 비보는 상상할 수 없을 정도의 충격을 동식에게 주었다.

뭐니뭐니해도 그분이야말로 가장 소중한 민족의 기둥이었다는 상념과 왜 그분을 이해하려고 노력하지 않았던가 하는 뉘우침이 일시에 솟아올랐다. 어느새 눈물이 동식의 뺨 위를 흐르고 있었다. 그런 줄도 모르고 동식은 한참 동안을 걷고 있었던 것이다.

태평스럽게 걷고 있는 사람들은 아직도 그 비보를 듣지 못한 때문으로 보였다. 만일 저 사람들이 그 사실을 알았더라면 눈물을 흘리며 걷고 있는 자기를 보아도 조금도 이상스럽게 생각하지 않았을 것이 아닌가 싶었다.

여느 때 같으면 삼선교 들머리에 있는 집까진 적당한 보행의 산책길이었지만 그날 동식은 비원 앞에서 택시를 탔다. 북받쳐오르는 비통한 흥분을 가눌 길이 없었고 다리의 힘이 빠져 도저히 걸어갈 수가 없었기 때문이다.

택시 운전사는 중년 남자였는데 그 역시 비통한 얼굴을 하고 있었다. 그는 표정으로 동식의 기분을 이해한 모양으로

"슬픈 일입니다, 슬픈 일입니다. 일본놈도 감히 침범하지 못한 어른을……"

하고 침통하게 중얼거렸다. 동식은 다시 샘 솟는 듯한 눈물을 어떻게 할 수가 없었다. 과묵해보이는 운전사도 동식의 울음에 감염되었는지 손등으로 눈물을 닦곤 코 메인 소리로 울부짖었다.

"그놈은 광화문 네거리에서 능지처참을 해야 될께유."

택시에서 내린 동식은 걸어서 5분이면 될 골목길을 가까스로 기어오

르듯했다.

대문에 들어서자 남희는 핏기가 가신 동식의 얼굴을 보고 놀라 뛰어나왔다.

"어떻게 된 거예요? 어디 아프세요?"

"자리나 좀 깔아줘요."

동식은 입은 옷 그대로 요 위에 쓰러지듯 누웠다.

"의사를 부를까요? 열은 없는 것 같은데."

남희는 동식의 이마를 짚어보며 조심스러운 표정을 지었다.

"의사 필요없소."

"어떻게 된 거예요? 무슨 일이 있었어요? 무슨 일예요?"

남희는 동식의 눈 언저리에 말라붙은 눈물자국을 보자 더욱 불안해졌다.

동식이 그 사실을 알리고자 했지만 차마 말이 나오지 않았다. 어떻게 그 끔찍한 말을 입에다 담을 수 있단 말인가. 동식은 허허하게 시선을 돌려 남희를 바라보며 말했다.

"라디오 못 들었소?"

"라디오는 왜요?"

"김구 선생이 돌아가셨어."

"뭐라구요?"

"김구 선생이 흉악한 놈의 총에 맞아 돌아가셨어."

"어머나!"

일순 남희의 숨이 막힌 것 같았다. 그리고 동식이 덮고 있는 이불 위에 이마를 대고 흐느껴 울기 시작했다.

"절망했어, 난 이 나라에 절망했어."

남희는 계속 울고만 있었다. 남희는 김구 선생을 지척에서 뵌 일이

별 하나 떨어지고 53

있었다. 그때의 광경을 가끔 얘기하기도 했다.

"우람한 어른을 가까이에서 뵈니 가슴이 떨려 혼이 났어요."

이것이 그럴 때마다의 남희의 말버릇이었다.

"남희 씬 그래도 다행이었어. 선생님을 가까이에서 뵈올 기회를 가졌으니. 난 먼빛으로만 보았을 뿐이거든. 왠지 가까이 모시지 못한 게 후회가 돼."

남희가 고개를 들었다.

"어떤 놈예요, 선생님을 죽인 놈이?"

남희의 입에서 '놈'이란 말투를 들은 것은 처음 있는 일이었다.

"그놈이 누군질 알면 복수라도 할 텐가?"

"천주님께서 우릴 대신해서 복수하시겠죠."

이어 남희는 곧 기도를 시작했다. 입 밖으로 나오진 않았지만 동식은 그 기도의 내용을 알 것만 같았다.

"가능하다면 당장 그놈의 머리 위에 벼락을 때려 박살을 내라고 해요. 그렇게 천주님께 기도해요. 그렇게만 하면 나도 당장 천주교의 신도가 되겠어."

여느 때 같으면 즉각 반발할 남희는 잠자코 기도를 계속했다. 기도를 끝내고 또 물었다.

"어떤 놈예요?"

"안두희란 놈야. 육군소위라고 하드먼."

"육군소위?"

"그렇데."

"그럼 군대가 한 짓인가요? 단독으로 한 범행이 아니었구먼요?"

"아직 확실한 것은 모르지만 단독범이라고 했어."

열어젖혀놓은 창문으로 하늘이 보였다. 하얀 구름이 둥실둥실 떠 있는 사이로 새파란 빛깔이 선명했다. 저 하늘 아래 김구 선생이 시신으로 누워 있다 싶으니 동식은 새삼스럽게 자기의 무성의가 후회되었다.

한참을 말없이 누워만 있다가 동식이 벌떡 일어나 앉았다.

"우리 송남수 씨를 찾아가볼까?"

남희는 잠깐 동안 생각했다.

"가지 않는 게 좋을 거예요."

"왜?"

"오빠 혼자 실컷 울도록 내버려둬요."

"어쩌면 경교장으로 달려갔을지 모를 일 아닐까?"

"그럴지도 모르죠."

"그럼 우리 경교장 근처에라도 가볼까?"

"근처에 가서 뭣 하실 거예요?"

"조금이라도 가까운 데에 있어보고 싶어서."

"그만두세요. 마음과 믿음으로 해서 가까워지는 거지 육체를 가까운 데 옮겨놓았다고 해서 가까워지는 건 아녜요."

얼마간이 지나 남희의 어머니도 어디서 비보를 들었는지 눈물을 앞세우고 돌아왔다. 마루에 퍼져 앉아

"김구 선생이 돌아가셨어."

하고 소리를 죽여가며 울기 시작했다. 그러더니 악담을 하기 시작했다.

"그 독사 같은 놈, 어떻게 그런 놈을 사람이라고 할 수 있을까."

남희 어머니의 입에서 그런 악담을 듣는 것도 동식으로선 처음 있는 일이었다. 어머니는 이어

"그 소식을 들은 사람들이 모두들 울지 않겠니. 짐승이 아닌 담에야

울지 않을 사람이 어딨겠어. 조선사람이면 다 울거야. 울고말고."
하고 한숨을 쉬었다.

"나랑 동식 씨도 이때까지 실컷 울었어요."

남희의 말은 처량했다.

충격으로 인한 육체의 피로가 풀리는 듯하자 동식은 집 안에 가만히 처박혀 있을 기분이 되질 않았다. 그러나 수탄장을 벌이고 있는 모녀를 그냥 두고 외출하기도 쑥스러운 일이었다.

그러자 문득 이종문이 이 사건을 어떻게 받아들였을까 하는 상념이 솟았다. 이종문은 다른 무슨 의미보다도 동식에겐 관찰의 대상으로서의 의미가 컸으니 그런 생각을 해볼 만도 했다.

"이종문 씨에게나 가봤으면 하는데."

"이런 날은 집에 가만 계시는 거예요."

남희는 살며시 동식을 흘겨봤다.

남희의 충고를 받아들인 것이 다행이었다. 그 무렵 이종문은 임형철과 대판 싸움을 벌이고 있었다. 그들에겐 김구 선생의 죽음이고 뭐고가 없었다.

어젯밤의 일이 있고 나서 이종문은 나름대로 신중히 생각했다.

결론적으로 말해 문창곡이나 성철주가 자기에게 해로운 말을 할 까닭이 없는 이상 임형철과의 절연은 당연하다고 이종문이 마음을 먹었다. 그리고 출근 시간이 되었을 무렵 전화를 걸었다.

"왜 그러십니까?"

하는 반문이 임형철로부터 돌아왔다.

"일없이 언제 널 오라고 한 적이 있어?"

종문이 말투가 거칠어지지 않을 수 없었다.
"오전 중엔 안 되겠습니다."
"그럼 몇 시쯤이면 되겠노?"
"세 시쯤에 가겠습니다."
"좋아, 그럼 그때 와."

했지만 회사에서 가장 중요한 일은 사장 시키는 대로 하는 일 말곤 없을 텐데 이유를 분명히 말하지도 않고 오전 중엔 못 오겠다고 하는 건 너무나 뻔뻔스럽다 싶어 이종문은 대단히 불쾌했다. 불쾌감을 되씹고 있노라니까 용건이 염두에 떠올랐다.

종문이 다시 회사에 전화를 걸었다.
"누굴 찾죠?"
되돌아온 말이 억셌다.
"임형철을 불러주소."
"임형철?"
"그렇다니까."
"당신 누구요. 누구길래 사장님의 이름을 예사로 탕탕 부르는 거요."
이종문의 머리에 피가 올랐다.
"넌 누구야?"
"이 친구 한술 더 뜨누만. 허나 알고 싶으면 대주디. 난 대아건설 임형철 사장의 비서외다. 그럼 당신도 이름을 대야 할 것 아냐?"
"난 이종문이다."
"리종문? 리종문이면 어이캐서 남의 회사 사장 이름을 탕탕 부르이까?"
"잔말 말고 빨리 임형철일 대요."

했을 때 수화기에서 누구 전화야, 이종문? 하는 임형철의 음성이 들리더니

"전화 바꿨습니더."

임형철이었다.

종문은 이제 막 전화를 받은 놈이 누구냐고 호통을 치고 싶었지만 전화를 통해 시비를 해보았자 소용이 없다는 생각으로 가까스로 흥분을 참고

"나중에 나에게 올 땐 경리장부를 가지고오게."

하는 말만 해놓고 전화를 끊어버렸다.

오후 세 시 이종문이 임형철을 만나기까지에 대충 이러한 경위가 있었던 것이다. 그런데다 임형철이 나타나면서부터 이종문의 비위를 거슬러놓았다.

"경리장부를 가지고오라고 했는디 내가 무슨 도둑질을 했을끼라고 해서 가지고오라고 했소?"

"사장이 경리장부를 보자는기 잘못인가? 보자고 안 해도 보여줘야 할끼 아닌가?"

"돈을 얼마나 갖다놓았기에 경리장부는 들먹입니꺼. 작년 12월 잔고가 1,000만 원 남짓했는디 그걸 갖고 반 년 동안 끽 소리 없이 회사를 지탱해왔으면 그만이지 뭣을 보자는 겁니꺼. 새로 또 돈을 내놓을 때면 몰라도요."

"이 자식! 무슨 소릴 하고 있는 것고."

이종문이 버럭 고함을 질렀다.

"내가 안 할 말 했습니꺼?"

"그래 그게 사장 앞에서 하는 말인가?"

"사장 앞에선 무슨 말을 해야 합니꺼. 일본말로 해야 합니꺼. 영어로 해야 합니꺼. 일본말과 영어를 하면 알아듣지 못할끼라고 친절하게 나는 한국말을 하고 있는 것 아닙니꺼."

이건 분명한 모욕이었다. 이종문이 날쌔게 상체를 움직여 임형철의 뺨을 갈겼다. 임형철이 쓰고 있던 색안경이 날아갔다.

"사람을 치기 있소? 말로 해요, 말로."

임형철이 발악을 했다.

이때였다. 층계를 올라오는 요란한 소리가 들리더니 방문이 후다닥 열리고 종문으로선 낯이 선 장정 몇 사람이 쑥 얼굴을 내밀었다.

"사장님, 어떻게 된 거죠?"

그 가운데의 하나가 물었다.

"괜찮아, 밖에 나가 있어."

하고 임형철이 손을 저었다.

"너희놈들은 어떤 놈들인가?"

이종문이 버럭 고함을 질렀다.

"이런 소릴 듣고 있어도 가만있을까요?"

또 한 놈이 말했다.

"형철이! 이놈, 이놈들이 누구고. 어떤 놈들인가 말이다."

"회사의 직원들입니더."

"회사의 직원이 사장 앞에서 이 따위 행팬가, 내 모르는 직원이 어딨어? 배은망덕한 놈! 빨리 저 패들을 데리고 나갓. 그리고 당장 보따리를 싸란 말이다. 오늘부터 너는 회사와도 나와도 인연이 없는 줄을 알아라."

임형철이 이지러진 웃음을 웃어보이곤 능글능글하게 시작했다.

별 하나 떨어지고

"몇 해 동안을 개 부려먹듯이 부려묵곤 뺨까지 때려서 내쫓겠다꼬? 그렇게 일이 호락호락 될 줄 알아요? 천만의 말씀. 이런 의리 없는 사람이란 걸 알았기 때문에 나도 단단히 대비를 했소이다. 이래뵈도 나도 부랄 두 쪽 차고 서울 와갖고 거뜬한 빌딩 한 개 챙기고, 정치적으로도 기반을 닦아놓은 놈이오. 당신이 가지고 있는 노름 기술과 대통령 등쳐 먹는 사기술은 가지고 있지 않지만 의리에 살고 의리에 죽는 사내의 의기만은 당당히 가지고 있소. 해볼 테면 해보소. 나는 보는 바와 같이 내 동지들을 먹여 살리기 위해서라도 한 치도 후퇴할 수가 없소."

이 말을 듣자 아까까진 얼굴만 내밀고 있던 장정들이 주저하는 빛도 없이 방 안으로 들어오더니 임형철을 에워싸는 자세로 둘러앉았다.

이종문이 어이가 없었다. 무던히도 담력도 있고 기갈이 강한 이종문이었지만 자기 이상의 파락호에겐 대항할 엄두가 나지 않는 것이었다. 그러나 기가 죽고만 있을 순 없었다.

"한 치도 후퇴하지 않으면 어떻게 하겠다는 말이고? 바른 말대로 해서 너 같은 불칙한 놈을 그냥 봐줄 놈은 이 세상엔 없을끼다. 네사 버티든 말든 네 마음대로 해라. 나도 내 마음대로 할낀께."

"마음대로 하는 것 좋아하는 신사인 것 같은데 우린 38선 넘어올 때 목숨 떼어 걸어놓고 온 놈들이오. 당신 마음대로 하는 취미 덕택에 말라 죽어도 본전이고, 감옥에 들어가 썩어도 본전이구, 병신이 되면 조금 덤이 남는다, 이 말씀이니 부디 알아서 마음대로 해보시구려."

땅딸한 체구의 사나이가 삼백안를 치켜뜨면서 능글맞게 지껄였다. 성대로라면 눈앞에 재떨이를 들어 그놈의 면상을 치고 싶은 충동이 일었지만 그럴 순 없었다.

"아까 들은께 대아건설의 직원이라 캤는디 대아건설의 직원이 사장 앞에서 이런 짓을 해도 된다꼬 생각하나?"

"사장 앞에선 안 되지요."

아까의 그 사내가 말했다.

"그런데 왜 이러는기라!"

"우린 대아건설의 직원이긴 하되 임형철 동지가 사장이 되어 있는 대아건설의 직원이니까 오해 없도록 바라오."

역시 땅딸보가 한 말이었다.

"내가 임형철에게 사장 직을 맡긴 일은 없어. 잠꼬대 같은 소리 하지 말고 모두 나가! 당장 나가!"

"이렇게 의리 없는 이종문 씨라는 것을 짐작하고 회사는 내 것으로 만들어놓았으니 회사에 관한 한 걱정하진 마십시오."

임형철이 입을 삐죽이며 말했다.

"흥."

하고 냉소를 하다가 이종문은 불현듯 인장을 맡겼을 때 그 인장을 이용해서 회사의 재산을 송두리째 임형철의 명의로 넘겨버린 것이 아닌가, 하는 생각이 들자 아찔했다. 이종문이 자기의 인장을 항상 맡겨놓고 있었던 것은 아니지만 간혹 회사에선 잠깐 동안이나마 도장을 맡긴 일이 있었던 것이다.

"날강도 같은 놈이로구나."

이종문이 이를 뿌드득 갈았다.

"강도의 것을 가로채먹는 것도 강도 축에 들까? 그러나 우리는 당신처럼 혼자 잘살기 위해 사람의 등을 쳐먹진 안 했어. 앞으로도 그런 일은 없을 꺼고. 우리는 동지를 위해선 단결이 돼 있어. 강도 노릇을 해도 동지를 위해 헌다 이 말이오."

드디어 이종문은 분통을 터뜨리고 말았다. 장정들이 에워싸고 있어 팔이 미치지 않을 것이란 판단을 순간적으로 하자 날쌔게 재떨이를 들어 임형철의 면상을 향해 던졌다. 재떨이는 정통으로 임형철의 얼굴 중앙에 명중했다.

"악!"하는 비명 소리와 함께 코피가 흘러내렸다. 반사적으로 4~5명의 장정이 이종문에게 덤벼들었다. 순식간에 수라장으로 변했다. 태동여관의 장정들도 싸움 속에 끼었다. 그러나 싸움에 있어선 임형철이 데리고 온 장정들의 적수가 못 되었다.

이종문도 가당찮게 사자처럼 설쳤지만 호되게 얻어맞은 결과가 되고 말았다. 그러나 이종문의 목표는 어디까지나 임형철에게 있었기 때문에 임형철도 이종문 못지않게 심한 상처를 입었다. 급보를 듣고 문창곡과 성철주가 수송동 동지를 데리고 들이닥쳤을 때는 임형철 일당이 철수하고 난 후였다.

6

두들겨 맞기만 하면 수가 터지는 이종문의 징크스도 한물이 간 것이 아닌가 싶다. 모처럼 큰 공사를 얻어놓고 공사 시작과 함께 선금까지 받기로 되어있는데 회사의 주도권을 빼앗기고 말았으니 그 상태로는 공사에 착수할 수가 없는 형편이었다.

문창곡이 추천한 변호사를 시켜 조사를 해보게 했더니 그 변호사의 말은 다음과 같았다.

"많은 사기사건을 보아왔지만 이렇게 감쪽같은 경우는 처음입니다. 아주 교묘한 수단입니다. 이종문 씨로부터 회사를 인수 받았다는 증빙

서류가 완벽했으니까요. 게다가 또 교묘하다 할 수 있는 것은 국세를 비롯한 공과금을 반 년 동안이나 임형철의 명의로 납부했다는 점입니다. 이종문 씨의 이름을 공동대표로서 형식적으로 남겨 놓은 것도 지능적인 수법이지요."

"그래, 어떻단 얘깁니꺼? 회사를 도로 찾을 수 없다쿠는 얘깁니꺼?"

감탄만 하고 있는 변호사가 얄밉기까지 해서 이종문이 이렇게 물었다.

"결국 법정에서 해결이 되겠죠. 그러나 민사소송이란 것은 세월을 오래 끄는 게 돼놔서 지금 당장 어떻게 할 도리는 없는 것 같습니다."

"명백한 사긴디 형사소송을 할 수 없단 말입니꺼?"

"명백한 사기라는 것은 우리가 하는 말이고 모든 증빙서류가 빠짐없이 갖추어져 있는 형편인데 법관이 그걸 사기라고 인정하겠습니까?"

"인장을 도용해서 한 짓이란 점을 밝혀 형사 문제로 해보면 어떻겠소?"

문창곡이 한마디 거들었으나

"수많은 서류에 그것도 장기에 걸쳐 인장을 도용하도록 허용했다는 것이 벌써 상식에 어긋나지 않소? 그리고 왜 반 년 동안이나 그런 상태로 있었는데 법적 조치를 취하지 않았나 하는 것도 문제가 되겠구요."

하며 변호사는 비관적인 태도를 취했다.

"지난해 이래 쭉 공사가 없었습니더. 건국 초기에 무슨 신통한 공사가 있었겠습니꺼. 그래 나는 부사장인 그에게 빈집이나 보라는 마음으로 맡겨둔 겁니더. 그런디 그놈이……."

하고 이종문이 흥분했다.

"무슨 방법이 없을까요?"

문창곡이 물었다.

"민사소송을 제기하고 일단 가처분을 받아보도록 노력할 밖에 없소.

그런데 가처분이란 것은 회사를 도로 점거할 수 있는 힘이 있어야만 효과가 있는 것인데 집달리의 힘으로 그게 가능할까가 문젭니다. 회사 사무실엔 살기가 등등한 장정들이 2, 30명쯤 우굴대고 있던데요."

변호사는 어디까지나 비관적이었다.

"할 수가 없구만. 소송은 소송대로 진행시키기로 하고 별도의 토건회사를 만들어 이번 공사를 할 밖에 없지 않소?"

문창곡의 말이었다.

"하지만 자재창고만은 도로 찾아야 합니다. 마포와 종암동에 자재창고가 있거든요. 장비가 모두 거게 들어있습니다."

종문이 울상이 되었다.

"회사를 도루 찾는 게 자재창고를 찾는 것 아닙니까. 그러니 문 선생 의견대로 하는 것이 좋을 거요."

변호사의 말대로 할 수밖에 없었다. 종문은 신규로 토건회사를 설립하기로 하고 한편 소송을 제기하도록 그 준비를 변호사에게 부탁했다.

최악의 경우 대통령에게 읍소할 작정이었지만 종문은 체면상 이런 일은 대통령에게 알리고 싶지 않은 심정이었다.

이러한 약점을 알고 있는 임형철은 종문이 토건회사 설립과 소송제기를 준비 중이란 소문을 들은 모양으로 다음과 같은 요지의 협박장을 보내왔다. 협박장은 내용증명으로 되어 있었다.

인천 서울간의 도로포장공사는 대아건설의 명의로 지명된 공사인 만큼 대아건설에서 해야 한다. 만일 이 일을 방해하기만 하면 이종문이 대통령을 업고 갖가지 사기행각을 한 사실을 만천하에 폭로한다. 동시에 일인여자日人女子를 겁탈하여 그 집을 탈취한 사실, 양가의 부녀를 농락하여 끝끝내 자기의 첩으로 만들어버린 사실, 상습적인 노름꾼이란 사실, 본처를 속여 이혼한 사실, 아편을 팔아 치부했다는 사실, 공사하청을 준다고 하여 군소업자를 등쳐먹은 사실들을 증거로 들어 만천하에 공개하여 일거에 매장해버릴 터이니 그리 알고 행동하라!

종문이 이 협박장을 받고 억장이 무너지는 듯했다. 더욱이 아편을 팔아 치부했다는 사실을 어디서 알아냈을까 싶으니 모골이 송연했다. 종문이 술에 취하면 허튼 소릴 곧잘 했지만 아편에 관한 얘기는 누구에게도 한 적이 없었다. 그런 사실을 알아낸 것을 보면 임형철은 미리부터 배신할 준비를 해왔다는 얘기가 된다.

종문은 갑자기 용기가 생겼다.

'좋다, 그렇게 나온다면 나도 해보자. 너 죽고 내 죽으몬 될끼 아니가. 본래 돈 가지고 세상에 나왔나. 나도 부랄 두 쪽 차고 서울에 올라온 놈이다. 네놈에게 내가 지고 있을 순 없다. 내가 주저한 것은 쥐꼬리만한 체면을 지키기 위해서였는데 그 체면을 생각하지 않는다면 나도 못할 짓이 없다. 이놈 두고 봐라!'

하는 오기가 솟은 것이다. 쥐를 쫓아도 도망갈 구멍을 틔워놓고 쫓으란 말이 있다. 임형철이 보낸 협박장은 이렇게 역효과를 내었다.

이종문은 입을 악물고 궁리를 했다.

첫째, 경무대에 가서 전후 시종을 설명하고 호소할 일이다. 이로써 대통령의 신임은 잃게 되겠지만 원수는 갚아주시겠지.

둘째, 경찰국을 찾아가서 국장 이하 간부에게 호소할 일이다. 이때까지의 친분을 생각해서라도 힘이 되어주겠지.

셋째, 임형철이 거느리고 있는 놈들보다도 우세하고 수가 많은 장정들을 모아 나를 모욕한 놈들을 두들겨주어야 할 일이다. 그 뒷감당은 경찰에서 해주겠지.

대강 이렇게 구상하고 문창곡, 성철주를 찾아나서려다가 종문이 선뜻 이동식의 생각을 했다. 전화를 걸어보았다. 동식이 마침 집에 있었다.

"이 박사 보고 싶네. 빨리 좀 오게나."

전화를 걸고 동식을 기다리고 있는 동안에 동식에 관한 이 생각 저 생각을 해보았다.

'세상은 희한한기지. 형철이 같은 놈이 있는가 하면 동식이 같은 사람이 있는기라.'

종문은 동식의 이름만 들먹여도 흐뭇한 심정이 되었다. 동식은 종문이 무식하다고 해서 얕잡아 보는 법이 없었다. 간혹 용돈을 주려고 해도 받질 않았다. 씨알머리 없는 소리도 끝까지 들어주었다. 잘잘못을 따지는 법이 없이 언제나 감싸주는 기분으로 대했고, 정 잘못을 저질렀을 때는 자기가 저지른 일을 뉘우치듯 충고를 아끼지 않았다.

'옳지, 돈 실컷 벌어가지고 동식이 마음대로 운영하도록 대학교를 만들어주어야겠다!'

종문은 생각이 이에 이르자 임형철로부터 받은 모욕을 잠시나마 잊을 수가 있었다.

동식이 임형철이 보내온 협박장을 읽고, 종문의 의사를 주의 깊게 듣고 있더니 뚜벅 말했다.

"경무대에 가는 건 잠깐 보류하시죠."

"우찌 할라꼬? 한시가 급한디."

"경무대에 가는 건 최후의 수단으로 해둡시다. 먼저 로푸심을 만나 의논을 해봅시다. 희귀한 능력을 가진 사람이니까요."

"로푸심 씨가 서울에 있나?"

"정대호란 이름으로 와 있습니다. 홍콩에서 며칠 전 돌아왔답니다."

"홍콩에서?"

"쭉 홍콩에 있었나봅디다. 그런데 이 사장께서 신의가 두터운 분이라고 극구 칭찬이었어요."

이종문은 인천 하역회사에서 오르는 수입을 약속대로 매달 로푸심이 지정한 사람에게 꼬박꼬박 지불하고 있었다. 로푸심이 그 사실을 들먹인 것이었다.

"그분이 힘이 되어준다면 오죽 좋겠나."

이종문이 약간 들뜬 기분이 되었다.

"힘이 되어주실 겁니다. 워낙 정의감이 강한 데다가 이 사장을 고맙게 여기고 있으니까요."

"그럼 한번 부탁해주게."

이종문은 우이동 골짜기에서 있었던 일을 회상했다. 그 무시무시한 사나이, 그러면서도 어딘가 모르게 정이 드는 사나이, 이종문은 이 세상이 무궁무진하다는 것을 새삼스럽게 깨달았다.

"로푸심 씨가 나타날 줄이야."

"김구 선생의 비보를 듣고 달려온 모양입니다."

"김구 선생?"

이종문이 수척한 얼굴을 했다.

"나는 사람이 아닌기라. 그분이 참사를 당했다고 듣고도 울 시간도 없었은께."

하고 바로 그날 임형철의 행패가 있었다는 것이며 그 일 때문에 정신이 없었다는 얘기를 했다.

"생전엔 예사로이 생각하고 있었는데 돌아가시고 나니 그렇게 슬플 수가 없었습니다."

종문의 심정을 알아보기 위한 의도로써 동식이 한 말이었다.

"나도 그래. 살아계실 때는 이승만 대통령을 반대하는 사람이라고 해서 좋은 감정 안 가졌거든. 그런디 그런 감정을 가졌었다는기 또 마음에 걸리는 기라."

"항간에선 이승만 씨가 배후에서 조종했을 기라는 풍문이 파다하게 퍼져 있습니다."

"그럴 리가 있나. 일국의 대통령이요, 칼자루를 쥐고 있는 어른이 무엇이 답답해서 그런 짓을 할꼬."

"나도 그렇게 생각합니다."

"그러나 어른께선 오해를 받게도 돼 있어. 그 오해를 풀려면 범인을 야무지게 족쳐야 할긴디."

태동여관에서 나온 동식은 그 길로 로푸심을 찾아갔다. 로푸심은 회현동에 집을 마련하고 있었다. 등산복 차림으로 대문을 나서려는 로푸심을 만났다.

"또 등산입니까?"

"등산이 아니고 등고登高라고 해야 합니다. 등고해야만 고소高所의 사상을 익힐 수 있는 겁니다."

로푸심은 화려하게 웃고

"그러나 손님이 오셨으니 단념해야겠군."

하고 동식을 방으로 청해 들였다. 그 방에도 역시 서노불이란 액자가 걸려 있었다.

"저 액자는 항상 가지고 다니시네요."

"도리가 없죠. 용서한다는 서恕 자를 보십시오. 고른 마음, 같은 마음, 한결같은 마음, 그런 뜻으로 해자解字할 수 있지 않습니까. 그런데 노怒자를 보십시오. 노예 같은 마음, 마음의 노예, 상스런 마음 등으로 풀이할 수 있지 않습니까. 한자는 글자 하나하나가 지혜에 이르는 계기를 가진 것 같아요. 만일 한자를 골똘하게 연구하는 화가가 있다면 추상회화에 있어서 신기축을 이룰 수 있지 않을까, 하는 생각도 해보죠."

동식은 들어둘 만한 말이라고 여겼다.

"용건을 묻는 건 실례입니다만 특별한 일이라도 있어서 오신 겁니까?"

로푸심이 차를 권하며 물었다.

"고소의 사상을 익히러 가시는 분에게 저소低所의 사상을 말하는 것은 좀 뭣합니다만."

"주저마시고 얘기하십시오."

동식은 호주머니에서 임형철이 이종문에게 보낸 협박장을 꺼내 로푸심 앞에 놓았다. 로푸심이 협박장을 한참 들여다보고 있더니 파리한 얼굴이 되며 물었다.

"임형철이란 놈이 대강 어떤 놈입니까?"

동식이 종문으로부터 들은 대로의 얘기를 했다.

좌익혐의를 받고 붙들려간 사람의 집을 형철이 가로챘는데 종문이 뒤에사 그 일을 알고 돈을 내어 피해자에게 집을 사준 일이 있다는 얘기를 듣자 로푸심은

"그저 이형이 듣기만 한 애깁니까?"

하고 따졌다.

"내가 확인한 애깁니다."

동식은 소공동에서의 그날 밤을 상기하고 형철은 "빨갱이 집쯤 빼앗으면 어떠냐."고 덤볐을 때 "빨갱이 아니라 역적이라도 엄동설한에 거리로 사람을 내쫓는 따위의 죄는 짓지 말자."고 한 이종문의 말을 덧붙여 전했다.

"좋습니다."

로푸심이 부드럽게 웃었다.

"요즘 할 일이 없어서 무료하던 참에 일거리가 생겼군요. 아주 치밀하게 계획을 짜서 멋지게 결말을 만들어보겠소. 사무소는 초동의 그곳이죠?"

"그렇습니다."

화제가 김구 선생의 암살사건으로 번졌다.

"이승만 씨가 직접 조종한 것은 아닌 것 같애요. 과잉충성하는 놈들이 이승만의 의중을 대강 짐작하고 저지른 노릇인 것 같아. 아무튼 추잡한 테러야. 미학이 없는 테러! 테러의 성격을 분석해서도 민족성을 알 수 있는 겁니다."

"하여간 테러는 없어야 하는 것 아니겠습니까?"

"이형의 철학은 모르는 바 아닙니다. 그러나 가치가 제대로의 보람을 다하지 못하는 사회에선 절대로 테러는 필요한 것입니다. 가령 안두희 같은 놈, 그런 놈이 혹시 풀려나와 대로를 활보하고 있다는 가정을 해보세요. 그런 자와 같은 하늘 밑에 살 기분이 되겠어요? 요는 용기의 문제이지 선악의 문제는 아닙니다. 또 예를 하나 듭시다. 이제 우리가 들먹인 임형철 같은 놈, 사실 그런 빈대 같은 녀석은 죽일 것까지도 없지만 상응한 응징을 하지 않고 방치해둘 수 있겠어요? 나는 찬찬히 김구 선생의 사건을 지켜볼 참입니다. 그러는 동안에 결론이 나겠지요. 그 결론에 따라 나는 행동할 작정입니다……."

한편 임형철도 만만찮게 대비를 하고 있었다. 협박장에 열거한 이종문의 행장에 관한 증거 수집에 바빴다. 그러나 임형철도 다급한 형편에 있었다.

서울 인천간의 포장공사를 맡게 되었다는 풍문이 돌자 군소업자들이 하청을 맡을 양으로 신청이 쇄도한 것을 기회로 임형철이 이곳저곳에서 돈을 받아 착복한 것이다. 그런데 이종문과 임형철이 등깔이 나서 대아건설에서 그 공사를 안 하게 될지 모른다는 정보가 새어나가자 군소업자들이 동요하기 시작했다.

임형철이 큰소릴 쳤지만 눈치 빠른 업자들이 그 술책에 넘어갈 까닭이 없었다. 심지어는 돈도 도로 내놓으라고 하는 업자까지 나왔고 그렇게까진 안 하더라도 돈을 낸 데에 대한 보관증을 청구하기에 이르렀다.

궁경에 말려든 임형철이 그 보관증을 이종문 명의로 썼다. 업자들은 그것을 환영했다. 임형철은 딴으로 교묘한 술책을 썼다고 생각했지만 사실은 스스로 묘혈을 판 것이나 다름이 없었다.

하청업체인 신일건설 사장은 이종문과 통하는 사이에 있는 변영규란 사람이었다. 대아건설이 포장공사를 맡게 되었다는 소리를 듣고 찾아갔더니 부사장 임형철이 나와 상대를 했다. 이종문은 바빠서 만날 짬이 없다는 얘기였다. 변영규는 줄잡아 20킬로미터 구간만이라도 하청을 달라고 부탁했다.

"자금 문제 때문에 딱한 사정이니 200만 원 정도를 회사에 내놓으시죠."

별 하나 떨어지고 71

하는 임형철의 말이 있었다.

번영규는 동분서주해서 빚을 내어 임형철에게 갖다주고 후일을 위해 보관증을 받았다. 그 명의가 이종문의 것이었다. 변영규는 별반 의심하지도 않았다.

그랬는데 이종문이 신규로 회사를 만든다는 소릴 들었고 대아건설의 내분을 알았다. 변영규는 부랴부랴 이종문을 찾았다. 대강 얘기를 듣고 이종문이 그 보관증을 보자고 했다.

그때 마침 변호사가 그 자리에 있었는데 그 보관증을 넘겨다보고 말했다.

"이 사장 됐습니다. 이건 사문서위조일 뿐 아니라 결정적인 사기요. 당장 형사 문제가 성립됩니다. 대아건설과 이 사장은 관계가 없다고 해놓고 어떻게 대아건설 사장 이종문 이름으로 보관증을 뗄 수 있습니까. 돈은 자기가 받아놓구."

그리고 변영규에게 물었다.

"이런 보관증을 받은 사람이 한둘이 아니겠죠?"

"잘은 모르지만 상당수 있지 않겠습니까."

변영규는 덤덤히 말했다.

"변 사장, 맹세코 변 사장이 요구하는 대로의 하청을 줄낀께 이 보관증에 대한 증인만 똑똑히 서주소."

이종문이 다짐을 받았다.

"여부가 있습니까. 세상에 그런 배은망덕한 놈을 그냥 둬서 되겠습니까."

변영규는 분격을 금할 수 없다는 듯 단호하게 말했다.

7

1949년 7월 5일.

백범 김구 선생의 장례가 있는 날이다. 동식은 아침 일찍 일어나서 하늘을 보았다. 어젯밤까지 내리고 있던 비는 멎었지만 하늘은 흐려 있었다. 그게 약간 불만이었다. 오늘과 같은 날은 천둥이 치고 폭풍이 불고 억수처럼 비가 쏟아져야 하는 것이다.

'폭풍우 속으로 상여야 나가라!'

태산준령이 첩첩했던 그 칠십 평생을 위해서도, 그 거룩한 꿈의 좌절을 위해서도 오늘은 보통 날이어선 안 되는 것이었다.

동식은 수돗가에서 세수를 하고 마루 끝에 앉아 백범의 참변이 있은 후 줄곧 해오던 생각에 잠겼다.

'이 나라에 있어서 김구란 무엇이냐. 김구에 있어서 인생이란 무엇이냐. 신념이란 방법 없는 무엇이냐. 방법 없는 애국이란 무엇이냐. 왜놈의 살의를 피한 그 몸이 동족의 손에 쓰러진 그 죽음의 의미는 무엇이냐. 예수의 죽음처럼 김구의 죽음이 민족의 앞날에 있어서 어떠한 기점이 될 수 있을까. 모래알처럼 수많은 죽음 가운데의 하나의 죽음일 뿐일까?'

철학도인 동식은 원래 사고에 익숙해 있었고 그 사고를 통해 자신의 존재 이유를 느끼고 있었지만 문제가 이렇게 되고 보니 그는 한숨을 쉴 수밖에 없었다.

경교장에서부터 장지인 효창공원까지의 장렬에 끼어볼까 하는 생각을 하게 된 것은 이 한숨의 결론이었다.

'무의미한 것이다.' 하는 마음도 있었고, '가장 신성한 노릇은 원래 무의미하다.'는 마음과 '무의미한 의식 속에 내 자신을 몰입해보자.'는 마음이 겹쳤다.

이럴 무렵 송남희가 나타났다.

"왜, 그런 얼굴을 하고 계시죠?"

송남희의 말이었다.

"오늘 김구 선생의 장례식에 참가해보고 싶어."

동식이 뚜벅 말했다.

"저도 그래요."

그래서 두 사람의 합의는 이루어졌다. 그러나

"비가 멎어서 다행이네요."

하는 남희의 말이 귀에 거슬렸다.

"난 폭풍우가 있었으면 하는데."

"모든 것이 천주님의 뜻인 걸요. 김구 선생은 틀림없이 천주님 곁으로 가실 거예요."

"천주님?"

하고 웃으려다가 참고 동식은

"김구 선생은 천주님이 마련한 천당에서 사는 것보다 어쭙잖지만 독립된 내 나라에서 사시는 걸 택하겠다고 했소."

하며 '삼천만 동포에게 고한다.'는 김구 선생의 메시지를 상기했다.

그 메시지를 처음으로 읽었을 때 동식은 김구 선생의 진실이기엔 문장이 너무나 아름답다고 느꼈었다. 삼천만 동포에게 대한 호소이기엔 그 내용이 너무나 공손하다고 느꼈었다. 정치적인 박력으로 작용하기엔 너무나 개념적인 것으로 느꼈었다. 그런데 지금 상기하니 우등생의 답안을 닮은 그 메시지가 그럴 수 없이 아름다운 빛깔을 띠고 가슴에 다가서는 것이다.

방법을 갖지 못한 정치가의 비극, 현실을 무시할 수 없다고 몇 번이나 강조하면서도 끝끝내 이상만을 말한 그 메시지! 그 저의나 목적을, 그리고 그를 이용하려는 세력이 말쑥이 사라진 이 단계에선 그 메시지는 액면 그대로의 가치로서 나타났다.

'죽음으로써 비로소 그 가치를 나타내는 인간이란, 지도자란 무엇일까?'

여덟 시쯤에 서대문으로 향했다. 가능할 수만 있다면 경교장 입구에서부터 장렬과 행동을 같이 하고 싶었던 것이다.

그러나 경교장 근처에 이르자 그 계획이 도무지 무망한 노릇이란 걸 알았다. 사방에서 시민들이 몰려들고 있었고 경비 태세 때문에 경교장 근처까진 갈 수가 없었다. 동식과 남희는 안산의 언덕에 올라가 한 곳에 자리 잡고 앉았다.

열 시가 되니 하늘이 맑게 개었다. 여름을 향한 태양이 뜨거운 햇살을 발산하기 시작했다.

"천주님은 이렇게 무심한 거라."

동식이 농담을 했다.

"왜요?"

천주님이란 말만 나오면 남희는 흥분한다.

"이런 날엔 천둥이 치고, 바람이 불고, 비가 억수처럼 쏟아져야 하는 거요."

"맑은 하늘 아래 거룩한 어른의 행차가 있도록 하기 위해서 그래요."

"그럼 예수가 십자가에 못 박혔을 땐 왜 천둥을 치고 야단을 했지?"

"천주님의 독생자였거든요."

동식은 마지못해 웃었다. 남희와의 얘기는 언제나 이런 꼴로 낙착되는 것이다.

주악 소리가 울려 퍼졌다. 이어 합창 소리가 있었다.

"삼천만 가는 길이

어지럽고 괴로워도

임이 계시오매

든든할 성싶었더니

……."

애절하면서도 격조가 높은 곡이었다.

"어느새 저런 곡을 누가 작곡했을까."

동식이 중얼거렸다. 남희는 계속 귀를 기울이고 있더니 말했다.

"새로 작곡한 게 아니고 쇼팽의 장송곡에 가사를 붙인 거예요."

그 노랫소리와 함께 움직임이 시작되었다.

기마경찰대가 선두에 나타났다. 여섯 명의 기마경찰관들이었다. 그 뒤에 역시 경찰관으로 보이는 정복한 사나이들이 따랐다. 4열종대, 헤아려보니 열두 명이었다.

여학생들이 태극기를 펼친 채 받들어 들고 걸었다. 군악대, 의장대가 뒤따랐다. 대학생으로 보이는 남자들의 일단이 있었다. 승용차가 미끄러져 나왔다. 바로 그 뒤를 또 백여 명의 학생이 따랐다.

영정을 봉정한 사람들, 이어 중학생, 조가대의 순서로 되고 십수 대의 승용차가 지나가고 '대한민국 임시정부 주석 백범 김구 지구.'라고 쓴 붉고 큰 명정이 나타났다.

선생의 영연이 드디어 지나갔다. 백수십 명의 어깨에 매인 영구의 바깥은 태극기에 덮였고, 흰 바탕에 남색의 테를 새긴 앙장이 높다랗게 치여 있었다. 그리고 영구의 주변은 온통 꽃으로 장식되어 있었다.

굴관제복을 한 남녀가 영구의 뒤를 따랐다. 삼베 두건을 쓴 무리들이 그 뒤에 있었다.

대강 그 정도를 보곤 동식과 남희는 사직고개를 넘어 걸음을 바삐해선 광화문이 보이는 지점으로 왔다.

광화문뿐 아니라 종로 일대는 인산인해를 이루고 있었다. 영여가 이르는 곳마다 흐느껴 우는 소리가 들렸다. 더러는 통곡하는 소리도 들렸다.

종로로 해서 장렬을 따라가기란 지난한 노릇이어서 동식과 남희는 뒷골목으로 해서 동대문으로 나왔다. 인산인해는 동대문 부근도 마찬가지였다. 낙산 언덕이 흰옷을 입은 시민들로 메워져 그야말로 인산이 된 것이었다. 오소백 씨의 유명한 표현을 빌면 '임이 가시니 산의 모습조차 변한 것이다.'이다.

영결식장인 서울운동장 근처는 이른 아침부터 시민들이 모여들어 있었다고 한다. 동식과 남희가 그 근처에 이르렀을 때는 식장에 미처 입장하지 못한 사람들로 대혼잡이 일어나고 있었다. 자연 그 남은 시민들이 운동장 앞으로부터 효창공원까지의 연도에 도열하게 되었다.

동식과 남희는 후에 장춘단으로 해서 남산을 넘을 요량을 하고 그 방향에 있는 어느 예배당의 안마당에 서서 영결식장에서 들려오는 스피커 소리에 귀를 기울였다. 그 예배당의 안마당도 입추의 여지가 없을 만큼 꽉 차 있었다.

조총의 발사가 들리는 듯했다. 그때가 오후 두 시.

"영결식에서 총을 쏘는 건 무슨 의밀까요?"

남희가 속삭이듯 물었다.

"난들 알 까닭이 있소."

하며 동식이 미소를 지었다. 그러나 축제나 장례식 같은 데서 총을 쏘는 이유가 뭘까, 하는 의문은 그대로 남았다. 의식을 보다 엄숙하게 하기 위한 상황구성의 방법 가운데 하나라고 하면 그만이겠지만 그런 답안으로써 석연할 순 없었다. 뭔가 연유가 있을 일이었다.

주악 소리가 들렸고 합창 소리가 들려왔다. 이윽고 연설이 시작된 모양으로 내용은 거의 알아들을 수가 없었지만 여러 사람들이 차례로 등단하고 있다는 짐작만은 할 수 있었다.

돌연 통곡 소리가 노도처럼 운동장 쪽에서 일었다. 누군가의 연설이 군중들의 감정을 촉발하게 한 것으로 보였다. 동식의 주변에서도 흐느끼는 소리가 이곳저곳에서 있었다.

통곡의 도가니 속에서도 연설은 계속되고 있는 것 같았다. 말의 내용을 알아들을 수 없는 탓도 있었지만 동식은 그 많은 연설에 대해 스스로 부아가 났다.

하나의 시체를 대상臺上에 두고 공소한 감정으로 각기 제 소리를 하고 있는 것 같아서였다. 죽은 사람에겐 듣는 귀도 말할 입도 없으니 살아 있는 사람이 멋대로 지껄일 수 있겠지만, 만일 김구 선생이 살아 있었다면 그 말은커녕 꼴도 보기 싫어했을 인간이 슬픔을 가장하고 감격을 가장해서 뻔뻔스러운 말을 꾸미고 있지나 않을까, 하는 생각도 들었다.

동식은 새삼스럽게 주위에 있는 사람들의 표정을 살폈다. 그 근처에 있는 사람들은 대부분이 나이 많은 부인들이었는데 그들의 표정에 돋아나 있는 슬픔만은 정직한 것이라고 느꼈다. 그리고 그런 표정 자체도 슬펐다. 무력하기 짝이 없는 망연한 슬픔, 그 슬픔에선 어떠한 용기도 에너지도 생겨나지 않는다. 줄곧 짓밟혀온 운명에 익숙해져버린 듯한 그들에겐 슬픔도 또한 일상사인 것이다.

동식은 남희를 재촉해서 그곳에서 빠져나와 남산을 기어오르기 시작했다. 남산의 산허리에는 군데군데 사람들이 모여 앉아 장례식이 있는 서울 거리를 내려다보고 있었다. 그리고 그 표정들도 한결같이 우울한 것이었다.

산 중간쯤에서 동식과 남희는 한적한 곳을 찾아 풀을 깔고 앉았다. 여름의 태양이 서울 시가를 부시게 조명하고 있었다. 깨알처럼 사람들은 운동장을 메우고 있었고, 을지로 양편엔 도열된 군중들로 이미 꽉 차 있었다. 오늘의 장례식을 위해 서울시민이 총출동한 것으로 짐작할 수 있었다.

다섯 시쯤에 영결식이 끝나고 장렬이 움직이기 시작했다. 동식과 남희도 따라 일어서서 남산을 넘어 효창공원 쪽을 향해 걸었다. 그러나 곧 그 근처까진 갈 수 없다는 사실을 알았다. 사람들이 너무나 붐비고 있었기 때문이다. 하는 수 없이 동식과 남희는 삼각지로 돌아 용산 뒤의 동산으로 기어올랐다. 거기서는 효창공원 일대가 환히 내려다보였다.

장렬이 장지에 도착한 건 오후 여섯 시경, 하관식이 시작된 것은 오후 여덟 시 반.

모든 절차가 끝나는 것을 보고 동식과 남희는 용산역 뒤의 동산에서 내려왔다. 이렇게 1949년 7월 5일의 하루를 동식과 남희는 서울시민과 함께 김구 선생의 장례를 위해 고스란히 바친 셈이다.

공복을 느꼈지만 철시한 거리에 음식점이 있을 까닭이 없었다. 모든 교통수단이 단절되어 있었으니 타고갈 자동차가 있을 까닭이 없었다. 동식과 남희는 부득이 삼선교까지 걸어야만 했다.

"마지막에 흙이 뿌려진다. 그리곤 영원히 지나간다. 누구 말인 줄 알어?"

염천교를 건너면서 동식은 남희에게 물었다.

"몰라요."

"아마 남희 씨 이상이랄 순 없지만 남희 씨 정도론 천주님을 소중히 한 파스칼의 말이오."

"파스칼? 파스칼의 정리?"

"그렇소, 수학자이기도 했지. 그는 수학적으로 신의 존재를 증명하려고 한 사람이었지."

"그래 증명을 했나요?"

"했지. 그러나 그 증명은 하나마나한 거였소. 신을 믿고 있는 사람에겐 새삼스럽게 그 증명이 필요할 까닭이 없었고, 믿지 않는 사람에겐 초등수학도 알지 못하는 사람에게 내놓은 고등수학의 답안 같아서 납득을 시킬 수가 없었으니 말요."

"……."

"파스칼은 또 괴상한 걸 생각하기도 했지. 내기를 하자는 거요. 무슨 내기냐 하면 한 편은 신이 있다는 데 거는 내기고, 한 편은 신이 없다는 데 거는 내기지. 없다는 데 걸었는데 신이 있다면 큰 손해가 아니냐. 그러나 있다고 걸었는데 없어봤자 손해될 것 없다는 거요. 그러니 불리한 내길 하지 말고 유리한 내길 해라, 이 말이지. 유리한 내기란 곧 신이 있다는 데 거는 내기란 거지."

"그건 불만이에요. 천주님을 찾는데 내기까지 해야 하나요?"

남희는 볼멘소리를 했다.

"그런 게 아니라 신을 믿으려 하지 않는 사람이 하도 많으니까 파스칼은 답답해서 그런 소리도 해본 거요."

"그 심정은 이해할 수 있어요. 답답하거든요, 정말."

"내가 답답하다, 이 말이지?"

"물론."

"그러나 나는 파스칼은 좋아. 아까의 그 말 같은 것, 마지막에 한줌의 흙이 뿌려지고 그리곤 영원히 지나간다. 남희 씨나 내 위에도 흙이 뿌려지는 날이 있는 거라. 죽음은 김구 선생에게만 있는 게 아니거든."

"그런데두 천주님을 믿지 않으세요? 영원은 그분의 차지예요."

이때 두 사람은 정자옥 앞을 지나고 있었다.

"이왕 늦었으니 성당엘 좀 들렀다 가요."

"좋아."

동식은 남희에게 이끌려 성당으로 갔다. 남희는 성당 안으로 들어가고 동식은 계단의 한구석에 앉았다.

눈 아래 깔린 전등의 바다가 휘황했다. 영원은 묵묵한데 찰나는 이처럼 아름답다는 감상이 일었다.

사자死者와 생자生者의 구별은 무엇이냐. 저 불빛을 못 보고, 보고 하는 차이일 뿐이다. 시간 문제일 뿐이다. 내용도 실체도 환급도 없이 그러면서 쉴 새 없이 흐르고 있는 시간, 그 시간의 흐름 속에 생몰하는 포말과 같은 존재 인생. 그 많은 철학자들이 해명하려고 애썼지만 결국 거기에 매몰해버린 시간! 공간이란 것도 결국 시간의 변형으로서의 의미밖엔 없는 것이다.

동식은 오늘의 일을 되새겨보았다.

우리 시민이 민족의 지도자를 아낄 줄 안다는 것, 그런 정열을 가지고 있다는 사실을 안 것만 해도 위대한 수확이었다.

장렬을 지켜보기 위해 연도에 도열한 사람들의 그 열띤 입김은 동식이 평생 잊을 수 없는 것으로 되었다. 민족의 정열이 이러하다면 방향만 제시하면 되는 것이 아닐까.

그러나 정열에 방향을 준다는 것은 어떤 일일까! 상반된 이해를 슬픔 때문엔 넘어설 수 있는데, 나라를 만드는 데 있어선 넘어설 수 없다는 건 어떠한 일일까. 만일 장례에 참가한 200만의 시민들이 김구 선생이 살아 있는 동안 그의 말에 추종하여 움직이기만 했더라면 김구 선생의 포부는 구체화되었을 것이 아닌가. 그러나 그건 무망한 노릇이 되고 말았다. 그리고 지금 효창공원의 무덤에서 도로 살아난다고 해도 그 말은 허망한 메아리만 남기고 말 것이 아닌가.

그렇다면 이 나라에 있어서 김구 선생의 의미란 무엇이냐? 생전엔 그 말을 들을 줄을 모르고, 죽어선 통곡하는 그 심정이란 무엇이냐. 우리에게 슬플 때 슬퍼할 줄 알고, 기쁠 때 기뻐할 줄 아는 정열이 있다는 것을 확인한 건 반가운 일이지만 그 정열이 결국 불모不毛의 것이라고 판단하지 않을 수 없을 때 절망은 다시 새로워지는 것이 아닐까.

동식은 우리 민족에겐 뭔가가 있다는 확신과 함께, 그 뭔가가 민족의 기동력으로서 작용할 수가 없으니 말짱 헛것이란 허무감을 동시에 얻은 꼴이 되었다.

남희가 성당에서 나왔다. 계단을 걸어 내려가며 동식이 중얼거렸다.

"아무래도 우리에겐 슬픔을 슬퍼할 수 있는 자격도 없는 것 같애."

"슬퍼하는 데도 자격이 있어야 하나요?"

"소나 돼지가 슬퍼하는 꼴을 닮아갖곤 사람의 슬픔이랄 순 없거든."

"슬픔이 보다 고귀한 사상이나 행동으로 발전할 수 있는 계기가 되어야만 한다는, 그런 얘기가 아녜요?"

"그래요."

청계천을 건너며 동식이 생각한 것은 오늘의 그 공전절후라고도 할 수 있는 장례식의 모양을 전해 들은 이승만 씨의 흉중엔 과연 어떠한 상념이 왕래했을까, 하는 것이었다.

김구 선생을 향해 총을 쏜 자는 안두희란 놈이다. 그러나 그 배후엔 무수한 조종자가 있다. 그 배후를 차근차근 살펴 들어가면 이승만이란 사람이 있을 것이 아닌가. 동식은 시민의 대부분이 이런 사고방식을 하고 있다는 것을 알고 있었다. 그리고 오늘의 장례식에 모여든 군중들의 가슴엔 김구 선생과의 영이별을 슬퍼하는 순수한 감정뿐 아니라 암살자의 배후에 있는 사람 또는 세력에 대한 프로테스트의 뜻도 있다는 것을 짐작했다.

과연 이승만 씨는 이 사건과 무슨 관련이 있는 것일까. 동식은 형사적인 측면에선 이승만이 결코 조종자도 아니며 방조자도 아니고 더구나 공범일 순 없다고 생각하고 그렇게 믿고 싶었다. 김구 본인이나 그 추종자들이 생각하고 있었던 것처럼 이승만은 김구를 겁내고 있진 않았다고 볼 수 있는 증거도 없진 않았다. 이승만이 김구의 존재를 다소 역겹게 생각한 건 사실이지만 죽여야 직성이 풀릴 정도로 정세의 압박을 받고 있었던 것도 아니었다.

그러나, 하고 동식의 생각은 계속되었다. 김구를 죽인 것은 이승만을 대표로 하는 정치노선인 것만은 틀림이 없다. 범인 안두희가 내세운 명분이 바로 그것이었다. 말하자면 이승만에 대한 충성분자들이 과잉충성을 한 것이란 결론만은 의심할 여지가 없는 것이다. 그런 점에서 이승만은 공연히 오해를 산 셈이다.

동식의 생각은 어느 외국의 철학자가 쓴 『정치 속의 죽음』이란 책으로 비약됐다. 그 책은 정치란 항상 죽음에의 계기를 포함하고 있다고 했다. 민주주의적인 틀이 확립되어 있지 않은 사회에 있어선 정적의 말살 없이 헤게모니를 장악할 순 없다는 것이 그 설명의 요지였다.

침묵한 채 걷고만 있는 동식의 얼굴을 남희는 근심스럽게 들여다봤다.

"배고프세요?"

"아니."

"얼굴빛이 좋지 않은데요."

"어둠 속에서도 내 얼굴빛을 알 수가 있소?"

"알고말고요."

동식은 어이가 없다는 듯 웃었다.

원남동에서 명륜동으로 꺾어지는 지점에서 남희가 돌연 동식의 팔을 붙들었다. 이때까지 없었던 일이라서 동식은 적이 놀랐다.

"아마 내가 양보해야 할까봐요."

남희는 풀이 죽은 말을 했다.

"뭣을?"

"우리 결혼 말예요."

"……"

"대학도 그만두고, 김구 선생님 암살 같은 일도 생기고……. 그런 때문인지 당신은 자꾸만 우울증에 빠져 들어가는 것만 같애요."

"그래 동정심이 생겼다, 이거요?"

"……"

"값싼 동정은 말아요."

"당신을 위하는 일인데 왜 값싼 동정이에요?"

"신념을 어긴 동정은 값싼 동정이오."

"어쩌면 천주님이 용서해주실 것 같아요. 오늘 고해를 했거든요. 구체적으론 안 했지만요. 아마 신부님께 허락을 받을 수 있을 것 같애요."

"이단자, 아니 무신론자를 사랑하게 되었다는 고해를 했소?"

"고해의 내용은 묻는 게 아녜요."

"나는 결혼이란 형식을 갖지 말고 항상 이대로 사는 것도 좋지 않을까 해. 평생을 약혼자로서, 그러니까 영원한 애인으로서."

"마지막 한줌의 흙이 뿌려질 때까지?"

"물론."

"어디 그럴 수 있어요?"

남희는 금세 울먹이는 소리로 변했다. 동식은 언제나와 같이 죄책감을 느꼈다. 아직 남희에겐 고백하지도 않았고, 고백할 수도 없는 일이지만 성적인 충동이 북받칠 때 그것을 해결할 수 있는 상대를 동식은 벌써부터 마련해놓고 있었던 것이다.

그러니까 동식은 어느 정도 여유를 가지고 남희에게만은 수녀나 다름없는 생활을 과하고 있는 셈이었다. 그게 바로 죄책감의 원인이었다.

죄책감이라고 해도 남희의 경우처럼 자기 스스로를 벌해야 하는 그런 것은 아니다. 동식은 모노가미―夫―妻란 본질적으로 불가능한 것이 아닐까, 하는 생각을 어느때부터인가 갖게 되었다. 영적 사랑의 대상은 남희, 육적 사랑의 대상은 서종삼의 그늘진 곳에 음화 식물처럼 살고 있는 창녀. 필요에 의한, 상황에 의한 자기합리화였지만 동식은 과히 모순을 느끼고 있진 않았다. 그만큼 동식은 타락했다고도 할 수가 있었다.

삼선교를 지나서였다. 남희가 물었다.

"마지막으로 흙이 뿌려질 때까지 이런 모양으로만 간다면 너무나 쓸쓸하지 않을까요?"

동식은 곧 응수할 수 없는 기분이 되었다. 오늘의 장례식이, 그 장례식으로 인해 촉발된 죽음의 관념이 지나칠 정도의 수줍음을 걷고 이런 질문을 되풀이할 만큼 남희에게 충격을 준 것이라고 추측할 수 있기 때문이다.

동식은 조심스럽게 말을 골랐다.

"남희 씨가 믿고 있는 그대로 인생은 이렇게 살다가, 영원의 입구에서부터 시작하면 될 게 아냐? 남희 씨의 말대로라면 우리들은 죽기만 하면 천주님의 존재를 인식할 수 있게 되는 거니까 내가 고집을 부릴 까닭도 없고 말야. 결혼식이란 형식은 그때 가서 해도 늦지 않을 것 아냐?"

"가는 곳이 각각 다르면 어떻게 해요."

동식은 하는 수 없이 실소를 터뜨리고 말았다.

"흠, 당신은 천국에 갈 것인데 나는 지옥으로 간다, 이 말이지?"

"같은 지옥이라도 다를 수가 있어요. 이 지구만 해도 그렇지 않아요?"

"그럼, 할 수 없지 뭐."

"그렇게 간단하게 체념할 수 있어요?"

"체념을 안 하면 어떻게 해. 천주님 시키는 대로 해야지, 남희 씬."

동식은 자기도 모르게 시니컬한 말투가 되었다.

"그래서 제가 양보하려는 것 아녜요? 저 세상에서 어느 정도의 보장을 받자면 살아 있는 동안의 행적이 증거가 되어야 해요."

"천국도 그러니까 실적주의란 말씀이로군."

남희는 동식의 팔을 잡고 있던 손을 뿌리치듯 놓았다.

"전 진지하게 말씀드리고 있는 거예요."

"나도 진지해."

이번엔 동식이 남희의 손을 잡았다.

"남희 씨가 양보할 건 없어. 내가 양보하지. 파스칼의 내기 이론만을 승복해도 되는 거니까. 천주님이 계신다는 편에 걸고 영세를 받기만 하면 될 게 아냐?"

남희는 골목 한가운데에 서버렸다. 그리고 동식에게 달려들어 그 가슴에 머리를 파묻고 울기 시작했다. 기쁜 감격에 겨워 어쩔 줄을 모른 동작이 울음으로 터진 것이다.

"행길에서 왜 이래, 누가 보기라도 하면 어쩌려구."

동식은 가까스로 남희를 진정시키고 그 허리를 안은 자세로 천천히 골목길을 걸어 올라갔다. 김구 선생의 혼령이 중매를 선 것이라는 상념이 동식의 뇌리를 스쳤다.

8

그날 밤, 동식은 '사랑하는 삼천만 동포에게'라는 김구 선생의 호소문을 꺼내 읽기 시작했다. 선생은 가도 그 행적은 유명무명간에, 그리고 보이든 안 보이든 이 산하의 대기와 더불어 남아 있지만 그의 사상과 신념이 과연 앞으로도 민족의 지표가 될 수 있을 것인지를 학문으로 따져보기 위해서였다. 그런만큼 동식은 정신을 집중해서, 필요한 개소엔 밑줄까지 그어 가며 읽었다.

> 네 소원이 무엇이냐 하고 하나님이 내게 물으시면 나는 서슴지 않고 "내 소원은 대한독립이오."하고 대답할 것이다.
> 그 다음 소원이 무엇이냐 하면 나는 또
> "우리나라의 독립이오." 할 것이오.
> 또 그 다음 소원이 무엇이냐 하는 세 번째 물음에도 나는 더욱 소리

를 높여

"나의 소원은 우리나라 대한의 완전한 자주독립이오." 하고 대답할 것이다.

여기까지 읽고 동식은 생각했다. 정중한 문서로선 레토릭이 지나치다. 그러나 대중에게 대한 연설이라면 그만한 레토릭은 무리가 아니다, 하고.

동포 여러분! 나, 김구의 소원은 이것 하나밖엔 없다. 내 과거 칠십 평생을 이 소원을 위하여 살아왔고, 현재에도 이 소원 때문에 살고 있고, 미래에도 나는 이 소원을 달하려고 살 것이다.
독립이 없는 나라의 백성으로 칠십 평생에 설움과 부끄러움과 애탐을 받은 나에게는 세상에 가장 좋은 것이 완전하게 자주독립한 나라의 백성으로 살아보다가 죽는 일이다. 나는 일찍이 우리 독립정부의 문지기가 되길 원하였거니와 그것은 우리나라가 독립만 되면 나는 그 나라의 가장 미천한 자가 되어도 좋다는 뜻이다. 왜 그런고 하면 독립한 제 나라의 빈천이 남의 밑에 사는 부귀보다 기쁘고 영광스럽고 희망이 많기 때문이다. 옛날 일본에 갔던 박제상이 "내 차라리 계림鷄林의 개, 도야지가 될지언정 왜왕倭王의 신하로 부귀를 누리진 않겠다." 한 것이 그의 진정이었던 것을 나는 안다. 제상은 왜왕이 높은 벼슬과 많은 재물을 준다는 것을 물리치고 달게 죽음을 받았으니 그것은, "차라리 내 나라의 귀신이 되리라." 함이었다.
근래에 우리 동포 가운덴 우리나라를 어느 큰 이웃나라의 연방에 편입하기를 소원하는 자가 있다 하니, 나는 그 말을 차마 믿으려 하지 아니 하거니와 만일 진실로 그런 자가 있다면 그는 제정신을 잃은 미친놈이라밖엔 볼 길이 없다.

여기에서도 동식은 지나친 레토릭을 발견했다. 독립이 되기만 하면 가장 미천한 자가 되어도 좋다는 말이 지나친 것이다. 독립이 된 나라엔 미천한 자가 있어선 안 되는 것이다. 어떤 직업이라도 존경을 받을 수 있는 나라라야 하는 것이다.

나는 공자 · 석가 · 예수의 도道를 배웠고 그들을 성인으로 숭배하거니와 그들이 합하여서 세운 천당, 극락이 있다 하더라도 그것이 우리나라가 세운 나라가 아닐진댄 우리 민족을 그 나라로 끌고 들어가진 아니할 것이다. 왜 그런고 하면 피와 역사를 같이하는 민족이란 완연히 있는 것이어서 내 몸이 남의 몸이 못 됨과 같이, 이 민족이 저 민족이 될 수 없는 것이 마치 형제도 한 집에서 살기 어려움과 같은 것이다.

둘 이상이 합하여서 하나가 되자면 하나는 높고 하나는 낮아서, 하나는 위에서 명령하고 하나는 밑에 있어서 복종하는 것이 근본 문제가 되는 것이다.

이에 대하여 일부 소위 좌익의 무리는 혈통의 조국을 부인하고 소위 사상의 조국을 운운하며, 혈족의 동포를 무시하고 소위 사상의 동무와 프롤레타리아의 국제적 계급을 주장하여, 민족주의라면 마치 이미 진리권 외에 떨어진 생각인 것같이 말하고 있다.

심히 어리석은 생각이다. 철학도 변하고 정치 · 경제의 학설도 일시적이거니와 민족의 혈통은 영구적이다. 일찍 어느 민족 내에서나 혹은 종교로 혹은 학설로 혹은 정치적, 경제적 이해의 충돌로 하여 두 파 세 파로 갈려서 피로써 싸운 일이 없는 민족이 없거니와, 지내어 놓고보면 그것은 바람과 같이 지나가는 일시적인 것으로 민족은 필경 바람 잔 뒤의 초목 모양으로 뿌리와 가지를 서로 걸고 한 수풀을 이루어 살고 있다. 오늘날 소위 좌우익이란 것도 결국 영원한 혈통의 바다에 일어나는 일시적인 풍파에 불과하다는 것을 잊어서는 아니 된다.

이 모양으로 모든 사상도 가고, 신앙도 변한다. 그러나 혈통적인 민족만은 영원히 성쇠흥망이 공동운명의 인연에 얽힌 한 몸으로 이 땅 위에 사는 것이다.

여기에서 동식은 또 생각에 잠겼다. 바야흐로 이데올로기의 각축장이라고 할 수 있는 이 정세 속에, 그리고 이미 적과 동지로 분열되어 민족의 이름만으론 수습할 수 없는 이 단계에, 이와 같은 소박한 민족이론으로선 도저히 설득력을 가질 수 없는 것이 아닌가. 민족으로서의 단결이 가능한 사상적인 바탕, 미래에의 비전을 제시하지 않고 피의 논리만을 강조해서 통하는 시대는 벌써 아닌 것이다. 동식은 김구 선생의 사상의 한계를 안 것 같았다. 그러나 계속 읽어나갔다.

세계 인류가 나요, 나요 함이 없이 한 집이 되어 사는 것은 좋은 일이요, 인류의 최고요 최후의 희망이요, 이상이다. 그러나 이것은 멀고 먼 장래에 바랄 것이요, 현실의 일은 아니다. 사해동포의 크고 아름다운 목표를 향하여 인류가 향상하고 전진하는 노력을 하는 것은 좋은 일이요, 마땅히 할 일이나 이것도 현실을 떠나서는 안 되는 일이니 현실의 진리는 민족마다 최선의 국가를 이루어, 최선의 문화를 낳아 길러서 다른 민족과 서로 바꾸고 서로 돕는 일이다. 이것이 내가 믿고 있는 민주주의요, 이것이 인류의 현 단계에선 가장 확실한 진리다.

　그러므로 우리 민족으로서 하여야 할 최고의 임무는 첫째로 남의 절제도 아니 받고, 남에게 의뢰도 아니하는 완전한 자주독립의 나라를 세우는 일이다. 이것이 없이는 우리 민족의 생활을 보장할 수 없을 뿐더러 우리 민족의 정신력을 자유로 발휘하여 빛나는 문화를 세울 수가 없기 때문이다. 이렇게 완전 자주독립의 나라를 세운 뒤에는 둘째로 이 지구상의 인류가 진정한 평화와 복락을 누릴 수 있는 사상을 낳아 그것을 먼저 우리나라에 실현하는 것이다.

　나는 오늘날의 인류의 문화가 불완전함을 안다. 나라마다 안으로는 정치상·경제상·사회상으로 불평등·불합리가 있고, 밖으로 국제적으론 나라와 나라간의 민족적 시기·알력·침략 그리고 그 침략에 대한 보복으로 작고 큰 전쟁이 끊일 사이가 없어서, 많은 생명과 재물을 희생하고도 좋은 일이 나는 것이 아니라, 인심의 불안과 도덕의 타락은 갈수록 심하니 이래가지곤 전쟁이 그칠 날이 없어 인류는 마침내 멸망하고 말 것이다. 그러므로 인류세계에는 새로운 생활원리의 발견과 실천이 필요하게 되었다. 이야말로 우리 민족이 담당한 천직이라고 믿는다.

　이상만을 쫓지 말고 현실을 직시하라고 가르치면서도 결국은 이상론이 되고 말았다는 동식의 감상이었다. 이를테면 목표의 제시만이 있고 방법의 제시가 없는 것이다.

나의 정치이념은 한마디로 표현하면 자유다. 우리가 세우는 나라는 자유라야 한다. 자유란 무엇인가. 절대로 각 개인이 제멋대로 사는 것을 자유라 하면 이것은 나라가 생기기 전이나, 레닌의 말대로 나라가 소멸된 뒤에나 있을 일이다. 자유 있는 나라의 법은 국민의 자유로운 의사에서 오고, 자유 없는 나라의 법은 어떤 개인, 또는 계급에서 온다. 개인에서 오는 것은 전제, 계급에서 오는 것을 계급독재라 하고, 통칭 파쇼라고 한다. 나는 우리나라가 독재의 나라가 되기를 원하지 않는다. 독재의 나라에선 정권에 참여하는 계급 하나를 제외하곤 다른 국민은 노예가 되고 마는 것이다.

독재 중에서도 가장 무서운 독재는 어떤 주의, 즉 철학을 기초로 하는 계급독재다. 군주나 기타 개인의 독재는 그 개인만 제거하면 그만이거니와, 계급이 독재의 주체일 때는 이것을 제거하기는 심히 어려운 것이니 이러한 독재는 그보다도 큰 조직의 힘이거나 국제적 압력 아니고는 깨뜨리기 어려운 것이다. 우리나라의 양반 정치도 일종의 계급독재이거니와 이것은 수백 년 계속되었다. 이탈리아의 파시스트, 독일의 나치스의 일은 누구나 다 아는 일이다.

그러나 모든 계급독재 중에서도 가장 무서운 것은 철학을 기초로 한 계급독재이다. 수백 년 동안 이씨조선에서 행하여 온 계급독재는 유교, 그 중에서도 주자학파의 철학을 기초로 한 것이어서 다만 정치에 있어서만 독재가 아니라 사상·학문·사회생활·가정생활·개인생활까지도 규정하는 독재였다. 이 독재정치 밑에서 우리 민족의 문화는 소멸되고 원기는 마멸된 것이었다. 주자학 이외의 학문은 발달하지 못하니 이 영향은 예술·경제·사업에까지 미쳤다. 우리나라가 망하고 민력이 쇠잔하게 된 가장 큰 원인이 실로 여기에 있었다…….

현재 공산당이 주장하는 소련식 민주주의란 것은 이러한 독재정치 중에서도 가장 철저한 것이어서 독재정치의 모든 특징을 극단으로 발휘하고 있다. 소련은 법률과 군대와 경찰의 힘을 한데에 모아서 마르크스 학설에 일점일획이라도 반대는 고사하고 비판만 하는 것도 엄금하여 이에 위반하는 자는 죽음의 숙청으로써 대하니 이는 옛날의 조선의 사문난적에 대한 것 이상이라, 만일 이러한 정치가 세계에 퍼진다면 그런 큰 인류의 불행은 없을 것이다…….

미국은 이러한 독재국에 비해서는 심히 통일이 무력한 것 같고, 일의 진행이 느린 듯하나 그 결과를 보건대 가장 큰 힘을 발하고 있으니 이것은 그 나라 민주주의 정치의 효과이다…….

민주주의란 국민의 의사를 알아보는 절차이고 방식이요, 그 내용은 아니다. 즉 언론의 자유·투표의 자유·다수결에의 복종, 이 세 가지가 곧 민주주의이다. 국론, 즉 국민의 의사의 내용은 그때그때의 국민의 언론 전으로 결정되는 것이어서 어느 개인이나 당파의 특정한 철학적 이론에 좌우되는 것이 아님이 미국식 민주주의의 특색이다…….

그렇다고 나는 미국의 민주주의 제도를 그대로 직역하자는 것은 아니다. 다만 소련의 독재정치와 미국의 언론자유적인 민주주의를 비교하여서 그 가치를 판단하였을 뿐이다. 둘 중에서 하나를 택한다면 사상과 언론의 자유를 기초로 한 것을 택한다는 말이다. 나는 미국의 민주주의 제도가 반드시 최종적으로 완성된 것이라곤 생각하지 않는다. 인생의 어느 부분이나 다 그러함과 같이 정치형태에 있어서도 무한한 창조적 진화가 있을 것이다. 역대의 정치제도를 상고하면 반드시 쓸만한 것도 많으리라고 믿는다. 이렇게 남의 나라의 좋은 것을 취하고 내 나라의 좋은 것을 골라서 우리나라에 맞는 독특한 좋은 제도를 만드는 것도 세계의 문화에 보태는 일이다. 나는 우리나라가 세계에서 가장 아름다운 나라가 되기를 원한다. 가장 부강한 나라가 되기를 원하는 것은 아니다. 내가 남의 침략에 가슴이 아팠으니 내 나라가 남을 침략하는 것을 원치 아니한다.

우리의 부력은 우리의 생활을 풍족히 할 만하고, 우리의 무력은 남의 침략을 막을 만하면 족하다. 오직 한없이 가지고 싶은 것은 높은 문화의 힘이다. 문화의 힘은 우리 자신을 행복하게 하고 나아가서 남에게 행복을 주겠기 때문이다.

자연과학의 힘은 아무리 많아도 좋으나 인류 전체로 보면 현재의 자연과학만을 가지고도 편안히 살아가기엔 넉넉하다. 인류가 현재에 불행한 근본 이유로는 인의가 부족하고, 자비가 부족하고, 사랑이 부족하기 때문이다. 이 마음만 발달이 되면 현재의 물질로도 30억이 다 편안히 살아갈 수가 있다. 인류의 이 정신을 배양하는것은 오직 문화다. 나는 우리나라가 남의 것을 모방하는 나라가 되지 말고 이러한 높고 새로운 문화의 근원이 되고, 목표가 되고, 모범이 되기를 원한다. 그래서 평화가 우리나라로 말미암아서 세계에 실현 되기를 원한다. 홍익인간이라는 우리 국조 단군의 이상이 이것이라고 믿는다…….

이어 교육에 힘쓰자는 다짐이 있고 이런 나라가 되었으면 하는 소원의 피력이 계속되었다. 동식은 김구 선생의 염원은 잘 이해할 수가 있었다. 그 염원이 실현될 수만 있으면 누구도 반대할 사람이 없으리란 생각도 가졌다. 그러나 꿈만으로 민중을 영도할 순 없는 것이었다. 꿈만으로 일이 해결될 수 있다면 어린애의 꿈만으로도 아쉬움이 없을 것 아닌가. 요는 방법이 문제인 것이다. 포부는 구체적인 방법의 제시와 더불어 정치사상이 될 수가 있다. 자기의 꿈에 삼천만이 동조해주길 바라는 그의 염원이 나쁠 것이 없다. 민족을 위한 지조로 봐서 이분이야말로 그 꿈을 대중 앞에 피력할 수 있는 극소수 지도자 가운데의 하나라는 믿음도 있다. 그러나 꿈에 동조하는 것만으론 정치력이 되진 않는 것이다. 정치력으로 화할 수 있는 기술과 방법이 필요한 것이 아닌가. 아니 정치사상 자체가 그러한 기술과 방법을 갖추고 있어야 되는 것이 아닐까. 동식은 김구 선생의 사상을 비판할 것이 아니라 그 꿈을 존경해야겠다는 마음으로 이끌렸다.

그러나 아무리 꿈이기로서니 단군의 홍익인간을 들먹이는 것은 당자의 성실성이 대중에게 전달되지 못하는 공소함을 나타내는 것이 아닐까, 하는 안타까움이 있었다.

동식이 또 이 호소문에 적힌 염원과 사상에 있어서 이승만 박사와 어느 정도의 거리가 있을까, 하는 생각을 해보았다. 이 호소문이 김구 선생의 정치사상을 요약한 것이라면 그 표현에 다소의 차이는 있을망정 이승만 씨의 그것과 간연間然할 바가 없는 것이 아닐까 싶었다. 김구가 이승만과 다른 점은 남북협상을 김구는 필요하다고 생각했고, 이승만은 현 단계에 있어선 그럴 필요가 없다고 생각했다는 정도이다. 그렇다면 김구 선생은 왜 이 호소문엔 38선의 문제와 남북한 관계 문제에 대한 소신을 적지 않았을까.

동식의 생각으론 당면한 민족의 최대 문제는 38선이고 남북관계인 것이다. 38선 문제 이상으로 무슨 절실한 문제가 있단 말인가. 38선을 두고 어떻게 자주독립이 가능하단 말인가. 38선을 두고 어떻게 민주주의를 생각할 수 있단 말인가. 진정으로 민족의 문제를 생각한다면 첫째

38선에 대한 소신을 밝혔어야 옳았다.

삼천만 동포에 대한 호소에 38선 문제와 통일 문제가 결여되었다는 것이 동식에겐 거듭거듭 유감스럽기만 했다.

국제적 분쟁지역 가운데서도 가장 집중적인 의미를 가진 땅에서 삼십 수년의 망명생활을 하며 조국의 독립을 오매불망한 염원으로 했던 분이 기껏 이러한 정치적 식견밖엔 가꿀 수 없었던가, 하는 생각을 가져봄직도 했지만 동식은 그런 생각은 하지 않았다. 높은 지조는 왕왕 식견을 거부하는 경우도 있는 것이기 때문이다. 조국독립운동을 하는 지도자가 모두 인도의 네루처럼 유식할 수는 없는 것이다.

그러나 민족, 민족 하고 염불하듯 들먹인 선생인만큼 그분을 통해 민족지도자로서의 민족적인 한계를 느껴야 했다는 것은 유감스러운 일이 아닐 수 없었다. 그럴수록 김구 선생에 대한 동식의 안타까움은 더했고, 선생에게 대한 존경심이 줄어질 까닭은 없었다.

그 이상의 생각은 거절할 양으로 동식은 일어서서 바깥으로 나갔다. 만월엔 며칠 모자라는 달이 중천에 걸려 있었다. 동식이 바깥으로 나온 기척을 안 모양으로 남희가 방문을 열었다.

"달이 좋아요."

하고 동식이 말했다. 남희가 나왔다. 남희의 어머니도 따라나오며

"오늘은 음력으로 유월 열흘이니 달이 제법 살이 쪘군."

하고 하늘을 보았다.

"술 없소?"

동식이 남희에게 물었다.

"술이 어디."

하다가 남희는
"제가 가서 사오죠."
하고 바깥으로 나갔다. 예사로 술 심부름을 시킬 수 있는 기분이 된 것은 영세를 받겠다고 태도를 표명한 때문이었을지 몰랐다. 마루에 술상을 차려놓고 남희의 어머니가 아까 식사 때 했던 말을 다시 되풀이했다.
"이젠 됐어. 남희가 어찌나 기뻐하는지. 물론 나두 기쁘구. 이제 사위를 본다 싶으니 한량없이 기뻐서……."
"솔직히 말씀 드리지만 제가 영세를 받는 건 남희 씨와 결혼하기 위한 수단으로 하는 짓입니다. 그런 수단쯤은 천주님도 용서하시겠죠."
"아무렴, 그렇고말고. 영세를 받으면 천주님의 품안에 드는 거니까 그만 해도 좋아요."
어머니의 말씀이었고, 여느 때 같으면 불만을 표시했을 남희는 향긋이 웃고만 있었다.
"허기야 가톨릭의 역사를 보니 면죄부를 사고 팔았던 일도 있었으니까 이쯤의 일은 괜찮겠죠. 그런데 이런 마음이 된 것도 김구 선생 덕택입니다. 너무나 허무한 느낌이 들어서요. 남희 씰 위해선 그만한 타협은 해야겠다고 생각한 거죠. 그런 뜻에서 축배를 들고 싶었던 겁니다."
음력 6월 10일의 달이 지켜 보는 가운데 다소곳한 축하연이 진행되었다. 상을 찌푸리면서도 남희는 동식이 건네주는 술잔을 받아 한방울 남기지 않고 그 술을 마시기도 했다.

9

영세를 받을 준비도 해야 하고, 고향에 통지도 해야 하고, 결혼식 준비도 해야 하는 등 동식은 마음이 바빴다. 그러던 어느 날 동식은 소공동으로 차진희 여사를 찾아갔다. 누구보다도 차 여사가 자기들의 결혼을 기뻐해줄 사람이었기 때문이다.

동식으로부터 그 얘기를 듣자 예기한 대로 차 여사는 얼굴을 활짝 펴고 반겼다. 그리고 웃으며 물었다.

"누가 누구에게 항복한 거죠?"

"항복까지야 하겠습니까. 내가 양보한 거죠."

"잘하셨수, 그래야죠. 그런데 어떻게 갑자기 그런 갸륵한 생각을 하게 됐어요?"

"사실은 남희 씨가 먼저 양보하려고 했어요. 그래서 제가 얼른 태도를 결정한 거죠. 남희 씨의 차후의 고민을 덜어주기 위해서요."

"남희 씨가 어떻게."

"김구 선생 장례식을 보고 충격을 느낀 모양이었어요. 죽음이 있다는 걸 새삼스럽게 느낀 것 같았어요. 나도 그와 비슷하게 충격을 받았습니다. 공연히 고집만 부리고 있을 게 아니란 생각을 한 겁니다."

"그랬어요?"

하고 여전히 웃는 얼굴이었으나 차 여사의 몸에 일순 그림자가 지나간 느낌이 들었다.

"선생님의 경우는 김구 선생님이 중매를 서신 격이구먼요. 헌데 제 경우는……."

차 여사는 말끝을 흐렸다.

"차 여사의 경우는 어떻단 말씀입니까?"

차진희는 조용히 웃고만 있더니

"그러지 않아도 의논을 하려고 기회를 보고 있던 참예요."

하고 얘기를 시작했다.

"그날 저도 장렬을 전송하려고 한국은행 앞까지 나갔어요. 장렬이 지나가데요. 어찌나 눈물이 쏟아지는지……. 모두들 울고 있었기 때문에 남의 눈을 두려워할 필요는 없었지만 그래도 견딜 수가 없었어요. 장렬이 지나가버리자 곧 집으로 돌아왔죠. 그리고 생각한 겁니다. 이종문 씨완 단연코 헤어져야겠다구요."

동식은 뭐라고 할 말이 나오질 않았다. 차진희의 말이 계속되었다.

"전에도 몇 번인가 그런 생각을 했지만 마음이 약해서 그저 주저앉아 버리곤 했죠. 그런데 김구 선생님의 장렬을 본 연후엔 저도 사람답게, 되도록 깨끗하게 살아야겠다는 각오가 섰어요."

"부족한 걸 이해하며 사는 게 부부가 아니겠습니까?"

동식이 겨우 말했다.

"부족한 사람이면 감싸주기라도 하죠. 그 사람은 부족한 게 아니라 넘쳐 있어요."

하고 차진희는 웃었다. 우울한 빛이란 조금도 없이 활달하게 웃고 있는 그 표정이 각오가 굳어 있다는 증거라고 동식은 보았다.

"넘쳐 있다는 게 곧 부족한 것 아닙니까."

"부족한 채 넘어버린 것, 그런 것 있잖아요. 바보인 채 겉똑똑한……. 뭐라고 하는 게 좋을까요, 하여간 돌봐줘야 할 구석이 한군데도 없는 걸요."

"결점까질 사랑하라는……."

"사랑을 할 수 있는 결점이 있고, 도무지 사랑할 수 없는 결점도 있는 거예요. 하여간 각오를 했어요. 그 사람이 외입한다고 질투를 해서가 아닙니다. 물론 그런 행동이 동기가 되어 이혼을 생각하게 된 거지만 내 인생은 내가 구해야 하지 않아요?"

"이 사장에겐 그 의사를 전했습니까?"

"아직은. 이 집을 복덕방에 내놓았어요. 집이 팔렸을 때 얘기할 작정예요. 문창곡 선생에겐 미리 알려졌습니다."

"문 선생은 뭐라고 하시던가요?"

"말씀이 없으셨어요. 그저 듣고만 계시더군요."

문창곡 씨로서도 어쩔 수 없다는 것을 느꼈다면 만사 끝났다는 생각이 들었다. 그러나 가만있을 순 없었다.

"지금 이 사장은 임형철인가 뭔가 하는 배신자 때문에 골탕을 먹고 있습니다. 그런데다 또 이런 일이 겹치면 충격이 클 텐데요."

"아무리 충격이 커도 여자로서 내가 입은 수모와 손해에 비하면 아무것도 아닐 겁니다. 임형철의 문제만 해도 그렇죠. 임형철을 붙여두지 말라고 제가 얼마나 충고했는지 모르세요?"

"이종문 씨와 헤어져 어떻게 사실 겁니까?"

"남희 씨를 따라 성당에 나갈까 해요. 절약해서 살면 그럭저럭 한평생 끝낼 정도의 것은 장만해놓았고, 모자라면 또 노력을 하죠, 뭐."

"어떻게 마음을 돌이킬 생각은 없습니까? 사람은 백 번 된다는 말도 있잖습니까. 나도, 문창곡 선생도 따끔하게 충고를 해서 버릇을 고치도록 할 테니까요. 결점도 많은 분이지만 버리기엔 아까운 인물이 아니겠습니까?"

"내가 없다고 아까운 인물이 아깝지 않은 인물로 되진 않겠지요."

"인생이란 참는 것이다, 이런 말도 있잖습니까?"

"이 선생님, 쑥스러운 얘기는 그만하고 선생님과 남희 씨의 행복한 얘기나 들려주세요. 불행한 사람에겐 행복한 얘기가 약이 된답니다."

그런 판국에 행복한 얘기고 뭐고 있을 까닭이 없다. 동식은 별도의 방법을 강구했으면 했지 그 자리에선 수단이 없다고 느꼈다. 그래서 차 여사의 만류를 뿌리치고 그 집에서 나와버렸다.

자연 발길이 태동여관으로 옮겨졌다. 문창곡 씨가 벌써 얘기했는지도 모르지만 동식은 동식대로 이종문에게 그 사실을 알려야겠다고 생각했던 것이다.

이종문은 동식이 모르는 몇 사람과 태평한 얼굴로 한담을 하고 있었다. 조금 듣고 앉아 있으니 그 사람들은 모두 공사의 하청을 받은 사람들이었고 공사를 진행하는 방법을 토의중인 것으로 보였다.

'그러고 보니 임형철의 문제는 낙착된 것이로구나.' 싶어 얘기하기가 수월해졌다고 동식은 생각했다.

손님들을 보내고 나서 이종문이

"오늘은 무슨 바람이 불었노? 오전 중에 이 박사께서 나타나시다니."

하고 너털웃음을 웃었다.

"회사 문제는 어떻게 해결했습니까?"

"그까짓 것 어디 문제가 되는 건가."

한때 초조하게 서둔 적이 있다는 것은 까마득히 잊은 투의 말이다.

"그 잘됐습니다."

"모두가 이동식 박사 덕 아닌가배. 정씨 아니 로푸심 씨가 깨끗하게 처리해주더만."

"어떻게요?"

"어떻게 했는진 아직 모르지만 임형철이가 항복을 했어. 서북청년들도 물러가고. 그런디 곧 임형철은 구속되지 않았나. 사기죄로. 일이 해결되었은께 구속까진 안됐다 싶었지만 주위 사람들이 들어야재. 놈은 좀 고생을 해야 된다는기라. 그러나 기회를 봐서 풀어줄까 해. 아무리 밉다고 해도 호적에 빨간 줄까지 치게 해선 되겄나."

이종문은 이렇게 사람이 좋은 것이다.

"그건 좋습니다만, 이 사장님."

하고 동식이 신중한 얼굴을 했다.

"뭣꼬?"

"이제 막 소공동을 다녀오는데요……."

동식은 차 여사가 굳은 결심을 하고 있더라는 얘기를 했다. 그리고 그 결심의 동기가 김구 선생 장례식에 있었다는 말까지 덧붙였다.

"우떻게 안 되겄나."

하는 종문의 표정은 나쁜 짓을 하던 현장을 들킨 어린아이의 당황해하는 표정을 닮아 있었다.

"이번엔 어려울 것 같애요."

"절대로 앞으론 외입 안 한다고 빌어올리고, 한 번만 마음을 돌리라 쿠몬……."

"그런 허울만 좋은 맹세 갖곤 통하지 않을 거구요. 설혹 맹세대로 앞으로 실천한다고 해도 어려울 겁니다. 질투를 해서 그만두자는 게 아니던데요."

"무슨 버러지가 붙은 게 아닐까?"

이종문이 엉뚱한 소릴 했다.

"그거 무슨 말씀입니까?"

동식이 정색을 하고 나무랐다.

"서울 바닥에 팽개쳐놓았은께. 속담에 와 부앗김에 서방질한다는 말도 안 있나."

"그런 차 여사를 모독하는 말은 마십시오. 그럴 분은 아닙니다."

종문이 단번에 풀이 죽었다. 그리고 중얼거렸다.

"그 여편네가 없으몬 안 되는디. 그 여편네가 내 복덩어린디, 그 여편네가 나가버리몬 복도 나갈끼라."

"그렇게 소중한 분을 왜 배신을 했습니까?"

"배신? 사내가 외입 좀 하는기 배신인가?"

"하여간 이 문제를 수습할 사람은 이 사장 본인입니다."

하고 동식이 일어서려고 했다.

"안 돼, 안 돼, 이 교수가 있어줘야겠다. 어떻게 힘이 돼줘야겠어. 문 선생하고 말이다."

"문 선생에겐 차 여사께서 벌써 사정을 알려뒀다 하던데요."

"요즘 통 만나질 못했는디."

"그것 보십시오. 문 선생도 일이 글렀다고 판단을 하고 이 사장께 알리기조차 안 한 겁니다. 그게 또 이 일엔 관여하지 않겠다는 의사표시이기도 하구요."

"그럴 리가 없을끼라. 문 동지는 여편네의 그저 해보는 푸념쯤으로 알고 있는기라."

"절대 그렇게 생각하고 있진 않을 겁니다."

종문은 다시 시무룩해지더니

"이놈의 여편네 다리뼈를 뿌사놔야겠다. 제가 가몬 어디로 가. 내가 절대로 호적을 안 파줄낀디."

하고 눈을 부리부리하게 뜨며 기세를 올렸다.

"어떻든 빨리 소공동으로 가보십시오."

"가지, 가서 그년을 당장."

하면서도 종문은 일어서려고 하지 않았다. 낭패를 당한 것 같은 심정이 실감되었던 모양이다.

"빨리 가보세요."

"이 교수, 나와 같이 안 가줄래?"

"제가 간들 뭣을 하겠어요. 제가 그 말을 듣고 가만히 있었다고 생각하십니까. 별의별 얘기를 다했어요."

"그래도 듣지 않던가?"

"제 말을 들으려고도 안 했습니다. 지금 제가 다시 가서 할 말도 없습니다."

"그래도 같이 가주게."

"따라가기야 하겠어요. 제게 기대를 하시질 말라는 겁니다."

"문 선생도 모시고 가는 게 어떨까?"

"나쁜 일은 아니겠죠."

동식은 자기 혼자 따라가는 것보다는 문창곡 씨와 동행하는 것이 무난하다고 생각했기 때문에 이렇게 말했다. 그 말에 용기를 얻은 모양으로 종문은 일어섰다.

먼저 수송동으로 갔다. 문창곡은 종문과 동식을 보더니 대강 사태를 짐작한 모양으로 우선 방으로 들어오라고 청했다. 방으로 들어가 동식이 대략을 설명을 했다. 그러자 문창곡이 잘라 말했다.

"나는 가지 않겠소."

종문이 질린 얼굴이 되었다.

"내가 가서 될 만한 일이었으면 미리 사정을 이종문 사장에게 알렸을 거요."

문창곡이 말을 거듭했다.
"도저히 안 되겠습니꺼?"
종문이 어름어름 물었다.
"되고 안 되고는 당사자들의 마음에 있는 거지 내가 어떻게 알겠소? 부부 싸움은 칼로 물 베기란 말이 있기도 하니까. 그러나 나는 이 이상 둘 사이에 끼고 싶지도 않소. 이게 몇 번쨉니까? 나는 차 부인에게 완전히 거짓말쟁이가 되고 말았소. 그런데 또 무슨 주제로 말을 할 수 있겠소."
문창곡의 말은 단호했다. 이종문이 넋을 잃고 있더니 얼른 자세를 바꾸어 문창곡 앞에 무릎을 꿇고 앉았다.
"문 동지, 이번 한 번만 살려주이소. 다신 이런 일이 없도록 하겠습니더."
성철주가 옆에서 보고 있더니
"이 사장은 여자 풍년을 만난 사람 아니오. 여자가 살기 싫다고 떠나려고 하는 걸 굳이 붙들어둘 이유가 없지 않소. 가는 사람을 붙들어봤자 소용이 없는 일이오. 하물며 지금 별거하고 있는 처지가 아니오."
하고 찬물을 끼얹는 것 같은 말을 했다.
"그 여자만은 놓칠 수가 없습니더. 성 동지도 힘이 되어주시오."
이종문이 깊이 머리를 숙였다. 결국 성철주가 이종문의 말에 꺾였다.
"문 동지 한 번만 더 수고를 하시오. 이 사장이 이처럼 부탁하는데 어떻게 가만있을 수가 있겠소?"
성철주의 간청까진 거절할 수 없었던지 문창곡이 일어섰다. 그렇게 해서 네 사람이 소공동으로 차진희 여사를 방문하러 나섰다.
"데모하러 가는 것 안 겉나."

여름의 햇빛이 깔려 있는 거리로 나서자 아까까지 풀이 죽어 있던 이종문이 갑자기 유쾌한 표정으로 되며 이런 익살을 부렸다.

"하여간 이 사장은 대단한 사람이라."

문창곡이 어이없다는 듯이 웃음을 머금었다.

대거 출동한 동식의 일행을 보더니 차진희는 가벼운 미소까지 띠어 보였다. 그리고 화락한 가정의 주부가 남편의 친구들을 대접하는 그러한 태도로 모두들 앞에 차를 따랐다. 이종문의 찻잔에도 예외가 아니었다.

문창곡이 말을 꺼내려고 했다. 차진희가 그 말을 막았다.

"제 결심을 번복시킬 목적으로 하실 말씀이면 안 하시는 게 좋을 거예요. 피차가 괴로울 뿐이니까요. 모처럼 하시는 어른의 말씀을 안 듣는다고 해서야 어디 체면이 서겠어요. 그러니 그만……."

성철주가

"부부란 원래……."

하고 말을 시작하려고 했다. 차진희는 그 말도 막아버렸다.

"우리들은 이미 부부가 아닙니다. 부부가 아닌 사람들이 부부인 양 꾸미고 있던 게 잘못이었어요. 그 잘못을 청산하려는 겁니다."

차진희의 태도엔 어떠한 말도 듣지 않겠다는 냉정하고도 단호한 결의가 나타나 있었다.

"이 어른들의 체면을 봐서라도……."

하고 이종문이 어름어름 시작했다.

"어른들에 대한 체면은 당신이나 지키세요. 난 어른들의 체면을 손상시킨 적이 없었어요."

차진희의 표정에 찬바람이 도는 것 같더니 문창곡을 향했을 때는 다시 부드러운 표정으로 바뀌었다.

"문 선생님, 성 선생님이 오늘 와주신 게 제겐 그런 다행이 없습니다. 바로 아까 이 집이 팔렸어요. 여기서 선생님들을 뵙긴 이게 마지막이 되겠으니 말입니다."

"집을 팔았다고?"

이종문이 버럭 고함을 질렀다.

"누구 허락을 받고 집을 팔아?"

그러한 종문은 거들떠보지도 않고 차진희는 조용히 말했다.

"저와 결혼하기 위해서 이종문 씨는 본처를 속여 호적을 고쳤습니다. 본처에겐 다 큰 아들이 둘이나 있습니다. 선생님들께서 이종문 씨를 타일러 호적이 정상으로 돌아가도록 주선해주십시오. 제가 미리 그런 것을 알았더라면 절대로 응하지 않았을 것인데 저도 뒤에사 안 일입니다. 조금 늦었지만 호적을 그리로 돌려드리는 게 온당한 일 아니겠습니까. 잘못도 없는 조강지처를 사기 수단으로 내쫓은 일에 제가 공범이 될 순 없습니다. 그 부인도 부인이려니와 아들들의 처지도 생각해야죠. 전 이종문 씨가 어때서 결단을 내리려는 것이 아니고 그 부인과 아들들의 원수가 되지 않으려고 결단을 내린 겁니다. 죽고 살고 하는 정이라도 있으면 정과 죄를 바꾸는 마음도 해보겠지만 그런 사정도 아닌데 죄만 짓고 살 순 없는 일 아니겠어요?"

자리는 숙연했다. 이종문에 대한 동정심이 아무리 강하기로서니 문창곡도, 성철주도, 이동식도 차진희의 결심을 바꾸도록 종용할 말을 입밖에 낼 수 없는 처지가 되어버린 것이다.

10

이종문은 이렇게 체신머리 없이 굴 일이 아니란 생각이 뇌리를 스쳤다. 그 옛날 노름판에서 오막살이 집 한 채를 몽땅 날렸을 때의 일을 생각했다. 그때 그는 불콩을 맞은 범처럼 덤비려고 하다가 주춤하고 그래선 안 된다고 마음을 고쳐 먹지 않았던가.

'그리고 아주 침착하게 일어섰었지. 모두들 나의 그 태도에 놀라지 않았던가. 그 뒤로 나는 노름판에서 상대방을 홀딱 벗겨버려도 개의치 않을 만한 배짱이 생겼던 기라!'

이종문은 이 자리가 바로 그런 자리와 비슷하다는 느낌을 가졌다. 이미 마음이 떠나버린 여자를 붙들어두려는 것은 잃은 돈에 미련을 갖거나 마찬가지가 아닌가. 아득바득 악을 써봐야 창피스러울 뿐이다. 이렇게 각오를 굳힌 이종문은

"연설 말씀을 잘 들었소."

하고 차진희의 말을 막은 뒤 침착하게 다음과 같은 말을 했다.

"임자를 붙들어둘 생각도 없고, 이 집을 두고 시비를 벌일 생각도 없으니 이 이상 말 마소. 나는 사내는 계집을 배불리 먹여주고, 옷만 입혀주면 그만이라고 생각하고, 자기의 역량껏 살면 되는 기라고 믿고 주책없이 행세를 했더니 그게 아니꼬웠는가 보고만. 무심한 탓입니더. 유식한 여자가 무식한 촌놈허구 살라쿤께 비위가 상했겠지. 내 이제사 알았고만. 경상도 여자와 다르다쿠는 것도 알았고만. 이왕 헤어질 바엔 좋게 웃는 낯으로 헤어집시다. 그래도 수삼 년 동안을 부부로서 살았는디 원수로서 헤어질 게 뭐 있소. 앞으로 무슨 곤란한 일이 있거든 사양 말고 의논을 하소. 나를 직접 만나기 싫거들랑 문 동지나 성 동지, 그라고

이 교수를 통해도 좋소. 내 힘 있는 대로는 도와주겠소. 이종문이 그리 째째한 놈은 아닌께."

그리고 일어서선

"오랫동안 속을 썩혀서 미안하고만."

하며 너그러운 웃음까지 띠어 보였다.

가장 놀란 것은 차진희 여사였다. 거센 파도가 있을 것으로 알고, 잔뜩 벼르고 있었던 터인데 이렇게 나오니 어마지두한 기분으로 되어버렸다. 문창곡과 성철주는 자기들도 모르게 한숨을 내쉬었다. 극한적인 싸움이 되었을 땐 어떻게 할까, 하고 마음이 조마조마했던 것이다.

이동식도 예외는 아니었다. 아까까지의 이종문의 흥분을 관찰해온 그는 돌연 태도를 바꾼 이종문이 실로 예사로운 인물이 아니라고 감탄했다. 감정은 자기의 것이지만 일단 비등해버리고 나면 자기의 감정을 자기 나름대로 못하는 것이 대강의 경우이다.

"잘 있으소."

하는 이종문의 말에 차진희도

"잘 가세요."

하는 인사로 대꾸하지 않을 수 없게 만든 것도 이종문의 수단이었다.

행길에 나서자 부신 듯 서쪽 하늘을 바라보고 있더니 그 사이 무슨 생각을 한 모양으로 이종문이 문창곡과 성철주를 돌아보았다.

"지금부터 한잔 하러 갑시더."

"기분이 내키질 않아."

문창곡이 뚜벅 말했다.

"앗다, 문 동지, 기분이 내키지 않은 술도 마셔야 하는기 인생 아닙니꺼. 술을 마시면 기분이 돌아설 수도 있는 겁니더."

그래도 문창곡은 망설였다.

"문 동지, 너무 합니다. 계집헌테 탁 채인 놈의 기분도 좀 알아주소."

"이 사장을 이 꼴로 내버려둘 순 없지 않소."

성철주가 한마디 끼었다.

"그럼 그렇게 합시다."

하면서도 문창곡은 침울한 얼굴이었다.

이종문이 택시를 세웠다. 문창곡과 성철주, 이동식을 뒤에 태우고 이종문은 운전사 옆 자리에 타더니

"국일관으로 갑시다."

하고 호기 있게 말했다. 그리고 문창곡을 돌아보고

"계집헌테 소박 맞은 놈은 난데, 문 동지가 왜 그리 얼굴을 찌푸리고 있소."

하며 익살을 부렸다.

국일관에 도착하니 장사를 할 시간이 아직 두 시간이나 남았다고 했다. 이종문이 버럭 호통을 쳤다.

"시골에서 봉이 한 마리 올라왔는데 이 봉을 떨굴 참인가? 빨리 소리 잘하는 기생을 너댓 불러. 우린 방에 앉아 기다릴낀께."

그리고

"앗다, 돈이면 다 될 것 아닌가. 여게 돈 있다. 느그도 한번 묵어봐라."

하고 집히는 대로의 돈을 꺼내 보이들에게 뿌렸다.

"오늘 여편네와 사화가 되몬 온양온천에라도 갈라꼬 준비한 돈인기라. 제에미, 이리 쓰나 저리 쓰나 쓰몬 될끼 아닌가배."

이종문의 호탕한 웃음에 이끌려 모두들 큼직한 방으로 들어갔다.

"허, 넓어서 좋다. 장대시합이라도 하겠구나."
하고 이종문이 먼저 털썩 방 한가운데 주저앉았다.
"장대시합은 또 뭣이오?"
성철주가 물었다.
"사내라면 장대 하나씩은 가지고 안 있소. 그 장대 끝에 여자를 끼워 갖고 달리는 기라. 그게 장대시합 아닌교."
이종문이 너털웃음을 웃으며 한 소리였다.
"세상에 나곤 처음 듣는 소리구먼."
성철주가 빙그레 웃으며 말했다.
"나도 듣기만 했제 해보진 못했고만."
하고 종문이 말을 돌렸다.
"임금이 아닌께 삼천궁녀는 거느리지 못하더라도 계집 열 명쯤은 거느릴 수 있어야 대장부라고 할 수 있을긴디, 이 꼬라지가 뭐고. 제에미, 아무래도 나는 모자라는 놈인기라."
"이 사장 말 조심하시오. 열 명은커녕 하나도 못 얻어걸린 사내가 여게 둘이나 있소."
"형들이야 도통한 어른들잉께 우리 잡보들허고 비교나 되겠습니꺼."
하더니
"떨군 고기는 크다쿠더만 그 여잔 정말 좋은 여자였는디."
하고 이종문이 투덜댔다.
"이 사장헌테 과한 여자였소."
문창곡이 정색을 하고 말했다.
"뭣이 과하다 말입니꺼?"
이종문이 시비 조가 되었다.

"과하지, 과하고말구."

성철주도 거들었다.

그러자 이종문이 동식 쪽으로 향했다.

"이 교수도 그 여자가 나한테 과하다고 생각하나?"

동식은 망설였다. 소공동에서의 마지막 광경이 없었더라면 서슴없이 동식도 "과하다."고 했을 것인데 막바지에 있었던 광경을 보고는 쉽사리 그렇게 단정할 순 없는 노릇이었다.

"어려워할 것 없어. 곧이곧대로 말하몬 될끼 아닌가."

"이때까진 나도 그렇게 생각해왔어요. 그런데 아까 막바지에 한 이 사장의 언동을 보곤 생각이 약간 달라졌는데요."

"우떻게 달라졌다 말이고?"

"역시 이 사장이 훌륭하다고 생각했습니다."

"거짓말이라도 듣기 좋구만."

이종문은 얼굴을 활짝 폈다.

"거짓말은 아닙니다."

동식이 정색을 했다.

"듣고 보니 그렇기도 해."

성철주가 동의했다.

"마지막 이 사장의 태도는 참 훌륭했어."

문창곡도 한마디했다.

"10년 묵은 체증이 쑥 내려간 기분인디. 그런디 제에미 계집 잃고 칭찬 들어봐야 시시하구만."

하고 이종문이 냅다 소리를 질렀다.

"가수내는 늦어도 좋은께 술이나 빨리 가지고 와!"

술상과 더불어 기생들이 주루루 들어왔다. 그것을 보고 있더니 이종문이

"만화방초 성하시에 얼씨구나 놀아보자."

고 호들갑을 떨었다. 그리고 술을 몇 잔 하더니

"화무십일홍이오, 저 달도 차 면 기우나니."

하고 노래를 부르기 시작했다. 그 노래는 마음이 좋을 때나 슬플 때나 이종문이 즐겨 부르는 노래다. 이를테면 이종문의 인생관을 집약하고 있는 노래이기도 했다. 그 노래가 끝나니

"대천지 한바박에 뿌리 없는 남기로다.

바람아 너 잘 불어라.

내 팔자 바람따라 이리 가고 저리 가니……."

하는 노래로 이어졌다. 이 노래도 또한 이종문의 인생관인 것이다. 창을 잘하는 기생들을 불러달라는 주문이 있었던 탓으로 모두들 명창이란 소릴 들을 만한 노래 솜씨였고, 북 솜씨였다. 문외한인 이동식으로서도 기생들의 노래를 흥겹게 들었다. 이종문은 기생들의 노래가 한 단락에 이르렀을 때 목청을 뽑았다.

"나는 너를 알기를 공산명월로 아는데

너는 나를 알기를 흑싸리 껍질로 아는구나……."

동식은 이종문의 눈에 핏발이 서 있는 것을 보았다. 입으론 노래하고, 가슴속으론 눈물을 흘리고 있는 게 분명했다. 뭐니뭐니해도 이종문은 차 여사를 사랑하고 있었던 것이다. 남자의 독선으로, 또는 무식한 탓으로 애정을 꽃피울 방법을 몰랐을 뿐, 이종문이 차진희를 사랑한 건 진정이었다. 그 사랑과 결별하는 것이 얼마나 고통스러운 일인가. 그 고통을 참으려고 저렇게 몸부림을 치고 있는 것이려니 짐작이 들자 동식은 가

습이 아팠다. 차진희가 냉혹한 여자라고 여겨지기도 했다.

　문창곡과 성철주도 종문의 마음을 짐작하고 있는 모양으로 종문의 기분에 맞추려고 애쓰는 흔적이 보였다.

　"역발산기개세力拔山氣蓋世한 항우項羽가 아니던가……."

　이종문은 초한전의 귀절에 나름대로의 가락을 붙여 읊어댔다. 종문이 자신을 항우에 비긴다는 건 우스운 노릇이었지만 슬픔에 있어선 영웅호걸의 눈물이나 시정잡배의 눈물이나 다를 바가 없는 것이다.

　그날 밤 동식은 술에 취해 집으로 돌아와서 오늘 이종문과 차진희 사이에 있었던 얘기를 송남희에게 했다. 남희는 얼굴이 해쓱해지는 것 같더니

　"전, 차 여사를 그런 여자로 보진 않았는데요."

하고 뜻밖의 말을 했다. 동식은 남희가 차진희의 처사에 동의할 줄 알았던 것이다.

　"그런 여자로 보지 않았다니, 이종문 사장의 행동이 마땅치 않으니 차 여사로선 당연히 결단을 내린 일 아닌가."

　애초 동식은 차 여사가 너무 냉혹했지 않았을까, 하는 말을 하려던 참이었는데 얘기가 이처럼 미끄러졌다.

　"전, 이해 못해요."

　"이 사장이 자꾸만 외도를 하고도 뉘우치는 흔적이 조금도 없는데두?"

　"그건 사랑이 부족한 탓이에요. 남편이 아무리 나쁘더라도 그걸 트집 잡아 헤어질 구실로 한다는 건 있을 수 없는 일예요. 일단 부부가 되었으면 그 서약에 충실해야죠. 나쁜 짓을 할수록 떠나선 안 되죠."

　"허허."

하고 동식이 웃었다.

"왜 웃죠?"

"나는 안심하고 외도를 할 수 있을 것 같아서."

"그거 무슨 말이죠?"

"나쁜 짓을 할수록 떠나선 안 된다니까 무슨 짓을 해도 좋을 것 아냐?"

"당신이 그런 사람이었소? 그렇게 외도가 하고 싶은가요?"

"하겠다는 게 아니라, 남희 씨의 얘기를 들으니 그렇게 해도 되겠다는 말일 뿐이오."

"상상이라도 할 수 있어요?"

"허 참, 나는 당신의 말을 쫓아 그런 해석을 해봤을 뿐이라니까."

"불쾌해요, 그런 해석."

"이거 슬그머니 모이를 던져놓고 내 말을 유도해선 책을 잡으려고 드는군. 그런 걸 질이 좋지 못한 행동이라고 하는 거요."

"엉뚱한 상상을 하는 건 질이 좋은 거구요?"

"그만한 말만 들어도 불쾌하게 되는 주제에 어떻게 차 여사의 행동을 비난할 수 있단 말요, 그럼."

"불쾌하더라도 일단 부부가 된 이상엔 참고 살아야 한다, 이 말이에요."

"이혼은 안 된다, 그거지."

"이혼은 안 되죠. 절대로 안 되죠. 그건 천주님의 뜻을 거역하는 거예요."

"뻔한 불행을 예상하면서도 한 번 결혼한 죄로 이혼을 못한다는 말은 조리에 맞지 않는 얘긴데?"

"조리는 천주님께 있어요."

"인간성에 배치되는 조리는 있을 수가 없어."

"인간성은 불완전한 거예요. 그러니까 천주님을 따라야 하는 거예요."

"나는 그런 논리는 감당할 수가 없어."

"이건 논리가 아니고 절대적인 계시예요."

"절대로 이혼을 못한다는건 말도 안 돼. 아까 당신도 말했지 않소. 인간성은 불완전한 것이라고. 불완전한 인간성이기 때문에 때론 실수도 있는 거요. 그리고 그 실수를 고쳐나가야지. 꼭 이혼을 해야만 피차에게 유리하다고 판단 되었을 땐 서슴없이 이혼을 해야지. 그게 사람답게 살기 위한 필수조건이오."

"그럼 당신은 이혼할 가능성을 전제로 하고 저와 결혼하시려는 거예요?"

"왜 자꾸 얘길 비약시키지?"

"엉뚱하게 비약한 건 당신이에요."

"난 비약하지 않았어."

"안심하고 외도를 할 수 있겠다면서요?"

"……."

"그게 비약이 아니면 뭣이죠?"

"당신 말에 따르면 그렇게 된다고 했다니까."

"어떻게 그런 상상을 할 수 있느냐 말예요."

"그만둡시다."

"왜 그만둬요. 사람의 감정을 들쑤셔놓구 감당을 못하겠으니까, 그만둬요?"

"참말로 감당을 못하겠소."

"감당 못하실 거예요. 그러나 한 가지만 더 물어봅시다. 이혼은 절대로 안 된다고 하는 건 조리에 맞지 않는다고 하셨죠?"

"그랬소."

"그게 바로 이혼할 경우도 있을지 모른다는 당신의 본심을 노출시킨 것이라고 생각지는 않으세요?"

"일반론으로 그렇게 말한 거지."

"일반론이든 뭐든, 그런 말 자체가 성립도 안 될 뿐 아니라 그런 생각을 해본다는 자체가 불순하다 말예요. 뭣 때문에 그런 말을 꺼낼 필요가 있죠? 지금 우리가 놓여 있는 단계에서 말예요."

"당신의 말을 듣다가 보니까 그런 말이 나오게 된 거지, 내가 미리 그런 말을 했나?"

"이 사장과 차 여사의 이별을 타당한 것으로 보는 당신의 의견이 벌써 그런 사고방식을 곁들이고 있다는 거예요."

"낸들 그 사람들의 이별을 좋은 일이라고 생각하지는 않아. 불가피한 일이라고는 봐도."

"그 불가피하다는 의견이 틀려먹었다는 거예요."

"이거 야단이군."

"뭐가 야단이에요? 일단 결혼을 하면 이혼할 수 없다는 게 야단인가요?"

"이래저래 야단이 났어."

"그러니까 결혼하기 전에 각오를 단단히 하세요. 뒤에 후회하지 않도록요. 정 야단이시라면 결혼할 예정을 취소해도 좋아요."

동식이 슬그머니 화가 났다. 남의 마음엔 아랑곳없이 혼자의 짐작으로 서둘러 결론을 내버리는 남희의 태도가 불쾌해진 것이다.

'광신자는 아내로선 부적당해.'

언젠가 송남수가 한 말이 기억이 났다. 송남수의 얘기는 대충 다음과 같았다.

"남희는 좋은 아이오. 그러나 광신적인 점이 있어요. 광신자는 아내로선 부적당해. 광신자란 첫째 자기의 관념을 광신하는 습성의 소유자거든. 바꿔 말하면 광신할 정도로 자기의 관념에 충실한 사람이야. 그런데 그 자기의 관념을 신에 대한 신앙으로 오인하고 있거든. 이게 탈이란 말요. 그러니 자기의 관념에 배치되는 것이면 뭐든 믿지 않으려드는 폐쇄성을 갖게 되는 거지. 폐쇄성이란 곧 고집불통이란 뜻이지. 내 누이동생인만큼 어느 정도의 책임을 느끼니까 하는 소리요. 이형, 잘 알아서 하시오……."

동식은 과연 고집불통인 송남희도 원만한 가정을 이룰 수 있을까, 하는 회의에 사로잡혔다. 그래, 그때의 기분을 정확하게 입 바깥으로 내놓는다면 "당신은 아무래도 수녀가 될 성품을 타고난 여자요. 속세에서 가정을 꾸미고 살 성격은 아니니 결혼을 취소하는 게 어떨까."하는 내용으로 될 것이었다.

그러나 동식은 그런 기분을 꿀꺽 참고

"우린 결혼도 하기 전에 이혼부터 먼저 해야 할지 모르겠군."

하며 빙그레 웃었다. 이 말이 불씨가 되었다. 송남희는 와락 흥분했다. 영세를 받을 준비를 하고 있는 사람이 천주님을 모독하는 소릴 해서 되겠는가고 힐난했다. 동식은 어이가 없었다.

정, 야단이라고 생각한다면 결혼할 예정을 취소해도 좋다는 말을 이제 막 해놓고, 엉뚱한 소릴 했기 때문이다. 동식은 가만있을 수가 없었다.

"자기 의견만 제일이라는 그런 태도는 버려요. 부부는 대화란 그런 말이 있지 않소. 대화일 것 같으면 서로 의견이 상충되는 경우도 있을 것 아뇨. 그 상충된 의견의 조절이 잘되는 것이 훌륭한 부부일 경우라고 나는 생각하오.

　당신은 천주님만 들먹이면 그만인 것같이 생각하는데, 그건 안 될 말이오. 천주님을 들먹이기 전에 사람끼리의 대화를 하잔 말이오. 내게 바람직한 것은 천주님은 마지막에, 극단적으로 말하면 인간으로서의 생애의 끝에 들먹이자는 거요. 대화가 시작되자마자 천주님이 개입하게 되면 인간으로서의 대화는 그로써 끝장이 나는 것 아니오? 이혼을 할 수 있다, 할 수 없다, 하는 문제는 대화의 재료로선 좋은 문제요. 그 문제를 놓고 살이 있고, 피가 있는 사람의 입장에서 말해보란 말이오. 감정적인 동물의 처지에서 끝까지 토론해보잔 말이요. 일반론으로서 토론해보기도 하고, 구체적인 경우를 들먹이며 토론해보기도 하구……. 사람으로서 할 수 있는 얘기가 끝났을 때, 그 이상의 전진은 도저히 불가능할 때, 그때 천주님을 내세워도 늦지 않을 텐데, 당신은 시작부터 천주님을 내세우니 그게 안 된다는 거요. 천주님은 약방의 감초가 아니라 최고의 심판자, 최후의 피난처가 아닐까요? 우리끼리 생각해도 충분히 될 일을 일일이 최고의 심판자에게 맡긴다는 건 천주님을 괴롭히는 처사라고 생각 안 하오?

　나도 원칙적으론 이혼에 반대하는 사람이오. 그러니 이혼할 가능성까질 예상하고 당신과 결혼할 의사는 없소. 나는 단지 이 복잡한 세상에선 이혼을 하는 것이 안 하는 것보다 나을 경우가 만에 하나라도 있을 수 있다는 사실까진 부정하지 말라는 거요. 예수님이 사도개, 바리새들을 미워한 건 남희 씨도 잘 알고 있을 거요. 그 까닭은 율법이란 원칙에만 고집하고, 생신한 감수성을 억누르는 위선을 그들에게서 보았기 때문이 아뇨?

우리는 먼저 사람으로서 자유스러웁시다. 사랑과 결혼과, 그리고 미움과 이혼 같은 문제쯤은 우리 인간들끼리 해결하면 어때요? 가장 인간적인 문제이니까, 천주님을 개재시키지 말고 우리들끼리 인간적으로 해결해볼 만한 일 아닐까? 학교에도 꼭 교장 선생에게 가지고 가야만 해결될 문제가 있고, 급주임 정도에서 해결되는 문제가 있고, 급주임에게까지 가지고 가질 말고 급우끼리로서 해결할 수 있는 문제 등 여러 단계의 문제가 있지 않겠소? 인간의 문제에도 그런 단계가 있을 거요. 되도록이면 천주님을 귀찮게 하지 말고 우리끼리 해결하는 그런 버릇을 가꾸잔 말이오."

남희는 조용하게 듣고 있었다. 동식의 서슬이 시퍼래지면 언제나 취하는 남희의 태도였다. 그러나 동식의 말을 납득한 것처럼은 보이지 않았다. 그러니 동식으로서도 시무룩한 말 한마디쯤 덧붙이지 않을 수 없었다.

"결혼예정을 남희 씨 편에서 취소할 필요를 느끼면 언제이든 취소하시오. 난 지금 그럴 필요를 느끼지 않으니 취소할 의사가 없소."

"그런 말을 예사로 하기예요?"

남희가 동식을 쌔려봤다.

"누가 먼저 시작한 말인데."

하고 동식이 웃었다. 이종문과 차진희 때문에 생긴 엉뚱한 파문이라고 생각하니 웃지 않을 수 없었고, 영락없이 광신자를 아내로 하는 수난의 길을 걸을 수밖에 없다는 생각으로서도 웃지 않을 수 없었다. 천주님이라고 하는 절대적인 빽을 가진 송남희를 상대로 이길 생각을 하는 것 자체가 도대체 무망한 노릇인 것이다.

11

차진희는 흑석동으로 이사를 했다.

한강 인도교를 건너, 왼편 동산을 소나무 사이로 걸어, 등을 넘은 곳에 다소곳한 마을이 있었다. 그 마을 이름이 흑석동인 것이다.

차진희가 이사한 집은 한양절충韓洋折衷의 아담한 집인데 붉은 슬레이트 지붕과 하얀 벽이 소나무 사이로 보이는 것이 아취가 있었지만 그 집에서 내다뵈는 풍경에 비길 바는 아니었다.

창을 열면 눈 아래로 한강이 흘렀다. 멀리 남한산성이 안개 속에 보였고 북악도 남산도 수려한 윤곽을 그려 눈앞에 다가섰다.

"우리나라에선 제일 좋은 정원을 가지셨습니다."

하고 동식이 칭찬을 했다. 남한산성까질 포함한 한강의 풍치를 그 집의 정원으로 칠 수 있었기 때문이다.

차 여사는 그 집에서 청량리에 있는 친척 할머니를 모시고 당분간 조용하게 살겠다고 했다. 동식은 감정에 기울지 않고, 의지로써 스스로 정신적 물질적 환경을 만들어나가는 차진희의 차분한 성품은 한국 여성으로선 있기 힘든 것으로 보였다. 대강 한국의 여성은 일단 인연의 수렁에 빠져들기만 하면 의지가 약하고 정에 끌리기도 해서 좀처럼 헤어나오지 못한다. 그 어려운 일을 차 여사는 너끈하게 해치운 것이다.

한편 그 점에 있어선 이종문도 존경할 만했다. 파국이 있었던 그날을 제외하고 이종문은 침착을 되찾았다. 되찾았다기보다 사람이 달라졌다. 술을 삼가게 되고 사업을 배우려는 열의를 보였다.

차진희가 흑석동으로 옮긴 그 무렵에 이종문은 태동여관을 안성조에게 맡기고, 초동에 있는 회사의 일은 성철주에게 맡기고, 자기는 소사에 있는 공사현장으로 거처를 옮겼다. "대통령 각하의 분부를 받은 첫 일인데, 남에게 맡겨둘 수 있느냐."는 게 그리로 옮긴 이유였다.

양근환 선생의 건강 때문도 있어 수송동 합숙소는 거의 일이 없는 상태라서 문창곡이 남은 청년들을 데리고 이종문과 합류했다.

동식은 9월 신학기부터 서울대학교로 가기로 확정을 보고, 그 준비를 서둘렀다. 결혼은 10월쯤으로 예정했다.

8월 3일은 김구 선생 암살범 안두희의 제1회 공판이 있는 날이다.

아침에 송남수가 동식을 찾아왔다. 마침, 방청권을 두 장 입수했으니 공판구경을 같이 가자는 송남수의 제안이었다.

동식은 내키질 않았다. 흉악범이 재판 받는 광경을 본대서 추도의 의미가 될 것도 아니고, 원래 그에겐 그런 장면에 대한 호기심이 없었다. 그리고 김구 선생의 문제는 이제 졸업한 뒤였다. 열병을 앓듯이 김구 선생의 문제에 몰두해왔기 때문이다.

"방청까지 할 필요가 있을까요?"

하고 동식이 남수에게 물었다.

"필요한가 안 한가의 문제는 아니지. 이 공판은 역사의 증인이 되기 위해서도 꼭 봐둬야 할 거요. 이 나라의 비극을 이 재판은 집약하고 있소. 그 재판 분위기를 몸소 겪어두는 것이 이 교수의 철학을 위해서 도움이 될 거요. 민족의 페이소스가 몸에 배지 않은 사람의 철학이 어찌 우리의 철학이 될 수 있겠소."

남수의 말에 설득력이 있었다. 동식은 남수와 동행하기로 했다.

덕수궁 앞에서 택시에서 내렸다. 덕수궁 돌담을 낀 법원 골목 꽉 차게 인파가 몰려가고 있어 자동차가 들어설 틈이 없었기 때문이다. 그리고 그 근처부터 삼엄한 경비가 시작되고 있었다. 정복한 경찰관과 헌병들의 모습이 이곳저곳에 보였다.

동식과 남수는 그 인파 속에 비집고 들어가 법원 쪽으로 향했다. 그 근처 전신주마다 돌담 벽에도 먹 자국이 선명한 벽보가 질펀히 붙어 있었다.

대한민국의 초석이며 애국자인 안두희를 석방하라!

어이가 없었다. 동식은 송남수의 표정을 살폈다.
"개자식들!"
나직이 중얼거린 송남수의 창백한 얼굴이 일순 경련하는 듯했다.
'불구대천이라더니 저런 것을 써붙인 놈들이야말로 불구대천이로구나.'
동식의 가슴속에도 이런 증오가 고였다.
'어쩌다 실수해서 악의 수렁에 빠지는 사람도 있겠지만 안두희 같은 놈은 바로 악의 화신이 아닌가. 헌데 그놈을 지지하는 놈이 있다는 건…….' 하고 생각하다가 동식은
"많은 경찰관과 헌병들이 저런 벽보를 붙이는 걸 용납하고 있다는 게 이상하네요."
하며 송남수를 돌아봤다.
"이상할 것도 없지. 안두희와 권력 사이에 밀접한 관계가 있다는 증거 아뇨? 그걸 스스로 폭로하고 있는 셈이지."
"왜 그런 불리한 증거를 노출했을까?"
"안두희의 변심이 두려운 거지. 안두희가 진상을 법원에서 털어놓을

까봐 겁을 먹고 있는 처사란 말요. 시키는 대로 하고 있으면 아무 일 없을 테니 너무 초조하게 굴지 말라는 신호이기도 할 테구."

법원 문으로 들어섰다. 법원 뜰엔 입추의 여지가 없을 정도로 방청객이 꽉 차 있었다.

"이런 상황인데 법정 안으로 들어갈 수 있을까요?"

동식은 되도록이면 되돌아설 구실을 찾으려고 이렇게 말해보았다. 김구 선생은 가고 없는데 그 범인의 재판이 기본적인 문제에 무슨 관계가 있느냐, 하는 마음이 되살아났기 때문이다. 그리고 안두희와 권력 측의 야합이 있었다면 그 재판은 더더구나 의미가 없을 것이었다. 8월의 폭서 속에서 사람들의 입김을 견딜 의미가 도무지 없는 일 아닌가.

그러나 송남수의 생각은 다른 모양이었다. 복수의 불길에 기름을 치기 위해서도 안두희를 심판하는 과정을 그의 망막과 가슴속에 새겨넣어야 하는 것이다.

대법정 쪽으로 돌고 있을 때 "이동식 씨." 하는 소리가 들렸다. 고개를 돌렸다. 로푸심이 사람들 틈에서 불쑥 나타났다. 채양이 넓은 운동모를 쓰고 베이지 색 엷은 잠바에 흰색 닉키복카를 입은 여전히 스마트한 차림이었다.

"송 선생도 나오셨군요."

로푸심이 송남수에게 인사를 했다.

"송 선생도가 아니라 이동식도라고 해야 합니다. 난 송 선생헌테 끌려나왔으니까."

"이 교수는 현장감각이 뭣인지를 모르는 사람 같아서 오늘은 내가 강제력을 발동했소."

하며 송남수가 엷은 웃음을 띠었다.

"그렇지도 않을 텐데요."

로푸심의 대꾸였다.

"아냐, 철학자란 사람은 모두가 다 그래. 추상능력만 발달했지 호기심은 시들어 있거든. 특히 관념론 철학자는……."

"아닙니다. 이 교수헌텐 구체적인 사물에 대한 호기심도 대단해요." 하며 로푸심이 앞장을 섰다.

그런데 이상하게도 로푸심이 앞장을 서자 길이 수월하게 틔었다. 처음에는 몰랐던 일인데 5미터쯤 걷고서야 그 사실을 발견했다. 로푸심이 발을 떼놓기만 하면 바로 그 앞이 바람에 밀린 풀밭처럼 공간이 생겨나는 것이다. 아까까지의 남수와 동식은 사람들 틈을 부비느라고 무진 애를 썼는데, 그곳보다도 더욱 밀집해 있는 곳으로 와선 수월하게 걸어나갈 수가 있었으니 이상하지 않으냐 말이다. 동식은 그 까닭을 뒤에 꼭 물어볼 양으로 마음을 다졌다.

로푸심의 덕택으로 대법원 앞까지 가선 방청권을 내밀고 법정 안으로 들어갔다. 앉을 자리는 없었다. 세 사람은 앞이 가까운 오른쪽 벽에 붙어 섰다.

오라에 묶인 안두희가 간수들의 호위를 받고 법정 안으로 들어섰다. 말쑥한 군복차림이었다. 방청석이 일순 술렁였다.

안두희는 태연하게 방청석 쪽을 한 번 휘둘러보고 자리에 앉았다. 제가 무슨 영웅이나 된 것처럼 꾸며대는 태도가 얄미웠다.

"기립!" 하는 호령이 어디선가 울려왔다.

군복차림의 심판관들이 들어섰다. 그들이 좌정을 하자 앉으라는 구령이 있었다. 동식은 일순 환상 속에 있는 것 같은, 아니 무슨 연극을 관람하고 있는 것 같은 기분에 사로잡혔다. 이렇게 해서 공판은 정확하게 10시 20분에 시작되었다.

처음 공소장의 낭독이 있었다.

그 요지는 육군소위 안두희가 국방경비법을 어기고 한국독립당에 가입했다는 것이며, 6월 26일 경교장에서 혁명투사 김구 선생을 권총으로 불법 살해했다는 것이었다.

그런데 그 공소장 가운덴, 피고가 김구 선생에게 '공산주의의 이적행위에 가담하지 말라.'고 권했다는 대목, '김구 선생이 있으므로 해서 대한민국에 지장을 주며 그것이 곧 민주정부 육성에 지장이 된다.'고 했다는 대목, 여순사건, 강·표 소령의 월북사건, 공산당과의 합작 등등을 생각하고 미제 권총으로 1미터 거리에서 3~4발을 쏘았다는 대목이 열거되어 있었다.

법률지식이 부족한 탓이었는진 몰라도 그런 대목이 동식에겐 석연하지 않았다. 그 공소장에 의하면 방법은 법률위반이지만 그 동기와 목적은 좋았다는 함축이 풍겨 있기 때문이다. 사람을 죽였으면 죽였다는 사실을 그 범행의 과정을 쫓아 객관적으로 기술하고, 그 동기나 목적은 공판정에서 밝혀내도록 해야 하는 것이 공소장 또는 기소문의 요령이 아닐까. 본인의 진술 내용을 이미 객관화된 것처럼 기소문에 정착시킨다는 것은 고의적인 월권행위가 아닐까. 뿐만 아니라 기소문 가운데는 불법 살해했다는 말이 있었는데 그런 경우 달리 합법적으로 살해할 수도 있단 말인가. 하여간 동식은 그 기소문의 졸렬함이 음모의 냄새를 풍기고 있는 것이라고 판단했다.

기소문의 낭독이 있은 지 조금 후 증인으로서 김학규란 사람이 불려 증인대에 섰다.

'그 김학규 씨가!' 하는 감회가 동식의 가슴속에 일었다. 동식은 일제

학병에서 제대한 후 한때 상해에서 머물고 있을 시절 김학규와 자리를 같이 한 적이 있었다.

1945년 9월 초순이었다고 기억된다. 김학규는 김구 선생의 명령으로 중경으로부터 상해로 내려와 주호판사처란 사무실을 차려놓고 한교韓僑 상대의 공장을 벌였던 사람이다. 이동식은 몇몇 친구와 함께 공동조계에 있는 그의 숙소 아메리칸 호텔에서 두 시간쯤 얘기할 기회를 가졌었다. 그때 김학규가 무슨 말을 했는진 잊었으나 38선을 '싼시파아도'라고 발음한 것만이 기억에 남았다. 동식은 자그마한 체구의, 카랑카랑한 금속성 음성을 가진 김학규에게서 왠지 '이 사람이 가는 길엔 성공이 없을 것'이란 느낌을 받았다. 어떤 내용이 성공인지도 모르고 그저 그렇게 생각했던 것이다.

검찰관과 김학규 사이에 다음과 같은 응수가 있었다.

검찰관(이하 검)   성명은 뭔가?

김학규(이하 김)   김학교올시다.

검   직업은 뭔가?

김   독립운동이오.

검   안두희를 아는가?

김   안다.

검   어떻게 아는가?

김   홍종만을 통해서 알았다.

검   언제부터 아는가?

김   만나기 전부터 홍종만을 통해서 입당할 의사를 말해왔다. 3~4월경에 입당수속을 하도록 했으며 당원증은 비서를 통해서 교부했다.

검   안두희는 한독당을 위해서 활동하였는가?

김 아니다. 활동한 일 없다. 안두희는 만날 적마다 민국에 대한 불평을 말하였으며 때로는 듣기에도 위험한 이야기까지 하고 또 김구 선생 자신의 증명서까지 얻어달라고 말하여 왔다. 그러므로 나는 그 후로는 홍종만을 통하여 나를 다시는 찾지 말 것을 요구하여 사건 발생 약 1개월 전부터는 한 번도 만난 일이 없다.

여기에서 질문자는 변호인으로 바뀌었다.

변호사(이하 변) 당원증은 어떤 종류의 당원증을 주었는가. 비밀당원이 있지 않는가.

김 한독당에 비밀당원제는 없다.

변 위험한 말을 피고가 하더라고 하던데?

김 일본의 2·26사건 같은 것을 들먹이기에 한독당에서는 쿠데타는 불찬성한다고 했다.

변 입당시키는 데 있어서 안두희를 심사한 일이 있는가?

김 없다.

이어 변호인의 한독당 조직체제에 대한 질문이 있고 오전 공판은 끝났다.

바깥으로 나오니 뜨거운 햇살에 눈이 부셨다. 동식은 삭막한 기분이 되어 서소문 근처의 식당에서 같이 식사를 하곤 송남수와 로푸심을 남겨놓고 집으로 돌아왔다. 머리가 아프다는 이유를 댔으나 사실은 안두희의 능글능글한 꼬락서니를 보는 것이 고통스러웠다.

공판 제2일, 제3일에는 송남수의 권유가 있었으나 사양하고 마지막 날이 될 것이란 제4일째는 송남수를 따라 방청하러 갔다.

개정하자마자 동식은 재판장의 태도가 이상하다고 생각했다. 재판이 다음과 같이 진행되었던 것이다.

재판장 사실심리는 대강 이것으로 끝났는데 지금 피고의 심정은 어떤가? (그 말투는 법관이 피고를 향해 묻는 것이라기보다 실의 속에 있는 아우를 위로하는 형의 말투를 닮은 것이었다.)

안두희 마음이 잔잔합니다. 다소 정치적인 번민은 있으나 지금은 내가 할 일을 다했다는 생각이 듭니다. 정치적인 면을 떠나 인간적으로 돌아가면 가신 선생님의 생각이 절실합니다. 나를 몇 번 죽여주어도 좋습니다. 빨리 사형을 내려주십시오. 만일 사형을 내리지 않고 미온적인 형벌을 내린다면 나는 스스로 내 목숨을 끊어버리겠습니다.

재판장 우국지정에서부터 그런 일은 했으나 인간적으론 김구 선생을 숭배한 것으로 생각된다. 그러나 과거는 과거이고 다시 한 번 재생하여 창공을 바라보는 그러한 맑은 기분은 가질 수 없을까?

안두희 내 마음은 지금 창공을 바라보는 것처럼 맑습니다. 다만 안두희가 인간으로 돌아갈 때 죽어야겠다고 생각합니다. 백범 선생의 국민장 날, 수많은 동포들이 아우성치고 발 구르며 우는 소리를 영창 속에서 들었을 때 나는 울었습니다. 빨리 나를 사형해주시오.

(동식은 구토증이 나는 것을 겨우 참았다. 이 무슨 망측한 연극이냔 말이다. 이들은 지금 재판을 하고 있는 것이 아니라 쇼를 하고 있는 것이다 싶으니 구토증은 더욱 심해졌다.)

판사의 질문이 또 야릇하다.

"이번 사건을 계기로 처자에 대한 생각은 어떤가."

안두희 사람인 나도 슬픕니다. 그러나 큰마음으로 생각하면 할 일을 다했으니 가족에 대한 모든 것도 머리에서 사라졌습니다.

재판장 아무리 선생을 살해한 동기가 우국지정에서 나왔다고 해도 그것이 국법에 저촉될 때에는 어떻게 될지 몰랐는가.

안두희 오로지 사형을 바랄 뿐입니다.

(재판장은 우국지정을 들먹이고, 피고는 사형을 달라고 하고……, 정치적으론 할 일을 했으나 인간적으론 슬프고……. 이 따위 희극이 백주의 법원에서 공공연하게 연출되고 있으니…….)

검사가 발언권을 갖고, 피고가 유죄라는 것과 한독당이 합법적인 정당이란 것을 누누히 설명했다. 그러나 그것마저 꾸밈의 냄새를 풍기고 있는 것은 동식의 선입관념 탓인지 몰랐다.

곧이어 변호사가 안두희는 애국자로서 대한민국은 이를 표창해야 될 것이라고 떠들고나왔기 때문이다. 말하자면 검사의 강경한 태도가 있어야만 변호사의 이런 말이 대조적으로 부각될 수 있기 때문이다.

그런데 변호사가 안두희의 무죄를 주장하자 법정 내에서 난데없는 박수 소리가 있었다. 동식은 온몸이 오싹했다. 검사가 무죄 주장을 한 변호사에 대해 법률가로서의 상식이 부족하다고 하자, 재판장은 "검찰관은 변호인의 위신을 손상시키거나 인신공격 같은 말은 삼가라."면서 검사에게 그 발언의 취소를 요구하는 대목도 있었다.

또 검사가

"피고 안두희는 전번 공판에서 진술하기를 김구 선생을 살해하고 자기 자신도 죽겠다고 했으니 이는 즉 범죄의식이 잠재적으로 있었다고 볼 수 있다."고 했는데 동식은 엄연한 범행을 두고 이와 같은 말이 무슨 필요가 있을까, 하고 생각했다. 범죄의식이 없는 범행은 죄가 되지 않는다는 전제도 있는 것일까.

다음과 같은 검사의 말도 그 풍기는 냄새가 이상했다.

"변호인이 변론 중, 피고의 자수에 대해 언급했는데 피고의 자수는 본 검찰관도 인정한다……. 바라건대 재판장은 객관적으로 모든 것을 투시하고 어디까지나 공정무사한 판결을 내려야 할 것이다. 더구나 피고는 어제까지도 우리와 같은 군인동지며 전우였으나 오늘은 숙명적으로 각각 다른 입장에 있다. 같은 군인이 군인을 구형하고 재판하게 되었으니 여기에 감상적인 인정에 끌리는 일이 없이 어디까지나 냉정한 처단이 있어야 한다."

"그건 우리 심판관을 모독하는 말이니 취소하시오."

하는 재판장의 주의가 있었다. 검사는 간단히 취소했다. 말들이 어쩐지 모두 구구했다.

검사는 총살형을 구형하고, 변호인은

"본 변호인은 피고를 애국자로 인정하지 않을 수 없다. 즉 반역자가 애국자를 살해할 수도 있고, 애국자가 애국자를 살해하는 일도 있다."

는 법률을 부정하는 말까지 서슴지 않았다.

안두희의 최후진술은 다음과 같았다.

"한독당의 행위는 위선이라고 본다. 5·10선거 반대, 군사고문단 반대, 경제원조 반대 등을 한 한독당을 반정부적 정당이 아니라고 말하는 검찰관과 심판관들을 유감스럽게 생각한다. 만일 이 자리에서 공산당과 한독당이 같은 노선이 아니라는 사람이 있으면 손을 들어라……."

안두희의 말에 이어진 재판장의 말 또한 알쏭달쏭했다.

"이로써 피고의 진술은 전부 마쳤다. 인간이 인간을 재판하는 일은 가장 어려운 일이다. 더구나 국방경비법의 고충은 형언할 수 없으나 어쟀든 동 법은 법인 이상, 법에 의하여 공평무사한 판결을 내려야겠다. 제 심판관들은 법의 근본정신에 의거하여 냉정한 판결이 있기를 바란다. 피고에게 한 가지 부탁할 것은 또 다시 이런 비극이 없도록 양심에 간직하라. 군인이 군인을 재판하는 심판관들의 고충을 알아야 한다. 군인이기 때문에 군인을 위하여 군인을 재판하는 것이다."

10분간의 휴정이 있은 뒤 재판장은 안두희에게 종신형을 선고했다.

"덕수궁에 들어가 좀 쉬었다 갑시다."

로푸심의 말에 이끌려 송남수와 이동식은 덕수궁으로 들어가 나무그늘을 찾아 풀밭에 앉았다.

"1년 못 가서 풀려나올 거야."

로푸심이 뚜벅 말했다.

"세상에 저렇게 뻔뻔스러운 재판이 있을까."

송남수가 혀를 찼다.

"안두희가 애국자라면 나는 절대로 애국자가 되지 않겠다."

며 로푸심은 벌렁 드러누웠다.

동식은 자기의 마음을 정리할 셈으로 재판장·검사·변호사·안두희의 말을 차례대로 분석하고 그 모순을 지적했다.

"전부 제정신이 아니니까 그런 엉뚱한 모순을 범하는 것 아닌가. 오늘의 공판기록은 정신병리학의 재료로써 쓰일 수가 있을 거요."

송남수가 한 말이었다. 로푸심이 벌떡 일어나 앉았다.

그리고 동식에게 물었다.

"오늘 재판의 철학적인 의미가 뭐겠소?"

"글쎄요."

하고 이동식은 생각해볼 엄두조차 못 내고 있는데 로푸심이 말했다.

"애국자란 말은 두 번 다시 들먹이기도 싫게 오염시킨 과정이랄 수가 있지 않겠소?"

운명의 고빗길

1

 차 여사와의 이별이 이종문에게 심각한 충격이 되었다는 것은 이미 말한 적이 있다.
 이종문은 첫째 그것을 자기의 무식에 대한 차진희의 괄시라고 느꼈다.
 '좋다! 유식한 놈하고 무식한 놈하고 한번 버구어보자.'
 이러한 앙심이 그의 사업욕을 부채질했을 뿐만 아니라 어떠한 성공이라야 하느냐 하는 그 형식과 내용에까지 생각을 미치게 했다. 돈을 벌되 한국의 갑부가 되어야 하고, 정실을 맞이하되 대학졸업생이어야 한다는 마음을 다지기 시작했다. 갑부가 되는 길은 이미 되어 있는 거나 마찬가지였다. 이 공사만 성공하면 전국의 포장공사는 자기의 것이나 다름이 없었다. 전국의 도로전장이 모두 합쳐 200만 킬로미터가 된다고 하면 1킬로당 최저 5만 원을 순수입으로 치더라도 노름꾼의 주먹구구로도 1,000억 원이란 숫자가 나온다.
 종문은 무릎을 탁 쳤다. 인천 서울간의 포장공사에선 한푼도 돈을 남길 생각을 하지 않기로 한 것이다. 동시에 가장 빠른 시간에 가장 훌륭하게 작업을 해치울 계획도 세웠다.

계획이 서자 이종문은 재빨리 움직였다. 하청업자를 불러들였다. 원래 두 업체에게 하청을 주기로 돼 있었던 것인데 종문은 한 부분을 직접 공사하기로 마음을 먹었다.

하청업자 두 사람이 나타나자 그들이 앉기가 바쁘게 종문이 말했다.

"정 사장, 조 사장, 갑부가 되어볼 생각 없소?"

두 사람은 영문을 몰라 하는 표정으로 이종문을 말끄러미 바라봤다.

"갑부가 되고 싶소, 안 되고 싶소?"

"갑부 안 되어보고 싶은 사람 있겠습니까?"

정 사장이 빙그레 웃으며 조 사장을 돌아봤다.

"좋소. 그렇다면 내 말을 똑똑히 들으소. 내 시키는 대로 하면 틀림없이 3년 만에 당신들을 갑부 만들어줄건께."

이종문이 점잔을 빼고 말했다.

"말씀해보세요."

이번엔 조 사장이 말했다.

"우리나라 도로의 전장이 얼마나 되는지 아시오?"

"……."

"줄잡아 200만 킬로미터라고 합시다. 그걸 전부 우리가 포장공사를 한다면 돈이 얼마나 남겠소? 내 한번 쳐보니 순수입으로 1,000억 원이나 됩디다. 그걸 우리 나눠갖잔 말이라요."

정 사장이 피식 웃었다. 조 사장은 빙그레 웃었다.

"농담하고 있는 거 아니오. 대통령 각하께서 도로의 포장공사는 내게 다 맡겼단 말이오. 이번 일만 잘하몬 나는 절대 두 분과의 인연을 끊지 않겠소. 같이 하자, 이 말이오. 알겠소?"

말이 이렇게 나오니 정 사장이나 조 사장도 아연 긴장했다. 이종문이 말을 이었다.

"그래서 부탁인디오. 시일을 빨리 하기 위해서 나도 한몫 들라요. 39킬로미터를 당신들 둘이서 하기로 쪼갠긴디, 나도 한몫 끼일긴께 각각 13킬로미터씩 합시다. 삼삼은 구, 일삼은 삼, 39 딱 맞아떨어지는기라."

정 사장의 얼굴에 불만의 그늘이 스쳤다.

"우리 째째하게 놀지 맙시다. 20킬로 공사를 13킬로로 줄였다고 해서 모가지 날아가는기 아니고, 40킬로 공사를 도맡아 했다캐서 팔자 고치는 것도 아니오. 내가 한몫 들라쿠는 건 거게서 나오는, 이익 때문이 아니고 공사의 질을 높이기 위해 경쟁하자쿠는기요. 하여간 나는 제일 좋도록 할낀께 여러분도 그 본을 따르라는기라. 둘째 목적은 빨리 하자쿠는기고. 가을 바람이 나자마자 우리 대통령께서 부인 동반하고 멋지게 포장된 도로를 달리며 휘파람을 불게 하고 싶은기라. 알아들었소?"

두 사람은 고개를 끄덕거리지 않을 수 없었다.

"그라고 말이오. 당신들의 손해가 가면 내가 변상해줄긴께 절대로 이번 공사에 돈 남겨묵을라쿠지마소. 39킬로의 이 공사는 200만 킬로의 공사를 위한 맛뵈기요."

이종문은 이 말과 동시에 내일 구획책정을 하겠노라고 말하고 두 사람을 돌려보냈다.

다음은 직접 공사를 하기 위한 장비와 인원을 모으는 일이었다. 문창곡이 데리고 와 있는 수송동 젊은 동지들은 하청업체의 공사를 감독하기 위한 인원으로 충용된 것이기 때문에 그대로 해놓고, 재작년 평택에 다리를 놓을 때 공로가 컸던 현장책임자를 불렀다.

"우리가 직접 포장공사를 할긴께 장비와 인원을 갖추도록 하소. 비용은 얼마가 들어도 좋은께 우선 13킬로의 도로를 춘향이 얼굴처럼 미끈하게 포장할 수 있도록 단도리를 해야 할꺼요."

그 다음에 종문이 생각한 것은 도로포장의 권위자를 만나보겠다는 것이었다. 요전 평택의 일도 있고 해서 그가 선뜻 생각한 것은 서울대학교의 공과대학이었다. 딴으론 일을 위해선 최고의 지혜를 빌리겠다는 것이었다.

7월 염천에 땀을 뻘뻘 흘리며 공과대학을 찾아갔는데 학교는 텅텅 비어 있었다. 방학기간이란 얘기였다. 도로포장을 전문으로 하는 사람이 없느냐고 물었더니 일직을 하고 있던 선생이 무슨 장부 같은 것을 뒤지고 난 다음 도영소라는 이름과 주교동 주소를 적어주었다.

주교동은 지긋지긋할 만큼 까다로운 골목이다. 도영소 교수의 집을 찾는데 한나절이 걸렸다. 몇 번인가 포기하고 돌아서려다가도 '주소를 갖고도 집을 못 찾는다면 나는 천치 바본기라.' 하고 중얼거려 용기를 냈다. 그렇게 해서 겨우 찾았다는 것이 그의 표현을 빌리면 꼬막 같은 집이었다. 꼬막은 가늘게 골이 진 두터운 껍질을 가진 조개다. 그 조개가 야무지게 다물고 있는 모습과 도영소의 나직하고 작은 기와집이 닮아 있었던 것이다.

담장 속에 박아놓은 듯한 굳게 닫혀진 대문 앞에 서서 이종문은 땀을 닦으며 도영소란 이름의 문패를 쳐다봤다. 일직하는 선생이 도영소라고 말해주었기 다행이지 그렇지 않았더라면 도무지 읽을 수 없는 한문자였다. 도都 자는 천자책에서 안면이 있는데 영과 소에 해당하는 글자는 도무지 생소했던 것이다.

'그건 그렇고 이 한더위에 이렇게 대문을 꽁꽁 닫아놓을 건 뭣고.' 하면서 이종문이 대문을 두드리고 소리를 질렀다.

"계십니꺼?"

아무런 반응도 없었다. 종문이 대문을 쾅쾅 쳤다. 고함을 질렀다.

"아무도 없습니꺼?"

서너 번 이렇게 되풀이하자 겨우 반응이 있었다. 신을 끄는 소리가 나더니 이윽고 대문 안쪽으로부터

"누구세요."

하는 하품을 참는 것 같은 소리가 났다.

"누구라고 해도 모를낍니더. 꼭 박사님을 뵈려고 왔습니더."

대문은 까딱도 하지 않은 채 소리만 들려왔다.

"무슨 용무로 오셨습니까?"

이번의 말소린 또렷또렷했다.

"도로포장에 관해 배우려고 왔십니더."

그러자

"잠깐 기다리세요."

하는 말이 있더니 신을 끄는 소리가 멀어져갔다. 벗고 있다가 옷을 입으러 가는 모양이구나, 하는 짐작이 갔다.

겨우 대문이 열렸다. 겨울 것일 성싶은 짙은 빛깔의 양복에 넥타이까지 맨 파리한 얼굴의 중년 사나이가

"이리로 들어오세요."

하고 이종문을 안내했다.

들머리 오른편에 아궁이가 있고 미닫이가 붙은 방이 있었다. 거길 지나니 비좁은 뜰이었다. 그 뜰을 건너 마루, 마루 이쪽 저쪽에 방이 있는 이를테면 그 집에선 큰 마루라고 불리울 곳이다. 그리로 올라가 비로소

인사가 있었다.

"내가 도영소입니다만."

"나는 이종문이라고 합니더. 쪼맨한 토건회사를 하고 있습니더."

도영소는 두리번거리다가 재떨이를 집어 이종문 앞으로 밀어놓으며

"집사람이 아이들을 데리고 뚝섬에 놀러 갔어요. 그래 대접도 못해드리겠는데……, 이 누추한 곳까지……."

하고 이종문의 말을 기다렸다.

"나는 지금 서울과 인천간의 도로포장을 하고 있습니더."

"예."

"될 수 있는 대로 좋은 공사를 하고 싶습니더. 그래서 선생님에게 배울라꼬 왔습니더."

"뭘 배우시겠단 말씀입니까?"

"하나부터 열까지 배우고 싶습니다. 그래 이렇게 월사금까지 준비해 갖고 왔습니더."

하고 안 포켓에서 돈 5만 원이 든 봉투를 꺼내놓았다. 도영소는 당황하며

"말씀부터 하시죠. 그런 건 받을 수가 없습니다."

하고 봉투를 종문 앞에 밀어놓았다.

"박사님도 돈디려 배운긴디 공짜로 가르쳐달랄 수가 있습니꺼."

"난 아직 박사도 아닙니다. 그리구 구체적으로 뭘 말씀하시는지."

이렇게 전형적인 경상도 치와 서울 토박이의 초대면은 시작되었다.

이종문은 수줍어할 정도로 겸손해하는 도영소 교수가 무조건 마음에 들었고, 도 교수도 이종문의 소박함이 싫지 않았다. 도영소는 역시 이종문의 의도를 알자 가능한 한 그를 도와주고 싶은 마음으로 기울었다.

"회사엔 기술자가 많을 것 아닙니까."

"물론 있습니다. 그러나 나는 그 기술자들을 감독해야 할 입장에 있습니다. 그런께 내가 우선 알고 있어야만 그들을 감독할 수 있지 않겠습니꺼. 가장 좋은 포장을 하자몬 어떻게 해야 되는긴가, 그 최고의 방법을 가르쳐달라, 이깁니다. 우리나라의 길이 얼마나 되는지 모르고, 그 길을 모두 포장하게 될 날이 언제쯤 될진 모르겠습니다만 이번 하는 공사로써 모범을 보일까 싶습니다. 이번엔 돈 남길 생각 없습니다. 선생님 가르쳐주십시오."

"나는 학문적으로만 알고 있을 뿐 실지로 해본 적이 없어서 통 자신이 없는데요."

도영소는 난처한 표정을 지었다.

"그 학문적이란 걸 알고 싶습니다. 나는 무식한께 알기 쉽게만 말해주시몬 됩니다. 며칠이 걸려도 좋습니다."

푹푹 찌는 듯한 더위 속에 이종문이 뻘뻘 땀을 흘리고 있었다. 바람도 없거니와 최소한도의 공간을 최대한도로 이용한 그 집엔 밖으로부터 바람 한 점 들어올 틈서리도 없었던 것이다.

"웃옷을 벗으세요."

하고 도영소는 자기가 먼저 상의를 벗고 방 안으로 들어가 노트를 들고 나왔다. 이렇게 열심인 사람의 청을 거절할 수가 없는 마음으로 우선 최선을 다해보기로 한 것이다.

도영소는 먼저 도로라는 것부터 설명할 작전을 세웠다. 도로가 뭣인가를 알아야만 포장의 의미도 알 수 있기 때문이다. 도영소의 이종문에게 대한 강의는 다음과 같이 시작되었다.

"도로는 사회에 있어서, 나라라고 해도 좋습니다. 나라에 있어서 혈맥에 비유할 수도 있습니다."

이어 도로의 정치적 의미, 경제적 의미, 나아가 문화적 의미를 설명하고, 도로를 보면 그 나라의 정도를 알 수 있다는 데까지 말이 미쳤다.

이종문은 그저 황홀하기만 했다. 걷기도 하고, 자동차 또는 기차를 타기도 해서 부산에서 서울까지 또는 다동에서 소공동까지 갈 수 있으면 그만인 도로, 즉 길이 정치적·경제적·문화적 의미까질 가지고 있다고 들으니 정말 놀라웠다.

도영소의 강의가 도로의 역사적인 발달과정으로 들어서려고 할 때 이종문이

"잠깐만 기다려주이소."

하고 일어섰다. 도영소는 그가 변소에라도 가려는가 하고 변소의 소재를 가리키려고 하는데 이종문은 후다닥 밖으로 뛰어나갔다. 그러더니 이종문은 얼음물에 채워놓은 여남은 개의 사이다를 바께쓰째 들고 들어왔다.

"더운디 이거나 마셔가며 합시더."

"이거 손님에게 너무 많은 실수를 한 셈이군요."

하고 글라스를 챙겨 내놓으며 쓴웃음을 웃었다. 이종문의 그런 행동은 서울 토박이인 도영소로선 상상도 못할 일인 것이었다. 서울 사람은 그때만 해도 남의 집에 가선 물 한그릇 달라는 주변도 없었다. 하물며 손님으로 간 사람이 밖으로 나가 마실 것을 사오는 둥 해서 주인을 무안하게 하는 따위의 행동은 어림도 없는 일이다.

이종문은 연거푸 사이다 두 병을 마셨다. 도영소는 사가지고 온 사람의 체면을 생각해서 목을 축이는 정도로 마시곤 사이다 글라스를 놓았다. 그것을 보더니 이종문이 한마디 했다.

"참새 물 먹는 것도 아니고 선생님 왜 그러십니꺼. 쭉 한참 마시이소."
도영소는 마지못해 다시 사이다 한 모금을 마시고 강의를 시작했다.

유럽의 도로망은 로마제국 때 제법 짜이게 되었고, 중국의 도로망은 진시황, 그러니 2천 몇백 년 전에 거의 완성되어 있었다는 대목에 이르자 이종문이
"잠깐만."
하고 물었다.
"진시황이라쿠몬, 그 아방궁을 지은 진시황 말입니꺼?"
"물론 그렇습니다."
종문은 "헤헤."하고 감탄했다. 도로하고 진시황하고 무슨 관련이 있다는 것도 뜻밖의 일이었거니와, 술자리의 판소리에 나오는 진시황이 자기의 사업에 끼어들 줄은 정말 몰랐던 것이다. 이미 사이다를 두 병이나 마시고 갈증을 푼 다음이라 이종문은 안심하고 감탄할 수가 있었다.
"필요가 있기에 도로가 생긴 겁니다. 도로가 생기고 보니 다른 필요가 또 넓은 길을 생기게 하고, 도로를 포장할 필요에까지 발전하게 된 것입니다. 포장도 옛날부터 있었습니다. 길을 포장하게 된 것은……."
하다가 도영소는 선뜻 시계를 보았다. 강의를 시작한 지 벌써 두 시간이 지나 있었다. 도영소는 더 이상 한마디도 하기 싫을 정도로 지쳤다. 그의 평소의 강의가 대강 두 시간으로 끝나는 버릇 때문인지도 몰랐다.
"오늘은 이 정도로 해둡시다. 나는 좀 피로해서요."
하고 도영소는 김이 빠진 사이다를 마셨다.
"참 좋은 말씀을 많이 들었습니더."
이종문이 감지덕지한 얼굴로 말했다.

"이런 얘기가 무슨 참고가 되겠습니까."

상대방이 바라는 포장 얘기에 들어가기도 전에 엉뚱한 얘기만으로 끝냈다고 생각하니 약간 겸연스러워서 한 도영소의 말이었다.

"참고가 되다마다요. 나고 평생 처음으로 나도 선생님을 모셨다고 싶은게, 참말 이상한 기분입니다. 학교 문턱도 밟아본 일이 없거든요."

"도로포장 얘기는 기회가 있으면 해드리겠지만 내 얘기가 무슨 도움이 될지 그게 두렵습니다."

"무슨 말씀이십니꺼. 실지로 도움이 안 된다캐도 선생님 말씀을 듣는 것만으로도 기쁩니더."

이것은 이종문의 진실이었다. 이종문은 처음으로 이승만 박사를 만났을 때와 꼭 같은 감격에 젖어 있었던 것이다. 이동식과 송남수 같은 학문하는 사람과도 교제가 있었지만 학자라는 것이 그처럼 고마운 존재란 걸 실감한 것은 도영소와 대면하게 된 그때였다.

이종문은 앞으론 다동 태동여관의 일실에서 도영소의 강의를 듣기로 하고 시간은 매일 세 시부터 다섯 시까지로 정했다.

공사가 다시 시작되었는데도 이종문은 그 일과를 거르지 않았다. 도영소의 강의를 실제에 활용하고 안 하고는 이미 문제가 아니었다. 도로학도, 포장학도라는 자각만으로도 충분했다. 200만 킬로미터 도로의 포장을 멋지게 하려는 원대한 계획을 위한 것이라고 생각하고 기초부터 공부할 작정을 세운 것이다.

도영소의 강의도 훌륭했다. 때때로 전문용어를 쓰기는 했으나 이종문의 지식 정도에 맞추어 평이하게 풀어나갔다. 그러나 어려운 수식까지도 사양없이 들먹여 그 때문에 물론 설명하는 수고도 많았지만 강의를 받는 이종문의 프라이드를 높여주는 효과도 계산했다.

이종문은 도로포장학 강의를 통해서 전인교육을 받고 있는 셈이었다. 그것을 통해 한자 지식漢字知識을 익혔다. 거긴 경제학도 있었고, 물리학의 단편도 있었다. 사리砂利와 시멘트를 통해 토양학, 지질학의 지식도 혼합되었다. 아스팔트의 성분을 설명하자니 화학에 관한 설명이 선행돼야 했다. 시멘트 콘크리트의 양생養生을 가르치기 위해선 온도와 습도의 설명이 있어야 했으니 그것도 기상학의 초보에까진 미쳐야 했다. 도로의 목적에 따른 도로의 포장이란 점에서 정치와 군사 문제의 설명도 있어야 했다. 장비와 공구를 설명하기 위해선 기계발달사의 개론적인 지식이 필요했다.

　이렇게 해서 이종문에게 있어선 도로포장에 관한 강의가 현대교양 전반에 대한 어프로치接近로서의 보람을 다하게 된 것이다.

　이렇게 된 데는 이종문의 심정을 포착할 수 있었던 도영소의 교육자적인 기술의 탓도 있었다. 도영소는 이종문에 대해선 그의 말마따나 최초의 교사였는데, 도영소로서도 이종문같이 열성적이며 자기의 강의를 전면적으로 흡수해주는 학생은 난생 처음이었다. 게다가 이종문의 기억력과 이해력은 비상했다. 필기 같은 것을 하는 법도 없이 그저 듣고만 있었는데도 그 다음 시간 도영소가 전날의 강의를 어느 정도 이해하고 있는가를 알아보기 위해서 질문을 하면 이종문은 요령 있게 그 강의 내용을 간추려보였고, 때론 도영소의 설명이 미치지 못한 부분을 따져 묻기도 했다.

　교육자와 피교육자와의 이러한 열띤 교감은 상승작용을 자아내는 법이다. 기적은 이러한 상승작용에만 나타난다. 이종문의 내부엔 기적이 싹트고, 그리고 그 기적이 자라나고 있었다.

　교육을 받는 자 내부에서 자라고 있는 기적이 교육을 하고 있는 자의 내부에 아무런 영향이 없을 까닭이 없다. 이때까지의 도영소는 토목공학 가운데서도 도로포장이란 전문적인 분야를 맡아 있음으로써, 물론 그것으로서도 프라이드가 없는 바는 아니었지만, 왠지 교육자로선 일종의 공허감 비슷한 것을 느끼고 있었던 터였는데 이종문의 출현으로 뜻밖에 정신적 전회轉回를 하게 되었다. 즉 사람은 제마다 이 세계의 중심일 수 있듯이 도로포장학을 중심으로 토목공학 전체를 부감할 수 있다는 자부, 나아가 이 학문으로써도 전인교육의 수단으로서 손색이 없다는 자신을 발견하게 된 것이다. 이를테면 어떤 학문이라도 그것이 학문인 이상 동등한 발언권과 존엄성을 지니고 있다는 사실을 실감하게 됨으로써, 자기의 존재를 보다 유의미한 것으로 확인할 수 있게 되었다는 것은 도영소의 인생에 있어서 커다란 사건이 아닐 수 없었다.

또한 도영소와의 접촉이 이종문의 공사에 직접적인 도움이 안 되는 바도 아니었다. 첫째 기술자들을 감독하는 방법에 그 효과가 나타났다.

"다른 방법이 없는가?"를 묻고, 있다고 하면 그 방법을 열거시켜 장점을 따지곤 "최고의 방법은 무엇이냐?"고 물었다. 그리고 최고의 방법을 쓰고 있지 않을 땐 까닭을 따지고, 그 까닭이 도저히 넘어설 수 없는 난조건이란 것이 확인되지 않는 한 승인하질 않았다.

"기술은 경험의 종합이며 그 증류蒸溜다."

"아무리 많은 경험도 성의 있는 연구가 없으면 기술이 되지 못한다."

"어떤 방법도 절대적인 것이 아니다. 그보다 나은 방법이 있을 것이란 마음먹기를 잃지 말아야 한다."

"성공은 결국 방법의 성공이다. 성공을 노리지 말고 방법의 발견을 노려라. 최고의 방법을 발견한 자가 최고의 성공자가 되는 법이다."

이종문의 입에서 예사로 이런 말이 터져나왔다. 따지고 보면 도영소가 한 말을 그저 옮겨놓는 것이지만 이종문은 결코 앵무새처럼 도영소의 말만을 되풀이하는 것은 아니었다. 때와 장소와 제기된 문제에 맞춰 이런 말을 썼다. 이종문의 도영소와의 접촉을 알 까닭이 없는 주위의 사람들은 이종문의 급작스런 변모를 경외의 눈으로 보았다. 가장 놀라고 있는 사람이 문창곡이었다.

그러는 사이 어느덧 8월이 끝났다. 서울 인천간의 포장공사는 그동안 5분의 4의 진척을 보였다.

도영소는 대학이 시작되었기 때문에 종전처럼 매일 시간을 낼 수 없게 되었다. 매주 월·수·금 사흘로 정하고 장소는 대학 내에 있는 그의 연구실로 옮겼다. 전엔 호사와 허영 이외의 아무것도 아니었던 자가용차가 이젠 이종문에게 있어서 공사장과 도영소의 연구실을 잇는 필요불가결한 교통수단이 된 것이다.

2

이동식이 서울대학에 처음으로 출강한 날은 9월 12일 월요일이었다.

본부 건물의 동편에 있는 교사의 2층에 북향으로 된 동식의 강의실은 바깥이 화창한데도 약간 어둠침침했다. 그 어둠침침한 분위기가 동식의 마음에 들었다.

기왕 동식이 출강했던 동국대학의 교실은 먼지가 보일 정도로 너무 밝아서 발음하는 말마다 멋없이 바래져버리는 느낌이었는데 이곳에선 차분한 얘기를 할 수 있을 것 같은 선입감이 들었다. 그리고 그 교실의 천장, 벽, 마룻바닥에 스며 있을 식민지 시대 이래의 유서由緒가 학생들로 하여금 그 역사적 사명을 의식하게 하는 힘으로 작용할 수 있을 것이란 생각도 들었다.

교실 안엔 열다섯 명 가량의 학생이 이곳저곳 산만하게 자리를 잡고 앉아 있었다. 고학년인 그들은 해방 이후의 혼란을 나름대로 겪어온 학생들일 것이거니 싶으니 동식의 긴장은 한층 더했다. 선배인 C교수는 간단한 소개말만 해놓고 나가버렸다.

"근세 서양철학, 이것이 내 강의제목입니다."

동식이 우선 이렇게 서두를 해놓고 강의 진행의 방법과 참고서의 얘기를 꺼내려고 하는데 어느 곳에선가 말이 날아왔다.

"이 교수는 관념론 철학자입니까, 유물론 철학자입니까?"

동식은 질문한 학생 쪽을 봤다. 머리를 길게 기르고 눈빛이 날카로운 여윈 체구의, 나이가 들어뵈는 학생이었다.

"관념론 철학에 대립되는 건 경험론 철학이라야 옳지 않겠소? 유물론에 대립하는 건 유심론이니까."

동식이 아무렇지 않게 그렇게 말했다.

"말꼬릴 잡고 시비하지 맙시다. 본질적으로 문제를 전개하면 되는 것이지 경험론이면 어떻고 유물론이면 어떻소."

학생은 제법 뻔뻔스럽게 나왔다. 동식이 피식 웃었다. 웃기라도 해야만 불쾌감을 감소시킬 수가 있는 것이다. 그러나 말할 땐 정색으로 돌아갔다.

"철학은 엄격한 학문이오. 용어 하나라도 정확하게 다루어야 하오."

"그래 경험론과 유물론은 같지 않단 말이오? 관념론과 유물론으로 구별해선 틀렸단 말이오?"

"상식적으론 그렇게 되겠지. 그러나 학문적으론 구별할 필요가 있다고 생각해. 인식론적으로 말할 땐 관념론, 그것과 대차적인 것으로서 경험론 또는 실재론으로 되고, 형이상학적으로 말할 땐 유심론, 유물론으로 하는 것이 옳다, 이거요."

"그것이야말로 썩어빠진 관념론 철학자의 말 장난 아뇨? 간단명료하게 구별할 수 있는 걸 일부러 복잡하게 해갖고 사람을 혼란시키려는 수작이란 말요."

학생은 거의 흥분상태에 있었다. 동식은 그 학생이 그런 견해를 주워온 원천이 레닌이 든 팸플릿일 것이라고 짐작하고

"복잡한 것을 억지로 간단명료하게 구별한다고 해서 문제가 해결되는 것은 아니니 이 토론은 뒤로 미루는 게 어떨까?"

하며 교실 내를 둘러봤다.

모두들 무표정한 얼굴을 하고 있었다. 그런데 아까의 그 학생이 또 입을 열었다.

"하여간 이 교수는 관념론 철학을 신봉하는지, 유물론 철학을 신봉하는지, 그거나 답하시오."

"내 입장은 차차 밝히겠어."

"왜 지금은 밝힐 수가 없습니까?"

"그럴 필요를 느끼지 않으니까."

"내가 질문을 했으면 그럴 필요가 생긴 것 아닙니까?"

"나는 내 철학이 무엇인가를 설명하기 위해서 이 자리에 선 것이 아니고 근세 서양철학의 역사를 설명하기 위해서 이 자리에 서 있는 사람이오."

"견해에 따라 철학사에 관한 설명이 달라질 것 아닙니까?"

"나는 내 견해를 극도로 절약하겠어. 그리고 관념론적인 해석도 유물론적인 해석도 공평하게 그대로 제시하겠어. 말하자면 이미 정설로 되

어 있는 것만을 강의할 작정이오. 그것만으로도 짧은 시간에 내가 맡은 과목을 소화시킬 수 있을지 의문이거든."

"왜 자기의 철학을 숨기려는 거죠?"

"교사로서의 입장은 편파적이어선 안 되니까."

"자기의 철학을 밝히는 게 편파적입니까? 자기가 옳다고 믿는 진리이면 어느 때 어느 곳에서라도 주장할 수 있는 용기가 있어야 하지 않습니까? 그게 철학자로서의 양심 아니겠소?"

"미안하지만 나는 아직 나를 철학자라고 자부할 처지가 못 돼. 기껏 철학의 교사야. 내가 알고 있는 철학의 지식을 되도록이면 충실하게 전달하려는 교사 이상은 못 돼. 그리고 설혹 내게 독자적인 철학이 있다면 강의의 진전에 따라 자연히 발로될 것인데 무엇 때문에 학생은 성급하게 그런 걸 추궁하지?"

"아무튼 이 교수는 관념론 철학을 신봉하고 있는 거죠?"

"신봉하는 부분도 있고 신봉하지 않는 부분도 있어."

"유물론은 반대하죠?"

"유물론 철학에 대해서도 반대하는 부분이 있고 반대하지 않는 부분이 있지."

"요컨대 뒤죽박죽이다, 이 말씀이십니다, 그려."

동식은 그 학생의 얼굴에 비웃음이 지나가는 것을 보았다. 발끈 화가 치밀었다. 이런 모욕을 용납하는 게 과연 관용일까, 하는 의혹이 일었다. 그러나 동식은 참기로 했다. 되도록 감정을 억누르고 다음과 같이 말했다.

"관념론 철학이든 유물론 철학이든 철학을 배우는 데서 가장 필요한 마음가짐은 겸허한 마음이라고 나는 생각해요. 그런 뜻에서 학생의 태도는 유감스럽소. 지금 이 시간은 나나 학생에게 있어선 처음 만나는 시간이오. 사람이 처음 만난 자리에서 어떻게 그처럼 당돌할 수가 있겠느냐 말요. 앞으로도 긴 시간이 있으니 두고두고 토론을 전개해나갈 수도 있는 것을 만나자마자 그런 태도를 취하는 건 학문하는 사람의 태도가 아니란 것만 말해두겠소."

"시간이 아까우니까요."

학생의 태도는 여전히 거만했다.

"그게 무슨 말이지?"

동식의 말투도 거칠어졌다.

"들어볼 만한 강의인가 아닌가를 빨리 판단해야 시간을 아낄 수 있지 않겠소?"

"그렇게 시간이 아깝거든 이 강의의 수강신청을 취소하시오."

동식이 분명히 말했다. 그 학생은 냉소를 띄우고 받았다.

"취소할 것까지도 없소. 나는 아직 수강신청을 안 했으니까."

이곳저곳에서 실소를 터뜨리는 소리가 일었다. 그 소리에 힘을 입은 모양으로 그 학생은 뇌까렸다.

"철학이 무슨 대단한 것인 양 겁을 주는 그런 태도가 관념론 신봉자들의 상투수단 아뇨?"

"철학이 대단하지 않을 것도 없다. 철학뿐 아니라 학문이란 모두 대단한 거야. 그런데 겁을 준다는 말이 뭐야. 학문하는 태도는 엄격해야 한다는 말이 겁을 주는 건가?"

동식은 자기도 모르게 흥분했다.

"엄격을 가장해서 학생들은 오도하려는 그 저의를 두고 내가 한 말이오."

학생은 조금도 굽혀들 것 같지 않았다.

"오도하려는 저의라니?"

"그렇지 않고서야 왜 나와의 토론을 회피하려고 들죠?"

"회피가 아냐. 토론거리도 되지 않는 걸 가지고 덤비니 그 따위 얘긴 그만하자고 한 것뿐이다."

"당신이 태도를 분명히 하려고 하지 않으니까 내가 부득불 따져본 것 아뇨. 관념론을 신봉하기도 하고 안 하기도 하고, 유물론은 반대하기도 하고 반대 안 하기도 하고, 도대체 그런 철학적 태도가 어디에 있단 말요."

학생은 기고만장하게 떠들어졎혔다. 동식은 침착해야겠다고 아랫배에 힘을 주었다. 덕분에 조용한 말이 되었다.

"관념론이든 유물론이든 그건 신주 모시듯 할 게 아니고 우리가 진리, 또는 진실에 이르기 위한 수단일 뿐이야. 바꿔 말하면, 관념론적 방법이 아니고서는 파악할 수 없는 사상이란 게 있고, 때론 유물론적 방법이 아니고서는 파악할 수 없는 사상이 있다는 얘기다. 철학의 목적이 관념론, 또는 유물론에 봉사하기 위해 있는 게 아니라 그러한 수단 또는 무슨 수단을 써서라도 인생과 사회와 역사를 진리의 방향으로 밝혀보자는 데 있는 것이 아닌가. 처음부터 관념론이면 관념론, 유물론이면 유물론을 택일해서 고집한다면 철학의 의미는 바로 그 자리에서 상실되고 만다. 의혹을 품는 곳에 문제가 생기고, 문제가 있는 곳에 철학이 있다. 우리는 관념론이든 유물론이든 그보다 더한 것에 대해서도 의혹을 품어야 할 처지에 있고, 마땅히 그러해야 하고, 그런 태도에서 철학은 시작된다는 철학 본연의 의미를 잊지 말아야 한다."

"옳은 철학이 있고, 옳지 않은 철학이 있다는 것은 의심할 수 없는 정설입니다. 관념론 철학이 역사를 해명하지 못한다는 것은 이미 증명이 끝난 문제 아뇨? 역사를 해명하지 못하니까 신비사상까지 끌어들이는 게 아니겠소? 철학은 역사의 방향을 제시하면 그 역할은 끝나는 거요. 인류의 갈 길을 제시한 철학은 이미 분명하게 나타나 있지 않소? 다음에 남은 문제는 그 철학을 어떻게 인민에게 납득시키느냐에 있을 뿐이란 말요. 이미 증명된 문제를 다시 혼돈상태로 돌리려는 게 당신들 관념론 신봉자들의 상투수단 아닙니까? 만일 그런 철학강의라면 나뿐만이 아니라 여기 있는 우리 모두는 들을 필요가 없다는 것을 나는 명백히 밝히려는 거요. 이 말을 내 개인적인 감정으로 하는 것이라고 듣는다면 그건 오해요. 나는 학생 전체를 대변하기 위해 부득불 내 개인의 체면을 희생시킨 거요."

학생의 열변이 더 계속되려는 판인데 어디선지
"당신에게 우리는 대변하라고 부탁한 적이 없소."
하는 말이 나왔다.
"그럼 내 말이 틀렸단 말요?"
하고 그 학생은 열변을 중단하고 물었다.
"틀렸거나 옳았거나 당신에게 대변을 요구한 일이 없단 말요."
하는 소리가 되풀이 되었다.

동식은 우두커니 교단에 서서 그들의 응수를 지켜보았다. 만정이 떨어지는 심정이었다. 저런 따위의 물건을 상대로 강의를 한들 무슨 보람이 있겠느냐는 생각과, 소위 학생으로부터 '당신'이란 말을 들은 데 따른 불쾌감이 겹쳤다. 당장에라도 가방을 챙겨들고 나가버리고 싶은 충동마저 일었다.

그럴 무렵이었다. 맨 앞 좌석에 앉아 있던 학생이 수줍은 웃음을 띠고 이런 말을 했다.

"불쾌해 하실 것 없습니다. 어느 사회라도 있는 일 아닙니까. 생트집 잡는 사람도 있고, 깽판을 놓는 사람도 있구요."

그러자 아까의 그 학생이 버럭 고함을 질렀다.

"그래 내가 생트집을 잡았단 말야?"

"그럼 이때까지 한 짓이 뭐야, 생트집이 아니구."

수줍은 웃음을 띠운 외양과는 달리 앞줄에 앉아 있는 학생의 태도도 단호했다.

"나는 이 교실에 있는 학생을 대변한 거다."

구석에서 그 학생은 다시 한번 외쳤다.

"누가 대변해달라고 부탁이라도 했나?"

앞줄의 학생도 외쳤다.

"옳은 말이면 대변이랄 수도 있지."

가운데 줄쯤에서 나온 말이었다.

"그게 트집이지 옳은 말야?"

앞줄의 학생이 한 말이었다.

"한심하구먼, 명색이 학생이란 게."

아까부터 떠들던 학생의 말이었는데

"그야말로 한심하군."

하고 앞줄의 학생이 맞섰다.

"이게 뭐야!"

하고 나서는 또 다른 학생이 있었다.

교실은 난장판처럼 되었다. 동식은 자기가 그 난장판을 수습할 수 없다는 것을 깨달았다. 시간이 갈수록 더 심한 난장판이 될 것 같았다.

그래 소리를 높여

"이로써 이 대학에 있어서의 내 첫 강의는 완전히 실패한 것으로 알겠소. 나는 가겠소."

하는 말을 남겨놓고 교실을 빠져나왔다. 복도에서 시계를 보니 오후 4시 10분, 90분 수업에 50분이 경과했을 뿐이었다.

복도에서 바라보이는 교정은 햇빛과 녹음의 콘트라스트로서 늦은 여름날 오후의 풍경을 극채색으로 그려놓은 그림 같기도 했지만 동식의 가슴엔 을씨년스럽게 비쳤다.

동식은 복도를 천천히 걸어 계단을 밟고 내려왔다. 교수실에 들르지 않고 그냥 집으로 돌아갈 작정이었다.

'사표는 우편으로 보내면 되겠지…….'

아직 정식 사령을 받지 않았으니 학교에 나올 의사가 없다는 뜻만 전달하면 될 것이었다.

대학 앞길을 걸어 내려오면서 동식은 생각에 잠겼다. 우선 자기반성부터 하기 시작했다.

관념론과 경험론, 유물론, 이렇게 구별하는 건 동식의 고집이었을 뿐아니라 동식의 익혀온 지식으로선 응당 그렇게 돼 있는 것이기도 했다. 그러나 동식이 유물론을 고집하는 학자 가운덴 구별을 무의미한 것으로 치는 경향이 있다는 것도 모르는 바는 아니었고, 그런 주장에 이유가 있다는 것도 알고 있었다. 그러니 학생의 질문을 그런 식으로 받아넘겼다는 데에 자기의 잘못이 있었던 것이 아닐까, 하는 생각을 해보았던 것이다.

설혹 그렇더라도 그 학생은 용서할 수 없다는 생각이 꼬리를 물었다.

분명히 그 학생은 강의를 듣고자 해서 나온 학생이 아니란 판단이 동식의 마음을 불쾌하게 했다.

그런데 그 학생은 왜 강의를 훼방하려고 했을까. 선생을 골탕먹임으로써 자기를 과시하려고 하는 단순한 영웅심리가 시킨 노릇일까. 원래 그런 괴팍한 성격을 지니고 있기 때문일까?

아니다, 하는 생각이 들었다. 무슨 목적의식이 달리 있을 것이었다. 이를테면 좌익들이 가지고 있는 목적의식, 예컨대 반동 교수는 그 가면을 벗겨 신망을 실추시켜버려야 한다. 가능하면 그렇게 해서 학교 외로 추방해야 한다, 또는 그런 식으로 협박을 해서 조종하기 쉽도록 만든다, ……그런 목적의식에 의해, 그리고 어떤 지령에 의해 행해진 행동이 아니었을까.

그렇다면, 하고 동식이 생각했다. 자기가 대학을 그만두는 것은 그들의 목적을 너무 쉽게 실현시켜주는 결과밖엔 더 될 것이 없다. 일시적인 불쾌감을 참지 못해서 직장을 호락호락 포기한다는 건 우선 사내답지가 못하다. 인생은 일종의 투쟁이기도 하다. 가는 곳마다에서 갈채만을 기대할 순 없다. 그런 학생이 있을수록 소신을 굽히지 않고 싸워야 한다.…….

이렇게 생각은 발전되었지만 대학을 그만두어야겠다는 마음을 지워버릴 순 없었다. 보람 없는 싸움은 그만두는 게 좋다. 서둘러 인생을 어렵게 살 필요는 없다. 대학 교수란 따져놓고 보면 결국 일개의 샐러리맨이 아닌가. 얼마간의 봉급을 탐해서 비굴할 순 없다. …….

헌데 이런 태도는 생활엔 걱정이 없는 데서 비롯된 도피 근성 때문이 아닐까. 교육자로서의 가장 큰 결격사유는 바로 이 무기력함이 아닐까. 교사로서의 직에 적합하지 않다는 것은 평생 직업을 가질 수 없다는 애기가 아닌가. 하기야 스피노자와 같은 생활방식이 있기는 있지. 조그마한 수공을 익혀 호구하면서 스스로의 철학을 닦아나가는 청고한 철학자의 생활! 한없이 아름답기는 하다. 그러나 과연 자기에게 생활을 청고하게 지탱할 만한 철학이 가능할 것인가. 아까의 그 학생의 악의에 찬 말 그대로, 명백한 철학의 방향을 혼돈으로 되돌려버리는 불모의 작업만을 되풀이할 것은 아닌가. ……아니다, 내겐 내가 아니면 밝혀낼 수 없는 진실이 있었다…….

이런 상념의 틈틈으로 거리의 소음이 밀려들고 밀려나고 했다. 그것은 파도 소리를 닮아 있었다. 절해絶海의 고도孤島의 바위에 부딪히는 파도 소리! 동식은 군중 속을 걷고 있으면서 뼈가 저미는 듯한 고독을 느꼈다.

그때였다. 끼익 하고 지나가던 자동차가 보도를 걷고 있는 동식의 곁에 와서 멈추었다. 언뜻 정신을 차렸을 때 그 자동차에서 이종문이 내려서고 있었다. 그는 동식이 알 까닭이 없었지만 도영소 교수를 만나고 가는 도중이었다.

"하아, 이거 얼마만인고."

성큼 다가서더니 종문은 동식의 손을 잡았다. 종문이 소사로 옮겨간 이후론 처음이었으니 두 달 만에 서로 만나는 셈이었다.

"어떻게 여기까지……."

하고 동식이 반겼다.

"저게까지 왔다가 돌아가는 도중인디 뒤에서 본께 뒤통수가 영판 이 교수의 뒤통순기라."

하고 건너편 위쪽을 종문이 턱으로 가리켰다.

"저게라뇨?"

동식은 종문의 턱이 가리키는 쪽을 보았다. 숲 속의 대학이 있을 뿐이었다.

"애긴 천천히 하고 어디 좀 들어가서 시원한기나 마시자."

둘이는 근처의 다방으로 들어갔다.

아이스 커피를 청해 목을 축이고 동식이 물었다.

"도대체 어딜 갔다 오시는 길입니까?"

"그게 궁금하나?"

종문이 빙그레 웃었다.

"궁금할 것까진 없죠."

"헌데 아까 본께 이 교수 얼굴빛이 영 안됐든디 와 그러노?"

"오늘 저 대학에서의 첫 강의가 있었어요."

하고 동식은 종문이 알아들을 만큼 설명을 했다.

"하여간 빨갱이들은 말썽인기라. 우리 공사판도 그놈들 때문에 여간 골치가 안 아팠던기라."

"참, 공사는 잘돼갑니까?"

"한 보름만 있으믄 미끈하게 완성된다. 개통식하는 날을 통지할낀께 꼭 오라꼬. 그날은 무슨 일이 있어도 우리 대통령을 모실낀께."

"그거 참 잘되었습니다."

그러자 종문은 앞으로 전국의 도로포장은 도맡아 할 셈으로 최신, 최고의 포장을 했다는 자랑을 하곤,

"신중한 사전토의, 적절한 지시, 철저한 감독, 치밀한 사후확인, 후한 임금으로 노동자의 생활보장, 앞으로의 희망을 안겨줌으로써 간부진과 기술진의 사기앙양, 이런 만반의 조건을 갖추면 안 되는 일이 없는기라."

며 도영소 교수의 말을 그대로 옮겨놓았다. 동식이 놀란 표정으로 이종문을 바라보았다.

"이 교수도 째째한 일엔 구애하지 마는기라. 자신을 갖고 그 자신을 보강할 수 있도록 노력을 쌓아올리면 될 것 아닌가. 빨갱이들이 농간한다꼬 그처럼 기가 죽으몬 안 되는 기라. 원래 그놈들은 그러는기다, 생각하고 무시해버리몬 될 게 아이가. 나는 빨갱이들이 하두 지랄을 하기에 살금 책략을 안 썼나. 부평경찰서장하고 짜가지고 몇 놈 잡아넣어 삐린기라. 그래놓고 내가 가서 전부 안 풀어줬나. 일만 잘하몬 절대로 붙들려 가도록 안 할끼고, 무슨 탈만 있으면 느그들 탓이라고 할낑께, 그리 알라고 으름장을 놔놓았더니 지금은 까딱 없어. 그렁께 적당한 술수도 있어야 하는기라."

당연히 이종문다운 말의 내용이긴 했으나, 두 달 전의 이종문이 할 수 있는 표현방식은 아니었다.

"사장님 대단히 변했네요."

동식이 웃음을 머금고 이렇게 말하자

"아닌기 아니라 문창곡 동지도 그런 말을 안 하나. 나는 쪼매도 변한 기 없는디 말이다. 하기야 쪼매는 변했지. 학문하는 사람들을 진심으로 존경하게 됐응께. 학문은 경험을 종합, 정선해서 지식으로 맹그라내는 체계 아닌가배. 학문이 있기 땜에 남의 경험을 내 경험처럼 이용할 수 있는 것 아닌가배. 그런디 전에야 어디 그런 걸 알았나. 요새사 알았단 말이다. 그래 나는 무조건 학자는 존경하기로 안 했나."

하는 실로 경천동할 말이 이종문의 입에서 쏟아져나왔다.

"우찌 된 겁니꺼?"

동식이 저도 모르게 사투리를 썼다.

"우찌 되다니."

종문이 피식 웃었다.

"너무나 변한 것 같애서요."

"박산기계 안 있나. 강냉이를 넣어갔고 탁 티우몬 한 알이 다섯 배쯤 돼갖고 나오는 것 말이다. 나는 지금 그 박산기계에 들어가 있는기라. 그게 탁 터지몬 다섯 배쯤 돼갖고 나올끼거마."

"그건 또 무슨 소립니꺼?"

"저게 안 있나. 저 공과대학 말이다. 저기 나헌텐 박산기젠기라."

동식이 납득할 수가 없었다.

"나는 요새 저 공과대학에 댕긴단 말이다."

"……"

"믿어지지 않는다 이 말이재. 그런디 그기 사실인기라. 운제 기회 봐서 내 교수님을 소개할께."

"누구신데요?"

"이름을 들먹이도 이 교수는 모를꺼기만. 다음에 내가 소개하지. 나는 그분으로부터 엄청난 걸 배우고 있지. 그런디 이 교수는 매주 이 시간에 나오나? 그럼 그때마다 한번씩 만나자. 나도 이맘때 나온께. 우찌다 내 교수님허고 동행할 때도 있을낑께 그때 소개할께."

하도 신기한 일이라서 동식은 자기는 학교를 그만둘 생각이란 말을 미처 못했다.

그때 학생들인 듯한 일단의 청년들이 다방문을 밀고 들어오더니 우르르 동식 앞으로 몰려왔다.

"선생님 여기 계셨군요."

그 가운데의 하나가 말했다.

영문을 몰라 동식은 그들을 말끄러미 쳐다봤다. 종문이 일어섰다. 그리고 물었다.

"같이 갈라캤는디, 우쩔래 이 교수."

동식이 대답하기에 앞서, 어느 학생이

"선생님과 얘기할 것이 있는데요."

하고 동식과 종문을 번갈아 봤다.

"사장님 먼저 가십시오."

동식이 말했다.

"그럼 내주 이맘때 여기서 만나자."

고 하고 이종문이 차값을 치르고 바깥으로 나갔다.

3

학생들이 동식을 중심으로 삥 둘러앉았다. 교실에서 본 듯한 학생들이었다. 학생들은 다섯이었는데 그 가운덴 앞줄에 앉아 있으면서 "선생님 불쾌해 하실 건 없습니다." 하고 발언한 학생도 끼어 있었다.

그 학생이 말했다.

"교수실로 가봤더니 계시지 않아서 이곳저곳 찾아 돌아다녔습니다."

"만나뵐 수 있어서 다행입니다."

또 하나가 이렇게 말했다.

동식이 뭐라고 대꾸할 수가 없어서 덤덤히 앉아 있는데 이제 막 나갔던 이종문이 다시 들어와 학생들이 앉아 있는 바로 이웃의 자리를 차지하고 앉아 자기에겐 신경 쓸 필요가 없다는 뜻으로 눈짓과 손짓을 했다.

학생 가운데 하나가

"전, 강호문입니다."

하고 자기 소갤 했다. 눈이 부리부리한 건장한 체구의 사나이였다.

"전, 정도영입니다."

한 학생은 체구는 작았으나 다부진 느낌이었다.

교실 앞줄에 앉아 있던 학생은 김병률이라고 했는데 지적인 눈매와 분위기를 가지고 있었다. 송재석이란 학생은 신경질적으로 생겼고, 김동한이란 학생은 검은 얼굴이었는데 맑은 눈동자가 인상적이었다.

자기 소개가 끝나자 강호문이 입을 열었다.

"아까 그 생트집을 부린 사람 말예요. 그 사람은 학생이 아니었어요."

"학생이 아니었다고?"

동식이 놀라며 되물었다. 그들의 얘길 종합하면 다음과 같았다.

동식이 교실에서 나온 뒤 김병률과 그 사람이 정면으로 충돌했다. 병률은 처음 오신 선생님께 너무하지 않았느냐고 했고, 그 사람은 교수의 자격 유무를 따지는 건 학생의 당연한 권리라고 맞섰다. 이렇게 해서 열전화하기 시작했는데 그 사람이 김병률을 가리켜 "정의감도, 학생으로서의 진리감각도 없는 비굴한 반동분자."란 욕설을 했다.

이것이 도화선이 되었다. "그럼 너는 뭐냐."고 대부분의 학생들이 김병률에게 가세해서 그 사람을 윽박질렀다. 이름이 뭐냐, 무슨 과 몇 학년이냐, 학생증을 내봐라 하는 소동으로까지 번졌다. 그 결과 그가 학생이 아니란 사실이 밝혀졌다.

"헌데 그 사람 꽤나 뻔뻔스럽던데요. 이런 불합리한 정세 속에서 학생이냐 아니냐를 따지는 것 자체가 틀려먹었다고 했으니까요."

송재석이 한 말이었다. 틀림없이 좌익단체에서 파견한 사람이었구나, 하는 짐작이 들어 동식이 물었다.

"그 사람을 어떻게 했지?"

"가버렸어요."

김동한이 담담하게 말했다,

학내엔 좌익학생도 많을 텐데 무엇 때문에 학적 없는 사람을 파견했을까, 하는 의혹이 생겼다. 학생의 신분을 가지고 있으면 명색이 선생인데 그 앞에서 극한적인 언동을 할 수 없을 것이니, 수단방법을 가리지 않고 선동하는 역할을 맡기기 위해 그런 사람을 잠입시켰는지 모른다는 짐작이 잇따랐다.

"심각하게 생각하실 건 없어요. 강의 첫시간 특히 신임 교수일 경우엔 꼭 그런 놈 나타납니다. 가짜 학생이란 걸 안 건 오늘이 처음입니다만."

하고 김병률이 동식을 위로하는 투로 말했다.

"여하튼 불쾌한 일 아닌가."

동식이 중얼거리자 강호문이 웃으며 말했다.

"그깐 일 잊어버리세요."

"아마 나는 각오가 덜 돼 있는 모양이지."

동식이 이렇게 얼버무렸다.

"선생님이 대학에 다닐 땐 어떠했습니까?"

김병률의 질문이었다.

동식은 자기의 대학생활을 회고하는 마음으로 되었다. 한마디로 말해 그건 암울한 나날이었다. 동식이 그런 감정을 다음과 같이 표현했다.

"우리에겐 청춘이 없었다."

"청춘이 없었다뇨?."

김동한이 물었다.

"청춘엔 광택이 있어야 하는 거라. 진리에 대한 정열로써, 포부를 가진 사람의 자부로써, 뭐든 하면 된다는 자신으로써 빛나야 하는 건데, 우리에겐 아니 정확하게 말하면 내겐 그런 것이 없었어."

"일제의 압박이 그처럼 심했다는 겁니까?"

정도영의 질문이었다.

"압박을 느끼면 느낀 대로 답답했고, 압박을 느끼지 않을 경우엔 나는 둔감한 사람이 아닌가, 하는 자책 때문에 괴로웠고……. 결국 나 자신의 우월만을 추구해보자는 심보가 되기도 하는데 누가 누구에게 우월한 거냐고 반성해보면 허망하기만 하거든."

"그래도 그땐 그런 대로 좋은 선생이 있었을 것 아닙니까. 일본의 대학 교수 수준은 높았다고 하던데요. 공부를 하려면 할 수 있었던 것 아닙니까?"

김병률의 질문이었다.

"정이 통하지 않으면 교수의 수준이 아무리 높아봤자 소용이 없어. 학문이란 궁극적으로 내가 하는 것, 즉 독학이야. 배운다고 되는 게 아니거든. 밑 빠진 그릇으로 물을 담을 순 없어. 학생 시절의 나는 밑이 빠진 그릇과 같았어."

"선생님 너무 겸손하신 것 아닙니까?"

김동한이 웃음을 머금고 한 말이었다.

"겸손이 아니라, 실제로 그랬어. 나는 용기가 없었거든. 그렇다고 해서 뱃속까지 없었던 건 아니지만. 다시 말하면 감옥살이 할 용기도 없었고, 타협하기도 싫었고……. 명색이 철학이란 것을 공부하다보니 그러한 자기를 합리화시키는 방향으로만 쏠리고 있었어. 그러나 그게 전연 무의미한 것이라곤 생각하지 않아. 이를테면 어느 단계에까진 혁명의 철학을 수긍하는 거야. 혁명철학의 철학을 수긍하고 나면 부득불 행동의 문제, 실천의 문제가 나오기 마련 아닌가. 그런데 그 자리에서 돌아서거든. 혁명이 중요한 게 아니고 인생에 있어서의 혁명의 의미가 중요한 것이 아닌가 하는 생각으로 말야. 일단 이런 생각에 젖어들기 시작하면 행동은 거기서 정지해버려. 혁명을 내가 한다, 하다가 붙들리면 나는 죽는다. 내가 죽고 나면 나와 혁명과는 무관하게 되는 게 아닌가. 이름도 성도 얼굴도 모르는 사람들을 위해 나의 하나밖에 없는, 다시 대체할 수 없는 내 생명을 버릴 수가 있는가. 게다가 내 목숨을 바친 그 혁명이 과연 만인을 위해 행복한 사회를 만들 수 있다는 확인조차 없지 않은가. 볼셰비키 혁명을 위해 얼마나 많은 생명이 없어졌는가. 그런데 혁명을 위해 죽은 사람들이 지금 도로 살아나서 지금의 소련의 실정을 보고 과연 우리들이 죽은 값으로 이러한 세상이 되었으니 우린 참으로 잘 죽은 거라고 말할 수 있을 것인가. 짜르를 내쫓고 바로 그 자리에 '스탈린'을 앉혀 놓은 의미밖엔 없지 않는가. 만일 죽은 사람들이 이런 말밖엔 할 수 없는 것이라면 그 혁명이 인생에 있어서의 의미가 뭣이겠는가……. 결국 혁명철학으로부터 멀어진 자기합리화를 위해 이런 생각을 나는 하게 된 것인데 막상 그렇게 생각하고 보니 별반 틀린 것도 아니란 자신까지 들게 되었어."

"요컨대 선생님은 혁명을 부인한다, 이 말씀 아닙니까?"

김병률이 물었다.

"부인하진 않지. 나는 그 대열에 설 수 없다는 얘길 뿐야. 간단하게 말해볼까? 마르크스가 옳을는지 모른다. 그러나 나는 무조건 마르크스에게 추종할 순 없다로 되는 거지. 그런 뜻에서 나는 철학이란 기껏 자기합리화의 관념적 조작이라고 생각해. 만일 자기가 석가와 같은 존재일 땐 불경佛經이라고 하는 대가람大伽藍이 되고, 알 카포네를 닮은 강도가 자기일 땐 강도의 철학으로 될 수밖에 없지. 학생생활이란 자기를 심화시키고 확대하는 시기 가운데서도 가장 집중적인 시기라고 할 수 있는데, 나는 심화와 확대는커녕 스스로를 왜곡하는 작업에 열중하고 있었으니 그 청춘에 빛이 있었겠어? 그런 뜻에서 나는 교사가 될 순 있다는 자부만을 갖게 되었지. 이와 같은 나 자신을 교육재료로서 제공할 셈이었으니까. 나는 독창적인 철학을 가르치는 것이 아니라 내 비겁함까질 교재로 해서 원초적 형태의 철학으로부터 소피스트케이트된 현대의 철학까지의 과정을 밝힐 수는 있다고 생각하고 있으니까. 모든 사람은 각기 제 나름대로의 철학사라고 할 수 있지. 나는 나라는 철학사와 서양철학사를 조응시키며 나갈 작정이었어."

"작정이었어, 가지곤 안 됩니다. 그럴 작정으로 해주셔야죠."

송재석이 한 말이었다.

"자네들은 무슨 정당이나 단체 같은 데 가담하고 있나? 한번 솔직하게 말해봐."

동식이 좌중을 둘러보며 물었다. 강호문이 답했다.

"우리들은 아직 2학년인 걸요. 우리 다섯은 아무데도 가담하고 있지 않습니다."

강호문의 이 말이 계기가 되어 학생의 정치참여 문제가 화제로 올랐다. 모두들 진지한 학생들이었고 진지한 토론 내용이었다. 동식은 아까 교실에서 느꼈던 불쾌감을 비로소 말쑥이 씻을 수 있었고 이 다섯 명의 학생을 위해서라도 대학을 그만둘 수 없다는 마음으로 바뀌었다. 그래 다음과 같은 말도 하게 되었다.

"자네들을 만난 건 다행이었다. 자네들이 오기 직전 나는 대학을 그만둘 생각을 하고 있었다. 그랬는데 자네들과 얘기를 하고 있는 동안 마음이 바뀌었다. 자네들은 자네들의 청춘을 빛나게 해야 한다. 청춘을 빛낼 수만 있다면 정치에 참여하는 것도 좋고 참여하지 않는 것도 좋다. 요는 어떻게 하면 청춘을 가장 빛낼 수가 있는가를 연구한 끝에 결론을 내어라. 나도 자네들과 더불어 청춘을 창조하고 싶다."

"선생님도 청춘이 아닙니까. 아직 젊으신 걸요."

김동한의 말이었다.

"젊은 것과 청춘과는 다르지. 80살의 청춘이 있고 스무 살의 노인이란 것도 있으니까."

동식은 훈장 냄새가 풍기는 말을 내가 하고 있구나 싶으니 쑥스러웠다. 그 쑥스러움에서 벗어날 생각으로 물었다.

"자네들은 모두 철학과지? 무슨 동기로 철학과에 다닐 마음을 가졌나?"

"대학엔 다니고 싶고, 무슨 과에 가야 할진 모르겠고, 제일 무난한 과가 철학과가 아닌가 싶어요."

한 것은 강호문이었고

"철학은 학문의 왕이라고 들었거든요. 이왕 학문을 하려면 학문의 왕을 해야겠다. 싶어서요."

하고 수줍게 김병률은 웃었다. 송재석은

"고등학교 때 선생님이 마르크스철학이 최고라고 하셨어요. 어째서 마르크스 철학이 최곤가 그걸 알아보아야만 되겠다는 기분이었습니다."고 말했다.

"젊어서 죽은 삼촌이 있었어요. 그때 삼촌은 철학과에 다니고 있었거든요. 삼촌의 뜻을 이어볼까 해서 전 철학과에 지망했습니다. 아버진 반대하셨는데 할머니가 제 뜻을 알자 제 편이 되어주셨어요."

정도영의 말이었다.
"제 형제는 여덟이나 돼요. 그 가운데 하나쯤은 철학을 하는 놈도 있어야 할 것이라고 해서……."
하고 김동한은 머리를 긁었다. 맑은 눈동자를 닮은 대답이란 느낌을 동식이 받았다.
"아버진 뭘 하시는데."
하고 물어보지 않을 수 없었다. 아들이 많으니 하나쯤은 철학공부를 시키겠다고 생각한 그 아버지에게 흥미를 느꼈던 것이다.
"농사를 짓고 계셔요."
하는 답이 돌아왔다.
"손수 농사를 지으시나?"
"웬걸요."
하는걸 보니 상당한 지주가 아닌가 했다. 말이 난 김에 물어본 결과 김동한은 여덟 형제 가운데 일곱째인데 큰형은 아버지를 받들고 시골에 살고 있고, 둘째 형은 변호사, 셋째 형은 의사, 넷째 형은 Y대학의 화학교수, 다섯째는 그림을 그리고, 여섯째는 현재 서울대학의 4학년이며, 동한의 아우는 내년 고등학교의 졸업반이라고 했다.
이어 학생들의 집안 얘기도 나오고 그들 나름대로의 고민 같은 것도 화제에 올라 제법 재미있게 시간을 보냈다. 그런데 이종문이 기다리고 있는 것이 마음에 걸려 다음 기회를 기약하고 동식이 일어섰다.
"좋은 학생이든디."
자동차가 움직이기 시작하자 이종문이 뚜벅 말했다. 그리고 덧붙였다.
"이동식 씨가 왜 대학 교수에 미련을 가지고 있는질 알 것 같구만."
"바쁘실 텐데 왜 가시질 않고……."

하고 동식이 물었다.

"오랜만에 이 교수허고 술 한잔 할라꼬."

이종문의 대답은 이랬다. 그러나 동식은 그 마음을 알 수가 있었다. 우울한 심정인 것 같은 동식을 그냥 두고 떠날 수 없다는 마음이었을 것이고, 몰려온 학생들이 혹시 좌익학생으로서 동식이 난처한 입장이 되지 않을까, 하는 걱정도 겹쳤을 것이었다.

그걸 생각하니 가슴이 뭉클했다. 동식은 그 감정을 다음과 같이 말했다.

"오늘 한잔 합시다. 제가 한턱 하죠."

4

서울 인천간의 포장공사는 거의 끝났다. 앞으로 일주일이면 완성된다는 판단을 내렸을 때 이종문이 경무대로 이 대통령을 방문했다.

종문으로서는 두 달 만의 경무대 방문이었다. 이 대통령은 새까맣게 햇볕에 그을린 이종문을 반갑게 맞이했다.

"통 보이지 않더니 어떻게 된 셈인가?"

"인천 서울간 도로포장하는데 인부 노릇 안했습니꺼."

"참 그렇지. 그 공사를 하는 중이지. 그래서 얼굴이 많이 그을렸구먼. 그래 공사는 잘돼 가나?"

"앞으로 일주일만 있으몬 다 됩니더. 그때 개통식에 아부지께서 오셔 줍시사, 하고 말씀드리러 왔습니더."

"암, 가고말고."

하며 이 대통령은 붓에 먹물을 먹이더니 메모지를 내놓고

"그래 몇 시, 어디로 가면 되나?"

하고 물었다.

"되도록 사람이 많이 모일 때가 안 좋겠십니꺼. 오전 열한 시쯤이 좋을 것 같습니더."

하자 이 대통령은 비서를 불렀다.

비서가 들어와 대령했다.

대통령이 물었다.

"일주일 후면 언제쯤이 되나?"

"10월 2일입니다. 일요일입니다."

비서가 대답했다.

"일요일은 안 되지, 예배 보는 날이니까."

이 대통령이 중얼거렸다.

"그럼 월요일로 하시면……."

이종문이 말했다.

"월요일은 국무회의가 있는 날이지?"

하고 이승만이 비서를 보았다.

"예."

비서는 조아렸다.

"화요일, 그러니까 4일로 하지."

이승만이 종문을 돌아봤다.

"좋습니더."

하고 종문이 답했다.

공사를 하는 도중에도 차량은 통과시키고 있었으니 개통식이 다소 늦어진다고 해서 별 탈은 없었던 것이다. 이승만은 아이들이 습자로 쓰는

반지 크기만한 종이에 '10월 4일, 오전 열한 시, 이종문'이라고 써놓고
"장소는 비서에게 일러두게."
하곤 웃으며 말했다.
"우리 종문이가 큰일을 했구먼."
"뭐 큰일이라고야 할 수 있습니꺼. 허나 최선은 다했습니다."
하고 이종문은 도영소 교수로부터 들은 얘길 골자로 다음과 같이 주워섬겼다.
"도로는 나라에 있어서 혈맥에 비유할 수도 있고 신경에 비유할 수도 있는 것 아닙니꺼. 그 나라의 번영, 또는 문화의 척도는 도로라고 할 수도 있습니더. 그러한 도로, 특히 서울 인천간의 도로는 우리나라 관문에서 수도로 들어오는 가장 중요한 도로라고 할 수 있은께 이만저만한 정성 갖고 되겠습니꺼. 선진국엔 도로포장을 위한 기계가 발달되어 있다고 들었습니다만 우리나라엔 아직 그런 것도 없습니더. 그래도 매끈하기가 춘향이 얼굴처럼 맹글아놓았습니더."
이승만이 껄껄 웃었다.
"춘향이 얼굴처럼 만들었다는 게 유쾌하구나. 그런데 자네 언제 그렇게 유식하게 되었는가."
"이래뵈도 저는 대학생입니더."
"자네가 대학생이라구?"
"옆문에서 들어가 옆문으로 나오는 대학이긴 합니다만 대학교에서 대학교 선생으로부터 배우고 있으몬 대학생 아닙니꺼."
"그건 무슨 고린고?"
이종문은 서울대학교 공과대학의 도영소 교수를 찾게 된 경위와 그로부터 도로 포장학을 배우는데, 배우는 게 그것만이 아니란 얘기를 늘

어놓았다. 그러고는

"전 진시황 때 중국의 도로망이 완성되었다는 것, 로마의 도로는 곧 세계의 중심이 로마란 사실을 표현하고 있다는 것도 배웠습니더."
하고 덧붙이기도 했다.

이승만은 기특한 일을 한 자식을 바라보는 것 같은 인자한 눈으로 이종문을 어루만지듯

"장하군, 참으로 장하다. 사람은 몇 살이 되어도 배워야 하는 거여. 우선 배워야겠다고 생각한 그 마음부터가 갸륵하구먼."
하며 고개를 끄덕끄덕했다.

"우리나라 도로의 포장은 전부 제가 맡아 할 요량인디 안 배우고 되겠습니꺼. 전 이번 기회에 학문이란 것이 얼마나 좋은 건가를 똑똑히 느꼈습니더."

"좋다. 우리나라의 포장은 자네가 다해라. 도로문제는 자네가 맡았으니 나는 그 문제엔 신경을 안 써도 좋겠구나."

"그런디 아부지 운제쯤 우리나라의 도로 전부를 포장할 수 있게 되겠습니꺼. 미국이나 영국의 도로는 전부 포장이 되어 있다던데요."

종문의 이 말을 듣자 이승만이 지그시 눈을 감았다. 어떤 감회가 솟은 모양이었다. 한참을 있더니 입을 열었다.

"나라의 힘과 도로는 그야말로 함수관계에 있지. 자네 함수관계란 말 알겠나?"

"이게 커지면 저것도 커진다는 그런 관계 아닙니꺼."

"옳아. 바로 그거다. 그런데 우리나라의 도로가 전부 포장이 되는 날엔 미국도 영국도 부러워 할 게 없지. 그러나 어려운 일이다. 돈이 드니까. 누구나 기와집 짓고 살고 싶지 않은 사람 있겠나. 그러나 가난하니

그렇게 못하는 것 아닌가. 꼭 그와 같은 이치다. 우리나라의 도로가 전부 포장되길 바라려면 앞으로도 20년은 더 기다려야 할지 모르지."

이승만은 한숨을 쉬었다.

이종문은 단번에 그 한숨의 뜻을 알았다. 이승만 대통령께선 자기의 나이를 생각하고 있을 것이었다. 대통령의 나이 지금 75세이니 20년이 지나면 95세가 되는 것이다.

'과연 그때까지 아부지는 대통령의 자리에 있을 수 있겠는가. 아니 그때까지 살아계실까.' 하는 생각이 들자 이종문도 갑자기 심각한 기분으로 되었다.

"그러나 자네는 해낼 거야. 나라의 도로를 전부 포장하는 사명을 완수하는 것도 커다란 공로가 될 거여. 분발하도록 허게."

"아부지, 우리 동양사람들의 생각은 거꾸로 돼 있는 것 같습니더."

하고 이종문은 도영소 교수의 얘길 써먹을 작정을 했다.

"그게 무슨 소린가?"

"가령 말입니더. 비가 와서 땅이 질게 되지 않습니꺼. 그때 우리들은 그 질퍽한 땅을 발을 더럽히지 않고 걸으려고 나막신을 생각해냈다, 이겁니더. 그런디 서양사람들은 도로를 포장할 생각을 했다, 이겁니더. 또 있습니더. 여름에 모기 귀찮지 않습니꺼. 그래 우리 동양 사람이 기껏 생각해냈다는 게 모기를 쫓기 위해 푸른 풀, 푸른 나뭇가지를 태워 연기를 피우는 것 아닙니꺼. 그런디 서양 사람들은 모기를 몽땅 없앨 요량으로 디디티 같은 약을 맨글어갖고 풀무에 넣어 풍긴단 말입니더. 서양사람들이 문명인이 되고 우리가 후진국민이 되어 있는 이유가 그런, 생각하는 방법에 있는 것 같습니다. 진취적인 서양인은 선진국민이 되고, 고식적인 생각밖엔 할 줄 모르는 우리는 후진국민이 되고 말입니더."
 이승만은 어이가 없다는 듯 이종문을 보고 있더니 중얼거렸다.
 "자네는 정말 대단한 사람이군."
 이종문은 겸연쩍은 생각이 들어 방금 한 말은 자기의 것이 아니라 도영소 교수의 것이라고 자백하려다가 말고
 "그런 줄을 알았은께 앞으론 달라지지 않겠습니꺼. 무슨 생각을 했을 때마다 이건 고식적인 생각인가, 아니면 진취적인 생각인가, 이게 진취적인 생각이면 이보다 더 진취적인 생각은 없을까, 하는 반성을 게을리 안하고 노력만 하몬 될 게 아닙니꺼."
 이승만은 종문에 대한 종래의 호의에다 신뢰감을 더했다. 소박하면서도 영리하고, 정직하고, 생각이 깊고, 배우려는 의욕이 항상 불타고 있는 사람, 이런 사람이라야만 앞으로의 조국과 민족의 장래를 걸머지고 전진할 수 있는 일꾼이 아닐까, 하는 기대를 갖게 되었다. 이렇게 되고 보니 두 사람 사이의 얘기는 활기를 띠었다.
 "공사하는 데 큰 애로는 뭐였나?" 하는 질문도 있었고 "빈궁한 사람들의 좌익에 대한 반응이 어떠냐."는 질문도 있었고 "정부의 정책 가운데 가장 나쁘다도 생각하는 건 뭐냐."고도 물었다.
 이종문이 공사하는 데 있어서의 애로는 장비 불충분에 있었던 것이 아니고 하청업자들이 되도록 날림공사를 해서 사람의 눈을 속이려는 버릇에 있었다는 것과, 공산당이 인부들을 선동하는 등 야료를 부리는 데 있었다고 하고, 그 애로를 극복한 방법과 경위를 익살을 섞어가며 설명했다.
 그 밖의 질문에 대한 대답도 이 대통령의 마음을 흡족하게 했다. 종문과 자리를 같이 하기만 하면 시간을 넘겨버리는 남편을 위해 프란체

스카 부인이 들어왔다. 그리고 식사 시간인데 왜 그러시냐고 살큼 비난했다. 이승만은

"마미, 우리 이종문이 큰일을 했다오. 그리고 그가 말하는 얘기 가운덴 유익한 게 많았소."

하고 변명을 했다. 이때 이종문이

"아부지하고 어머니하고 가끔 인천바다 구경을 가실 때 불편이 없도록 도로를 춘향이 얼굴처럼 포장해놓았습니다."

하고 웃으며 절을 했다. 이승만이 통역을 하고 부인과 더불어 미소를 지었다. 프란체스카가 이종문의 어깨를 가볍게 안고 흔들며 무슨 소린가를 하고 웃었다.

"집사람 하는 말이, 우리 아들 말할 줄을 아는구나, 라고 했어."

하고 이승만이 프란체스카의 말을 통역했다. 자리를 식당으로 옮기고 이승만은

"이건 미국 캘리포니아에 사는 친구가 보내온 포도주다. 고기하고 같이 마시면 맛이 좋을 것이다."

하고 이종문 앞에 포도주 한 병을 밀어놓았다.

이종문이 자주 경무대에 드나드는 편이지만 이승만과 식탁에 같이 앉아본 것은 이번이 처음이었다. 그런데 그 식탁의 초라함에 놀랐다. 부연 빛깔의 국물, 삶아서 익혀놓은 감자, 기름에 튀긴 생선, 빵 두 조각, 사과 몇 조각, 이상스럽게 구운 고기 한쪽, 그리고 주스, 그것뿐이었던 것이다.

"나라님 밥상의 반찬은 백 가지나 있어야 된다쿠던디요."

종문이 중얼거리자

"음식이 빈약허다, 그 말이로군, 헌데 나는 나라님이 아니니까."

하고 이승만이 웃곤 말을 이었다.

"그러나 이 정도면 성찬이지. 나는 옛날 감자 몇 개를 갖고 열흘을 지낸 적이 있어. 사람이 먹을 만큼 음식을 준비하면 돼. 그런데 우리 사람들은 그렇지가 안했거든. 부자는 쓸데없는 것까지 잔뜩 밥상에 차려놓고 먹구, 가난한 사람은 끼니를 굶구, 서양사람들에게 배울 것 가운덴 식생활도 있지."

종문은 모든 것은 다 서양사람에게 배워도 먹는 것만은 배울 필요가 없다는 말을 털어놓으려다가 말았다.

"아까 한 그 사람 얘기, 자네 선생이라고 한 그 사람 얘기 해보게."

"도영소 교수 말입니꺼."

"그렇지 도영소라고 했지."

종문은 도영소가 자기를 어떻게 가르쳤는가의 과정을 설명했다. 기계를 가르치기 위해 기계발달의 역사로까지 거슬러 올라갔고, 시멘트를 가르치기 위해 토양학에 이르고, 아스팔트를 설명하기 위해 화학에까지 이른다는 설명을 하곤

"그러면서도 나라 전체의 이익이 되는 방향을 언제나 잊지 않는다는 게 기가 막히단 말입니다."

하고 말을 맺었다.

"언젠가 한번 도 교수라고 하는 그 사람을 만나고 싶구나. 우리 주변엔 똑똑한 사람이 너무나 많은데 실제로 일을 잘할 인재는 너무나 드물어."

이승만의 이 말에 힘을 얻은 이종문은 이동식의 얘길 꺼냈다.

"서울대학교에서 철학을 가르치고 있는 젊은 선생인데요. 공산당이 학생 아닌 사람까지 교실에 들여보내 이론투쟁을 걸어오는 데도 늠름하게 그걸 받아넘기는 인잽니더."

하고 동식의 독실한 성격, 온화한 인품을 자랑했다.

"그 청년도 만나보고 싶구나. 그런데 자넨 시골에서 올라와 사업을 하는 사람으로서 언제 그런 훌륭한 사람들을 사귈 수가 있었나?"

"그런 정도가 아닙니더."

하고 이종문은 문창곡을 들먹였다. 문창곡을 설명하는덴 문이 성철주와 장기 두는 대목을 인용했다.

"백 번 두어도 백 번 진단 말입니다. 상대방이 물러달라쿠몬 무한정 물려주면서 자기는 한 수도 물리지 않고 두니께 질견 뻔하지 않습니꺼. 그래도 그 장기를 재미있다쿠고 두고 있으니 그게 어디 보통 사람입니꺼."

"그런 걸 눈여겨보구 그게 보통이 아니란 걸 아는 자네도 보통 사람이 아니구먼."

이종문은 또 로푸심의 무술 얘기도 했다.

"그런 사람이 아부지 측근에 있으면 일당백 할낀디 말입니더."

"그 청년도 만나보고 싶구나."

"도로 개통식날 다 나올낍니더."

"자네 말을 듣고 있으니 마음이 든든해."

이런저런 얘기를 하고 있는 동안에 시간이 꽤 지났다. 프란체스카 여사가

"파파, 마사지하시고 주무실 시간이 되었어요."

하고 주의를 환기했다.

"자네 덕택으로 오늘밤은 재미나는 시간을 지냈네. 그럼 일주일 후에 만나도록 하세."

이승만이 일어서서 이종문에게 손을 내밀었다.

운명의 고빗길 177

5

이종문의 기분 같아선 모든 통행을 정지시켜놓고 말쑥이 도로를 손질하여 이 대통령을 맞이하고 싶었지만 그럴 순 없었다. 첫째 미군의 통행을 금지할 방도가 없었던 것이다.

그러니 정비작업은 더욱이 고되었다. 이종문은 서울 인천간 39킬로미터의 길을 하루에도 몇 번씩이나 왔다갔다하며 미비된 점, 잘못된 점을 찾아내어 고치도록 이르고, 그 결과를 확인하곤 했다. 심지어는 가로수가 말라죽은 자리엔 자기 돈을 내어 가로수를 사서 심기도 했다.

"10월달에 나무를 심어 되겠느냐."는 핀잔을 주었지만 이종문은 "정성이 있으면 바위에다 심어도 되는기라."며 직원들과 인부들을 독려했다.

그러한 보람이 있어 내일의 행사에 대한 만반의 준비가 갖추어져 한시름 놓고 있는 판인데 엉뚱한 일이 생겼다. 70세 가까운 노인이 밤중에 이종문의 숙소를 찾아왔다.

"무슨 용무냐."고 묻는 종문에게 노인은 먼저 사람을 치워달라는 부탁부터 했다. 사람들을 멀리 해놓았는데도 노인은 주위를 두리번거리며 어름어름 망설였다.

"말씀해보이소."

종문이 재촉했다.

"큰일이 날 것 같쉬다."

노인의 첫말이었다. 종문이 물끄러미 노인의 얼굴을 바라보며 이어질 말을 기다렸다.

"이게 탄로나면 나는 죽어유."

"도대체 무슨 일입니꺼?"

종문이 조바심이 났다.

"내일 대통령이 오시게 돼 있지유?"

"그렇소."

"헌데 내일 대통령이 오시면 죽이겠다는 모의가 진행되고 있어요."

"누가요?"

"그건 모릅니더."

"어디서요?"

"내 집은 부평읍 변두리에 있는데유. 집 뒤에 동산이 있어요. 초저녁에 우연히 거겔 가서 앉아 있었더니, 며느리와 비위를 상해 밥도 먹지 않고 거게 나가 있었죠. 그랬는데 몇 사람이 가까이로 오는 기척이 있더만요. 무섬증도 들고 해서 가만히 있었죠. 올라온 사람들은 너댓 되는 것 같은데 얼굴은 볼 수가 없었어요. 캄캄했으니께유. 그들은 나와는 열댓 발자국쯤 떨어진 곳에 있는 소나무 아래에 둘러앉더니 그런 의논을 하는 거예요. 한 사람은 서서 주위를 살피고 있었는데 나를 못 본 모양이었어요. 내일 꼭 해치워야 한다며 수근거리는데 그 말 내용을 속속들이 알아들을 순 없었구요. 분명히 들은 건 이승만 박사의 이름이었습니다요. 그리고 그들은 서둘러 준비를 해야겠다면서 동산을 내려갔어유."

종문은 말소리를 듣고도 알 수 있는 사람들이 아니더냐고 물었다.

"전연 짐작할 수 없던데유."

하는 노인의 대답이었다.

종문은 찬찬히 노인을 관찰해본 결과 그 노인이 거짓말을 하거나 무슨 수를 쓰거나 할 사람이 아니란 걸 알았다. 얼만가의 돈을 집어주고 노인을 보냈다.

　노인을 보내고 난 뒤 종문은 문창곡의 숙소로 달려갔다. 문창곡도 그땐 소사에 와 있었다. 둘이서 의논한 결과 그런 위험이 있다면 대통령의 왕림을 만류해야겠다는 데에 의견의 일치를 보았다.

　이종문은 문창곡과 함께 부평경찰서를 찾아갔다. 밤인데도 서장이 있었다. 그런 뜻의 인사를 하자 좌익들이 무슨 짓을 할지 모르니 경찰서에서 자는 것이 되려 마음이 편하다는 서장의 답이었다.

　서장은 이종문의 얘길 듣자

　"막상 낭설인 것 같지는 않은데요."

하고 긴장한 표정을 지으며, 그러나

　"본국에 증원경찰관을 청하고 사전수색과 정비조치를 엄하게 하면 사건을 미연에 방지할 수 있을 것입니다. 우리 경찰로서는 경비에 자신이 없다는 이유로 대통령 각하를 오시지 못하게 할 순 없습니다. 그런 위험은 항시 어느 곳에서나 있는 일이니까요. 그만한 위험이 있대서 각하의 거동을 막아야 한다면 대통령 각하께선 한걸음도 외출을 못하신다는 말로 되는 것 아닙니까. 그러니 최선을 다해서 각하를 모시도록 해야죠."

하며 이종문과 문창곡의 의견에 반대했다.

　"서장님의 의견은 옳소. 그러나 이미 정보가 들어와 있으니 사정이 다르지 않습니꺼. 위험한 노릇은 피해야죠. 만에 하나라도 불상사가 있어보이소. 우찌 되겠습니꺼."

　이종문은 이렇게 흥분했으나 경찰서장은 침착하게 말했다.

　"그러니까 경비를 철저하게 하려는 게 아닙니까. 물론 상부에 보고를 하겠소. 그리고 상부의 명령에 따르겠습니다. 하지만 그런 정보가 들어왔다고 해서 내 독단으로 대통령 각하의 왕림을 중단시킬 순 없습니다. 생각해보세요. 일선의 경찰서장이, 물론 무근한 낭설은 아니겠지만 어떤 노인이 제공한 정보에 휘둘려 우리는 자신이 없으니 각하를 모실 수 없습니다, 하는 말을 어떻게 하겠습니까. 하여간 나는 상부에 보고해서 그 결정에 따르겠습니다."

딴은 옳은 이야기였다. 이종문은 경찰서에서 나와 거리 한가운데에 서서, 이리저리로 굴곡하고 밀집한 집 사이를 지나기도 하는 길을 어둠속으로나마 눈여겨봤다. 만일 역적놈들이 충분한 준비를 하고 덤비기만 하면 헤아릴 수 없이 많은 위험한 고비가 그 길에 깔려 있는 듯싶었다.

경찰이 사전수색을 한다지만 수색할 때는 없어졌다가 수색이 끝나면 나타나는 경우도 있을 것이고, 어느 집의 다락방, 동산의 기슭, 논두렁 아래 등 음모자의 매복장소는 얼마든지 있는 것이다. 잡는 사람 백 명이 도둑놈 한 놈을 못 잡는다는 속담이 있지 않는가.

이종문은 생각할수록 불안해지기만 했다. 경찰서장은 상부의 지시에 따르겠다고 했지만 사정도 모르고 상부가 대통령의 출향을 거절하지 못하면 어떻게 하나, 하는 걱정도 있었다.

문창곡도 같은 마음이었던 모양으로

"이번의 거동은 우리 일로 하시는 거니까 경찰을 믿을 것 없이 우리가 처리를 해야 하오, 새벽에 이 사장이 경무대로 들어가시오."

하고 은근히 걱정하는 빛을 보였다.

"서장 말대로 경찰이 철통같이 경비만 잘하면 안 될까요?"

이종문이 대통령을 모시고 싶은 한가닥 미련을 포기하지 못해서 한 말이었다.

"이등박문은 철통 같은 경비가 없어서 죽었겠소? 생명을 내걸고 덤비는 놈이 있으면 웬만한 경비 갖곤 어림도 없소. 우연의 바람이 어떻게 불지도 모르거든. 게다가 이 지역은 좌익세력이 강하다고 소문나 있는 곳 아니오?"

문창곡의 이 말을 듣고 이종문의 결심은 굳어졌다.

그 이튿날 아침 이종문이 경무대에 도착한 것은 일곱 시 전이었다. 약간 싸늘한 대기 속이었지만 종문은 뜰에서 기다리기로 했다. 잘 손질된 잔디가 이슬을 머금고 있는 풍경이며, 저쪽 화단에 피어 있는 꽃들이 아침의 노을 속에 졸고 있는 것 같은 모습을 보는 것도 일종의 감동이었다.

태양이 비칠 무렵, 이승만 대통령은 파자마 위에 털 로브를 걸치고 현관에 나타났다. 이종문이 와 있다는 소릴 들었던 모양으로 놀라는 빛도 없이

"무슨 일이지? 이렇게 아침에 다 오구."

하고 베란다에 내놓은 의자를 권하며 자기도 앉았다.

"아부지 저, 어젯밤 나쁜 꿈을 꾸었습니다."

"꿈? 무슨 꿈인데."

"아부지, 오늘 인천엔 안 오시는 게 좋을 것 같습니다."

"오늘? 오늘이 무슨 날인데."

"포장도로 개통식에 오시게 돼 있지 않습니꺼."

"오오, 그랬었군. 그런데 왜?"

"아주 재미없는 꿈을 꾸었습니다. 그래 혹시 아부지께서 불쾌한 일을 당하시지 않을까, 그게 겁이 나서 만류하러 왔습니다."

"자넨 꿈을 믿나?"

"제게 관한 꿈이면 믿지 않겠습니다만, 아부지 일이 돼서요."

"미신은 못써."

"미신이 아닙니더. 주야로 아부지 생각만 하고 있었거든요. 특히 요즘은 말입니더. 그랬더니 현몽한 것인디 우째서 그걸 미신이라고 할 수 있겠습니꺼."

"그래 내가 오늘 개통식에는 안 나가는 게 좋겠다, 이 말이지?"

"예, 며칠 후 살짝 한번 다녀가시는 게 좋을 깁니더. 그 근처엔 나쁜 놈들이 많다고 하는데 만에 하나라도 무슨 일이 있으몬 어쩌나 싶어, 그게 걱정입니더."

"좋아, 그럼 이 다음 기회에 한번 가보도록 허지."

"고맙습니더."

"고맙긴."

이승만은 종문을 돌려보내놓고 잠시 생각에 잠겼다.

'저놈이 필시 안 좋은 소릴 들은 게다. 그런데 그 얘길 하면 내가 불쾌할까봐 엉뚱하게 꿈을 꾸었다고 했겠다. 모두들 나를 끌어내어 저희들 광을 내려고 하는데 저놈만은 다르구나. 조금 불안이 있다고 해서 새벽같이 와서 나를 만류하는 걸 보면 저놈의 성의는 믿을 수가 있어.'

성심껏 자기를 위하는 자를 확인하는 기분은 나쁠 까닭이 없다.

이승만은 흡족한 기분으로 되었다가 지금 대각臺閣에 있는 자들과 요직에 앉혀놓은 자들에게 생각이 미쳤다. 하나같이 이종문의 성의를 따라갈 만한 놈이 있을 것 같지 않았다.

이승만의 마음에 그늘이 졌다. 그 그늘 위로 며칠 전 있었다던 중공의 독립선언 행사가 스쳐 지나갔다.

'그렇게 허무하게 장개석 씨는 본토를 포기하고 말았단 말인가!' 하는 서글픔과 함께 만일 중공이 그대로 세위를 뻗어나간다면 한반도에 대해 커다란 위험이 될 것이라고 생각하니 가슴이 무거웠다.

'불쌍한 나라! 불쌍한 민족! 어떤 일이 있어도 이 나라를 공산당에게 먹히게 할 수는 없다. 공산당에게 먹힌다는 건 아라사에게 먹힌다는 말이며, 중공에게 먹힌다는 말이다. 결단코 그렇게 할 수는 없다.'

어느덧 그의 주먹이 쥐어지고 있었다. 그의 눈엔 눈물이 맺혀 있었다. 그러나 그는 그러한 우울을 털어버리려는 듯 자리에서 일어나서 팔을 폈다가 모았다가 하며 하늘을 보았다.

맑게 갠 가을 하늘?

문자 그대로 아침이 맑은 나라다. 그는 나직이 중얼거려보았다.

"Clear morning! Morning's clear!"

한편 이종문은 태동여관 근처에서 담배장사를 하고 있는 노인에게 두루마기를 입혀, 먼 곳에서 보면 이 대통령과 비슷하지 않을 바도 아닌 차림으로 꾸며 개통식이 있는 오류동으로 데리고 왔다. 그러기 위해서 큼직한 세단까지 준비하기도 했다. 대통령이 오시지 않을 것이란 통고를 이미 받고 있는 경찰서장에게 종문이 다음과 같은 제안을 했다.

"대통령 각하가 오시지 않는다는 걸 공표하시지 말고 오신 것처럼 꾸미고 대강 식은 끝냅시다. 그리고 나는 저 영감을 세단 차에 태우고 인천까지 갈 테니까 사이드카 두 대만 그 자동차 앞에 세워주이소."

"뭣 하게요?"

서장의 반응은 쌀쌀했다.

"서장이 공표하지 않으면 그 역적놈들은 각하가 오시지 않은 걸 모를 것 아닙니꺼. 무슨 계획이 있었으면 그대로 진행할 것 아닙니꺼. 그래서 나는 저 영감과 같이 타고 인천까지 가보고 싶은 겁니다. 무슨 일이 일어나나, 그것이 알고 싶어서요."

경찰서장은 승낙했다. 간단하게 개통식이 끝나자 이종문은 사이드카 두 대를 앞세우고 영감과 나란히 타고 세단을 달리게 했다. 영문을 모르는 담뱃집 영감에겐 되도록이면 바깥을 내다보지 말라고 이르고 운전사에겐 천천히 몰라고 일렀다.

이종문 자신은 하마하마 하는 기분으로 고빗길을 돌 때마다, 동산 밑을 지날 적마다, 주택가를 누빌 적마다 신경을 곤두세웠다. 그러나 인천으로 가는 길에도, 인천에서 소사로 돌아오는 길에도 아무 일이 없었다.

'이랬을 것 같으면 대통령을 모실걸……'
하고 서운하기 짝이 없었지만 하는 수가 없었다.

그런데 그날 밤 하나의 사건이 발생했다는 소식을 전해 들었다.

지방의 유지들과 어울려 개통식에 따른 자축연을 소사읍 어느 음식점에서 벌이고 있는데, 그 자리에 부천 어느 동네에서 살인사건이 있었다는 소식이 날아든 것이다. 종문은 죽은 사람이 노인이라고 듣자 어젯밤 자기를 찾아온 그 사람일 것만 같은 짐작이 들었다.

종문의 짐작은 옳았다. 그 이튿날 확인한 결과 종문에게 이 대통령을 암살하려는 모의가 있었다는 정보를 알려준 바로 그 노인이 동산 위에서 시체로 발견되었다는 사실을 알았다.

노인이 죽어 있는 동산은 그 노인이 범인들의 모의하는 소릴 엿들은 동산일 것이라고 생각하니 종문은 그 범인들이 바로 대통령 암살을 모의한 자들일 것이라고 단정할 수가 있었다.

그러나 그런 뜻의 말을 경찰관에게 말해보았을 뿐 그 이상의 수단은 쓸 것도 없었다. 비로소 이종문은 이 대통령을 모시지 않은 것을 다행한 일이었다고 느껴 가슴을 쓸어내렸지만, 또 다른 어떤 악의가 어느 곳에서 이빨을 갈고 있을지 모른다는 불안과 공포를 느끼기도 했다.

그런데 석연치가 않았다. 어떻게 그들은 그 노인이 내게 정보를 전했다는 사실을 알았단 말인가, 하는 생각이 이종문을 엄습한 것이다.

'그렇다면 바로 내 주위에 나를 감시하는 놈이 있단 말인가?'

생각한 끝에 이종문이 내린 결론은 이랬다.

'놈들은 그 노인을 의심하고 있었다. 그래 시험해보기로 했다. 노인이 동산 위에 있다는 것을 미리 알고 있었으면서도 모르는 척 그 가까이에 가서 모의를 했다. 아니 모의를 하는 척했다. 그리고 그 동태를 살폈다. 아니나 다를까 그 노인은 소사로 갔다. 나를 찾았다. 그들은 노인과 나와의 얘길 엿들었다. 그들은 그 노인이 고자질하는 노인임을 확인했다. 언젠가 어느 누군가의 고자질 때문에 혼이 난 적이 있었던 그들은 어떻게 하든 그런 분자를 색출하여 보복을 하려던 판인데 용케 그 노인이 걸려든 것이다. 그들은 보복했다.'

아무래도 이 추측이 옳을 것 같았다. 그렇다면 이종문은 괜히 겉돈 셈이 되고, 그 노인은 허망하게 생명을 잃은 셈이다. 이러나저러나 무서운 세상이었다. 이종문이 이런 뜻을 전하자 문창곡이

"나도 겉도는 놈 축에 끼었수다."

하고 크게 웃었다.

사건은 잇따라 발생했다.

소사의 사무소를 철거하고 이종문이 초동 사무소로 돌아온 그 이튿날의 일이다. 한 통의 편지가 이종문 앞으로 날아 들었다. 비친秘親이란 붉은 도장이 피봉에 찍혀 있었다. 편지의 내용은 다음과 같았다.

언제까지나 네 세상인 줄 아느냐. 그렇게 안다면 대단한 착각이다. 10월 1일 중화인민국은 드디어 성립되었다. 수억의 인구와 광대한 땅덩어리가 중국공산당의 차지로 되었다. 세계 제일이라고 호언장담 하던 미국도, 그 콧대가 센 장개석도 추풍에 낙엽처럼 물러섰다. 이러한 일의 뜻을 너는 알겠느냐. 이승만은 앞으로 1년을 더 지탱하지 못할 것 이니라. 그러니 너는 이승만에게만 충성할 것이 아니라 우리 조선인민공화국에도 충성해야 한다. 그 충성의 뜻으로 1,000만 원을 내라. 이 돈을 내면 우리 인민공화국 치하가 되어도 네 생명과 재산을 보호하겠다. 그러나 만일 이에 응하지 않으면 생명은 온전하지 못하리라. 생명이 중하냐, 돈 1,000만 원이 중한가, 양자 가운데서 택일하라. 응할 의사가 있으면 10월 15일 밤 열한 시, 네가 도로 개통식을 한 오류동 다리 밑으로 돈보따리를 던져놓고 가라. 던지는 방향은 인천 쪽 교벽橋壁 바로 밑으로 하라! 네 생명 네가 소중하게 여길 줄 아니, 딴말하지 않겠다!

편지를 읽고 난 이종문의 입으로부터
"제에미 ×에 대앙구를 터뜨릴 놈들."
하는 모진 악담이 튀어나왔다. 도영소 교수를 만난 후론 입에 담아보지 않던 악담이었다.
"뭔데 그러우."
성철주가 넘어다보며 말했다.
종문이 그 편지를 성철주에게 넘겨주며 거칠게 한마디 했다.
"이 따위 협박에 넘어갈끼라고 이 이종문을 얕잡아봐?"
그러나 마음속엔 소용돌이가 일고 있었다. 더럽게 걸렸다는 느낌으로 씁쓸했다.

"이거 미친놈이 쓴 것 아냐?"

편지를 읽고 난 성철주의 말이었다.

"미쳐도 딴으론 제법 조리 있게 미친 것 아닙니꺼."

하고 이종문이 웃었다.

"뭔데 그러우."

문창곡이 편지를 집어들었다. 그는 편지를 다 읽은 뒤에도 그것을 가로 세로로 보며 만지작거리고 있더니

"세상엔 별놈도 다 있지."

하며 얼굴을 찌푸렸다.

"그러나저러나 어떻게 할 거요, 이 사장?"

성철주가 물었다.

"우떻게 하긴, 내버려두지."

종문이 아무렇지 않게 말했다.

"신경 쓸 문제는 아니겠지만 내버려둘 수도 없는 문제 같은데."

문창곡이 한 말이었다.

"일단 경찰에 보고는 해야 할 것 아닐까요."

성철주의 의견이었다. 이종문도 일순 그런 생각이 들었다. 경찰에 맡겨버리고 사태의 추이를 살펴보기만 하면 되는 것이다.

그런데 문득 그 편지를 낸 놈을 꼭 붙들어보았으면 하는 생각으로 바뀌었다. 그러자면 미리 경찰에 보고함으로써 일을 표면화해선 안 될 것이 아닌가 싶었다.

"그렇더라도 경찰과 의논해보는 것이 나을 거요."

문창곡이 성철주의 의견에 동조했다.

"아직 7, 8일 여유가 있으니까 신중히 생각해봅시다."

그 편지를 접어 호주머니에 넣으며 이종문이 말했다. 그러면서 그는 로푸심을 뇌리에 떠올리고 있었다. 로푸심에게 부탁만 하면, 그리고 로푸심이 부탁을 들어주기만 하면 간단하게 해결할 수 있을 것이란 믿음 같은 것이 솟았다.

6

로푸심은 그 편지를 자세히 들여다보고 있더니
"이 편지는 빨갱이가 쓴 것이 아닙니다."
하고 단정을 내렸다. 그 이유로서 중화인민국이라고 쓴 대목을 가리켰다.
"물론 뒤에 가선 조선인민공화국이라고 쓰고 있지만 빨갱이는 아무리 바빠도, 그리고 몇 번이라도, 그들의 호칭을 말할 땐 또박또박 인민공화국이라고 합니다."

또 하나의 이유로서 '중국공산당이 중국의 광대한 땅덩어리를 손아귀에 넣었다.'는 대목을 지적했다.
"공산당은 이럴 경우 인민이란 말을 쓰고 인민을 주제로 하니, 공산당이 무엇을 손아귀에 넣었다는 문구를 쓰지 않습니다."

제3의 이유로선 공산당이 협박할 경우엔 구체적이고 조리가 있는 근거를 들이대는데 "이 편지엔 그런 것이 없다."는 것이다.
"그럼 어떤 패거리가 한 짓일까."
옆에 앉아 있던 동식이가 물었다.
"공산당을 빙자한 협잡배의 소행이겠죠."
하고 로푸심은 이런 피라미 같은 놈들을 두고 신경 쓸 것까지는 없다면서, 그러나 심심풀이로 일을 꾸며볼 만도 하다며 웃었다.

"경찰에 연락을 해야 안 되겠습니꺼."

이종문이 뚜벅 말했다.

"그것까지도 내게 맡겨두십시오."

이렇게 해서 로푸심은 간단하게 이종문의 부탁을 들어주었다.

10월 16일 이른 아침. 로푸심으로부터 이종문에게 전화가 걸려왔다. 영등포에 있는 어느 병원의 이름을 말하고, 그 위치를 소상하게 알리며 빨리 와보라는 것이었다. 이종문이 허겁지겁 달려갔다.

병원 현관에서 기다리고 있던 로푸심이 이종문을 2층 병실로 안내했다. 붕대로 얼굴을 둘둘 말고 한쪽 눈만을 틔어놓은 환자가 침대 위에 누워 있었다.

"이놈이오?"

하고 이종문이 물었다.

"이놈은 단순한 심부름꾼이오."

로푸심의 대답이었다.

"누구의 심부름꾼이란 말입니꺼."

"편지를 보낸 놈의 심부름꾼이지, 누구겠소."

"그놈이 누구데요."

"아시면 놀랄 거요."

하고 로푸심은 장난스런 얼굴이 되었다.

"내가 아는 사람이란 말요?"

"물론."

"누굴까."

"한번 알아 맞춰보시오. 이 사장을 아는 사람 가운데 그런 짓을 할만한 놈이 누구겠는가, 간단한 수수께끼 것 같은데."

로푸심은 여전히 빙글빙글 웃고 있었다. 이종문은 수송동 청년들의 면면을 머릿속에서 훑어보았으나 그럴 까닭이 없었다. 그럼 누굴까, 하는데 선뜻 임형철의 얼굴이 뇌리를 스쳤다. 동시에

"임형철!"

하는 말이 나왔다.

"역시 이 사장의 눈치는 빠릅니다. 바로 그놈이오. 임형철이오."

"헌데, 그놈 어딨습니꺼."

"지금쯤 도망을 쳐버렸을 거요. 저놈한테서 주소는 알아두었습니다만."

하고 로푸심은 임형철의 주소가 적힌 쪽지를 이종문에게 건넸다. 이종문은 침대 위에 누워 있는 사나이에게 눈을 주며 팔을 휘둘러 보였다. 때려서 저 꼴이 되었는가고 물은 것이다. 로푸심은 아니라는 듯 고개를 저었다. 그리고 침대 가까이로 가더니

"이봐, 치료비는 병원에 맡겨두고 갈 테니 완쾌할 때까지 여기에 있어요. 앞으론 그 따위 심부름 안 하도록 해. 눈 한 개만이라도 건진 게 다행인 줄 알아라."

하고 이종문에게 나가자고 손짓을 했다. 복도로 나서자 로푸심이 말했다.

"저놈을 경찰에 넘겨줄까 했지만 저 꼴로 다쳐 제풀로 보복을 받은 셈이니 그냥 둬둡시다. 그러나 치료비는 이 사장이 부담해줘야 할 거요."

두 사람은 원장실로 가서 우선 10만 원을 명함과 함께 내놓고, 돈이 더 필요할 경우엔 연락을 하라고 이르곤 밖으로 나왔다.

"배가 고픈데 식사부터 합시다."

로푸심의 말이었다. 근처엔 적당한 식당이 없었다. 이종문은 그를 데리고 태동여관으로 돌아왔다.

로푸심의 말에 의하면 사건은 다음과 같이 진행된 것이었다.
로푸심은 자기의 부하 두 사람을 데리고 그저께 그러니까 13일, 오류동 다리와 그 일대의 지리를 살폈다. 가장 가까운 인가와의 거리가 500미터 가량. 그러나 근처엔 제방이 있고 언덕이 있고 해서, 필요에 따라 매복할 장소는 얼마든지 있다. 그러나 인천 쪽으로 조금 높은 고지가 있어 그 위에서 내려다보면 그 일대의 지형과 동정을 환히 알아볼 수가 있다.
밤 열 시쯤이면 자동차의 통행이 있을 뿐 사람의 통행은 거의 끊어진다. 우리가 경찰에 연락하여 무슨 대비를 하고 있는가, 그렇지 않는가를 알아내긴 지형적으로 봐서 대단히 간단하다. 제방의 이쪽과 저쪽만 살피면 되는 것이다. 제방의 이쪽 저쪽 사람이 없다는 것만을 알면 돈보따리를 들고 개울을 따라 위로도 아래로도 안심하고 달려갈 수가 있다. 요즘, 개울은 거의 말라 있다.
로푸심은 15일, 그러니까 어제 초저녁, 부하 한 사람을 시켜 농부로 가장시켜서 괭이를 들려 오류동 다리 밑으로 보냈다. 그리고 놈들이 시키는 대로 인천 쪽 교벽 아래에 눈에 띄기 쉽게 상자를 싼 노란 보자기를 갖다 놓았다. 그 작업을 본 사람은 하나도 없다는 확인을 했다. 로푸심은 800미터 상거에 있는 주막의 마당에 오토바이를 세워놓고, 봉창을 통해 다리 근처에서 나는 소리 들을 수 있는 방에 앉아서 술을 마시는 척했다. 밤 열한 시, 부하가 자동차를 타고 지나가다가 다리 위에서 잠깐 멈추어 흙을 싼 신문지를 다리 밑으로 떨어뜨려놓곤 자동차를 돌려 서울로 들어가버리도록 시켜놓았다.

 말하자면 놈들이 안심을 하고 돈보따리를 집어갈 수 있도록 만반의 상황을 만들어놓은 것이다.

 열한 시 반쯤이 되자 로푸심이 예상한 대로 다리 쪽에서 무엇이 폭발하는 소리가 들렸다. 오토바이를 타고 그곳으로 달려갔다. 다리 위에서 회중전등을 켜보니 사나이가 다리 밑에 쓰러져 있었다. 재빨리 그 사나이를 부축해서 다리 위로 와선 오토바이의 헤드라이트를 이곳저곳으로 돌렸다. 제방 길로 해서 도망을 치는 그림자가 이쪽에도 저쪽에도 보였다.

 그러나 그런 것엔 신경을 쓸 새가 없었다. 유혈이 낭자한 사나이를 우선 병원으로 옮겨야 했던 것이다. 병원에 가서 로푸심은 이름과 주소를 대라고 했다. 바른 대로 말하지 않으면 치료를 해주지 않겠다고 했더니 순순히 이름과 주소를 말했다.

 "너를 시킨 자는 누구냐. 바른 말 하지 않으면 넌 장님이 되고 만다. 어서 말해라."

하고 족쳤다. 임형철이란 이름이 그때 나왔다.

 "그래 그놈은 가까이에 있었느냐."

고 물었다. 근처에서 망을 보고 있었다는 답이 있었다. 이어 주소를 들었다. 그리고 "지금까지 한 말이 참말이면 잘 치료하고 놓아주겠지만 만일 거짓말이라면 경찰에 넘겨버리겠다."고 위협을 했더니 모두 참말이라고 울먹거렸다.

 "너희들은 빨갱이냐."고 물어보았다. 아니라고 부정하며 그 증거로 우익계 청년단원이란 신분증명서를 내놓았다. 자기는 아무것도 모르는데 다리 밑에 가서 보따리만 주워오면 된다기에 임형철이 옛날의 상사이기도 해서 순순히 시키는 대로 했을 뿐이란 얘기였다.

"세상에 그런 놈이 어디."

하고 이종문이 이를 갈았다. 눈앞에 임형철이 나타나기만 하면 갈기갈기 찢어죽이고 싶은 격한 감정이었다.

"헌데, 로 선생 우찌 된 겁니꺼. 무엇이 폭발했다, 안캤습니꺼."

이종문이 이렇게 묻자 로푸심이 씽긋 웃고 이런 얘길 했다.

"나무통에 폭약을 장치했죠. 터져도 사람이 죽지 않을 정도의 폭약을요. 그 보따리를 들기만 하면 뇌관이 터지도록 장치를 한 겁니다. 말하자면 나무통 밑에 구멍을 뚫고, 그걸 싼 보따리에도 구멍을 내서 끈을 달아 그 끈을 단단히 묻은 나무토막에다 매놓은 거죠. 그래 보따리를 들기만 하면 끈이 당겨져 발화하도록 그렇게 만듭 겁니다."

"기술이 좋네요."

"내 기술 좋은 것 이제사 알았수."

"이제 알았으몬 로 선생에게 그런 부탁을 했겠습니꺼."

"행위를 생각하면 괘씸하지만 그자가 좀 심하게 다친 것 같아서 언짢아요. 난 폭음만 굉장히 나서 간을 빼어 주저앉게 하고, 팔 근처만 약간 다칠 정도로 계산을 한 건데, 아마 그자가 보따리를 집어들어 그것이 뭔가하고 들여다볼 때 터져버린 모양이오. 얼굴이 썩은 석류알처럼 되었소. 눈 하나는 완전히 실명하구요. 그게 안됐어."

"그 대가는 임형철이란 놈이 져야겠지. 그놈 평생토록 짊어지고 다녀야 할 짐 하나 맹글아놓은 셈이구만. 그건 그렇고 로 선생헌테 은혜를 어떻게 해야 되겠습니꺼."

"은혜요."

로푸심이 껄껄대고 웃었다.

"어젯밤 잠을 설쳤으니 잠이나 실컷 잤으면 하오."
"식사를 하고 한숨 푹 주무십시오."
"그럴 수가 없으니 탈 아뇨."
"왜요?"
"부하들한테로 가봐야죠."
식사를 하고난 뒤 이종문은 100만 원을 로푸심한테 제공했다. 로푸심은 받지 않겠다고 했다.
"1,000만 원의 십분지 일은 사례로 해야 안 되겠습니꺼. 로 선생의 부하들을 위해서도요."
마지못해 받으면서 로푸심이 한마디 했다.
"이렇게 돈벌기가 쉬우면 사람 살아가기가 걱정 없겠소."
이종문이 로푸심의 무술에 관한 얘길 했더니 이 대통령께서 보고 싶어 하더라고 말을 했다. 그러자 단번에 로푸심의 표정이 험악하게 변했다.
"그건 절대로 안 될 일이오. 나는 이 대통령을 만나지 않을 겁니다. 앞으로 혹시 그런 말이 있으면 내가 한국에 없다고 해두세요."
"왜 그러십니꺼."
"그 까닭을 지금 말할 순 없습니다. 언젠가는 알게 되겠죠."

경찰에 수배해서 임형철을 잡으려고 애를 썼으나 임형철은 붙들리지 않았다.
"빨갱이 잡기에도 바쁠 텐데 그런 놈 잡을 겨를이 있겠소."
하는 성철주의 말이었지만 이종문은 그놈을 그냥 두곤 먹은 음식이 제대로 소화될 것 같지가 않았다.

"그놈은 빨갱이보다 더한 놈 아닙니꺼. 100만 원쯤 현상을 걸어볼까 싶은데요."

하고 이종문이 문창곡과 성철주에게 의논을 했다.

"상까지 걸 거야 뭐 있겠소. 붙들릴 때가 있겠죠. 하여간 다신 이 사장을 해칠 공작은 못할거니, 그만해도 다행한 일 아니오."

이건 문창곡의 의견이었다. 그러나 분에 겨운 이종문이 영등포병원으로 가서 황만성이란 이름의 사나이를 보고 일렀다.

"네가 임형철이 있는 곳을 대주기만 하면 20만 원을 주겠다."

"나도 그놈한텐 감정이 있어요. 나를 이 꼴로 만들어놓고 연락 한번 안 하는 놈인데 내가 그놈을 그냥 둘 것 같애요. 빨리 낫게만 해줘요. 어떻게라도 내가 찾아낼 거니까요."

하고 흥분했다. 그 길로 이종문은 임형철이 살고 있다는 신당동 집을 찾았다. 곱살스럽게 생긴 젊은 여자가 대문간까지 나오더니 임형철의 이름을 듣자

"나도 그놈이 어디 있는지 알고 싶어요."

하고 곱살스런 얼굴을 앙칼스럽게 구겼다. 이종문이 슬금 흥미가 일었다.

"찬찬히 얘기나 좀 해봅시다."

하고 그 여자의 눈치를 살폈다.

"이리로 좀 들어오세요."

여자는 앞장서서 이종문을 마루로 안내했다. 따스한 햇볕이 넘쳐 있어서 방에 들어갈 것까지도 없었다. 종문은 신을 신은 채로 마루에 걸터앉아

"댁은 임형철을 어떻게 만났습니꺼?"

하고 물었다. 그 여자가 임형철의 본처가 아니란 짐작이 들었기 때문

이다.

"을지로에서 다방을 하고 있었어요. 거게 큰 회사의 사장이라며 뽐내고 나타난 거예요."

차근차근 얘길 들어보니 허파에 바람이 일 지경이었다. 임형철은 교묘한 수단으로 그 여자를 꾀어 여자의 돈을 탕진했을 뿐 아니라, 그 집은 여자의 집인데 은행에 70만 원으로 저당까지 잡혔다는 것이다.

"뭘 믿고 그런 돈을 마련해주었소?"

"뭘 믿다니요. 초동에 큰 사무실을 차려놓고 떵떵 울리는 사장님인데다가 가만히 보니 돈을 물쓰듯합니다요. 사람마다 그 회사는 장래성이 있다는 거예요. 대통령이 봐주는 회사란 소문이었구요. 경찰관들에게 물어보아도 그런 말이었구요. 마포와 청량리에 큼직한 창고도 있구요. 그런 사람이 큰 공사를 한다는데 돈을 대줄 기분이 안 되겠어요? 그런데 그게 모두 거짓말이었단 말예요. 서울에 산 지가 10여 년이나 되고 사기꾼도 꽤나 만나보았지만 그런 능글능글한 놈은 처음 봤어요. 며칠 전만 해도 돈 1,000만 원이 들어올 데가 있다면서 하도 들볶기에 20만 원을 만들어주지 않았겠어요? 그런데 그 돈 가지고 나간 후론 캄캄 무소식이란 말예요."

그 여자는 누구를 막론하고 만나는 사람마다 임형철의 험담을 늘어놓을 생각인가보았다.

"돈 1,000만 원이 어디서 들어올 거라고 합디까."

"이종문인가 이종근인가 하는 사람이 대통령의 빽을 업고 자기 회사를 가로챘다나요? 그래서 그만한 돈을 내놓게 돼 있다는 거였어요."

"그자가 이종문의 회사를 빼앗을라캤다는 말은 안 합니까?"

"그런 말은 없었어요."

운명의 고빗길 197

"아무래도 당신은 잘못 걸린 것 같소. 어떻게 본전이라도 찾을 생각으로 있는 것 같은데 그건 가망 없을끼요. 그런께 내 말을 잘 들으소. 당신이 임형철이 있는 곳만 가르쳐주면 내 이 집만은 살려주겠소."
"당신이 누군데 그런 말을 하죠?"
"내가 이종문이오."
"예?"
하고 여자는 물러앉았다. 임형철이 자기에 대해 꽤나 험담을 했구나, 하는 짐작이 들었다.
"내가 나쁜 사람으로 보이오?"
"……"
"나는 결코 좋은 사람은 아니오. 그러나 임형철이보다 나쁘지는 않소. 그놈은 내가 키워놓은 놈이오. 시골에서 빈털터리로 올라온 놈을 부사장까지 시켜 일을 맡겼단 말이오. 그런디 그놈은 나를 배신했소. 깡패들을 모아가지고 내 회사를 송두리째 들이마실라꼬 했으니까요. 그러나 나는 그놈을 용서했소. 죗값을 갚지 않기로 한기요. 그랬는데 그놈은 빨갱이로 가장해갖고 내게 협박장을 보냈단 말이오. 1,000만 원 받을끼 있다는 말이 바로 그겁니다. 헌디 누가 그런 놈에게 호락호락 넘어갈 줄 알고? 그놈의 앞잡이 황만성이란 놈은 그놈 심부름을 하다가 되게 다쳐갖고 지금 영등포병원에 누워 이를 갈고 있소. 나도 이번 일만은 절대로 용서 안 할끼요. 평생 콩밥을 묵도록 할낀께 만나거든 똑똑히 전하소."
여자는 새파랗게 질렸다. 그리고 금방 울상이 되었다.
"그럼 내 돈은 어떻게 되죠?"
"당신 돈? 개 물어갔소. 정신 똑바로 차리고 이 이상 물려 들어가진 마소."

"아이구 원통해라. 이 일을 어떻게 하면 좋죠?"

여자는 마룻바닥을 치며 울기 시작했다. 이종문은 냉랭한 표정으로 그 여자를 내려다보며 명함을 꺼내 마루에 놓았다.

"그러니 저당 잡힌 이 집이라도 살릴 마음이 있으면 그놈 있는 데를 대란 말요. 지금 모르면 알게 되었을 때 즉시 전화를 하소. 전화번호는 이 명함에 있소."

"이 집을 살려줄 거라는 말을 어떻게 믿죠?"

그 여자의 얼굴에 또 다른 표정이 돋아났다.

"당신이 그놈 있는 델 대어주었는데도 내가 약속을 지키지 않으면 내 성을 갈겠소. 지금 알고 있으몬 당장 대주소. 나도 당장 돈을 줄껀게."

하고 이종문이 수표를 꺼내 보였다.

"지금은 몰라요. 알기만 하면 곧 연락할게요. 집은 꼭 찾아주시는 거죠?"

여자는 애원을 겸한 교태를 꾸몄다. 이 따위 여자니까 사내에게 등을 처먹힌다는 생각과, 임형철이란 놈도 자기의 꼴 품성에 맞추어 여자를 골라잡았다는 생각으로 이종문이 씁쓸하게 웃었다. 남자와 여자는 엇비슷해야 만나는 거라는 속담이 생각나기도 했다.

종문은 다시 한 번 여자에게 다짐을 해놓고 그 집에서 나왔다.

남자와 여자가 엇비슷해야 만난다는 상념이 이상하게도 이종문의 가슴속에 파문을 일으켰다. 그 파문의 중심에 차진희의 모습이 떠올랐다.

'엇비슷하지 않으니까 우리는 헤어진 건가.'

차진희를 생각하기만 하면 이종문의 마음은 우울하게 물들었다.

초동 사무실로 가자고 운전사에게 일러놓고 이종문이 좌석에 고개를 젖히고 앉아선 눈을 감았다. 눈코 뜰 사이 없이 이리 뛰고 저리 뛰고 한 것은 기실 차진희를 잊기 위한 노릇이 아니었던가도 싶었다. 그렇게 좋아 견딜 수 없었던 미연에 대한 애정이 냉각되기 시작한 건 차진희와 헤어진 직후부터라는 발견이 아픔처럼 가슴을 찔렀다.

이종문은 운전사에게 영등포 쪽으로 가자고 일렀다. 동식으로부터 들어 차진희가 사는 곳을 대강 짐작할 수 있었기 때문에 그리로 가볼 작정을 한 것이다.

이종문이 차진희를 최근에 본 것은 열흘 전에 있었던 이동식과 송남희의 결혼식장에서였다. 헤어진 지 두 달 만에 보는 셈이었는데 이종문은 숨이 막힐 것 같은 충격을 느꼈다. 아래 위 검은 비로드 치마 저고리를 입고, 저고리에 은색 나비모양의 브로치를 단 차진희는 그 장소에 많은 귀부인들이 모여 있었는데도 그 귀부인들을 단연 누를 만한 우아한 기품으로 빛나고 있었던 것이다.

종문은 가까이 가서 한마디쯤 인사말이라도 할까 했으나 도저히 그러한 활달함을 가질 수가 없었다.

그런데 식이 끝나고 나올 무렵에 차진희가 송남수와 나란히 서서 무슨 말인가를 주고받고 있는 광경을 먼발치에서 보자, 이종문은 안절부절못한 마음으로 되었던 것인데 자동차가 한강다리를 건너가자 왠지 그 때의 그 마음이 되살아났다.

종문은 동식이 일러준 대로 자동차를 동작동 방향으로 가는 길가의 언덕 밑에 세워놓고, 가파른 산허리를 걸어 오르기 시작했다. 차진희를 만나 무슨 말을 하겠다는, 또는 어떻게 하겠다는 생각도 없이 그저 걸어 오르기만 했다.

중턱쯤에서였다. 이종문은 돌연 발길을 멈췄다. 위로부터 소나무 사이로 보일 듯 말 듯 걸어 내려오고 있는 사람이 송남수란 직감이 들었기 때문이다.

종문은 얼른 몸을 돌려 오른편 쪽의 길을 잡아 동산의 모퉁이를 돌았다. 그리고 상대방이 볼 수 없도록 나무 뒤에 숨었다. 종문의 직감은 적중했다. 저만치에 송남수가 휘청휘청 걸어 내려가고 있었다.

7

그날, 한강이 어쩌면 그렇게 아름다웠는지 몰랐다.

송남수의 뒤를 쫓고 있던 시선을 돌려, 숲 사이로 눈 아래 전개된 한강을 보았을 때 탄성과 한숨이 동시에 나왔다.

백사를 끼고 유유히 굽이쳐 흐르는 푸른 물 위에 가을의 태양이 눈부시게 내려쬐고 있었는데 이종문은 그 강물에서 인생을 느꼈던 것이다. 어디서 왔다가 어디로 가는지 모르는 인생은 바로 그 강줄기를 닮아 있었다.

방울방울의 물이 저렇게 합쳐져 흘러선 바다로 들어간다. 그리고 끝간 데를 모른다. 물은 같은 물이로되 어제의 그 물이 아니다. 강도, 인생도, 저처럼 쉴 새 없이 흐른다. 백 년 전에도 저렇게 흘렀을 것이고 백 년, 이백 년 후에도 저렇게 흐를 것이 아닌가.

잠깐 동안 송남수를 향해 느꼈던 질투를 닮은 감정을 이종문은 부끄럽게 느꼈다. 이미 헤어진 여자에게 미련을 느낀다는 것은 노름판에서 잃은 돈에 연연하는 치사스러움과 다를 바가 없는 것이다.

이렇게 스스로의 감정을 다듬어보는 것도 한강의 경색이 눈 아래 있었기 때문이다. 저 멀리 북악과 남한산이 수려한 윤곽을 그리고 마음에 다가섰기 때문이다. 이때 이종문은 한강이 내려다뵈는 어느 고개에 집을 짓고 살아야겠다는 마음을 먹어보았다. 그러고는 차진희가 그 소망을 앞질러 이룬 것이라고 생각하니 가슴이 쩌릿했다.

 뭉클, 미련의 구름이 솟아나는 그런 기분이었다. 이종문은 숲 사이를 빠져나오면서 망설였다.

 '차진희를 찾아본다? 이대로 돌아간다?'

 여기까지 왔다가 그냥 되돌아선다는 것은 사내답지 않다는 생각이 솟았다. 종문은 느릿느릿 비탈길을 걸어 올라갔다.

 동식이 설명한 대로의 집이 눈앞에 나타났다. 하얀 슬레이트 지붕이 숲 사이였기 때문에 더욱 선명했다.

 한양절충의 조그마한 규모의 2층집 대문 앞에 서서 초인종을 눌렀다. 심부름 하는 아이로 보이는 계집애가 뛰어나와 쪽문을 열면서 '누구냐'고 물었다.

 "이종문이란 사람이 왔다고 그렇게 전해라."

 계집아이는 뛰어들어가 도로 나오더니 대문의 빗장을 뽑고 문을 활짝 열었다.

 "들어오시래요."

 쪽문으로 들어갈 수도 있는 것을 대문 전체를 열었다는 것은 분명 차진희가 시킨 일일 것이었다. 꾸부려 쪽문으로 들지 않게 하고 활짝 대문을 열어 당당하게 들어오게 한 마음씨가 흐뭇하게 느껴졌다. 그런데 그것과 거의 동시에 완전히 손님 취급이구나, 하는 생각이 겹쳤다.

 뜰엔 담벼락에 잇대어 화단이 곱게 가꾸어져 있었다. 화단엔 국화꽃을 비롯해 가을꽃이 만발해 있었다. 저만치 뜰 가운데 노송이 가지를 펼치고 있었고 그 아래 탁자와 등의자가 놓여 있는 것이 눈에 띄었다. 이종문에게 현대적인 감수성이 있었더라면, 이 집엔 생활하는 사람이 아니라 꿈 꾸는 사람이 살고 있다는 감상을 얻었을 것이다.

  현관은 있었지만 닫힌 채 있었고, 종문은 뜰에서 바로 대청마루로 통하는 축담 뒤로 안내되었다. 넓은 유리의 미닫이는 열려 있었다. 종문은 신을 벗고 마루로 올라섰다.

  마루엔 응접탁자와 소파가 놓여 있었다. 종문은 한강의 경색이 바라뵈는 방향을 잡고 소파에 앉았다. 벽 이쪽 저쪽엔 그림이 걸려 있었고, 벽 한쪽엔 모양 좋은 도자기를 전시해놓은 듯한 찬장이 있었다. 집 위치 때문에 맑은 공기가 통래하기도 했지만 집 전체의 분위기가 맑았다.

  '그런데 도대체 이 사람이 어디에 있는 것일까?'

  종문은 무료감에서 담배를 피워 물었다.

  몇 해를 소공동에서 같이 살았을 땐 차진희는 그림을 건다든가, 그 밖에 방을 꾸미기 위한 연구 또는 노력을 한 적이 없었다.

  '그때 벌써 마음은 내 곁에 있지 않았던 것이었구나.'

  종문은 그런 생각을 하며 쓸쓸하게 웃었다.

  인기척이 있어 두리번거렸더니 차진희가 2층에서 내려오고 있었다. 분홍 저고리에 자줏빛 치마를 입었는데 치마 밑을 차는 하얀 버선이 인상적이었다. 마루에 내려서며 차진희의 인사가 있었다.

  "용케 찾아오셨군요."

  김 서방 집도 찾는다는데 이 집을 못 찾아? 하는 익살이 나올 뻔하는 것을 애매한 웃음으로 얼버무렸다.

  차진희는 이종문의 건너편 자리를 잡고 앉았다. 그러더니 놀랍게도 응접대 위의 상자를 열곤 담배를 꺼내 물고 라이터를 켰다.

이종문의 얼굴에 놀란 빛이 돌았다.

"내가 담배를 피우니까 이상해요?"

억양이 있는 진희의 말이었다.

"담배도 음식인데 뭐, 이상할 것 있겠소."

차진희는 담배를 몇 모금 빨더니 곧 비벼 꺼버렸다. 겸연쩍은 침묵이 있었다.

"헌데 무슨 일루?"

차진희가 그 침묵을 깨뜨렸다.

"서울 인천간 도로포장 공사가 달포 전쯤에 끝났거던. 그래 짬도 생기고 해서, 어떻게 사나 허구."

"걱정을 해주셔서 고맙습니다. 전 보시다시피 이렇게 편하게 살고 있어요."

"당신은 정말 귀부인이 되셨소. 나 같은 놈허구 안 살길 천만 잘한 것 같구만."

"천만에요. 내가 미치지 못했어요. 도량이 좁구, 소갈머리가 없구……. 그래서 대회사의 사장 사모님 자릴 내놓은 거예요."

"우리 빈정대진 말기로 합시다."

종문이 텁텁히 말했다.

"내가 빈정댄다구요?"

진희는 어이가 없다는 듯 웃었다.

종문은 얼핏 이렇게 살 수 있는 것도 내 덕이 아니냐고 생각을 해봤다. 꾀죄죄한 몰골로 피난 보따리 둘러메고 고향에 돌아온 주제에 내 없었더라면 자기가 어떻게 되었겠느냐 말이다. 궁상스런 여직공 노릇 백 년을 했대서 제가 어떻게 이만큼 살 수 있을 것이냔 말이다.

이런 생각을 하자 종문이 뱃이 뒤틀리는 것 같았다. 그러나 그런 내색을 할 수 없다는 것은 종문 자신이 잘 알고 있는 터였다.

차진희는 차를 가져오라고 일렀다. 차를 가지고 온 사람은 차진희 나이 또래의 여자였다. 가정부답지 않은 세련된 용모와 맵시를 지니고 있었다. 차를 마시며 차진희는 이런 소리를 했다.

"지금 생각하니 이 사장에겐 좋은 데가 많았어요. 성공을 할 사람은 그런 타입이란 생각도 들었구요. 줄곧 나는 희생만 된 그런 사람이라고 느끼고 있었는데, 이제 생각하면 그런 것만도 아닌 것 같애요. 이 사장은 앞으로도 크게 성공하실 거예요. 기대하겠어요."

그 말을 들으며 이종문은 다시 결합할 수가 있지 않을까 하는 희망의 불을 돋우어보았다. 차진희 떠난 후에 받은 마음의 상처가 아직 아물지 않았다는 고백을 하고 싶은 충동마저 느꼈다. 그러나 다만 다음과 같이 말했을 뿐이다.

"그땐 내 철이 덜 들었지."

"지금은 철이 드셨수?"

"지금도 매양 마찬가지지만."

또 한동안 침묵이 흘렀다.

"요즘 이동식 교수를 가끔 만나십니까?"

"결혼식 후론 만나지 못했지. 어떻게 살고 있는지."

"그분들이야……"

하고 차진희는 먼 눈빛이 되었다. 종문은 그 눈빛을 따라 시선을 보냈다. 추색에 물든 풍경이 거기엔 있었다.

"여겐 경치가 참 좋아."

"그래요?"

"아까 이리로 오면서 한강을 내려다봤지. 왠지 허망한 생각이 들더만. 인생은 잠깐인기라."

"그러니까 인생을 소중히 하세요."

"인생을 소중히 해?"

종문으로선 새로운 말이었다.

"인생을 소중히 한다는 것은 자기에게 딸린 사람이나 물건을 소중히 한다는 거예요."

차진희의 말은 담담했다.

"당신은 앞으로 어떻게 살 거요?"

종문이 자기의 심정을 털어놓을 양으로 이렇게 말을 건네보았다.

"어떻게 살긴요. 실패한 인생은 실패한 대로 살아야죠."

"어떨까, 우리 다시 같이 살면."

이종문이 낭떠러지를 뛰어내리는 심정으로 말했다.

"핫하하."

하는 요란한 웃음을 진희는 웃었다. 그리고 금방 정색이 되었다.

"그런 말씀 하시려거든 당장 돌아가주세요."

"……."

"그리고 다시 절 찾을 생각 말아요. 다음엔 오셔도 전 만나지 않을 겁니다."

"너무하구만."

종문이 뚜벅 말했다. 차진희는 말문을 닫아버렸다.

"아까 오는 길에 송남수 씨를 본 것 같았는데."

"……."

"가끔 오는 모양이지?"

"송 선생은 곧 이 집으로 이사를 하실 거예요."

차진희는 아무렇지 않게 덧붙였다.

"아직도 하숙 생활이시란 얘기를 듣고 제가 청했어요. 몸도 나쁘신 분에겐 맑은 공기가 제일이고, 게다가 여긴 조용하구, 저두 적적하고 하니까 오시라고 한 거예요. 다행히 승낙을 해주셨어요."

"그것 잘 됐구만."

했지만 종문이 목이 말라 있었다. 종문이 남아 있는 차를 마저 마시고 일어섰다.

"잘 가세요."

하는 차진희의 말을 등뒤로 들으며 종문은 신을 신었다. 나올 땐 대문이 열리지 않았다. 쪽문으로 해서 몸을 구부리고 나왔다.

'마지막이다.' 하는 감회가 솟았다.

이종문은 비로소 차진희와의 관계가 완전히 끝장이 났다는 것을 실감했다. 그는 뒤도 돌아보지 않고 천천히 숲 사이 비탈길을 내려오는데 가슴속에 한마디의 말이 되풀이되고 있었다.

'성공을 한들 무엇을 하나!'

선뜻 소년 시절의 한 토막이 회상되었다.

종문이 열다섯 살인가 열여섯 살인가 되었을 무렵 같은 마을에 사는 분순이란 처녀에게 사랑을 느꼈다. 분순의 집은 몇 두락 자기집 논도 가지고 있는 소작농이었지만 궁색을 면한 정도는 되어 있었다. 그래서 딸인 분순을 보통학교에 보낼 수가 있었다. 분순인 자그마한 체구를 가진, 얼굴이 흰 소녀였는데 자람에 따라 그 미색이 드러나 마을 총각들의 관심거리가 돼 있었다. 말하자면 이종문도 그 예외가 아니었던 것이다.

그러나 집안이 가난해서 보통학교에도 다닐 수 없었을 뿐만 아니라 남의 집 머슴살이를 하는 처지에 있는 그에겐 분순은 그야말로 그림의 떡이었다.

자기의 형편을 고치지 않곤 분순과의 사랑을 이룰 수 없다고 자각한 이종문은 일본으로 건너가 돈을 벌어야겠다고 마음을 먹었다. 일본엘 가지 않으면 돈을 벌 기회가 없었을 무렵이었다.

천신만고 끝에 여행증을 얻어낸 것은 열일곱 살 때였다. 한 해의 사경이래야 벼 한 섬 반을 받을 정도였으니 그것을 다 팔아도 30원밖엔 되지 않았다. 일본 대판까지의 차비는 10원 남짓했다. 이종문은 반을 집에 주고 15원을 가지고 고향을 출발했다.

대판으로 떠날 때 이종문은 물 길러가는 분순의 길을 막고 "내가 돌아올 때까지 기다려달라."는 요령부득의 말을 던졌다. 그때는 분순이 어떤 반응을 보였는가를 챙겨볼 마음의 여유가 있을 까닭이 없었다. 분순의 나이 열여섯 살이니 스무 살이 될 때까지 돌아오면 되겠지, 하는 지레짐작으로 4년을 기약하고 종문은 일본으로 간 것이다.

대판에 와보니 공장 직공생활을 하면 기술을 익히는 이득은 있으나 매월의 수입은 50원 안팎이었고, 노가다 즉 막노동을 하면 한 달에 100원 이상의 수입을 올릴 수 있는 상황이었다. 종문은 막노동을 하기만 하면 1년에 1,000원, 4년이면 4,000원의 돈을 마련할 수 있을 것이라고 짐작하고 노동판에 뛰어들었다.

그런데 그 고통이란 이루 형용할 수가 없었다. 새벽에 나가 밤중까지 삽으로 흙을 파기도 하고, 무거운 짐을 옮기기도 하고 나면, 몸이 너무나 지쳐 밤중 내내 앓아야만 했다. 그러나 그렇게 함으로써 하루에 5원을 벌 수 있다는 게 커다란 매력이었다. 한 달에 두 번을 쉬어도 150원의 수입이었고, 함바에서 먹고 자는 판이니 생활비는 20원 정도로써 충분했다.

중노동생활도 2년째가 되니 요령도 생기고 체질도 거기 맞추어 건장하게 되어 그다지 고통을 느끼진 않았다. 그렇게 해서 이종문은 3년 동안에 목표액 4,000원을 1,000원 상회한 5,000원을 손아귀에 넣었다. 당시 논값이 200평 한 두락에 상토로서 200원이었으니까 상토 25두락을 살 수 있는 액수인 것이다.

자기 논 25두락을 가질 수만 있으면 부자로 쳐주는 당시의 사정이기도 해서, 한편 마음도 바빠 부랴부랴 고향으로 돌아왔다. 논 25두락을 척 사들여놓고 사람을 시켜 분순의 집에 청혼을 하면 당장 성사될 것이란 자신도 있어 그의 가슴은 잔뜩 부풀어 있었다. 그러나 돌아와보니 분순은 지난 가을에 시집을 가버린 것이다.

이종문의 인생은 거기서 파탄이 생겼다. 매일처럼 주막에 드나들며 술을 마시게 되었다. 10여 두락의 논을 사기는 했지만 농사일을 돌볼 생각은 없었다. 다시 일본으로 건너가 돈을 벌어 보낼 의욕도 나질 않았다. 그러는 가운데 종문은 노름을 익혔다. 그리고 그 노름 때문에 모처럼 사둔 논을 죄다 팔아야 하는 고비도 겪었다. 그럭저럭 결혼도 했지만 가정에 낙이 있지도 않았다. 부모가 세상을 떠나자 그의 생활은 완전히 궤도를 잃었다. 이종문 하면 노름꾼으로 통하고, 노름꾼 하면 이종문을 연상하게끔 되었다. …….

분순이가 시집을 갔다고 들었을 때의 그 적막한 심정이 문득 이종문의 가슴에 되살아난 것이다. 흑석동의 비탈길을 걸어내려오면서 말이다.

'내겐 여복이 없는 것인가.'

이종문은 자기가 반생 동안에 겪은 여자들을 차례차례 마음속에 떠

운명의 고빗길

올려봤다. 여자 같은 여자, 좋다 싶은 여자는 아무래도 차진희를 두곤 없을 것 같았다.

서글픈 마음이 밀물처럼 가슴을 채웠다. 그가 기다리고 있는 자동차에 올랐을 때 운전사가

"어디 편찮으신 건 아닙니까?"

하고 걱정했을 정도로 그의 슬픔은 짙고 벅찼다.

자동차가 한강다리를 건너고 있을 때였다. 이종문은 마음을 바꿔먹기로 결심했다.

'어떻게 하더라도 차진희 이상 가는 여자를 골라 아내로 삼아야겠다. 그러자면?' 하고 궁리가 시작되었다.

'중신애빌 동원헌다? 친구들에게 그런 여자 소개하라고 부탁을 헌다? 내 나이 50까진 아직 사이가 있고 이 정도로 건장한 데다, 다행히 호적은 비어 있으니 처녀장가 못 들 바도 아니지 않는가.'

자동차가 남대문 옆을 지날 무렵 묘안이 떠올랐다.

'옳다. 그렇게 하자.'

그는 운전사에게 빨리 초동 사무소로 가라고 일렀다. 마침 문창곡과 성철주가 있었다. 이종문은 다짜고짜 다음과 같이 시작했다.

"앞으로 영등포에 있는 화학공장을 인수할 계획도 있고 한데 우리도 여자 사원을 몇 명 채용했으면 하는데 어떻습니까?"

아닌 밤중에 홍두깨 내미는 소리 같아서 문창곡과 성철주는 당장 대꾸도 못하고 있다가 이종문이

"손님을 접대한다든가, 전화를 받는다든가, 어디 심부름을 시킨다든가 할 일도 있고 하니 아무래도 여자 사원이 필요할 것 아닙니꺼?"

하고 거듭하자 여자 사원이 있어서 나쁠 것은 없다는 의견을 문창곡과

성철주가 말했다.

"그럼 말입니다."

하고 이종문이 서두르기 시작했다.

"당장 신문에 광고를 냅시다. 나이는 스물에서 서른까지, 독신여성, 학력은 고졸 이상, 월급 많이 주겠다고 하고. 이력서와 사진 보내라, 본인이 직접 와도 좋다, 이런 식으로 말이오."

"광고 문안이야 시키면 되는 거지만." 하고 문창곡은 "그러나 그렇게 서두를 필요는 없지 않을까." 하는 의견을 말했다.

"작정을 했으몬 빨리 해야 안 됩니꺼. 쇠뿔은 단숨에 빼야 한다는 말도 있는기고."

이종문은 사무원을 불러 당장 광고문안을 만들라고 명령했다.

8

여자 사원 모집.

학력　고졸 이상.

연령　20세부터 30세까지.

이력서와 사진을 좌기 본사 인사과까지 송부하기 바람.

서류심사 후 면접일시 통고하겠음.

마감　×월 ×일.

채용된 분에겐 최고급료로 우대함.

서울시 초동 ××번지

대아건설주식회사 인사과.

이 광고가 도하 각 신문에 게재된 것은 이종문이 그런 마음을 먹은 지 사흘 후의 일이었다.

연말 가까운 무렵에 이런 구인광고란 이색적이었을 뿐만 아니라 생활난이 한창 막심했던 때라 마감까지엔 수백 통의 이력서가 날아들었다. 그런데 그 서류심사는 이종문이 누구에게도 맡기지 않고 자기 단독으로 맡았다. 서류심사라고 해야 별게 아니었다. 사진만 보고 가려내는 일이다. 간단하게 말해서 그것은 사진을 통한 미인심사였다. 그러니 이종문의 기호가 절대적인 비중을 차지하는 것이다.

이마가 너무 넓으면 팔자가 세다, 이마가 너무 좁으면 소갈머리가 못됐다, 코는 길어도 높아도 안 된다, 낮고 짧아도 안 된다, 눈썹 사이가 너무 떨어져 있으면 마음이 좋은 대신 만사가 헤프다, 관골이 튀어나와 있으면 성질이 지나치게 괄괄하다, 뺨에 살이 많으면 고집이 세다, 입은 너무 커도 안 되고 너무 작아도 안 된다, 목은 길수록 좋다, 귓구멍은 작을수록 좋다.

사진은 일종의 사술이 끼어 있다는 사실까지도 감안하면서 이종문은 수백 통의 사진 가운데 20명을 놓고 도 별을 보았다. 평안도 출신이 셋 끼어 있었다. 이북 여자는 기갈이 세어서 못써, 하며 그 세 사람을 지워버리려다가 사진에서 보는 얼굴이 모두 아름다워 버리기가 아까웠다. 그냥 둬두기로 했다. 경상도 출신이 둘, 전라도가 셋, 충청도가 넷, 서울 출신이 다섯, 강원도 둘, 제주도 출신이 하나였다.

그런데 그 가운데 사진만으로도 이종문을 사로잡은 두 얼굴이 있었다. 하나는 유지숙이었고 하나는 공경희였다. 유지숙은 충청도 청주를 본적으로 하고 있는데 나이는 스물여덟, 어떤 까닭인지 군산여고 졸업으로 되어 있었다. 갸름한 얼굴의 윤곽에 살큼 수심이 깃들어 있는 듯한 기품이 흐르고 있었다. 크지도 작지도 않은 시원스런 눈매였으나 역시 거기도 일말의 우수가 있었다. 이종문은 그 사진을 들여다보면서 이런 아름다운 얼굴에 고등여학교까지 나온 여자가 스물여덟 살이 될 때까지 시집을 가지 않았다는 것은 이상한 일이란 생각을 해봤다.

'하여간 만나보면 알 일이지.'

공경희는 경상도 마산을 본적으로 하고 있었다. 나이는 27세, 출신은 마산고등여학교, 얼굴은 유지숙과는 아주 딴판으로 사진만으로도 그 활달한 성격이 풍겨나오는 듯했다. 규격에 맞추어놓은 듯 반듯한 이목구비가 한군데 구김이 없이 짜여져 있는데도 왠지 활달한 느낌이었던 것이다. 눈엔 슬픔의 그림자라곤 없었다. 입 언저리의 엷은 웃음은 꾸밈이라고 하기보다는 터져나오려는 웃음을 간신히 막고 있다는 그런 기분이었다.

'이 여자는 늘 웃는 명랑한 여자일 것이다.' 하는 생각이 들었다.

이종문은 특별한 결점이 없는 한 두 여자를 채용하리라 마음을 먹었다. 면접일자를 12월 1일로 정하고 이종문은 도영소 교수와 이동식을 청했다. 간단한 학력 테스트를 하기 위해서였다.

이동식은 "이때까지 읽은 책 가운데서 가장 큰 감동을 받은 책이 무엇이냐?"고 묻고 그 책에 관한 감상을 얘기해보라는 것으로써 그들의 교양을 평가하는 척도로 삼았다. 해방 전에 여학교를 다닌 탓인지 21개의 대답이 기쿠지간의 『제2의 키스』니, 마키이쓰마의 『지상의 성좌』니 하는 따위를 들었다.

뒤에 동식이 한 말이지만 일본의 지배가 앞으로 10년 동안 더 계속됐더라면 조선의 문학은 완전히 말살되었을 것이라고 했다. 한 세대 전의 여학생들은 그래도 이광수를 읽고, 김동인을 읽었는데 해방전후에 중학교를 졸업한 사람들은 이광수, 김동인의 이름마저 모르고 있는 것이었다. 하기야 이광수 자신이 자기의 이름을 가야마 미쓰로로 고쳐버렸으니 젊은 사람들이 그 이름을 모르는 것은 당연한 일이긴 했다.

도영소는 여학교를 졸업했을 정도면 누구나 알 수 있는 과학지식을 몇 가지 물었다. 이를테면 산소와 질소가 어떻게 다르냐, 불을 때면 방이 따뜻하게 되는 이유, 땀은 왜 흐르는가 등의 간단한 문제였다.

이동식은 자기의 평가를 갑·을·병으로 구분했고 도영소는 ○·×로 구별했다. 이 평가표가 먼저 이종문 앞에 돌아온 후, 본인이 이종문 앞에 나타나게 절차가 되어 있었다.

그리고 이동식의 평가가 병이고, 도영소의 평가가 ×일 것 같으면 구구한 질문 같은 건 할 필요가 없이 면접을 끝내버리기로 돼 있었다.

원래 이종문이 사진만을 보고 뽑아낸 탓인지 모두들의 지능 정도는 강아지나 고양이와 별반 다를 바가 없었다. 거의 모두가 동식에 의해선 병, 도영소에 의해선 ×이었다.

갑이란 평가와 ○의 평가를 처음으로 받고 이종문 앞에 나타난 것이 공경희였다. 상상한 대로 헌칠한 키에 명랑한 웃음을 띤, 이종문의 감상 그대로 말하면 현대미인이었다.

"거기에 앉으소."

해놓고 이종문이 물었다.

"나이가 스물일곱이나 되는데 와 시집을 안 갔소?"

"싫은 사람에게 시집을 가라캐서 뛰쳐나왔다, 아닙니꺼예."

공경희는 경상도 사투리로 이렇게 시원스럽게 말했다.

"아부지는 뭣 하노?"

"일정 시대 일본사람 정종도가에서 사무를 보고 있었는데예, 지금 놉니더."

"그 정종도가라도 맡을 일이지."

"글안해도예, 그 정종도가는 맡아 있습니다예. 식량이 모자란다꼬 술은 안 만들어도예."

이종문은 고향 가까이에 마산이 있었기 때문에 마산에서 좋은 정종이 난다는 사실을 알고 있었다. 그러나 일제 때 그런 술을 마실 처지는 못 되었다. 그 정종도가를 맡은 사람의 딸이 눈앞에 있다고 생각하니 약간 이상한 생각이 들었다.

"아부지의 나이는 몇이나 되노?"

"마흔일곱인가 여덟인가 되예."

그렇다면 나와 같은 또래로구나, 싶으니 기가 질렸다.

"지금 서울에 있는 모양인데 누구 집에 있는고?"

"고모님 집에 있어예, 고모님은 내 편이거든예."

"누구헌테 시집을 가랬는데 그처럼 아부지에게 반대하는가?"

"상공회의소에 다니는 사람인데예. 난 싫어예."

"그러다가 시집도 못 가면 어떻게 할끼고."

"설마 시집갈 데 없을라구요."

"좋다, 그런데 여게 와서 매일 일할 수 있겠나?"

"월급만 많이 주면 하겠어예."

"그럼 가봐요. 곧 통지를 할께."

"잘 부탁합니다예."

하고 공경희는 활발하게 걸어나갔다.

그 뒷모습을 보며 이종문이 빙그레 웃었다. 서울 와서 처음으로 경상도 사투리를 서슴없이 마구 쏟아놓는 젊은 여자를 만난 것이었다.

'저 여자는 저런 식으로 활달하게 살아갈 수 있을 것이다. 자기가 싫은 일은 죽어도 안 하고, 남몰래 속을 썩이는 그런 짓도 안 하고, 그 사투리로 서울 말을 압도하며 살아갈 것이다.'

이종문은 새삼스럽게 공경희를 채용할 뜻을 굳혔다. 자기의 아내로 삼겠다는 야심과 무관하게 그런 여자가 하나쯤 자기의 측근에 있어야 하겠다는 사업가다운 안목이었다.

공경희를 만나고 보니 병이나 ×를 받고 들어온 여자들은 모두 구질구질해보였다. 나름대로 교태를 부리는 태도마저 밉살스러워 보였다.

"채용만 해주시면 어떤 일이든 무슨 일이든 분부대로 하겠어요."

판에 박은 듯 이런 소릴 하는데, 채용만 해주면 ×이든 뭐든 내맡기겠단 말인가 싶으니 불쾌하기도 했다. 은근히 유지숙이란 여자가 기다려졌다. 그러나 좀처럼 나타나지 않았다.

'혹시 이 여자가 안 온 게 아닐까?' 하는 불안이 일었다. 공교롭게도 유지숙의 차례는 마지막이었다.

"이게 마지막입니다."

하고 사무원이 이동식과 도영소의 평가표를 갖다놓았는데 보니 그것이 유지숙의 것이었다. 이동식은 갑이라고 썼고 도영소는 ○표를 하고 있었다.

검정 세루의 투피스를 입은 여자가 들어섰다. 달걀 모양의 얼굴은 창백하리만큼 희었다. 머리를 뒤로 속발을 한 수수한 차림인데도 나면서부터 지니고 있는 듯한 품위가 눈부실 만큼 화사했다.

"이리로 와서 앉으시오."

종문이 손짓을 했다.

유지숙은 다소곳이 자리에 앉으며 가볍게 고개를 숙여 인사를 하곤 똑바로 이종문을 쳐다보고 잠깐을 그렇게 있다가 시선을 무릎 위로 떨구었다.

세루의 투피스는 다리미질한 흔적으로 반들반들했다. 그리고 소매끝에 나와 있는 하얀 내의가 청결했다. 청빈한 집의 딸을 그림으로 그리면 저렇게 될 것이로구나, 하는 짐작이 가기도 했다.

"고향이 청준데 군산에서 여학교를 마친 것은 무슨 까닭이우?"

이종문은 자기의 말에서 되도록 사투리를 빼려고 노력하며 이렇게 물었다.

"아부지의 직장이 그리로 옮겨졌기 때문에 거기서 학교를 다녔습니다."

또박또박 그러나 억양이 없는 말투였다.

"아버지께선 어떤 직장에 계셨는데?"

"경찰관이었어요."

"순사?"

"경부였어요."

"지금은 뭣 하고 계시지?"

"돌아가셨습니다."

"돌아가셨어?"

"해방되자마자 청년들이 몰려와서 죽였어요."

이종문은 듣지 못할 것을 듣기나 한 것처럼 당황했다. 헌데 말을 한 유지숙은 태연했다.

"그것 안됐구만. 운수가 사나웠던 모양이지."

"잠깐 그 자리를 피했어도 될 것을 그랬어요. 아버지는 너무나 고지식했어요."

유지숙은 혼잣말처럼 중얼거렸다.

"그렇고말고. 그보다 더한 친일파도 오늘날 다 잘살고 있는데…….
참 안됐구만."

이종문이 위로하는 말을 계속 찾았으나 여의치 않았다.

"당연한 보복일지는 모르죠."

유지숙의 입에서 뜻밖의 말이 나왔다.

"당연하다니 그게 무슨 소린고?"

"제 아버지는 집에서도 우리에게 조선말을 쓰지 못하게 했어요. 뿐만 아니라 일본에 반대하는 사람이 있으면 철저하게 잡아가두곤 했어요. 아버지 때문에 해를 입은 사람이 군산시에서만도 수십 명이 되었다니까요. 그런데다 해방된 그날까지 일본이 졌을 리가 없다고 떠들고 계셨으니 청년들이 가만둘 수 있겠어요? 그때 잘못했다고 한마디만 했더라도 아버진 죽지 않았을 거예요. 아버진 끝까지 자기가 잘했다고 버텼어요. 숨을 거두면서까지 천황폐하 만세를 불렀다니까요."

"아무튼 대단한 사람이었구만."

하고 이종문이 한숨을 쉬었다. 그러나 한편 이상했다. 묻지도 않은 말을 뭣 때문에 할까, 하는 마음이었다.

"사실이 그러니까 사실대로 말한 것이겠지만 그런 얘긴 함부로 할건 아닌 것 같은데……."

이종문이 넌지시 물었다.

"미리 알려드려야겠다고 생각한 거예요. 언제이든 탄로가 날 일이니까요. 그런 사실이 뒤에사 알려져서 난처했던 적이 한두 번 있었던 게 아니었으니까요. 그런 일을 아시고 채용을 하시든지, 안 하시든지 하시라고 미리 말씀드린 거예요."

종문은 그 심정을 알 것만 같았다.

"나이가 스물여덟인데 아직 결혼을 안 한 이유는?"

"제가 그런 집 딸이란 걸 알고 맞아들일 사람이 있겠어요? 그렇다고 해서 숨기고 시집을 가긴 싫구요."

"가족은?"

"어머니와 사내 동생이 하나 있어요."

"동기는 남매뿐인가?"

"오빠가 있었어요. 오빠는 아버지가 그런 꼴을 당한 지 이틀 만에 자살했어요."

"동생은 지금 뭣 하나?"

"놀구 있어요. 아무것도 할 생각이 없는가봐요. 친일파의 아들이 뭣을 하겠는가구요."

"친일파구 뭐구 그런 걸 따질 시대는 아닌데, 지금은. 이승만 대통령의 말씀 못 들었어? 친일하던 사람도 마음을 고쳐 먹고 새로 탄생한 나라를 위해 떳떳한 국민이 되라고 한 말 말이다. 지금, 정부 높은 자리에 친일파가 얼마나 많이 있다고. 돌아가거든 동생 보구 그런 생각 집어치우라고 일러."

"그러나 세상은 그렇게 수월한 게 아녜요."

"어머니는 건강하신가?"

"지금 병석에 계셔요. 벌써 4년째가 되는 걸요. 병석에 계신 지가."

"그럼 이때까지 뭘 먹고 살았노?"

"시골에 농터가 조금 있어요. 그걸 팔아서 겨우 연명하고 있어요."

"그래서 취직할 생각을 가진 거로군."

"지금도 취직하고 있어요. 그런데 월급을 많이 준다는 광고가 있기에 그래서……."
"지금 어디 취직하고 있소?"
"시청 사회과의 여직원으로 있어요."
"거기서 받는 월급이 얼마요?"
"1만 원이 좀 못 됩니다."
"그럼 됐소. 그 월급 다섯 배를 드릴 테니까 우리 회사로 나오도록 하시오."
창백한 유지숙의 얼굴에 일순 화기가 돌았다. 그리고
"언제쯤?"
하고 유지숙이 이종문을 보았다.
"날짜를 통지하겠소. 그런데 혹시 우편이 잘못 될지도 모르니 닷새 안으로 통지가 없으면 직접 이리로 나오도록 하시오."
"고맙습니다."
하고 유지숙이 일어서려고 하는 것을 이종문이 잠깐 만류했다.
"그러니까 지금 곧 결혼을 할 형편에 있거나, 결혼할 상대가 있는 것도 아니지?"
"……."
"모처럼 채용을 했는데 그런 일이 있으면 회사의 사정이 곤란해지니까 묻는 말이오."
"그런 일 없어요. 뿐만 아니라 앞으로도 당분간은 없을 거예요. 어머니의 병환이 나으시지 않는 한, 전 결혼할 수가 없어요. 그럴 상대도 없구요."
"당신처럼 아름다운 사람에게 상대가 없다고 해서야……."
유지숙은 고개를 숙였다. 그리고 고개를 숙인 채로 말했다.

"혼담이 없진 않아요, 유혹도 있구요. 그러나 아까 말씀드린 대로의 사정이 있었어요. 게다가 어머님의 병환이……."

"알았소. 그럼 가보시오."

유지숙을 보내고난 뒤 이종문이 잠깐 생각에 잠겼다.

어떻게 생각하면 하늘이 보내준 여자 같은 마음이 들기도 했다. 그렇게 종문의 마음에 꼭 드는 여자가 세상 다른 곳엔 살고 있을 것 같지가 않았기 때문이다. 그 여자야말로 차진희 이상의 여자라고 할 수 있었다.

'그러나.' 하고 종문의 마음은 어두웠다. 어떻게 유지숙의 마음을 얻을 수 있겠는가 말이다.

이런 생각으로 멍하게 앉아 있다가 이종문은 바깥 방에서 도영소와 이동식이 기다리고 있다는 사실을 깨닫고 자리에서 일어섰다.

문창곡, 성철주를 끼워 심사회의가 열렸다. 도영소의 발언이 있었다.

"몇 명이나 뽑을 겁니까?"

"두 사람쯤 뽑았으면 하는데요."

하고 이종문이 문창곡을 돌아봤다. 문창곡은 성철주와 함께 신청자들의 가정생활, 건강상태를 물어보는 역할을 맡았었다.

"두 사람을 뽑으려면 문제가 없겠구먼."

문창곡이 뚜벅 말했다.

"왜 그렇습니꺼?"

이종문이 물었다.

"이 사장 기분에 맞을 만한 사람이 꼭 두 사람 있으니까 하는 말이오."

문창곡이 웃으며 말했다.

"그게 누군데요?"

"앗다, 이 사장, 당신 의중에 있는 사람을 말해보시오."

성철주가 문창곡에게 눈짓을 하며 말했다.

"이 교수가 뽑는다면 누굴 뽑겠어?"

만만한 게 이동식이라 이종문이 그를 보고 물었다.

"용도에 따라서 다르지 않겠습니까. 사장실에 두고 꽃처럼 바라보기도 하고 말동무를 삼을 작정인지, 경리나 서무를 맡길 작정인지, 이곳저곳 심부름을 시킬 사람이 필요한 건지."

이동식의 대답을 듣자 이종문의 태도가 신중해졌다. 얼굴에 괴로운 빛까지 돌았다.

"이 사장, 갑자기 왜 이러는 거유."

성철주가 빈정댔다.

"정직하게 말하겠습니다."

하고 이종문이 숨을 몰아쉬곤 다음과 같이 말을 했다.

"가만본께 이 자리는 거짓말을 못할 자리구만요. 곧이곧대로 얘기 해갖고 꾸지람을 듣든지 도움을 받든지 해야 하겠다는 생각이 드네요. 그래서 말입니다, 여러분을 귀찮게 해서 죄송합니다만 나는 이번 여자사원 모집을 여자사원이 꼭 필요해서 모집한기 아니라 내 마누라감을 가릴 요량으로 한 겁니더."

"허허."

하고 웃은 것은 성철주였다. 성철주는 한바탕 웃고 나더니 뚜벅 말했다.

"이 사장, 철이 좀 들었는가 했더니 아직 철 들 날 멀었군."

"철요? 나는 죽어도 철은 안 들끼거만. 그 귀찮은 철 들어갖고 뭐 할라꼬."

"이 사장, 장난하고 있는 거요?"

성철주가 정색을 했다.

"성 동지가 불쾌하게 생각하실 줄은 나도 미리 알고 있었구만, 그러나……."

하고 이종문은 차진희 여사가 떠난 후에 겪었던 마음의 고통을 비롯해서 달포 전쯤에 차 여사를 찾아갔던 사실, 그리고 그때 느꼈던 감회 등을 어설픈 문자를 써가며 설명하곤

"그래서 나는 원을 세운깁니다. 어떻게 하더라도 차진희 여사보다 아름답고, 영리하고, 정숙하고, 그리고 내 말을 잘 듣는 그런 여자를 골라서 아내로 삼아야 하겠다고요. 중신아비를 내세워볼까, 친구들에게 부탁을 해보나, 하고 이리저리 생각하다가 이번과 같은 꾀를 낸기라요. 이런 짓은 틀린 일일까요?"

하고 물었다.

"본처를 모시도록 하면 어때서 그래요."

문창곡의 말이었다.

"본처한텐 난 하는 대로 하구 있습니다. 그리고 그 여자는 그 이상을 바라지도 않습니다. 내가 돈 벌라꼬 애쓰는 목적이 어디에 있겠습니꺼. 간단하게 말하몬 좋은 계집 맞이해서 내로라, 하고 살아보기 위해섭니더. 본처를 그대로 거느리고 살아야 할 바에야 서울 와서 이런 고생 안 합니더. 시골에서 노름이나 하고, 용돈이나 벌며 살아도 등 따시고 배부르게 지낼 수 있거든요. 내 기분 잘 알면서 문 동지는 왜 그런 소릴 새삼스럽게 하십니꺼."

"차 여사와 살다가 실수해봤으면 그만이지, 또?"

아무래도 성철주는 석연할 수 없는 모양이었다.

"인자는 실수 안 하겠다 말입니더. 외입도 안 하고, 술도 많이 안 마

시고, 계집 비위 맞추어가며 한번 살아보겠다, 이 말입니더."
　이종문이 흥분한 말투가 되었다.
　"이 사장의 생각을 덮어놓고 나쁘다고만 할 수 없겠네요."
하고 도영소가 입을 열었다. 그러나 신청자들을 속인 것은 잘못이라고 했다. 그리고
　"정정당당하게 아내를 구한다는 광고를 냈어야 할 것을 취직을 미끼로 한 것은 비겁한 짓입니다."
하는 말을 덧붙였다. 이동식도 그의 의견에 동감이었다. 그래서 다음과 같은 안을 냈다.
　"사장께서 마음에 드는 사람을 오라고 해놓고 솔직하게 그 의도를 털어놓으셔야죠."
　"십겁을 하고 도망가버리몬 우쩌노."
　이종문이 투덜투덜했다.
　"그럼 이 사장은 취직을 미끼로 아가씨를 데려다 놓구 겁탈이라도 할 작정이었소?"
　가시가 돋힌 성철주의 말을
　"왜, 말을 꼭 그렇게 우악스럽게만 하요."
하며 살큼 받아넘기고 이종문이 말했다.
　"같은 일을 하다가 서로를 이해할 수 있는 정도가 되었을 때 나는 문창곡 동지나 성철주 동지에게 내 의사를 전달해달라꼬 부탁할라캤소."
　"내 참, 이 사장은 어찌 그렇게 편하게만 살려고 하우?"
　"그런데 우짠다고 성 동지는 그리 불편하게만 살라쿠요?"
　이런 응수가 벌어지자 웃음이 터졌다. 이종문이 하는 짓을 두곤 성도 내지 못하겠다는 분위기로 되었다.

"자, 그러면 대아건설의 여자사원을 뽑는 것이 아니라 이 사장 사모님 후보를 뽑는 셈으로 인선을 해봅시다."

문창곡의 제안이었다.

"첫째 본인의 의사가 제일인데 우리에게 무슨 발언권이 있다고 그럽니까."

성철주는 여전히 빈정대는 투였다.

"할 수 없구만, 내가 말해볼께요. 내가 들먹인 사람에게서 무슨 험을 발견한 분이 있으면 사양 말고 말씀해주시오."

하곤 이종문이 유지숙과 공경희의 이름을 들먹였다. 도영소와 이동식의 얼굴에 빙그레 웃음이 돌았다.

"이 사장 눈 한번 높으오."

한 건 성철주였는데 문창곡이 엷은 웃음을 띠며 한 말은

"그 두 여자를 제외한 18명의 여자는 내일 당장 결혼을 하재도 응할 여자들이던데 어쩐다고 하필이면 절대로 응하지 않을 사람들만을 들먹이지?"

듣고 보니 그랬다. 이동식도 모두가 다 이종문의 청에 응할 것 같은 여자들인데 이종문이 들먹인 그 두 여자만은 불가능할 것이 아닌가 하는 생각이 들었다.

"그러나 걱정하지 마십시오. 내가 이제 막 들먹인 정도의 여자가 아니면 결혼할 의사는 내게 없구요, 그들이 응하지 않는다면 본전이구요. 나는 억지를 쓸 생각은 추호도 없응께."

하고 이종문이 너털웃음을 웃었다.

"우리는 굿이나 보구 떡이나 먹읍시다."

하며 성철주도 웃었다. 이때 도영소 교수가 근엄한 얼굴로

"꼭 그렇게 결심했다면 채용통지를 내기 전에 오라고 해서 권위 있는 병원에 신체검사를 의뢰하시오. 짧은 동안이지만 내가 본 바로는 그 두 분 다 건강에 흠만 없다면 90퍼센트 훌륭한 여자들이에요."
하는 과학적인 의견을 말했다.

9

이종문이 이런 수작을 하고 있는 동안 그를 매장하기 위한 공작이 진행되고 있었다.
자기의 재교가 탄로나자 임형철은 이종문이 사회적으로 매장되든지 죽든지 하지 않는 한 자기의 살 길이 없다고 판단하고 이종문의 뒤를 파기 시작했다.
그러나 좀처럼 꼬리가 잡히질 않아 초조했는데 북조선으로 중유를 빼돌리려다가 검거된 사람 가운데서 이종문의 지인知人을 발견했다. 그리고 그 사람과 이종문과의 사이에 약간의 금전적인 거래가 있다는 사실도 알았다. 임형철은 그런 사실을 미끼로 이종문을 남로당에 자금을 대준 사람으로 몰아붙일 계획을 세웠다.
동시에 이종문이 해방 직후 서울에 오자마자 거액의 돈을 만지게 되었다는 사실을 북한에서 남한으로 보낸 구 조선은행권을 받은 것으로 조작할 계획을 가미하기로 했다.
게다가 임형철이 이용할 수 있는 재료로선 여운형의 심복이었던 송남수가 이종문의 집에 드나든 사실이 있었다. 로푸심이란 정체불명의 사람과 교섭이 있다는 것도 이용가치가 있을 것 같았다. 친일파로부터 교묘한 수단으로 돈을 빼냈다는 것도 문제로 할 수 있었다. 대통령으로부터의 신임을 미끼로 매관매직의 브로커 노릇을 한다는 것도 만만찮은 재료였다.

그러나 이러한 재료를 사람을 시켜 서울시 경찰국에 제출해보았지만 거들떠보지도 않았다. 되려 핀잔만 받았다. 임형철은 이 대통령이 건재하는 한 대한민국의 경찰을 통해서 이종문을 매장한다는 것은 불가능한 일이라고 판단했다.

그러던 차에 미군의 정보기관이 독자적인 수사권을 가지고 있다는 소문을 들었다. 그러나 미군 정보기관은 자기들의 군사기밀을 탐지하여 이북에 전달하는 행위가 확인되었거나, 미군을 상대로 마약을 팔거나 하는 행위의 증거가 확실하지 않곤 그 수사권을 행사하지 않는다는 것을 알았다.

궁리한 끝에 임형철은 이종문을 미군병사에게 마약을 제공하는 자로 몰기로 했다. 그 방편으로서 흑석동으로 이사 간 차진희의 집뜰 어느 곳에 약간 양의 아편을 묻어놓고 미군 수사기관에 밀고할 계획을 세웠다. 그때 임형철은 이종문과 차진희가 별거 상태에 있다고만 알았지 이혼했다는 사실은 모르고 있었다.

당시 미국에선 한국에 주둔하고 있는 군인들 가운데 마약중독자가 속출하고 있는 사정이어서 마약의 출처를 알아내려고 혈안이 되어 있었다. 그러니 이종문을 매장하는 방법은 그 수단 이외엔 있을 수가 없다고 판단한 건 임형철로선 잘된 계획이었다.

임형철의 수하 몇 놈이 며칠을 두고 차진희의 집을 노리고 있다가 드디어 어느 날 그 집 뜰 담장 밑에 알루미늄 관에 든 모르핀 주사약 몇 개를 파묻을 수가 있었다. 새로 이사온 집에 이웃의 호의로서 좋은 나무를 하나 선사하겠다고 구실을 붙여, 뜰에 들어가선 나무를 심는 척하고 그 모르핀을 묻은 것이다.

밀고에 접한 미군의 정보기관은 한국경찰의 지원을 얻어 차진희의 집을 수색했다. 담장 밑의 모르핀은 미리 알려진 바에 따라 수월하게 파낼 수가 있었다. 그것 한 가지만으로도 차진희를 체포하고, 그 남편인 이종문을 체포할 충분한 재료가 될 것으로 임형철은 믿고 있었다.

그런데 집 내부까지 들춘 철저한 수사 결과 5킬로그램 무게의 아편분말을 찾아냈다. 이를테면 일대성과를 올린 것이다.

차진희는 기왕 소공동에 있을 때에 빼돌려놓았던 아편을 흑석동으로 이사를 할 때 갖다놓았다. 그러나 그것을 어떻게 처분해야 할지도 모르고 그냥 보관하고 있었던 것인데 그게 재수 사납게 걸려든 것이다.

뜰의 모르핀 갖고는 이미 이혼한 남편이고 동거도 하지 않는 사람이어서 이종문에게까지 화가 미칠 까닭이 없었다. 그래서 임형철은 적이 실망했던 것인데 대량의 아편이 나오고 보니 국면이 달라졌다.

차진희는 가택수색을 당하게 된 원인이 이종문에게 있다고 오해했다. 차진희는 아편과 자기는 관련이 없고 전남편 이종문이 보관하고 있었던 것을 뭔지도 모르고 이사할 때 옮겨놓았다고 진술했다.

이종문에게 대한 수배령이 내려졌다. 그들은 태동여관을 급습했다. 공교롭게도 그날 밤 이종문이 태동여관의 뒤에 있는 해남장에서 자고 있었기 때문에 체포를 면했다.

그리고 그 이튿날 경찰국에 있는 친지를 통해서 사건의 개요를 알았다. 임형철의 수작임을 몰랐던 이종문은 차진희에게 분노를 느꼈다. 그 아편뭉치를 불태워버렸다고 거짓말한 소위도 괘씸했거니와, 그것을 숨겨두었다가 들키고 나선 자기의 이름을 댔다는 사실이 더욱 분했다.

여자는 돌아서면 남, 또는 원수라는 말이 새삼스럽게 가슴을 아프게 했다. '오냐, 나도 널 미워하겠다.' 하고 종문은 이를 갈았다.

그러나 그 이상의 일, 즉 기왕에 아편을 팔았다는 사실만은 탄로가 나지 않아야 하는데 그것이 걱정이었다. "수배령이 풀릴 동안엔 숨어 있어야 한다."는 충고를 받고 이종문은 이동식의 집에 가서 숨었다.

연락을 받고 나타난 로푸심이

"당신이 나를 속였지."

하고 흥분했다. 이종문이 결코 속인 것이 아니란 변명을 했다.

"분명히 여편네가 태워버렸다고 했소. 나는 그 말을 그대로 믿었소. 만일 그러지 않았더라면 서로 헤어지는 마당에 그걸 거게다 두었겠소."

"사정이 꼭 그렇다면 안심하고 있으라."고 말하고 로푸심이 나가더니 이틀이 지난 후 돌아와서 "당신에 대한 혐의는 벗겨놓았다."는 말을 전했다.

"그건 그렇구, 미국의 수사기관이 어떻게 그것이 거게 있는 걸 알았을까?"

하고 이종문이 물었다.

"미국놈들은 밀고자를 대주질 않아요. 그러나 차차 알겠지."

하면서도 로푸심이 그 점이 궁금하다고 했다.

이종문이 수배가 해제되었다고 듣고 시 경찰국엘 갔다. 경찰국장은

"아마 당신을 모함하려고 기를 쓰고 덤비는 놈이 있는 것 같소."

하며 한 꾸러미의 서류를 보였다. 펴보니 모두 자기를 헐뜯는 밀고였다. 이름은 각기 별명으로 되어 있으나 임형철이 틀림없다고 심증이 섰다.

"그러나저러나 이 사장 용하게 빠졌소. 미군기관에 마약관계로 걸려들면 우리의 힘으로도 어떻게 할 수 없소."

하는 것을 보니 경찰국장도 신기한 모양이었다.

"원래 내겐 죄가 없으니까. 풀려나야 당연한 것 아닌가배."

이종문이 으스대는 투로 말했다.

"허기야 으스댈만 하오. 그러나 아무리 죄가 없더라도 일단 걸려든 바엔 출두해서 조사를 받아야 하는 건데, 그러지도 않고 수배를 취소하라는 통고를 해왔으니 대단한 일이란 거요."

이종문이 임형철의 얘기를 꺼냈다. 그리고 어떻게 하든 그놈을 잡아달라고 요구했다.

경찰국에서 나와 거리를 걸으면서도 의문이 사라지지 않았다.

'임형철이 그곳에 아편이 있다는 것을 어떻게 알았을까!'

며칠 후 로푸심이 초동 사무실로 이종문을 찾아왔다. 차를 날라오고 재떨이를 갖다놓고 하는 공경희의 아름다운 자태를 황홀하게 바라보고 있더니 공경희가 방 밖으로 나가자 로푸심이 물었다.

"이 사장 어떻게 된 거요?"

"나도 한번 화려하게 살아볼 작정이오."

"좋은 의견이오. 그런데 당신의 전부인은 좀 오래 고생을 해야 할 것 같소."

"스스로 뿌린 씨앗은 자기가 거둬들여야지 별수 있겠소."

"나도 팔 의사도 없이 갖고만 있었으니 관대하게 해주자고 했는데도 미국사람들이 말을 안 들어요. 팔 생각 없이 간수해둘 까닭이 없다는 거죠. 상점에 나가기 전엔 모든 상품은 창고에 쌓여 있다나요."

"지금 안 풀어주면 어떻게 됩니까?"

"재판은 한국법정에서 받을 겁니다. 한국의 법률에 의하면 최하 3년 징역은 살아야 된답니다."

"3년은 너무하구먼."

"남편에게 거짓말을 했다는 죄만으로도 3년쯤 징역은 살아야 된다는 생각은 안 하시우?"

"그러나 3년이라고 들으니 불쌍한데요. 어떻게 잘될 순 없겠습니꺼?"

"이 사장의 그 말을 전하고 다시 이 사장과 살 생각이라면 풀어주겠다고 말해볼까요?"

"천만의 말씀. 그 여자, 내겐 필요 없습니다. 자기가 한 짓을 남에게 둘러씌우는 그런 여자 무서워서 어떻게 데리고 삽니꺼."

"그 여자도 무슨 오해를 하고 있는 것 같던데요. 당신이 자기를 고의로 골탕먹인 거라구요. 그래 발끈한 김에 그런 말을 했나봅디다."

"그럴 수도 있겠죠. 그러나 같이 살 생각은 없습니다. 그런데 로 선생이 힘을 써서 잘될 일이라면 좀 힘을 써주십시오."

"이 사장의 생각이 꼭 그러시다면 힘을 써보겠소. 그러나 당신에게 거짓말까지 해놓고 그걸 숨겨두었다는 그 마음보가 석연치 않아요. 좀 더 나쁘게 말하면 그런 돈 덩어리가 있었으니까 이 사장과 헤어질 각오를 할 수 있었던 것이 아닌가, 하고 생각을 하니 그 얼굴과 맵시가 얌전한 그만큼 밉살스럽게 보이더란 말예요."

"아무튼 살려주이소. 나와 살았다는 그 사정 때문에 징역을 3년이나 치루게 된다면 나도 괴롭습니다."

"생각해보죠."

"헌데 로 선생, 이쯤 됐으면 좀 바른 소리 해보이소. 로 선생은 도대체 어떤 사람입니까?"

"마약범을 잡는 그 범위에서만 나는 미군기관의 고문입니다. 상해 · 홍콩 · 타이페이 · 마닐라 · 마카오 · 서울의 마약 유통계통을 나는 환히 알고 있거든요. 마약관계는 손 떼려고 했는데 좀처럼 그렇게 되질 않습니다."

"그러니까 미국기관에서도 로 선생의 말을 괄시하지 못하느만요."

"내 비위를 거슬러놓으면 일이 안 되니까요. 내가 잘나서 내 말을 듣는 게 아니죠. 자기들 편리에 따라서 그렇게 하는 겁니다. 하여간 이 사장 운이 좋았습니다. 자칫했으면 이 사장도 징역 3년쯤은 각오했어야 하니까요."

"은혜 많이 입었습니다."

이때 유지숙이 들어왔다. 로푸심의 눈이 다시 한번 둥글해졌다.

"화려하게 살아볼 작정이라고 하지 않았습니까."

로푸심이 빙그레 웃었다.

요란하게 전화 벨이 울렸다. 유지숙이 수화기를 들었다.

"내무부장관실이라고 하는데요."

유지숙이 말과 함께 수화기를 종문에게 건넸다.

"전화 바꿨소."

조금 기다리니 말이 흘러나왔다.

"나, 김효석이오."

"장관님 오래간만입니다."

"오래간만이면 좋은 소식이 있어야 할 건데 도대체 이게 뭡니까, 이 사장."

"무슨 말씀인데요?"

"이 사장을 훼방하는 밀고가 대통령 각하의 손에 들어간 모양입니다. 이 사장을 찾으라고 야단이 났어요."

"대강 뭡니까?"

"아편 문제인 것 같습니다."

이종문이 가슴이 쿵 하고 내려앉았다.

"빨리 경무대로 가십시오. 각하께서 이만저만 걱정하고 계시는 게 아닙니다."

권력의 희화

1

그때 일만 생각하면 언제이든 이종문의 등에 식은땀이 고인다.

1949년도 저물어가는 어느 날의 오후 이종문은 낙엽을 밟고 경무대에 들어섰다. 여느 때 같으면 반기며 맞이하는 경비 경찰관의 얼굴이 싸늘하게 긴장하고 있었다. 그것은 이종문 자신의 마음 탓이었지만 비서들의 무표정한 얼굴은 마음의 탓만은 아니었다.

이종문은 대통령의 집무실에 들어서면서부터 겁을 먹었다. 여느 때처럼 방바닥에 엎드려 절을 하는 이종문을 본 척도 안 하고 있다가 손으로 종문이 앉을 자리를 가리키곤 이승만이 그 건너편 소파에 와 앉았다. 드디어 말이 있었다.

"여보게 이공! 바른 대로 말해야 하네. 자네 아편장수를 한 적이 있었나?"

그 말투는 조용했고 인자한 느낌마저 있었다. 그 인자함에 빨려들어가 이종문이 울음을 터뜨리며 참회를 할 뻔했다. 그때 로푸심의 말이 번개처럼 머리를 스쳤다.

'아편장수를 한 경력이 있는 놈은 절대로 사람 취급을 받지 못한다…….'

이종문이 바짝 정신을 차렸다.

"천만의 말씀입니다. 전 아편장수를 한 일이 없습니다."

이승만의 안면근육이 격렬한 경련을 일으켰다. 노여움이 찬 증거였다. 그러나 이승만은 그 노여움을 누르고 조용하게 말을 이었다.

"어려운 시대를 사람이 살다보면 본의 아닌 노릇도 할 수가 있지. 현재가 문제이지 과거가 문제되는 건 아냐. 아편장수를 했대서 특히 나쁠 달 건 없어. 바른 대로 말해보게."

"절대로 그런 일은 없습니다, 아부지."

"아부지란 말은 빼는 것이 좋겠다. 나는 정직하지 못한 아들은 두고 싶지 않아. 왜 정직하지 못할까?"

"정직하게 말하고 있습니다."

"옛날 독립운동을 한 사람 가운데도 아편장수를 한 사람이 있었지. 아편을 팔아서 자금으로 쓴 사람도 있다더군. 그러니 지난 일을 숨길 필요가 없어. 뉘우치면 그만이야. 정직하게 말하게."

"절대로 그런 일은 없습니다."

"허어 참. 아편장수를 하고 안 하고는 지난 일이야. 헌데 정직하고 안 하고는 지금의 일이야. 지난 일은 나빠도 지금 정직하면 돼. 내게만은 똑바로 말해봐. 아편장수를 한 적이 있지? 정직하게 말하게."

"정직하기 위해서 안 한 일을 했다고 말할 수는 없는 것 아닙니꺼."

"증거가 있는데두?"

이승만의 말꼬리가 떨렸다.

이종문은 섬뜩했다. 그러나 이래도 죽을 판, 저래도 죽을 판이면 끝까지 잡아떼고 볼 일이었다.

"제가 아편장수를 한 증거가 있으면 이 자리에서 당장 죽어도 여한이 없겠습니다."

"뭐라구?"

이승만의 말이 거칠게 높아졌다.

"이 사람 보아 하니 아무짝에도 못 쓸 사람이군. 증거가 있다는데두 정직하지 못할까?"

"그런 증거가 있을 까닭이 없습니다."

이종문이 울먹거리는 소리를 냈다.

"미군기관에서 우리 경찰로 통첩이 와 있어. 미국사람이 이종문이 뭣이 대단하다고 거짓말을 꾸며 통첩까지 할 까닭이 있겠나."

"참으로 기가 막힌 일입니다."

하고 이종문이 어이가 없다는 표정을 했다.

"증거가 나타나니까 기가 막혀?"

이승만은 부들부들 떨고 있었다.

"아닙니다. 미군기관에서 통첩이 있었다니까 짚이는 데가 있어 한 말입니다. 전에 같이 살던 여자 집에서 아편을 압수당한 일이 있다고 들은 적이 있기 때문입니다."

이승만은 말없이 이종문을 쏘아봤다. 이종문은 마음을 가다듬고 다음과 같은 얘기를 엮었다.

"창피스러운 일입니다만 정직하게 말씀드리겠습니다. 전 몇 달 전까지 어떤 여자와 같이 살고 있었습니다. 한 4, 5년 같이 살았을깁니다. 지금은 헤어져 그 여자와 전 아무런 관계도 없습니다. 그 여자를 본 지도 오래 되었습니다. 그런데 미군기관이 그 집을 덮쳐 아편을 압수했다

안 합니꺼. 저도 그 애긴 얼마 전에 들었습니더. 그리고 깜짝 놀랐습니더. 미군기관은 저를 그 여자의 남편인 줄 알고 저까지 취조를 할 작정이었던 모양입니다만, 사전에 저완 아무런 관계가 없다는 것을 알고 그만둔 모양입니더. 저편에서 먼저 알고 그만두었는데 내 발로 걸어가서 무슨 소릴 한다는 것도 웃읍고 해서 그만두었는디, 경찰에 통첩을 한 것은 사정을 잘 모를 때 한 짓이 아닌가 합니더. 그 여자는 지금 우리 경찰로 넘어와 있다고 들었습니더. 만일 제가 조금이라도 그 아편에 관련이 있었더라면 미군기관이 절 취조도 않고 그냥 두었겠습니꺼. 검찰도 절 가만두겠습니꺼. 조사를 시켜보시면 당장 알 일이 아닙니꺼."

이렇게 말을 엮으며 이종문은 이승만의 눈치를 살폈다.

"그 여자완 왜 헤어졌나?"

"정이 들지 안 했습니더."

"정이 안 들어?"

"예. 그 여자는 약간 유식합니더. 전 무식하지 않습니꺼. 그렇다고 절 깔본단 말입니더. 그리고 저와는 아무래도 사상이 다릅니더."

"사상이 어떻게 다르단 말인가?"

"그 여잔 여운형 같은 사람을 좋아한단 말입니더."

"결혼한 여자가 아니었던가?"

"해방 직후 서울로 올라오는 기차간에서 만난 여잡니더."

"기차간에서 만나 그대로 같이 살게 되었단 말인가?"

"예."

"여자의 내력을 알아보지도 않구 같이 살았어?"

"남편이 전쟁 때 죽은 과부라고만 들었습니더."

"여자는 어디 사람인가?"

"평안도 여잡니더."
"자넨 경상도지."
"예."
"그럼 남남북녀인데 잘 살아볼 만도 했을 것 아닌가."
"살아갈수록 속을 알 수가 없는데 어떻게 합니꺼."
"뭣을 하는 여자인지도 챙겨보지 않고 기차간에서 만나 같이 살았어?"
이승만은 어이가 없다는 듯 엷은 웃음을 지었다.
"따지고 보면 제 자신 시골 노름판 돌아다닌 놈인 걸요, 그런 주제에 상대방을 따져 뭣 합니꺼. 그리고 그 여자의 얼굴이 하두 예쁘기에 반해버린 겁니더."
이승만의 얼굴이 웃음을 거두고 다시 엄숙한 얼굴로 되돌아갔다.
"그래 그 여자 집에서 나왔다는 아편이 어떻게 된 것인 줄을 자네는 모른다, 이건가?"
"예."
"너와 같이 살 때 여자가 아편장수를 하는 것 같은 거동은 없었나?"
"전 항상 집 밖에서 돌아다니고 집엔 자러나 들어가는 형편이었으니 그런 눈치를 챌 겨를이 없었습니다."
"그것이 빈말이 아니겠지?"
"예."
"만일 그게 빈말이면 자네가 어떻게 될 것이란 각오는 돼 있지?"
"이제 한 말이 거짓이면 죽기를 맹세하겠습니다."
"좋아."
이승만은 입을 한번 다물어보이곤 선언하듯 말했다.
"만일 자네가 한 말이 거짓이면 죽여줘야 하겠다. 팔십 평생을 깨끗하게 살아온 내가 아편장수의 농락을 받았대서야 내가 나를 용납할 수가 없어. 나라의 대통령으로 있는 자를 농락한 놈을 그냥 둘 수도 없구. 도대체 그런 자를 이 경무대에 드나들게 했다는 일 자체가 창피스러워. 알겠지, 내 말!"

"예."

"그러나 다시 말하겠는데 자네가 지금이라도 아편장수를 했다고 실토만 하면 우리 사이를 의절하는 정도로서 일을 처리하겠다. 헌데 조사를 해서 그 사실이 밝혀지는 날엔 그 정도로 그칠 수가 없어, 알겠나?"

"예."

"그래도 아편장수를 한 적이 없다고 말하겠어?"

"절대로 아편장수 한 일은 없습니다. 미군기관이 절 취조도 안 한 사실을 보면 알 수가 있지 않습니꺼. 그 사람들이 보통 사람들입니꺼."

"좋아. 내가 미국사람들에게 전화를 해보면 당장 알 일이니까. 오늘은 이만 돌아가게."

"예."

이종문이 큰절을 하고 나오려는데

"잠깐."

하는 이승만의 소리가 있었다. 이종문은 주춤 그 자리에 섰다.

"생사가 달려 있는 문제다. 마지막으로 기회를 한 번 더 주겠다. 지금부터 곧 철저한 조사를 명령하겠는데 자네가 한 말에 거짓이 없으렷다?"

"죽음을 맹세하겠습니더. 아부지."

이종문이 드디어 울음을 터뜨렸다.

이승만의 차가운 눈이 이종문의 아래 위를 훑어봤다. 그리고 쌀쌀하게 말했다.

"그럼 가봐!"

이종문은 정신없이 경무대에서 나와 집으로 돌아왔다. 살았다 싶은 생각이 조금도 없었다.

'그러나 정신만 똑바로 차리면 지옥에서도 살아날 구멍이 있다.'

이건 노름판에서 익힌 이종문의 지혜였다. 사방으로 연락해서 로푸심을 찾았다. 로푸심은 이종문의 말을 끝까지 듣고 있더니 다음과 같이 말했다.

"아편장수를 안 했다고 잡아뗀 건 일단 잘했소. 이승만 박사처럼 고지식한 사람은 아편장수를 했다는 말만 들어도 견딜 수 없을 테니까. 그리고 본인이 기왕에 독립운동을 한답시고 외면을 꾸미곤 내용적으론 아편장수를 한 놈들 때문에 적잖은 화를 입은 일도 있었을 거구······. 그러나 미군기관에 전화가 걸려오면 어떻게 할 도리가 없소. 그 아편은 이 사장 것으로 되어 있으나 이미 분실된 물건, 아니 없애버린 것을 딴 사람이 빼돌린 것으로 치고, 이 사장은 지금 그런 일에서 손을 떼었을 뿐만 아니라 절대로 그런 일 할 사람이 아니라고 내가 보증을 선 기록이 그대로 남아 있으니 경무대로부터 전화가 걸려오면 그들은 그대로 말할 것이란 말요."

이 말은 이종문의 간담을 써늘하게 했다.

"로형, 우떻게 안 되겠소? 1,000만 원쯤 돈을 쓰고라도 말이오. 그들도 사람인디 사정하면 안 될까요? 사람 하나 살리는 셈 치고 유리한 대답을 해달라고 부탁을 하몬······."

이종문이 애원했으나 로푸심의 대답은 탐탁지가 않았다.

"나는 그들과 상당히 오랫동안 같은 일을 해왔는데 한 번도 경우에 어긋난 짓을 한 적이 없고, 도리에 틀린 부탁을 한 적도 없소. 그래서 이 사장의 문제도 내가 하자는 대로 해결이 된 거요. 그런데 어떻게 내가 그들에게 뇌물을 권할 수가 있으며, 사실 아닌 보고를 하라고 할 수가 있겠소. 그런 말을 하면 내가 기왕 이 사장을 위해 보증을 선 일조차 의심을 받게 되어 재조사를 하려고 들지도 모르오."

"그렇다면 나는 죽었소."

이종문이 신음했다.

"그러나 과히 걱정하지 마시오. 일국의 대통령이 그런 일 갖고 미군기관에 전화까지 걸겠소? 만일 그런 일이 있으면 이승만 대통령을 몰랐던 셈 치고 살면 될 것 아니오."

로푸심은 이런 위로의 말까지 했으나 그건 남의 사정을 전연 모르고 하는 소리랄 밖에 없었다.

단 한 가지 바랄 것은 일국의 대통령이 그런 일로 미군기관에 전화를 하겠는가, 하는 희망적인 추측이 있을 뿐이었다. 그러나 이승만 대통령의 서슬로 봐서 그것도 어림이 없는 바람이었다.

그런데 종문이 즐겨 쓰는 문자 따라, 무슨 황토밭 귀신이 돌봤던지 이종문 자신도 모르는 사이에 사태는 엉뚱하게 전개되어 갔다.

이승만은 이종문을 퇴출시킨 후 김효석 내무부장관을 불렀다.

김효석이 들어오자마자 이승만이 따지고 들었다.

"일전 김 내무가 이종문에 관한 보고를 내게 한 적이 있지?"

엉겁결에 김 내무는

"예."

해놓고도 무슨 영문인가를 몰라 어리둥절했다. 사소한 일이라서 깜박

잊고 있었던 것이다.

"이종문이 아편장수를 했다는 보고 말이오."

"아, 예."

그때에야 김효석은 그런 일이 있었다는 기억을 찾아냈다.

"그 보고는 무엇을 근거로 하고 한 것이었소?"

"미군 CIC에서 경찰국에 그런 통첩을 해왔습죠. 그걸 그냥 각하께 말씀드린 겁니다. 그리고 그런 유의 투서도 있었다고 들었습니다."

그 투서는 이승만도 읽었다.

"김 장관은 그 사실을 두고 조사를 해봤소?"

"조사하진 않았습니다."

"조사도 하지 않고 보고만 했단 말이오?"

"다만 그런 사실이 있었다는 보고만을 드린 것이었는데……."

"무슨 말이오. 그런 중대한 일을 조사도 해보지 않고 내게 보고를 하면 어떻게 되는 일이오."

"그런 통첩이 있었기에 그냥……."

이승만을 탁자를 쾅 쳤다. 김효석이 깜짝 놀랐다.

"이종문은 무식한 사람이긴 합네다만, 경우 바르고, 정직하고, 내게 충실하기 짝이 없는 놈이오. 그래서 나를 아버지라고 부르게까지 하도록 내가 귀하게 여기고 있는 사람이오. 헌데 그런 사람에 대한 비방을 조사해보지도 않고 보고를 헌단 말요? 선보고先報告 후조사後調査란 것도 있을 수 있지. 그러니 조사 않고 보고한 일이면 뒤에라도 곧 조사를 해보았어야 할 일이 아닙네까. 김 장관! 만일 그게 사실이 아니면 어떻게 할 뻔했소. 사실이 아닌데두 내가 김 장관 말만 믿고 그놈과 의절이라도 했더라면 어떻게 되는 거요. 나는 앉아서 괜히 아들을 하나 잃는 셈으로 되는 것이 아닙네까. 나는 외로운 사람입네다. 김 내무는 그놈을 어떻게 보고 있는지 모르나 네게 있어선 둘도 없는 놈이오. 항상 위로가 되는 아들이오. 나는 김 장관의 보고를 듣고 다신 그놈을 만나지 않으려고 작심을 했쇠다. 그러다가 송사도 없이 베어버린다는 건 안됐다 싶어, 오늘 그놈을 불러봤소. 들어보니 아편은 그 사람관 이미 헤어진 여자 집에서 나온 거라고 합네다. 죽기로 맹세하고 그 아편과 자기와는 아무런 관련이 없다고 합네다. 그놈은 내게 거짓말할 놈이 아니오. 노름꾼이었다는 과거를 숨긴 놈이 아니며, 말술을 먹고 실수했다는 얘기도 서슴지 않고 하는 놈이오. 그런 사실이 있는데 없다고 할 놈이 아니란 말입네다. 내가 그놈을 좋아한다 싶으니까 벌써 모함하는 놈이 생겼는가 본데, 참으로 통탄할 일입네다. 김 장관은 그런 모함을 없애는 일도 해야 할 처지에 있는 직분이 아닙네까? 그런데 모함에 말려들기만 하고 조사도 안 해본다면 이것이 어찌된 일이오. 나는 오늘 그놈에게 혼을 내줬소. 그놈은 울면서 나갔소. 죽기로 맹세하고 그런 일 없다고 합데다. 그래도 나는 아주 냉대해서 그놈을 내보냈소. 만일 이 일이 억울한 일이라면 어떻게 되겠소. 나는 지금 가슴이 아픕네다. 당장 지금부터 조사에 착수하시오. 그리고 그 결과를 지체 없이 내게 알리시오. 경무대에선 경무대로서 조사를 할 테니까."

그리고 뒤에 서 있는 비서를 보고 미군 CIC에 연락을 해서 경찰에 보낸 통첩의 내용과 그런 통첩을 하게 된 경위를 알아보라고 일렀다.

김효석으로선 할 말이 있었다. 그는 분명히 그런 통첩과 투서가 있었다고 보고했을 뿐, 이종문이 아편장수를 했다는 말을 한 것은 아니었다. 그러나 흥분한 이승만이 김효석의 그런 변명을 들으려고도 안 했고, 그 서슬 앞에서 말을 계속할 수도 없었다.

경무대에서 받은 미군 CIC의 대답은 다음과 같았다.

"그 사건은 이미 귀국의 검찰청으로 넘겼으니 알아볼 일이 있으면 그리로 문의하라."

경무대에서 검찰청을 뒤져 그 사건의 내용을 알아보았다. 그런데 미군 CIC가 검찰청에 넘긴 서류엔 이종문의 이름이 흔적도 없었다. 로푸심의 보증으로 조사대상에서 제외해버린 인물을 기록 속에 넣을 필요가 없다고 생각한 때문인지 몰랐다.

경무대 비서들은 안도의 한숨을 내쉬었다. 그 사건에 관련된 것을 알았어도 대통령의 상심을 감안해서 그런 사실이 없는 것으로 꾸며야 할 판이었는데, 일이 그렇게 되고 보니 한결 수월해진 셈이었다. 비서들은 미군 CIC로부터 검찰에 넘어온 서류의 사본만을 만들어 복명자료로 삼았다. 닷새 후 경무대의 윤 비서가 이승만 대통령에게 한 보고는 다음과 같았다.

"아편사건은 이종문 씨완 이미 헤어진 차진희란 여자에게만 책임이 있는 것이고 이종문 씨완 하등의 관련이 없다는 것을 확인했습니다. 여기에 미군 CIC가 검찰에 넘긴 서류의 사본이 있습니다. 그리고 검사의 말, 당자인 여자의 말로써도 이종문이 이 사건과 관련이 없을 뿐 아니라, 기왕에 아편장수를 했다는 증거도 심증도 없습니다. 이건 추측입니다만, 차진희란 여자는 이종문 씨와 헤어지고 난 뒤 그런 일을 시작한 것으로 볼 수가 있습니다."

이것은 이종문을 총애하고 있는 이 대통령의 심정을 손상하지 않을 목적으로만 꾸며진 것이라고 말할 수가 있다. 사실을 고의로 왜곡하진 않았다고 하더라도 사실의 진상을 알려고 안 했기 때문이다.

한편 경찰은 장관의 특명을 받고 조사한 결과 적발된 아편은 이종문의 것이며, 이종문이 기왕 아편장수를 한 적이 있다는 사실을 밝혀냈다.

경무대 비서들의 보고가 있은 지 사흘 만에 김효석은 이와 같은 보고자료를 들고 경무대에 들어왔다.

사전에 그 보고자료를 본 경무대 비서들은 깜짝 놀랐다. 만일 그것이 그냥 대통령 앞에 제출되면 큰일이 날 것이었다. 비서들 중에 하나가 김 장관에게 말했다.

"장관님, 정신은 말짱하십니까?"

김효석이 어이가 없어 비서의 얼굴을 말끄러미 바라봤다.

"장관님, 일전에 각하가 하신 말씀 못 들으셨습니까? 이종문 씨는 각하가 아끼고 귀여워하는 사람입니다. 그 사람이 지금 나쁜 일을 하고 있다면 모르되 이젠 좋은 일만 하고 있는 사람 아닙니까. 각하를 위해서라도 기왕의 그런 일쯤은 덮어줄 줄을 아셔야죠. 여기 검찰청에서 베껴온 사본이 있습니다. 우린 이 사본대로 이미 보고를 했습니다. 각하의 심정을 이해하시고 이 사본대로만 보고하십시오. 사실을 사실대로 알리는 것도 중요하지만 이번 문제는 좀 다르지 않습니까. 국사에 지장이 있는 것도 아니니까요. 각하의 아들에 관한 문젭니다. 자기 아들 나쁘다는 소리 듣고 좋아할 어버이가 어디에 있습니까. 그런 점 짐작하셔서……."

김효석의 심정은 복잡했다. 어차피 머저리가 되어야 할 판이었다. 그런데다 경무대 비서들에게 맞서서까지 고집을 세울 배짱이 그에게 있을 까닭이 없었다. 김효석은 들고온 서류를 그 자리에 두고 대통령 앞으로 나갔다.

김효석은 비서들이 시킨 그대로의 말을 외듯 했다. 그러자 이승만은 얼굴에 화색을 띠고

"김 장관 수고했소. 덕택으로 나는 아들을 잃지 않게 됐쇠다."

하며 기뻐했다.

　김효석은 기왕 자기가 경솔한 짓을 했다는 것을 자인하는 결과가 되었지만 이 대통령이 기뻐하는 얼굴을 보는 것만으로도 다행이란 생각이 들었다. 그래
"전번엔 각하의 마음을 어지럽혀 황공하오이다."
하는 말도 가벼운 심정으로 할 수가 있었다.
"괜찮아, 괜찮소. 미군 CIC가 조금 성급한 통첩을 보낸 탓으로 빚어진 일 아닙네까? 직무에 충실하다가보면 그런 일도 있으니, 앞으로도 괘념 말구 무슨 말이든 하시오. 이번 일에 구애되어 괜히 신중을 기한다고 할 말 하지 않으면 그게 되려 화근이 되는 겁네다. 미리 알리고 이번처럼 뒷조사를 하면 되는 거니까."
하고 이승만은 일어서서 김효석의 손을 잡아주기까지 했다. 김효석은 경찰을 시켜 조사한 바를 말하지 않은 것을 천만다행으로 생각하고 그 앞을 물러나왔다.
　이승만은 그 뒷모습을 향해 속으로 혀를 찼다.
"저런 자를 내가 내무장관직에다 앉혀놓다니 쯧쯧. 한 달쯤 뒤에 사표를 내도록 해야겠군."
　그리고 메모로 김내무라고 쓰곤 그 위에 ×표를 했다.

2

　어느 해이고 희망이 없이 밝은 적은 없다. 그러나 어느 해이고 어떤 사람들에겐 절망적인 의미를 갖는다.
　1950년의 새해도 예외일 순 없었다. 허무적인 기분을 가진 사람, 타

성으로 그날그날을 사는 사람은 새해라고 하는 관념에 반발을 느끼기도 했을 것이지만, 대개는 '이 해야말로.' 하고 주먹을 쥐어보기도 하고 입을 다물어보기도 하면서 각기 야심대로의 마음을 다진다.

남로당은 이 해야말로 그들의 혁명과업을 완성해야 하는 해라고 생각하며 전술과 계획을 짰다.

대한민국의 경찰은 이 해야말로 좌익세력의 뿌리를 뽑아야 할 해라고 다짐을 했다.

한민당은 이 해야말로 내각책임제 개헌을 해서 자기들 손아귀에 정권을 넣어야 한다고 다짐했다.

한독당을 비롯한 임정계臨政系의 불평파들은 이 해야말로 이승만을 제거할 수 있는 정치세력을 규합해야 하는 해라고 입을 악물었다.

좌우의 과격한 노선에 싫증을 낸 지식인들은 이 해야말로 온전한 정치적 터전이 잡혀야 할 것이란 가느다란 희망의 등불을 달았다.

장사꾼의 뺨을 칠 정도로 현실적이고 영리한 무리들은 단정이 선 지 2년밖에 안 되는 동안에 굳어져간 체제에 이 해야말로 편승할 기회를 가져야 하겠다고 작정을 세웠다.

마크 게인은 1946년의 겨울에 견문한 그의 경험을 토대로 이 해야말로 극동의 반도에 무슨 일이 있을 것 같다고 그의 메모에 기입했다.

어떻게 당선은 되었어도 돈이 많이 들었는데 아직 본전을 찾지 못한 대부분의 국회의원들은 임기 연장의 가냘픈 꿈과 더불어 이 해야말로 국회의원에 재당선해서 4년 동안을 호화롭게 지내는 기틀을 잡아야 하겠다고 마음을 먹었다.

사업가와 모리배가 이 해야말로 한몫 잡아야겠다고 서두른 것은 물론이다. 우리 이종문은 이 패거리에 끼어 1950년의 새해를 맞이했다.

새벽에 그는 태고사 법당을 찾아갔다.

'내가 이런 델 다 오고……' 하며 누구보다도 절을 찾은 것을 이종문 자신이 놀랐다.

지난해가 저물 무렵 이종문은 한번 단단히 놀랐던 것이다. 경무대 비서를 통해 무사히 고비를 넘기게 되었다는 소식을 듣고 종문은 크게 숨을 돌리며 중얼거렸다.

'황토밭 귀신인지는 몰라도 나를 돌보는 귀신이 있긴 있는기라!'

이때까지도 이런 생각을 한 적이 한두 번이 아니었지만 그냥 지나쳐 버렸는데 지금부턴 그럴 수가 없다는 방향으로 마음이 조였다.

'나를 돌봐주는 귀신을 나도 돌봐줘야지.' 하는 마음이었다.

그런데 자기를 돌봐주는 귀신이 아무래도 하이칼라 남녀들이 다니는 예배당에 있을 것 같진 않았다. 노름판에서 닥치는 대로 지껄여젖힐 때도 아멘이니 예수 그리스도니 해본 적이 없었기 때문이다. 그러나 부처님 맙소사, 나무아미타불하는 소리는 예사로 지껄였다. 술을 마시기 위해서도 돈 많은 사람은 요릿집으로 가고, 가난한 사람은 목로술집으로 가듯이 빌러가는 데도 자기 꼴에 맞춰 가야 한다는 생각도 들고 해서 정월 초하루에 가기로 택한 곳이 바로 태고사였다. 태고사는 종문이 수송동 합숙소에서 뒹굴고 있을 무렵에 가까운 곳이기도 해서 두어 번 구경을 한 적이 있었다.

이종문이 갔을 땐 법당은 이미 입추의 여지가 없을 만큼 붐비고 있었다. 그러나 비집고 들어설 곳과 엎드려 절할 자리는 있었다.

종문은 옆에 있는 노인이 하는 대로 따라서 수없이 절을 하기 시작했다. 그러면서 빌었다.

"부처님, 전 이름을 이종문이라고 하는데 경상도서 왔습니다. 이때까지도 너무 잘 보살펴줘서 덕택으로 살고 있습니다. 부처님, 작년 대목에 있었던 것 같은 일은 절대로 앞으론 없도록 해주이소. 제발 부탁입니다. 그라고 금년엔 돈 많이 벌게 해주이소. 돈 많이 벌어갖고 좋은 일 많이 하겠습니다. 우리 이승만 대통령 만수무강하도록 해주이소. 뭐니 뭐니해도 우리나라 제일 가는 애국자 아닙니꺼. 그 어른은 돈 벌 생각도 없습니더. 묵는 것도 쪼맨밖엔 묵지 않습니더. 술을 마십니꺼, 외입을 합니꺼. 한다쿠는기 나라 걱정 아닙니꺼. 그 어른이 건강해야 우리나라 잘되고 만백성이 편히 삽니더. 만일 그 어른 없어보이소. 빨갱이가 설칠끼고요, 한민당이 지랄할끼고요, 나라 꼴 말이 아닐껍니더. 우리 이승만 대통령 만수무강하도록 빌고 또 비옵니더. 그라고 전 금년에 꼭 새장가 가야겠습니더. 유지숙이란 아가씨와 성사가 되도록 해주이소. 나이가 스무나무 살 틀립니다만 그런 게 여부가 있습니꺼. 잘살면 될께 아닙니꺼."

이만큼 빌고 이만큼 절을 했으면 충분할 것으로 알고 몸을 펴려는데, 보니 자기보다 먼저 절을 시작했던 사람들이 아직도 절을 계속하고 있는 것이 아닌가. 이종문은 뭣을 하든 남에게 지길 싫어하는 성품이었다. 절을 많이 하는 것이 좋다고 하면 남보다 몇 차례는 더 해야 직성이 풀린다. 이종문은 후다닥 다시 절을 하기 시작했다. 동시에 빌기도 시작했다.

"아무리 생각해도 차진희란 그년이 괘씸하기 짝이 없습니더. 그 아편한 상자만 해도 요새 돈으로 1,000만 원은 넘는긴디 빼돌려놓았다가 그런 꼴을 당하다니 그게 될 말입니꺼. 그 때문에 나까지 큰일 날 뻔 안 했습니꺼. 그런 년은 본때를 보여줘야 합니더. 그러나 생각해본께 그 여자도 불쌍해요. 잠자코 내 곁에 있었더라몬 그런 꼴도 안 당할긴디 말입니다. 송남수와 좋아 지내는가본데 밉기로 말하면 한량이 없습니다만 그래도 우짭니꺼. 그 여자 고생 덜 하도록 부처님 돌봐주이소. 제 이런 마음 그녀가 알 까닭이 없을껍니다만 몰라도 좋습니다. 어지간히 엄동설한에 철창생활 하느라고 고생도 했으니 잘 풀리도록 해주이소. 그러나 이번에 그런 요사를 꾸민 놈은 임형철이란 놈이 틀림없으니 그 놈에겐 벼락을 쳐야 할껍니다……."

이렇게 되니 무아몽중이었다. 이종문은 조강지처, 아들들, 죽은 부모까지 들먹이며 빌고 절을 하고 또 했다. 전신에서 땀이 흘러내렸다. 얼굴의 땀을 닦으려다가 보니 좌우의 자리는 딴 사람으로 바뀌어 있었다.

이종문은 비로소 만족하고 법당에서 나왔다. 흥건히 흘린 땀으로 해서 차가운 공기가 상쾌하기까지 했다. 부처님에게 절을 하고 비는 것은 썩 좋은 일이란 감상을 가졌다. 왠지 금년엔 좋은 일만 있을 것 같아 마음이 들뜨기도 했다.

아직 동이 트기까진 시간이 있었지만 이종문은 경무대로 갔다. 이 대통령에게 세배를 하기 위해서였다.

경무대의 방마다엔 불이 켜져 있었고 벌써 세배를 온 사람들로 붐비고 있었다. 비서들의 가족을 주로 해서 친척들이 모여들고 있었던 것이다.

서울시장으로 나가 있는 이기붕의 얼굴이 보였다. 이기붕은 이종문의 손을 반갑게 잡고

"금년엔 예산을 좀 넉넉하게 잡아둘 터이니 서울시 공사도 좀 해야 할 것이오. 잘 부탁하오."

하며 생색을 냈다.

"부탁은 내가 해야 할긴디 만송 형님이 부탁을 하시니 황공합니다."

하고 이종문이 너털웃음을 웃었다. 노체인 대통령을 위해 세배는 한꺼번에 하기로 하고 큰 응접실 가장자리에 모두들 삥 둘러섰다.

안쪽에서 문이 열리자 한복 차림을 한 이승만이 프란체스카 여사의 부축을 받고 나타나 의자에 앉았다. 모두들 호령이나 받은 것처럼 엎드려 큰절을 했다.

"만수무강하옵소서."

"새해에도 영광을 더하소서."

하는 말이 이곳저곳에서 일었다.

이승만은 만면에 웃음을 띠고 몇인가 와 있던 어린아이들을 양팔을 안곤 "어린것들은 잠이나 자도록 둬둘 것이지 뭣 하러 데리고 왔느냐." 면서도 귀엽다는 듯 그들의 얼굴에 뺨을 부볐다. 그리고 얼굴을 들어

"새해엔 모두들 몸 성히 근실하게 노력해야지."

하는 축복의 말을 했다.

일동이 퇴출하려는데 이승만은 이종문을 보자 남아 있으란 시늉으로 손짓을 했다. 모두가 나가길 기다려 이종문이 이승만 앞으로 갔다.

이승만은 이종문에게 앉으라고 의자를 가리켰다.

"지난 연말엔 엉뚱한 오해를 할 뻔 했구나. 다행히 그게 다 풀리고 이렇게 같이 새해를 맞게 되니 반가우이. 신년벽두에 이런 말 하긴 좀 뭣하지만 자네의 행동은 좀 거칠어. 그러니까 모함도 받게 되는 거야. 배나무 밑에선 갓을 고쳐 쓰지 말고, 외밭에 가선 신을 고쳐 신지 말라는 말이 있어. 그리고 살얼음을 밟는 것처럼 살아가란 말도 있구. 각별히 조심이 있어야 하네. 그렇다고 기 죽을 거야 없지. 활발하게 해봐. 그게 또 종문이다운 거니까."

이종문은 눈물이 주르르 뺨을 적시는 것을 느꼈다. 황공해서 얼굴을

들 수가 없었다. 이승만이 물었다.

"금년에 특히 하고 싶은 일이 있는가?"

"공사도 많이 하고 싶지만, 금년엔 방적공장을 하나 시작해볼까, 합니더."

이종문이 손등으로 눈물을 닦고 가까스로 이렇게 말했다. 최근 이종문에게 영등포에 있는 적산 방적공장을 인수하라는 권유가 있었던 것이다.

"방적공장을?"

"예, 영등포에 적산 방적공장이 있는데 경영이 부실하다 하옵니더. 그걸 인수해서 동포들의 옷 걱정을 덜어줄까 합니더."

"그것도 좋은 생각이다. 성의껏 해보도록 해라. 내가 도울 일이라도 있으면 서슴지 말고 말해라."

"예, 황송하옵니더."

이승만은 인자한 얼굴로 종문을 바라보고 있더니

"나는 자네에게 금년엔 국회의원이 되어보라고 권할 참이었어."

하고 웃었다.

"천만의 말씀입니더. 제게 어찌 그런 자격이 있겠습니꺼."

"아냐. 원래 국회의원이란 것은 정객들이 해선 안 되는 거다. 자네처럼 시정의 사정을 잘 아는 사람이라야 진정한 국민의 대표가 될 수 있는 거지."

"공부도 하고, 돈도 좀더 벌어갖고 국회의원을 해도 할랍니더. 돈 없는 국회의원은 보기가 딱합니더. 무슨 이권이나 없나 하고 설치는 꼴이 말입니더. 자기가 가진 것이 있어야 마음을 바로잡고 떳떳이 일을 할 수가 있지 않겠습니꺼."

"자네 말이 옳아. 자네와 같은 사람이 돈도 모으고 국회의원 노릇도 해야 하는 거라. 헌데 국회의원들이 임기를 연장할 공작을 하고 있는 모양인데 항간에선 그 일을 어떻게 생각하고 있나."

"천만부당한 일입니다. 현재 국회의원은 그 반수가 빨갱이들이고, 빨갱이 아닌 사람은 불평분자들입니다. 그리고 임기 2년을 약속하고 국민이 뽑은 거 아닙니꺼. 지금 국회의원을 하고 있는 사람이나 그들을 이용하려는 공산당과 한민당을 빼곤 임기 연장에 찬성할 국민은 하나도 없을낍니더."

이승만이 빙그레 웃었다.

"종문인 절대로 무식한 사람이 아니다. 사리를 그만큼 판단할 줄 아는 사람이 어떻게 무식할 수가 있어."

"부끄럽습니다."

"부끄러울 게 또 뭣인가. 그럼 나가보게."

이종문이 자리에서 섰다. 그러나 이승만은 갑자기 생각이 났다는 듯이 다음과 같은 말을 했다.

"고향 사투리를 버리지 않는 것이 나쁠 것은 없어. 그러나 상대방이 듣기가 거북한 말은 되도록 고쳐야지. 조금만 노력하면 될 일을 게을리 한다는 건 뜻이 있는 사람이 할 짓이 아니야. 자네 사투리를 전부 고치란 말은 아니다. 그 꺼, 더 하는 것 말야. 있습니꺼, 그렇습니더, 하는 꺼, 더를 까, 다로 고치란 말일세. 꺼, 더 하니 미욱스럽고 귀에 거칠어. 어때, 금년엔 할 일도 많겠지만 꺼, 더 하는 말버릇을 까, 다로 고치는 노력도 해보게."

"예, 그렇게 하겠습니다."

"또, 더야?"

"예, 예, 그렇게 하겠습니다."
"옳지, 그렇게 하란 말야."
"예."
할아버지와 손주 사이의 응수와 같은 그 화기 있는 광경을 방 한구석에서 지켜보고 있던 윤 비서는 자기도 모르게 미소를 지었다. 한마디로 말해 부러웠던 것이다.

경무대에서 나오는 길로 이종문이 양근환의 처소에 들렀다. 양근환으로부터 무슨 소릴 들어도 이종문은 그와의 인연을 소중히 여겨 명절 때마다 예의를 잊지 않았다. 따져보면 그럴 만도 했다. 이종문의 서울에 있어서의 팔자는 양근환과의 인연으로 전개된 것이고, 이종문이 하는 일이 문창곡, 성철주를 비롯한 수송동 동지들의 조력, 또는 협력 없인 이루어졌을 까닭이 없기 때문이다.
양근환은 벌써 거나하게 취해 있었다. 세배를 드리는 이종문을 흘깃 보곤
"자네가 갖다준 술을 지금 마시고 있는 중야. 새해도 내 술은 끊어지지 않도록 해주겠지."
하며 익살부터 시작했다.
"술 걱정이야 하실 것 없습니다만, 건강에 조심하셔야 할 것 아닙니꺼."
하다가 얼른 "……아닙니까."로 고쳤다.
"술이라도 마시고 빨리 죽는 게 소원인데 건강에 조심해? 이승만의 꼴 보기 싫어서라도 빨리 죽어야겠다."
양근환이 이승만을 욕하는 것이 종문에겐 항상 거북한 일이었지만 도리가 없었다. 그러나 다음과 같이 말해보지 않을 순 없었.

"선생님, 그러지 마시고 금년 선거엔 꼭 출마하시도록 하십시오. 국회의원이 되셔갖고 이 박사의 잘못이 있으면 고치도록 해야 될께 아닙니까. 항상 술만 자시고 불평을 하셔봤자 무슨 소용이 있습니까."

"날더러 국회의원 하라구? 얼빠진 소리 작작하게."

"제헌국회 때는 단정에 반대하시는 뜻으로 안 하셨다고 하지만 이미 이렇게 된 바엔 해볼만도 하지 않습니까."

"흥, 이승만이 세상이 오래 갈 줄 알고 그런 소릴 하나? 천만에, 금년 안엔 판이 난다, 판이 나. 벌써 인의 장막에 둘러싸여 아첨하는 소리밖엔 못 듣게 돼 있는데 그래갖구 옳은 정사가 되겠어? 그리구 이승만의 콧대 하나 못 꺾는 국회가 있으면 뭣 하노. 국회의원? 선거? 온전히 선거를 치를 수 있을 줄 알아? 어림도 없지. 그러기 전에 판이 난단 말야. 그리구 판이 나야 하는 거구. 이승만이 하나 호강시키기 위해 우리가 전부 종 노릇을 해야 하나? 그럴라구 독립운동 했나? 망하나 안 망하나 눈 뺄 내기라도 하자."

양근환은 자기가 무슨 소릴 지껄이고 있는가도 모르는 상태인 것 같았다. 혀가 꼬부라져 말 자체가 뒤숭숭하게 돼 있기도 했다.

이종문은 자기가 있음으로 해서 자극이 되어 자꾸만 엉뚱한 소릴 할 것이란 짐작이 들어

"그럼 전 물러가겠습니다."

하고 자리에서 일어섰다. 양근환은 핏발이 선 눈으로 종문을 흘겨보듯이 하며 한바탕 호통을 쳤다.

"너 이승만에게 세배하러 갈 거지. 가거들랑 이 양근환이 말하더라고 하고 정신 똑바로 안 차리면 재미없다고 일러줘. 일본 동경 한복판에서 역적을 찌른 칼이 아직도 내게 있다고 말하란 말여. 그때 끓던 피가 아

직도 끓고 있어. 이 양근환이 죽어도 그냥은 안 죽을 테니까. 멀쩡히 조강지처가 살아 있는데 새파란 눈을 한 계집을 데려다가 국모로 앉힌 그 꼬락서니를 볼 수 없다고 그래."

이종문이 현관을 나설 때까지 양근환의 고함은 계속되고 있었다.

"백범처럼 그렇게 나는 수월하게 죽어주진 않을 거야, 이 양근환이 ······."

이종문은 그 고함 소리에서 벗어나려고 걸음을 바삐 떼어놓았다. 그러면서 중얼거렸다.

'아무래도 저 영감이 죽으려고 환장을 한기라.'

종문은 자기의 좁은 소견으로서도 양근환을 안타깝게 여겼다. 설혹 불평이 있더라도 이왕 대통령이 되어 있는 어른을 도울 생각만 가져준다면 선거비를 대어주어서까지 양근환을 국회의원으로 만들어볼 의도가 있었는데 저렇게 막가는 태도를 취하면 그것도 무망한 노릇이었다.

양근환뿐만 아니라 명색이 우익에 속한 사람들이 이승만을 반대하고 있는 현상에 대해서도 이종문은 납득할 수가 없었다.

오늘 벼슬을 못하면 내일 하면 될 것이고, 내일 못하면 모레 하면 될 것인데 대단치도 않은 자리를 가지고 서로들 비위를 상하고 있는 것은 아무래도 어른스럽지 못했다. 뿐만 아니라 기나긴 동안 같이 독립운동을 했으면 소이小異를 버리고 대동大同을 취하는 것이 바람직한 일이 아닌가. 이북에선 김일성을 중심으로 철통같이 뭉쳐 있다고 들었는데 남쪽이 이런 꼴이어서 될까 싶은 마음도 없지 않았다. 만일 김규식, 조소앙 씨 등을 비롯해서 기왕의 독립운동가들이 허심탄회하게 이승만 대통령을 받들어 나가기만 하면 이승만 박사의 생각도 너그럽게 그 터전을 잡을 것이니 말이다.

옛날의 동지들이 사사건건 트집을 잡고 못 되기만 바라는 것 같은 태도를 취하고 있으니 이승만 대통령으로서도 마음이 편하질 않아 자연 그 태도가 편협하게 굳어지는 것이라고 종문은 짐작할 수가 있었다.

이승만에게 일연탁생—蓮托生할 마음이 되어 있는 이종문으로선 이 모든 것이 안타깝고 서글펐다. 이 해야말로 화합하는 해가 되었으면 하는 마음이 간절했다.

이종문은 이왕 내친 걸음에 서울대학교의 도 교수 댁에 들러 세배를 할까 하다가 자기도 세배를 받아야 할 처지에 있다는 것을 깨닫고 처소로 돌아왔다. 처소에 돌아오니 아홉 시를 조금 지난 시각이었다.

이종문에게 세배하기 위해 몰려든 사람이 1층과 2층을 메우고 있었다. 대부분은 회사관계의 사람들이었는데 그렇지 않은 사람들도 있었다. 종문의 덕택으로 감투를 쓴 경찰관, 앞으로 그럴 희망을 가진 하급 관리들이 그 가운데 끼어 있었다.

종문은 그들의 세배를 받는 자리에서 이 대통령의 신수와 기분이 대단히 좋더란 얘기를 하고

"금년부터 있습니꺼, 있습니더 하는 꺼, 더를 까, 다로 고치란 분부를 받았다."고 자랑스럽게 피력했다. 그리고

"앞으로 내가 꺼, 더 하거든 지체 없이 고쳐줘야 하는기라."

하고 덧붙였다. 그러자 그 자리에 끼어 있던 공경희가

"사장님, 이왕 말씀을 고치시려면, 그 하는기라, 하는 것도 고치셔야죠."

하고 웃음을 자아냈다.

"그러다가 서울놈 다 되게? 경상도 사람 서울말 하몬 서울말이 안 되고 전라도 말이 되는기라."

"또 기라예요?"

공경희가 애교를 부렸다.

"대통령 아부지 앞에선 기라 소린 안 하는기라. 기라 할 기회도 없는 기라."

이종문은 유지숙의 눈을 찾았다. 유지숙의 눈은 조용하게 웃고 있었다.

'만일 저 여자가 오늘 부처님 앞에서 내가 빈 걸 알면 기절초풍할끼라.' 싶으니 이종문의 얼굴이 약간 붉어지는 기분이었다.

"자, 그라몬 우리 떡국이나 묵고 윷놀이 한번 하자. 설엔 윷놀이를 해야 하는 것 아니가."

"음력설이라야 윷놀이를 해도 기분이 나죠. 양력설엔……."

공경희가 이의를 달았지만

"음력설엔 음력설 대로, 양력설엔 양력설 대로 기분을 내몬 되는기지 별게 없는기라."

하고 이종문이 웃겼다. 그래서 떡국을 먹고난 뒤 윷놀이 판이 벌어졌다. 제비를 뽑았는데 유지숙이 이종문의 편이 되었다. 그것이 무척 기뻤다. 어찌된 셈인지 이종문의 편이 자꾸만 이겼다.

"왕운을 타고난 사람에겐 당할 수가 없어."

이곳저곳에서 아첨기가 섞인 말들이 일었다.

화려한 웃음 속을 '모야!', '윷이야!' 하는 호들갑 섞인 말이 누벼 장안의 설은 다 그 자리에 모인 듯 시간 가는 줄을 몰랐다.

3

정성학은 일제 시대 이종문의 고향에서 군청 서기를 한 경력이 있었다. 그런 안면으로 군수나 한자리 하고 싶어서 이종문을 찾아와 식객으로 눌러 앉게 되었는데, 방적공장을 하자는 제안은 그로부터 나온 것이었다.

군청 서기를 할 적부터 '조조'라는 별명으로 불리던 정성학은 이종문의 식객으로 있는 동안, 시골의 군수 노릇을 하는 것보다 이종문의 참모 노릇을 하는 것이 훨씬 부가 있을 것이라고 판단하고 꾀를 꾸며오다가 우연한 기회에 영등포에 있는 방적공장을 먹어삼킬 작정을 하게 된 것이다.

정성학의 조사에 의하면 일본인이 경영하던 방적공장 가운데 가장 큰 것이 대구에 있는 편창공장이고, 영등포에 있는 송원공장이었다. 이 두 공장은 난형난제라고 할 만큼 그 규모가 컸는데 일제 때엔 직공 2,000명을 쓰고 있었다.

"뭐니뭐니해도 재산을 모으려면 적산을 걸머잡는 방법 이외엔 없습니다요. 편창이나 송원이나 그 대지만 해도 몇만 평이 넘는데 땅값만 해도 어딥니까. 물론 토건업은 푸짐하니 그것도 해야죠. 그러나 토건업은 물장수나 마찬가집니다. 앞으론 몰라도 나라의 재정사정을 보아 큰 공사가 드물 것이구요. 그러니 토건업에만 전념한다는 건 지금의 이 사장님의 처지가 너무나 아깝단 말입니다. 대구의 편창이나 영등포의 송원이나, 두 개 다 둘러마시면 그 이상 좋은 일은 없겠지만 우선 그 가운데 하나만 골라잡읍시다. 방적공장 하나만 가지면 노다지 금광을 파는 거나 마찬가집니다. 더욱이 편창이나 송원을 잡아놓기만 하면 경쟁할 상대가 없을 겁니다. 옷은 먹는 음식과 마찬가지로 필수품 아닙니까."

정성학이 이렇게 권하는 바람에 이종문이 솔깃한 기분이 되었다. 그러나 석연하진 않았다.

"좋은 사업인 줄은 알았소. 그러나 그 공장엔 이미 주인이 있을 것 아닌가배."

"물론 연고자란 게 있어가지고 그들이 불하를 받았거나, 불하를 받으려고 하고 있겠죠."

"그걸 어떻게 한단 말이오."

"이 사장님 같은 빽만 있으면 문제도 없소, 그까짓 것 빼앗는 것은. 대동강물 팔아먹은 놈도 있는데 대통령 빽을 가진 사람이 적산공장 한두 개 요리 못해요?"

"그러나 그런 일에 우리 대통령 아부지를 이용하긴 싫은디."

"굳이 이용할 것까지도 없어요. 이 사장님 뜻만 있다면 일은 내가 꾸미겠습니다."

"꼭 그럴 자신이 있으몬 한번 노력해보이소."

이런 말이 오간 것은 작년 연말의 어느 날이었는데 새해에 들어 열흘째 되던 날 정성학은 제법 구체적인 계획을 제시했다. 물론 공장실태를 파악한 뒤의 제법 치밀한 계획이었다.

"결론부터 말하면 생돈은 2,000만 원쯤 내고, 시가 2억의 공장을 우리 손아귀에 넣자는 겁니다."

이런 전제를 하고 정성학은 다음과 같은 사정설명을 했다.

현재 송원공장은 귀속재산 처리법에 의해 그 가격을 2억 원으로 치고 5년 연부 상환을 조건으로 불하되어 있다. 불하를 받은 것은 다섯 주주로 된 주식체인데 그 가운데 네 사람은 일제 때 이래의 그 공장의 종업원이고 하나는 동대문시장에서 포목상을 하는 사람이다.

이 포목상이 주식의 반을 가지고, 나머지 넷이 공동으로 주식의 반을 가졌다. 1차 불입금 4,000만 원은 포목상이 냈고 2차 불입엔 포목상이

3,000만 원, 네 사람이 1,000만 원, 3차부턴 포목상이 2,000만 원, 네 사람이 2,000만 원씩 내기로 되어 있다. 공장이 가동하면 그만한 수입이 있을 것으로 보고 한 계약이다.

그런데 현재 운영자금이 모자라 직공들의 임금이 체납상태에 있어 공장의 가동이 잘 되질 않는다. 과반수 주를 가진 포목상은 한꺼번에 4,000만 원을 내느라고 무리를 한 탓도 있지만 네 사람의 연고자가 탈락하길 바라는 속셈도 있어 적자운영의 방법을 취하고 있다. 그런 까닭으로 금년 상환기에 공장에서 얻은 수입으론 자기들 몫을 낼 수 없을 것이 아닌가, 하는 걱정으로 그 중 한 사람은 포목상이 얼마간의 돈을 주면 자기의 지분을 포기할 의향을 보이고 있지만 포목상은 돈이 없다는 핑계로 응하지 않고 있다. 다른 세 사람도 거의 같은 처지에 있으나 그 지분을 인수할 수가 없다.

이런 차에 그 지분을 사가지고 공장에 들어가, 운영자금은 융통할 수 있다는 식으로 나가며 직공들을 묘하게 조종하기만 하면 대주주 포목상까지 쫓아낼 수가 있다. 정성학은

"그렇게 하는 조건으로선 은행이 그 공장에 융자를 하지 않도록 압력만 주면 됩니다."

하고 공장 탈취의 방법을 세밀하게 설명했다. 그리고 생돈 2,000만 원이 드는 내역으로선 지분을 사는데 500만 원, 2차년도 상환금 준비로서 250만 원, 직공들 체불노임을 지불하는 조로 융자할 금액 1,000만 원, 직공들을 조종하기 위한 공작금으로 250만 원이란 것이다.

"지분을 사는데 500만 원이면 비싼 것 같아도 그렇진 않습니다. 포목상도 200만 원쯤으로 생각하고 있고 당자가 바라는 액수는 300만 원입니다. 거기다 200만 원을 더 얹어주는 건 장차에도 그 사람을 이용하자

는 겁니다. 그 공장의 종업원으로서 우리의 심복이 되도록 하는 겁니다. 누구보다도 공장 사정을 그 사람이 잘 알 것 아닙니까. 그렇게만 해 놓으면 그 사람은 횡재를 한 셈이 되거든요. 500만 원 목돈이 생긴 위에 회사에서 월급은 그냥 나올 거고, 우리를 업고 발언권을 행사할 수 있고 말입니다. 게다가 1,000만 원 융자를 해서 체불임금을 청산하면 직공들은 구세주를 만난 것처럼 반길 것 아닙니까. 250만 원 공작금이 있으면 직공들을 죄다 손아귀에 넣을 수 있고요. 대통령 배경을 갖고 기관과 손을 잡기만 하면 과반수 주주 아니라 3분의 2 주주인들 당해낼 재간이 있습니까. 이편의 조건대로 제놈이 물러서야 하지. 그 다음 필요한 건 정부의 융자를 받으면 되는 겁니다. 공장이 정상적으로 가동만 되면 2억 원쯤은 한 해 동안에 충분히 빼낼 수가 있습니다."

그리고 이어 정성학은 직공들 조종하는 방법, 소주주 조종하는 방법 등을 소상하게 얘기했다. 과연 '조조'란 별명을 받을 만한 인간이라고 이종문이 혀를 내두르지 않을 수 없었다.

일단 결심한 이상 일은 신속해야 했다. 그 이튿날 조용백과 이종문의 대면이 있었다. 조용백이란 송원공장의 연고자이며 5분의1 주주이다.

조용백은 정성학을 통해 주 인수 조건을 듣자 감격해 마지않았다. 그도 그럴 것이 현찰로 1,450만 원을 내야만 비로소 5분의1의 주주가 되는 것인데 그 명목만의 주를 500만 원으로 인수하겠다는 것이고, 게다가 계속 자기들을 대표자 격인 중역으로서 공장에서 일하도록 하겠다는 것이니 그 이상 반가운 일이 없었던 것이다.

주를 타인에게 인계할 때는 다른 주주의 동의를 받아야 한다는 약정이 그들 사이에 있었던 모양이지만 이편에서 내건 조건을 누구도 대체

할 수 없는 형편에선 그런 것이 문제될 까닭이 없었다.

더욱이 회사 측으로선 체불노임을 해결할 수 있는 융자까지 하겠다는 것이니 대환영이었다. 대주주인 포목상 박홍업은 5분의1 주주는 누가 되었든 신경 쓸 바가 아니고 든든한 자본가가 협력자로 되었다는 것이 고맙지 않을 까닭도 없어, 조용백이 중역 직을 그대로 보유하게 하고 정성학을 상임감사로 임명하는 등 이편의 제의를 그대로 받아들였다. 그러자 연고자 가운데 또 한 사람이 조용백과 같은 조건으로 지분을 팔겠다는 교섭을 해왔다. 정성학은

"서두를 것 없습니다. 2기분 상환금을 낼 때까지 기다려봅시다. 그때쯤 되면 공장의 수익이 있어 그만한 돈쯤 수월하게 지불하게 될지 누가 압니까. 하여간 그때 가서 의논합시다."

하는 함축 있는 답을 해두었다. 정성학이 그렇게 한 까닭은 대주주 박홍업을 자극하지 않기 위해서였다.

정성학이 송원공장의 상임감사로 들어간 지 열흘 만에 이종문에게 다음과 같이 보고했다.

"체불노임의 총액은 1,700만 원 가량 되었습니다. 신주주가 1,000만 원을 융통해서 체불노임을 청산하자고 드는데 대주주가 가만있을 수 있겠어요? 아마 그놈 돈 만드느라고 지금쯤 똥이 빠질 겁니다. 전엔 그 공장에 좌익계 노동조합이 상당히 강했던 모양입니다만 지금은 수그러져 있어요. 기왕의 경력 때문에 전전긍긍하는 간부도 있구요. 그 명단을 드릴 테니 우리에게 유리하게 움직이는 한 신변보장이 되도록 하십시오. 직공 가운데 영향력이 많을 성싶은 놈에겐 용돈을 후하게 주는 등 해서 잡아두었습니다. 내달쯤 가서 임금인상 투쟁을 시킬 참입니다.

미리 경찰에 연락해서 그 투쟁엔 간섭이 없도록 해야 할 겁니다. 지금 박 사장의 비행을 찾는 중에 있습니다. 아무도 모르게, 물론 중역들이 눈치채지 않게 진행 중에 있습니다. 조용백은 아주 열성적입니다. 또 이 사장님이 하실 일은 절대로 은행자금이 박홍업의 손에 들어가지 않도록 하는 일입니다. 나는 한편 경리장부를 조사 중에 있는데 조그마한 부당지출이 있기만 하면 그것을 명심해두었다가 결정적인 기회에 써먹을 참입니다. 하여간 제2기의 상환금을 낼 땐 박홍업이 이런 고생을 해 봐야 이 공장이 내 것 되긴 틀렸다는 심증이 서도록 서서히 공작을 할 참입니다."

"박홍업이 상환금을 내지 않으면 어떻게 되는기오? 우리가 내야 하지 않소?"

"물론 그 주를 인수하고 우리가 돈을 내야죠. 그러나 그땐 이 대통령이 있지 않습니까. 재무부 장관이 있지 않습니까. 나라에서 제일 가는 공장 가졌겠다, 그걸 담보로 얼마라도 융자가 될 테니 걱정마십시오."

그럴 것이었다. 이종문이 비로소 자신이 섰다. 그날 밤 오랜만에 이종문이 육자배기를 뽑으며 기분 좋게 술을 마셨다.

'부처님에게 치성을 드렸더니 효험이 있는 모양이라.'

이종문이 이렇게 중얼거려볼 만큼 좋은 일이 연이어 나타났.

2월 들어 어느 날 이기붕 서울시장이 부르더니 감천교를 새로 놓아야 하겠다며 그 공사를 지시했다. 경무대에선 경무대 둘레의 담장을 수리할 일을 이종문에게 맡기란 대통령의 지시가 있었다고 전해왔다. 미군측이 오산기지의 장교숙사 공사를 의뢰해왔다.

"제기랄, 눈코 뜰 사이도 없다쿠더니 내 꼴이 그 꼴이거만."

한동안 삼가했던 제기랄 소릴 연발하며 이종문은 즐거운 비명을 올렸다.

"사장님의 위신에 관계됩니다. 그런 말을 쓰시면요." 하는 공경희의 애교도 반가웠고 "그처럼 바쁘셔서 건강을 해치시면 어떡하죠?" 하고 걱정스런 표정을 하는 유지숙도 귀여웠다.

그러나 한 가지 걱정은 유지숙에게 결정적인 행동을 취할 수 없는 그 사정이었다. 같이 있는 시간이 오래 될수록 그런 내색을 하기가 어려워지기만 했다. 사장님으로서, 그리고 아저씨나 아버지처럼 받들고 있는 정성이 역연한데 어떻게 점잖지 못한 말이나 거동을 할 수 있단 말인가. 날이 가면 갈수록 무망한 희망이 될 것 같아 이종문이 애가 쓰였다.

'중이 제머리 못 깎는다구더니 제기랄이다, 참말로 제기랄이다……'

이종문은 문득 정성학을 사이에 넣었으면 하는 생각을 해봤다.

'그 조조 같은 친구에게 무슨 묘책이 있을까라!'

4

어느 날 이종문이 정성학을 관철동에 있는 중국집으로 불러냈다.

"단둘이서만 할 얘기가 있응께 나오소." 하는 것이었는데, 단둘이서 할 얘기라면 태동여관에서 해도 무방할 것이어서 정성학은 약간 불안했다. 그러나 기다리고 있던 이종문의 싱글벙글한 표정을 보고 곧 마음을 놓을 수가 있어 자리에 앉자마자 물었다.

"사장님, 무슨 말씀입니꺼?"

정성학이 군청서기를 하고 있을 무렵엔 이종문 따위는 사람 취급도 안 했던 것인데 요즘엔 아무런 거리낌도 없이 사장님 소리가 예사로 홀러나오게 된 것이다.

"와 그리 성미가 급하노. 배갈 두어 병쯤 마시고 말할낀께."

이종문이 여전히 싱글벙글하고 있었는데 그것은 부끄럼을 타고 있는 증거라고 보았다.

'뭘까, 이 양반이 부끄러워하면서까지 내게 하려는 말은…….' 싶었지만 아무리 조조이기로서니 남의 의중을 미리 알아차릴 순 없는 노릇이었다. 권하는 대로 배갈을 마시고 중국요리를 먹고만 있었다. 그다지 술이 강하지 않은 정성학은

"이만큼 마셨으니 얘기할 만하지 않습니까."

하고 이종문의 눈치를 살폈다.

"그런디 그기 그렇게 쉽지 않은기라."

이종문이 연거푸 배갈 두 잔을 따라 마셨다.

"하여간 희한합니더, 사장님. 사장님이 이처럼 어렵게 생각하는 말이 있다쿠는건 참으로 희한합니더."

정성학은 벌써 혀가 꼬부라질 지경에 가까워 있었다.

"좀 참으라쿤께."

종문이 다시 배갈 잔을 기울였다.

"뭣이 그렇게 어려울꼬."

정성학이 중얼거렸다.

"아무리 정성학 씨가 조조라캐도 이 일은 좀 어려울 끼거마."

"처녀 부랄 따오라는 소리만 아니몬 전부 할낀께 말해보소."

"장담하겠소?"

"사장님 시키는 일이니 죽으라쿠몬 죽는 시늉이라도 해야지요."

"시늉만 갖고는 안 되는기라."

"그럼 죽으라쿠는 겁니꺼?"

"살자고 의논이지, 죽을 의논은 뭣 땜에 하겠노."

"그럼 안심했습니더. 무슨 일이라도 좋은께 말해보이소."

"참말로?"

"예."

그래도 이종문이 망설였다. 섣불리 수작을 부렸다간 망신할 일인 것이다. 망신할 것이 확실하다면 정성학에게조차 말할 필요가 없는 것이 아닌가, 하는 생각이 들기 시작한 것이다.

망설이는 이종문을 보자 정성학이

"되고 안 되고는 다음 문제로 하고 우선 애기나 들어봅시더."

하고 재촉했다. 거나하게 취기가 돈 이종문이 드디어 결심을 했다.

"정 주사!"

"예?"

"내 새장가 들고 싶은디 우떨까?"

"새장가? 들어야지요. 얼마든지 들어야지요. 내 기막힌 처녀 물색할께요. 사장님쯤 되는 어른이 새장가 들기가 어려워서 그렇게 망설이십니까, 하 참."

"딸 나이밖에 안 되는 처년데……. 그래도 될까?"

"무슨 소리 합니까. 딸 나이보다도 어린 손주딸 나이 또래면 또 어떻습니까. 돈 있으몬 다 됩니다. 헌데 그 말이 그렇게 어려워서 그러십니까."

정성학이 어이가 없다는 듯 웃었다.

"정 주사, 지레 덤비지 마소. 내 애기 똑똑하게 듣고 말하소."

"예."

하고 정성학이 정색을 했다.

"나는 돈 갖고 사람, 아니 여자를 사는 건 싫소. 처녀 아니라 처녀보다 더한 선녀라도 돈 갖고 사서 장가가긴 싫단 말이오."

정성학이 "······?······." 하는 표정이 되었다. 이종문의 말이 계속되었다.

"진심으로 나를 생각해주는 처녀와 결혼을 하고 싶다, 그거라."

"그런 처녀를 찾아보라, 그 말씀입니까?"

"그런 건 아니고."

"아니라몬?"

"단도직입적으로 말하제. 내 건설회사에 유지숙이란 아가씨가 있는 기라. 나는 그 아가씨헌테 장가를 들고 싶다, 이건데······. 정 주사 그 아가씨 본 일이 있지, 와."

"가끔 경상도 사투리 쓰는 아가씨 말입니까?"

"그건 공경희란 아가씨구."

"예 예, 알겠습니다. 또 하나의 아가씨, 얼굴이 갸름한."

"그렇소, 그 아가씨요."

"서로 뜻을 통해봤습니까?"

"서로 뜻을 통해봤으몬 내가 뭣 할라꼬 정 주사 보고 이런 얘길 하겠소."

"그런께 중매쟁이 노릇을 하라, 이것이구만요."

"말하자면 그렇소."

"그기야 어려운 일 아닙니다. 제가 나서보지요."

"나서는 것만 갖곤 안 되는기라. 되도록 해야재."

"여부가 있습니까."

"그렇게 쉽게 생각할 문제가 아니라니까. 얌전한 처년데, 서툴게 시작해갖고 회사에도 안 나오도록 맹글아버리몬 큰일인기라."

권력의 회화 269

"용하게 자리를 만들어갖곤 독수리 참새 덥치듯 해뻐리면 될긴디……."

"그건 안 돼."

"왜 안 됩니까, 여자라쿠는 건 일단 내 것으로만 만들아놓으면 자연히 정이 생기고, 사랑이 생기는 깁니다."

"조조도 모르는 게 있고만. 여자라쿠는 건 그런기 아닌기라. 돈으로 사거나 억지로 해서 내 물건을 맹글어놓았다캐도 정과 사랑은 다른기라. 허기야 그때부터 생기는 정도 사랑도 있기야 하겠지. 그러나 다 그런 건 아닌기라."

이종문이 차진희와의 경험을 통해서 하고 있는 말이었다.

"그럼 우쩌라쿠는 깁니까?"

"그 아가씨의 마음이 내헌테 기울어지도록 무슨 꾀를 내보라쿠는기라. 그렇지 않으몬 내가 뭐 한다꼬 정 주사에게 부탁하겠노."

그 말투엔 침통한 빛깔마저 있었다.

"천하의 이 사장님이 그런 일 갖고 걱정을 하십니까."

"천하장사 항우도 우미인虞美人 때문에 상심했고, 당나라 현종도 양귀비 마음을 얻을라꼬 그 고생 안 했는가배. 여자의 마음을 얻기란 천하를 얻는 것보다도 어려운기라."

"내 한번 힘써보겠소."

정성학은 말을 강가에까진 데리고 갈 수 있으나 억지로 물을 먹일 순 없다는 애길 상기하면서도 이렇게 장담을 했다. 절묘한 꾀를 생각해내지 못할 바도 아니었던 것이다.

"정 주사가 그 일에 성공만 한다면 내 크게 한턱 하지. 아니지, 한턱보다 내 큰 집을 한 개 사줄께."

"사모님을 만들어드리는디 집쯤이야 문제가 있겠습니까. 헌디 자연스럽게 서로 안면을 익히고 통사정을 해볼 기회를 만들어야 할 것 아닙니까."

"기회는 내가 맹글아주지. 내일 점심때 같이 만나 식사라도 하라꼬. 그때 나는 무슨 바쁜 일을 핑계로 중간에 나가버릴긴께. 적당하게 꾀를 꾸며보라꼬. 그라고 앞으로도 자주 정 주사를 우리 회사에 불러 서로 얘기할 기회를 맹글긴께."

"송원공장의 일이 있는디 그렇게 자주야."

그러자 이종문이 버럭 화를 냈다.

"그까짓 송원공장이야 우떻게 되어도 그만인기라. 이 문제가 중해, 이 문제가. 이 일을 잘만 하면 송원공장 일을 정 주사 시키는 대로 내가 잘 해줄끼고 이 일이 안 되면 젠장, 송원공장이고 뭐고 집어치와버릴낑께."

정성학이 아연한 얼굴로 이종문을 보았다. 그러한 정성학을 쏘아보며 이종문이 거칠게 덧붙였다.

"하여간 나는 그 아가씨에겐 사생결단인기라. 원하는 여자하고 살 수도 없으면 돈 벌어봤자 그 뭣 하는기라. 세 때 밥 묵고, 간간이 술이나 마시고 살몬 그만이지. 그렇지 않소, 정 주사. 좋은 여자 데리고 못 살 바에야 뭣 빤다고 돈이 필요 있어, 안 그래?"

그 이튿날 점심 시간에 이종문은 유지숙과 공경희를 데리고 삼각동 한식집으로 갔다. 거기서 정성학과 인사를 시키고 앉아 있다가 음식이 들어오자마자 바쁜 일을 잊고 있었다면서 이종문이 밖으로 나와버렸다. 그리고 다른 식당집에 앉아 전화로 공경희만을 불러내 빨리 그리로 오라고 했다.

공경희가 전화를 받으러 밖으로 나가길 기다려 정성학의 수작이 시작되었다.

"아마, 세상에서 제일 불쌍한 사람은 이종문 사장일끼라."

정성학이 혼잣말처럼 중얼거렸다. 유지숙이 의아한 표정을 지었으나 그 까닭을 묻진 않았다.

정성학은 유지숙을 그 말로 약간 궁금하게 해놓곤 한동안 뚝 말을 끊고 식사에만 열중했다. 그리고 얼마간을 있다가 뚜벅 한마디 했다.

"누군가가 구해주는 사람이 있어야 살지, 그런 사람이 나오지 않으면 얼마 못 가 죽을꺼라."

유지숙의 얼굴에 의혹의 빛이 짙어졌다. 그런데도 까닭을 묻지 않았다. 정성학은 유지숙이 보통으로 신중한 여자가 아니란 짐작을 가졌다. 만일 신중한 탓이 아니면서도 이유를 묻지 않는다면 이종문에게 대한 관심이 전혀 없는 것으로 풀이할 수밖에 없다는 생각도 해보았다.

정성학은 식사를 끝낼 때까지 말을 하지 않았다.

과일이 들어왔을 때 과일을 집으며 정성학이 유지숙에게 말을 걸었다.

"사람이란 겉만 봐갖곤 모르는 거죠?"

"……."

"겉만 봐갖고 누가 이 사장을 비참할 만큼 불행한 사람이라고 알겠소. 돈 많겠다, 사업에 대한 재간과 능력이 있겠다, 마흔 살을 넘겼다지만 청년 이상으로 건강하겠다, 아마 이 사장은 그가 지닌 고민만 없으면 90살까진 살고도 남을 꺼요. 그런 비참한 고민을 안고 있으면서 쾌활한 척, 활달한 척 꾸미고 남을 동정할 줄도 아니 기막힌 사람이지, 기막힌 사람이야. 이승만 대통령도 그러니까 아들로 삼은 거지. 이 대통령은 확실히 사람을 볼 줄 알아. 모두들 이 사장을 무식쟁이라고 하지만 이 사장의 무식은 유식보다 나은 겁니다. 건방진 놈들의 그 음흉한 야심에 비하면 이 사장의 무식은 그야말로 보물과도 같은 거지. 이 대통령께선 그런 걸 알고 있어요. 그러나 그게 다 쓸데가 없으니……. 그 비참한 불행……. 구해줄 사람이 나타나야 하는데…….”

이렇게까지 말해도 그 연유를 묻지 않으면 일단 그 계획은 포기하려는 참이었는데 유지숙이 입을 열었다.

"사장님이 그렇게 불행하셔요?"

"그렇습니다."

"그 이유는요?"

"남의 애길 함부로 할 수 있습니까."

"대강만이라두요."

"그분에게 심각한 고민이 있습니다."

"무슨 고민인데요?"

"내가 말하긴 좀…….”

"모시고 있는 처지로서 사장님의 고민을 알았으면 하는데요."

"그러시다면…….”

하고 정성학은 말을 뚝 끊었다. 유지숙이 조바심이 나는 모양이었다.

"꼭 알고 싶소?"

"알고 싶어요."

"허나 그분의 힘이 되어주실 사람에게가 아니면 말하기 싫은데요."

"제 힘으로는 어림이 없겠지만 그래도 알고는 싶어요. 알고 있으면 혹시…….”

"혹시가 아니라, 아가씨가 작정만 하면 그분을 결정적으로 도울 수가 있습니다. 도울 수 있을 정도가 아니라 구할 수가 있죠."

권력의 회화 273

"그래요?"

"그렇습니다."

"그럼 말씀해보세요."

정성학은 생각에 잠기는 척하곤 가볍게 머리를 저었다.

"아무래도 내 입으론 말할 수가 없소. 아가씨께서 궁금하시다면 사장님께 직접 물어보시오."

"제가 어찌."

"왜 못 묻습니까. 모시고 있는 어른인데."

"그래두."

"내게서 들었다고 하시오. 사장님이 심각한 고민을 가지고 계신다는 말을 정 모로부터 들었는데 그게 뭐냐고 물어보세요."

"실례가 안 될까요?"

"실례가 뭡니까. 기뻐하실 겁니다. 그렇다고 해서 쉽사리 그 까닭을 말씀하실진 모르겠소만 기뻐하실 건 틀림이 없습니다. 자기에게 그만한 관심을 가져준다는 것을 안 것만으로도 위로가 될 테니까요."

"……."

"아가씨 힘으로 그분을 구할 수가 있는 일입니다. 그러니 한 번 물어 대답을 안 하시면 며칠쯤 사이를 두었다가 물어보십시오. 그렇게 성의를 다하면 입을 여실지 모르죠. 그게 동기가 되어 아까운 인물을 구해낼 수만 있다면 그 이상 반가운 일이 어디 있겠습니까. 내가 우선 감사를 드리죠."

정성학은 이 정도로 유지숙의 궁금증을 자극한 것만으로도 성공한 것으로 치고 자리에서 일어섰다. 그리고 그 한식집 앞에서 헤어지면서

"점심을 조용히 먹을 수 없을 정도로 바쁘게 서두르면서도 그게 자기

의 고민을 덜 수가 없으니 딱한 사람이라오."
하는 말로써 정성학은 다시 한 번 유지숙에게 이종문의 불행을 환기시켰다.

 '자기가 모시고 있는 사장이 외면과는 달리 비참할 정도로 불행하다는 얘기를 들으면 여자, 특히 순진한 여자면 가만있지 못할 것이다. 그런데도 유지숙이 아무렇지 않게 지나버린다면 그와 이종문은 전연 인연이 없는 것으로 보아야 한다⋯⋯.'

 정성학은 오늘의 수작이 어떤 반응을 나타내는가를 보아가며 다음의 계획을 짤 요량이었다.

 그 길로 정성학은 영등포 송원공장으로 갔다. 어느새 정성학은 송원공장 공원들을 손아귀에 넣고 있었다. 그를 통해 체불노임이 해결되었고, 그가 시키는 대로 한 결과 임금까지 올랐으니 종업원들에겐 은인이었고, 큰 전주錢主를 업고 있으니 그만 믿고 있으면 공장의 앞날은 든든하다는 안도감과 희망을 갖기에 이르렀다. 동시에 정성학은 사장 박홍업의 신임을 얻고도 있었다. 어디까지나 공장을 위한다는 신념으로 성실하고 부지런하고 겸손하기까지 하며 사장의 부탁이 있으면 어디서든 자금까질 융통해다주는 정성학을 신임하지 않을 까닭이 없었다. 만사가 계획적이고, 충분한 시간을 두고 계산해가며 행동하는 정성학의 태도는 침착해서 조금의 부자연함도 없었다. 박홍업 사장이 약간 버겁게 느낀 점은 정성학의 지나칠 정도의 정직과 원리원칙을 찾는 태도에 있었다. 그 원칙이란 기업의 성공은 노동자와 자본가의 협동에 있는 것이니 생명에 지장이 없는 한 노동자의 권익을 옹호해줘야 한다는 것이다. 기업은 돈을 벌기 위해 하는 것인데 노동자와 불화가 생겨선 앞으로 큰 돈을 벌 바탕을 잃게 된다는 것이 그 이유였다.

"1,000명의 직공으로 1,000만 원 벌긴 힘들지만 1만 명의 직공으로 2,000만 원 버는 건 쉬운 일입니다. 지금 당장 돈벌 생각 말고, 지금의 열 배 스무 배로 직공을 늘려 수월하게 돈을 벌 수 있는 바탕을 만들어야 합니다."

아무리 버거워도 정직한 사람, 원리원칙을 쫓는 사람을 신임하지 않을 수 없다. 그런 관계가 곧 박흥업과 정성학의 관계였다.

계획대로 착착 되어나가는 통에 정성학은 신이 나 있었고 한시 반시도 공장을 비울 생각이 없었던 것이다. 정성학이 송원공장의 자기 자리에 앉았을 무렵에 이종문으로부터 전화를 받았다. 회사 밖에서 거는 전화라며

"정 주사 우떻게 됐노?"

하고 다급하게 물었다.

"사장님, 이곳으로 전화를 주실 때만은 정 감사라고 불러주이소. 정 주사, 함께 군청에 앉아 있는 기분이 되어버립니다……"

"감사든 주사든……. 그래, 정 감사 우떻게 되었소?"

"어떻게 되긴요. 적당하게 해두었습니다."

"적당하게라니……. 혹시 내가 얼굴을 들고 사무실에 나갈 수 없게 맹글아놓은 건 아니겠재."

"글쎄요, 나로선 최선을 다한다고 해놓긴 해놓았는디."

"우떻게 최선을 다했다 말이고."

"사장님께서 유지숙 아가씨에게 반해 죽을 지경이 돼 있으니 알아서 하라고 했습니다."

"뭐라꼬?"

"쇠뿔은 단숨에 빼야 한다꼬, 그래서."

"무슨 소리 하노. 정 주사 참말로 그런 소릴 했어?"
"이제 막 한 말은 농담이고요."
하고 일단 이종문을 안심시키고 난 뒤 다음과 같이 말했다.
"딴 말은 일체 안 하고요, 사장님헌테 큰 고민이 있다고만 말해두었습니다. 오늘이나 내일 그 아가씨가 혹시 물을지 모르니 그저 놀란 척만 하고 대답은 마이소. 며칠 있다가 또 묻거든 그때 적당한 말을 할 셈으로요. 그런데 그때 할 말은 그때 가서 연구합시다. 아무튼 무슨 고민이 있느냐고 묻거들랑, 그 왜 있지 않소. 신파 배우들이 하는 짓, 쓸쓸하게 웃는 것 말입니다. 처음엔 놀란 척, 곧이어 쓸쓸하게 웃곤 아무말도 안 하는 깁니다. 아셨죠? 무슨 고민이 있는 척하는 깁니다."
"있는 척이 아니라 고민이 실제로 있은께 그런 표정 꾸미는기야 문제도 없지만 그런 짓 해갖고 뭐가 되겠나. 마음이 바쁜디 말이오."
"마음이 바쁠수록 천천히 침착하게 해야 합니다. 일본놈 말에 천천히 바쁘라, 하는 게 있어요. 그러면 밥 묵는 거나 다를 께 없습니다. 사먹을라면 음식점에 가서 '설농탕 한 그릇.' 하고 고함만 지르몬 되지만 지어 먹을라면 쌀 씻고, 물 기르고, 불 때고, 뜸 들이고 해야 하는 시간이 있어야 되는 것 아닙니까. 요컨대 돈으로 사기 싫으면 그 아가씨의 마음을 뜸 들여야 하는깅께 서두르지 마이소. 지금에라도 당장 사무실로 가보이소. 우울한 표정을 해갖고 말입니다. 사장님이 부끄러워할 말은 한마디도 안 했은께요."

5

청운동에 마련한 신택新宅으로 로푸심이 처음으로 이동식을 방문했다. 3월이 막 끝나가는 날의 오후였다.

로푸심은 사랑마루에 걸터앉아 백 평 남짓한 뜰을 둘러보고, 동쪽 담 근처에 피어 있는 매화꽃에 눈을 돌리며

"한국적 쁘띠 부르주아 집의 전형이라고 할 수 있겠군. 아무튼 좋은 집인데요."

하고 칭찬하는 말을 했다.

"겨우 처가살이 면한 셈입니다."

동식이 겸손하게 말했다.

"왜, 방으로 들어가시지 않구."

남희도 사랑으로 나와 인사끝에 이렇게 말하며 손님을 방 안으로 안내했다. 로푸심은 남희를 보자 일순 놀란 표정이 되었다. 얼굴과 몸 전체에 발랄한 기운이 넘쳐 있었기 때문이다. 우선 얼굴의 빛깔에 변화가 있었다. 결혼 전의 남희의 얼굴은 상앗빛으로 침잠한 느낌이었는데 이젠 화색이 돌아 있는 목련꽃 같은 정취였던 것이다.

남희가 안집으로 들어간 뒤 로푸심이 다음과 같이 말해보지 않을 수 없었다.

"부인께선 많이 변하신 것 같습니다. 인상이 전연 다른 걸요."

"어떻게 변했습니까?"

동식은 그 변화를 느끼고 있는 터라 웃음을 머금고 물었다.

"전엔 상앗빛으로 우아했는데 오늘 뵈니 목련꽃처럼 우아한데요."

"로형의 시인적인 기질이 과장한 건 아닙니까?"

"내겐 과장이란 건 없어요. 헌데 부인을 저렇게 변화시킨 걸 보니 이 교수가 보통 인물은 아닌 것 같소."

"감사합니다. 그러나 그 원인은 천주님께 있는 것이지 내게 있는 건

아닐 겁니다."

"이 교수도 이제 독실한 신자가 되셨구려."

"되려 그 반댑니다."

"반대라뇨."

"난 결혼 이래 성당에 가본 적이 없으니까요. 성경책을 손에 든 적도 없구요. 기도 한번 안 했구."

"그래요? 그래도 부인께서 아무 말 없으세요?"

"없습니다."

"이상한데요."

"나도 이상하다고 생각합니다. 결혼 전엔 가끔 성당에 가자고 권하는 경우가 있었는데 결혼 후엔 전연 그런 일이 없어요. 내 앞에서 천주님을 들먹이는 법도 없구요."

"그래요?"

하고 로푸심은 다시 한 번 놀랐다.

"그러나 전 왜 그렇게 변했느냐고 묻지도 안 했습니다. 긁어 부스럼 만들까봐서요."

"그렇다면 이 교수는 천주교도가 될 의사를 포기했단 말입니까?"

"포기한 건 아니죠. 원래 그럴 의사가 없었으니까요."

"그런데 영세를 받았습니까?"

"천주교를, 아니 그 존재 이유를 납득할 수 있다는 마음의 표시였죠. 다시 말하면 납득은 하되 신앙과는 좀 다르다는 그런 처지지요."

"그럼 사기 아닙니까."

로푸심이 장난스러운 얼굴이 되었다.

"사기라고 하긴……."

"이 교수의 그런 심정을 부인은 알고 계십니까?"

"아마 눈치채곤 있을 겁니다."

"그런데도 부인께서 가만있어요?"

"그러니까 이상하다는 거죠."

"그러고도 발랄한 모습으로 변하셨으니……."

하고 로푸심이 잠깐 생각하는 눈치더니 웃으며 말했다.

"부인의 신앙에 변화가 생긴 거겠죠, 그럼."

"천만에, 그 사람의 신앙은 더욱더 깊어만 갑니다."

"그럼 사기는 부인께서 한 것이로구먼."

"그게 무슨 뜻입니까?"

"이 교수가 결혼할 수 있는 요식만을 갖추길 원했다, 이거죠. 그러니 결국 천주님을 사기했다는 겁니다."

"그렇게 되는 걸까?"

동식이 웃었다.

"그만큼 이 교수를 사랑하고 있다는 뜻도 되겠죠."

그럴지도 모른다는 생각은 동식도 이미 해본 적이 있다.

일요일이 되면 남희는

"저 성당엘 다녀오겠어요."

하고 나가면서도 자기에게 권하진 않는것은 신앙은 강요로써 이루어지지 않는 것이란 마음과, 조금이라도 동식의 신경을 건드리지 않겠다고 마음먹은 탓이라고 동식은 이해하고 있는 터였다.

"아무튼 이 교수는 행복하겠소."

로푸심이 부럽다는 투로 말했다.

이런 말을 주고받고 있는데 남희가 찻잔을 들고 들어왔다. 그 남희를 보고 로푸심이 따지듯 말을 걸었다.

"듣자니까 이 교수는 성당엘 가지 않는다는데 부인께선 왜 가만두십니까."

송남희는 로푸심의 말뜻을 알아차리자 살큼 미소를 띠었다. 그건 보는 사람을 황홀하게 하는 화사하고 우아한 미소였다. 행복의 극에 있는 여자가 아니고서는 도무지 나타낼 수 없는 그런 미소였다. 로푸심이 계속 익살을 부렸다.

"족쳐서라도 성당으로 끌고가야 합니다. 사람과의 약속도 존중해야 하는 건데 하물며 천주님과의 약속을 어겨서야 될 말입니까."

남희는 찻잔을 로푸심 앞에 밀어놓으며 조용히 입을 열었다.

"왜 성당에 안 가시겠어요. 주일마다 빠짐없이 성당엘 가시는 걸요."

이 말엔 동식이 놀랐다.

"이 교수 말관 다르지 않습니까."

로푸심이 동식과 남희를 번갈아 봤다.

"제가 가는 것이 자기도 같이 가는 것 아녜요?"

구김살이란 조금도 없는 남희의 말이었다.

"우린 성당에도 같이 가고, 기도도 같이 드려요."

송남희의 조용하고 진지한 말이 로푸심의 익살을 봉쇄해버렸다.

"천천히 노세요. 저녁식사 준비를 하겠어요."

하는 말을 남기고 남희가 나가고 난 뒤에사 로푸심이 중얼거렸다.

"부부는 일신이니 부인께서 가시는 곳엔 의당 이 교수도 가는 것일테지. 부인의 천주님에 대한 신앙도 대단하려니와 이 교수에게 대한 사랑도 지독하구먼."

동식도 비로소 남희의 깊은 마음을 알았다 싶었다. 자기가 가는 것이

남편도 같이 가는 것이라는 굳은 신앙이 없고선 남희의 처지로서 성당
엘 가길 권하지 않을 까닭이 없는 것이었다. 신경을 건드리지 않겠다는
그런 마음가짐 정도가 아닌 것이다.

"이 교수, 결혼 한번 잘했소."

새삼스러운 줄 알면서도 해보는 로푸심의 말이었다.

"로형은 결혼 안 하실 거요?"

가슴에 받은 감동이 얼굴빛으로 피기 전에 동식이 얼른 화제를 바꿨다.

"뿌리 없는 나무, 프랑스어론 데라시네라고 한다죠? 데라시네가 어
떻게 결혼을 합니까."

로푸심이 수연한 표정이 되었다.

"정착을 하셔야죠."

"정착?"

로푸심은 수연한 표정 그대로 말을 이었다.

"내 처진 복잡합니다. 어버지 쪽으론 정가 성을 가진 엄연한 한국인
입니다. 한국의 호적에도 올라있죠. 그런데 어머니 편으론 로가 성을
가진 중국인입니다. 현재의 중국은 두 종류가 아닙니까. 본토와 대만.
게다가 나는 홍콩 적을 가지고 있습니다. 그러니 식민지이긴 하나 영국
인인 셈입니다. 그런데다 작년에 미국엘 간 김에 그곳 시민권을 얻어놨
죠. 미국기관에 몇 해 협력했다는 경력과 얼마간의 저금, 그리고 몇 사
람의 보증으로 취득한 겁니다. 이렇게 해서 나는 다섯 개의 국적을 가
지고 있습니다. 나와 같은 경우는 아마 드물걸요."

"그 가운데서 꼭 하나의 국적만을 선택한다면 어느 것을 택하시겠소?"

"그게 문제란 말입니다. 원칙적으로 말하면 아버지의 계통을 쫓아 한
국국적을 택해야 하겠죠. 그런데 애착은 어머니 편에 더 있거든요. 하

지만 우선 살긴 홍콩이 좋아요. 먼 장래를 생각하면 미국시민으로 있는 게 나을 것 같구요. 미국에 유색인종에 대한 차별만 없으면 달리 선택할 여지가 없겠지만……."

"원칙을 따르셔야죠. 이 나라를 좋은 나라로 만드는 데 협력도 하시구요."

그러자 로푸심이 쓸쓸하게 웃었다.

"이 교수에겐 미안한 말이지만 솔직히 말해 나는 이 나라에 애착이 없습니다. 아버지의 나라라고 하지만 그보다는 아버지의 원수가 살아 있는 나라란 감정으로 나는 이 나라를 대해 왔습니다. 나는 어릴 때부터 조선사람은 나쁘다, 조선사람을 신용하지 말라는 어머니의 말씀을 들어왔습니다. 내가 한국인이 된다는 건 어머니를 배신하는 행동이 된다는 생각이 들기도 해요."

동식은 얼떨떨한 기분으로 그저 듣고만 있었다.

"이 교수가 나와 같은 처지에 있었더라면 어떤 선택을 하겠소?"

"나는 한국인이란 자각밖에 없으니까, 그리고 다른 어떤 나라의 국민이 된다는 걸 전연 생각해보지도 못했으니 그런 가정 자체도 불가능합니다."

이건 동식의 정직한 답이었다.

"달리 선택할 여지가 있는데 이렇게 불행한 나라를 고집하겠소? 납득할 수 없는데."

하더니 로푸심이 고쳐 물었다.

"자기의 생각과는 전연 딴판으로 나라의 꼴이 되어 있고, 앞으로도 그럴 것이라고 확신할 수 있어도 선택권을 행사하지 않겠다는 겁니까?"

"가정으로서의 얘기는 이런 경우 무의미한 것이 아닐까요? 과학에 있어서의 가정은 정확한 답을 도출하기 위한 수단이라도 되지만 이 경우의 가정은 전연 쓸모가 없지 않습니까."

"그럴지 모르죠. 그런 점으로도 이 교수가 부럽습니다. 섣부르게 선택할 여지와 자유를 가지고 있으니까 마음이 잡히질 않아요."

"꼭 그러시다면 한국인으로서 마음을 잡으시죠."

"내가 만일 한국인이 되길 택한다면 먼저 테러단을 조직할 겁니다. 쓸데가 없을 뿐 아니라 방해만 되는 바윗돌이나 돌멩이를 치워놔야 밭을 일궈 곡식을 심든지 집을 짓든지 할 게 아닙니까. 나는 단언합니다. 한국이 이 꼴로만 나가선 자꾸만 불행해질 뿐입니다. 공산당은 말할 것도 없고 민족주의 한다는 놈들의 꼴을 봐요. 자기의 이웃을 예사로 짓밟는 놈들이 민족을 들먹이고 있는 꼴을 말이오. 바꾸어 말하면 나는 테러라고 하는 고된 작업을 하면서까지 이 나라를 사랑할 그런 정열이 없다는 말입니다. 한때 그런 생각을 했죠. 그러나 지금은 만정이 떨어졌소. 두고 보시오. 이 조그마한 땅에 전쟁이 나고 말 테니까요. 동족상잔의 전쟁, 치사하기 짝이 없고 참혹하기 짝이 없는 전쟁이 발생하고야 맙니다. 그러니 내가 한국인이 되느냐, 안 되느냐 하는 문제는 한국인이 되어 전쟁, 그 치사스런 전쟁에 휘말리느냐, 그런 전쟁을 피하느냐 하는 문제로 됩니다."

로푸심의 말투가 너무나 절박하기에 동식이 물었다.

"전쟁이 난다면 언제쯤 나겠습니까?"

"금년 안이오."

로푸심의 대답은 너무나 단호했다.

"뭐라구요?"

하고 동식이 깜짝 놀랐다.

"금년 안으로 전쟁이 일어난단 말입니다."

"헌데 전쟁을 미리 방지할 수단은 없을까요?"

" 방법은 하나밖에 없소. 대규모의 테러단을 만들어 북쪽에 가선 김일성을 비롯한 공산당의 수뇌들을 모조리 죽여 없애는 방법. 허나 일방적으로만 죽이면 남쪽이 도전한 거로 오해를 받을 거니까 동수의 남한 요인도 동시에 죽여야죠. 방법은 그것 하나뿐입니다."

동식은 아연한 표정으로 로푸심을 지켜봤다.

"이 교수는 내 말을 믿지 않는 모양인데 사태는 정녕 그렇게 진행되고 있는 겁니다."

하고 다음과 같은 얘기를 했다.

로푸심의 얘기에 의하면 북쪽에선 전쟁 준비에 광분하고 있는데 그 정보가 미군기관에 들어왔다.

육군으로선 열 개의 보병사단, 두 개의 전차사단을 창설하고 동시에 비행병 2,000명, 해군 1만 명을 양성중이며 소련으로부터 계속 신무기를 들여오고 있다는 것이다.

"그런 정보가 들어왔으면 미국은 무슨 대책을 세우고 있을 것이 아니겠소?"

하고 동식이 물었다.

"그런데 미국은 고의로 그러는 것인지, 다른 의도가 있어서인지 그 정보를 미확인 정보로 취급하고 있는 것 같애요. 미본국에 타전하는 것을 우연히 엿들었는데 그걸 미확인 정보로 취급하고 있더란 겁니다. 그러나 나는 그 정보가 결정적인 정보라는 것을 의심하지 않습니다. 그 정보를 무전으로 보내는 사람, 즉 이북에서 활동하고 있는 공작원을 나는 잘 알고 있거든요. 백두산의 이니셜을 딴 WHM이 보내온 정보가 엉터리일 까닭이 없다는 걸 나는 잘 알아요. WHM은 절대로 애매한 정보를 보낼 그런 사람이 아니니까요. OSS에서 훈련을 받은 사람이래서가 아니라 상해의 호강대학에서 같은 학과 같은 학년에 있었던 친구여서 그 사람의 성품과 사람됨을 난 똑똑히 알고 있어요. 그 정보를 나는 믿으니까 전쟁이 있을 것으로 단정한다, 이 말입니다. 전쟁을 하지 않을 바엔 그런 신무기가 무슨 소용이 있겠어요. 단순한 대비라면 일본군이 버리고 간 무기만으로도 충분하니까요."

"남쪽에서 쳐들어갈까봐 대비를 공고히 하는 게 아닐까요?"

"이 교수, 이걸 알아야 합니다. 북쪽이 남한에 깔아놓은 정보망은 미군이 북쪽에 깔아놓은 정보망보다 양도 많거니와 질적으로도 월등해요. 그러니 그들은 남쪽이 전쟁을 도발할 의사가 없다는 것을 환히 알고 있는 겁니다. 그들은 그런 틈서리를 타고 일거에 해치우려는 겁니다."

"그 정보가 한국정부에 전달되지 않았을까요?"

"내가 알기론 미군이 입수한 정보를 전부 그대로 한국정부에 넘겨주진 않는 것 같애요."

"왜 그럴까요?"

"이승만이 자꾸만 군사원조를 강화해달라고 조르는 바람에 두통이 나 있을 지경이니까, 이승만을 자극할 정보는 삼가하는 거겠죠."

"그게 어디 말이나 될 얘깁니까?"

동식이 흥분을 느끼기조차 했다.

"사실이 그런 걸 어떻게 합니까."

"그래갖고 전쟁이 발발하기라도 하면 어떻게 할 건가요."

"미군으로선 일단 사태가 발생되면 자기들이 주동이 되어 대처하든지, 후퇴해버리든지 할 것이니까 한국정부에 그런 걸 미리 알릴 필요가 없다는 태도일지 모르죠."

"미군이 알고 있는 정보를 한국군이 모른다는 건 아무래도 납득이 안 갑니다."

"그럴 테죠. 그러나 그건 사실입니다. 미군이 넘겨주지 않으면 한국군은 알 수 없는 그런 정보가 많습니다."

"로형이 그처럼 확신을 가진 정보라면 로형이 서둘러 한국군에게 알려줄 수도 있지 않습니까?"

"나는 한국인이기에 앞서 미군기관원이란 걸 잊어서는 안 됩니다. 그런 군사기밀을 엿들었다고 해서 내 입으로 발설할 순 없죠. 게다가 근거를 밝히지 않은 정보는 한국의 정부나 군대가 믿을 까닭도 없구요. 허무맹랑한 소문이 범람상태에 있는데 어떻게 근거의 제시도 없는 정보를 믿겠어요."

"그럼 어떻게 되는 겁니까?"

"어떻게 되긴. 그런 확실한 정보가 없어도 한국군이 대비를 소홀하게 하진 않을 테니까 그렇게 호락호락 넘어가진 않겠지만 사태가 심각하게 되는 건 피할 수가 없겠죠."

"설마."

동식은 우울한 기분에 빠져들려는 자기를 달랠 셈으로 중얼거렸다.

"설마, 아무리 공산당이기로서니 동족상잔이 되는 그런 무모한 전쟁을 일으키겠소."

"설마가 사람 잡는 겁니다."

"그런데 로형, 전쟁이 금년 안에 발생할 것이라고 했는데 그렇게 장담할 수 있는 근거는 뭡니까?"

"이왕 전쟁을 시작할 바엔 금년 안으로 해야 한다고 그들이 생각할 만한 이유가 있으니까요."

"그 이유는?"

"금년을 넘기면 남한에서 공산당의 뿌리가 뽑혀질 것을 북쪽에서 알고 있다는 겁니다. 지금 지리산의 빨치산은 기진맥진한 상태에 있습니다. 아마 금년을 넘기지 못할 걸요. 그런데다가 전국 방방곡곡에서 공산당 검거선풍이 불지 않았소. 이 달 초만 하더라도 196명이란 핵심분자가 붙들렸구요. 군대 내의 숙청도 거의 끝나간다고 들었소. 한국경찰의 실력은 대단해요. 아직은 잠복 중인 공산당원이 상당수 있겠지만 아무튼 금년 안으론 근절되다시피 할 겁니다. 북쪽이 공산당의 이런 실정을 모를 까닭이 없죠. 그래 그들은 금년 안으로 전쟁을 일으키면 남한 내에서 호응할 세력이 있을 것으로 보고 있는 거죠. 그들로서는 적의 후방에 병력을 투입해놓은 거나 마찬가지인 상태에서 전쟁을 일으키는 셈이 되는 거죠. 그런데 금년이 지나면 그렇겐 안 될 것 아닙니까. 그만큼 승산이 없다는 얘기도 되는 거죠. 요는 전쟁을 일으킬 방침을 세워놓고보면 초조해지는 겁니다. 시일을 천연할수록 적의 방비가 튼튼해지고 동시에 그들에게 호응할 세력이 줄어들 것이란 짐작으로 조급하게 서두르게 되죠. 전쟁을 일으킬 생각이 그들에게 없으면 몰라도 그럴 작정이 있다면 꼭 금년 내에, 그것도 가을 이전에 발생할 게 틀림없을 겁니다. 두고 보시오."

"그렇게 되는 날엔 두고 보고 할 것도 없을 것 아뇨? 죽고 없어질지도 모르는데요."

동식이 우울하게 중얼거리는 소릴 듣자 로푸심이

"괜히 우울한 얘길 꺼내갖고 기분을 잡치게 했군요. 화제를 바꿉시다."

하고 쾌활한 척 말투를 꾸몄다. 그러나 바꿀 적당한 화제가 선뜻 나타나질 않았다.

동식은 담배를 피워 물고 멍청히, 그리고 앞으로 전개될지 모르는 내란의 양상을 상상해봤다. 한 토막의 장면이나마 상상해볼 수가 없었다. 그 대신 조지 오웰의 『카탈로니아 찬가』 속의 몇 구절이 맥락도 없이 뇌리에 명멸했다.

'이 나라에 스페인과 같은 운명이 불어닥칠 것인가, 그런데 그 싸움의 양상은 파시스트와 인민전선의 대립처럼 될 것일까!'

동식은 잠깐 동안 사고의 혼란에 빠졌다.

6

저녁식사 전에 술상이 들어왔다.

로푸심이 동식에게 대학의 요즘 사정을 물어보는 등 화제를 바꾸려고 했으나 얘기는 결국 앞으로 있을지 모르는 전쟁을 두고 맴돌았다.

"동족상잔이란 것은 공산당에 있어선 일종의 루틴 같은 겁니다. 계급투쟁이 그들의 사상의 핵심이니까요. 혁명이 그들의 목적이구요. 혁명은 동족상잔을 전제로 하지 않고는 생각할 수도 없는 것 아닙니까. 그들은 또 해방이란 문자를 쓸 겁니다. 이것저것 끌어대서 전쟁의 명분을 만들겠죠. 아니 벌써 만들어놓았는지도 모르지."

"우울한 얘기군."

"우울한 얘기지."

말과 함께 두 사람은 술잔을 바꿨다.

"참."

하고 로푸심이 물었다.

"이 교수, 김태준 씨를 아시죠?"

"국문학자 김태준 씨 말입니까?"

"그렇소. 국문학자라고 하기보다 조선공산당의 간부라고 해야 할 사람이죠."

"그 사람이 어떻다는 겁니까?"

"그 사람이 며칠 전에 죽었어요. 총살당했습니다."

"……."

"지리산으로 들어가다가 붙들린 모양입니다."

"그래요?"

했으나 별반 감회랄 것도 없었다. 사람을 죽이기 위해 지리산으로 들어가다가 자기가 먼저 죽었다는 사실일 뿐이란 차가운 의견이 고작이었을 뿐이다.

"유진오란 시인의 이름 들은 적이 있죠? 김태준은 유진오와 같이 붙들린 겁니다."

"유진오도 처형되었겠구먼요."

"그렇답니다."

동식은 유진오의 죽음을 듣곤 마음에 약간 동요가 있었다. 2년 전만 해도 영웅처럼 환호를 받고 있던 사람이 그렇게 되었구나, 하는 생각과 아직 30세도 채 못 된 젊음이었을 텐데, 하는 생각이 겹쳤기 때문이다.

동식은 그 젊은 시인을 꼭 한 번 본 적이 있었다. 고향에서 서울로 올라오는 경부선 열차 속에서였다. 그땐 가을이었다.

동식이 탄 열차가 대구역에서 정차하자 일단의 청년들이 청년 하나를 호위하듯 해가지고 우르르 찻간에 몰려들어왔다. 그리고 그 청년들은 동식의 좌석과는 서너 칸 건너의 대각선이 되는 좌석에 앉기도 하고 서기도 했었는데 그 가운데의 하나가 유진오였다.

플랫폼에선 '인민공화국 만세' '유진오 만세' 하는 아우성이 터져 나오고 있었다. 상당한 인파가 유진오를 환송하기 위해 플랫폼에 모여들어 있는 것 같았다. 유진오로 짐작되는 청년은 열어젖힌 창으로 상체를 내밀고 플랫폼의 군중을 향해 뭔가를 소리지르며 손을 휘두르고 있었다. 검은 빛깔의 얼굴, 그리고 여윈 체구의 청년이었다.

유진오의 시 몇 개쯤은 읽었을 것이나, 별반 기억이 없을 정도니까 대수롭게 여기진 않았는데 하나의 시인이 저처럼 군중을 열광케 한다면 뭔가가 있지 않겠느냐는 감상은 가졌다. 그러나 동식은 그 검은 얼굴과 여윈 체구의 젊은 시인을 보면서 까닭도 없이 연민의 정을 느꼈던 것을 기억하고 있다. 몇 줄의 시로써 영웅이 될 수 있다는 것은 장대 끝에서 물구나무를 서는 것이란 막연한 선입감이 들었기 때문인지도 모른다.

'아아, 그 환성이 유진오를 죽음터로 몰아세운 것이로구나.'
하고 동식은 대구역두에서의 그때의 광경을 회상했다.

"유진오의 시 한마디에 수만의 군중이 들떴다니까 어떤 의미로든 대단한 시인 아니었겠소."

로푸심에게도 나름대로의 감회가 있었던 모양으로 이렇게 말했다.

"김태준이나 유진오 같은 사람이 그처럼 쉽게 붙들릴 수 있다면 공산당의 조직은 와해된 거나 마찬가지 아닙니까?"

동식은 유진오에 대한 감회를 이렇게 바꿔 물었다.

"사실상 와해된 거죠."

"공산당의 조직이 그렇게 허무했던가요? 그런 조직으로써 혁명을 하려고 했던가요?"

"조직이 모래성과 같은 것이기도 했지만 한국의 경찰력이 그만큼 월등하다는 얘기도 되죠. 일례를 들면 1947년에 7·27민전 전국대회란 것이 있지 않았소. 그때 좌익은 미소공위에 압력을 가하기 위해 최대한의 군중동원을 하느라고 그들의 인적자원 전부를 노출시킨 겁니다. 당시 군정청의 경찰부장이었던 조병옥의 머리는 비상해요. 전국의 경찰에 지령을 내려 절대로 그 모임을 방해하지 말고 참가한 사람들을 빠짐없이 파악하라고 했습니다. 그 지령에 따라 경찰은 소수를 제외하곤 전부 사복으로 바꿔 입고 군중들 틈에 끼어 사정을 파악하는 동시에 신문기자를 가장해서 철저하게 사진을 찍은 겁니다. 좌익들은 신문기자가 찍는 사진을 그들의 세력을 과시하는 편법이라고 생각하고 무한정 편의를 제공하기도 했죠. 그렇게 해서 경찰은 좌익인사와 뇌동한 사람들의 거의 전부를 파악하게 된 거죠. 좌익단체가 비합법으로 되자 경찰은 그때 작성해놓았던 명단을 쫓아 검거를 시작한 겁니다."

"그런 점, 조병옥 씨는 공로자라고 할 수 있겠습니다."

"대한민국으로 봐선 1등공신이죠. 그런데 이 박사가 괄시를 하니 밸이 틀어질 수밖에요."

"보도연맹이란 것이 생겼죠?"

"그런 식으로 검거해놓고 보니 감옥을 몇백 개 지어도 감당 못할 형편이 된 거죠. 궁여지책에다 이용가치를 곁들여 보도연맹을 만들게 된 거죠."

"보도연맹은 성공한 거 아닙니까?"

"성공한 거겠죠. 관용과 탄압을 동시에 겸행할 수 있을 테니까요."

보도연맹이 화제에 오르자 동식은 시인 정지용 씨를 생각했다. 동식과 정지용은 일제 시대부터 서로 면식이 있었다. 학생 시절 방학 때 서울에 오면 꼭 정지용을 찾곤 했었다. 인연은 그것만이 아니다. 송남희에게 있어선 정지용은 전문학교 시절의 은사이다. 남희는 정지용이 가톨릭에서 이교離敎했다는 소식을 듣고 한없이 울었다고 했다. 그 뒤 보도연맹에 가입했다는 소식을 듣고 이번엔 남희는 기뻐서 울었다고 했다. 동식은 결혼식날 정지용을 하객 가운데서 발견하고 누구보다도 반가워했던 기억을 되살렸다. 남희는 언젠가 이런 말을 했다.

"정 선생님을 모신 자리가 있었어요. 그때 선생님의 이교를 힐난했더니 선생님 말씀이 탕아가 집을 나섰기로서니 그것이 어찌 아버지와 인연을 끊는 것이 되겠느냐구. 자기는 비록 탕아일망정 천주님을 저버린 일은 없다는 거였어요."

그런 사람이 어찌 공산당이 될 수 있었을까 말이다. 전향한 건 다행이지만 보도연맹이란 처지가 결코 정지용에겐 유쾌한 것이 되지 않을 것이란 쓸쓸한 마음이 동식의 가슴속에 고였다.

"대한민국의 경찰은 참으로 대단해."

로푸심이 이렇게 서두하고 바로 엊그제 김삼룡과 이주하를 체포했다는 얘길 했다.

"김삼룡은 남한에 있어서의 공산당의 총책이고 이주하는 군사책임자인데 그들이 체포되었다면 조직으로서의 공산당은 끝장이 난 거나 다름이 없지. 헌데 기막힌 것은 김삼룡과 이주하를 그들의 비서가 잡아 경찰에 바쳤단 사실이오."

하고 로푸심은 그들의 체포경위를 소상하게 설명하고 나서, 경천동지할 사실이 있다면서 다음과 같은 얘기를 했다.

"남로당 서울시 부위원장이 한국경찰의 사찰분실장이라니 말은 다 된 거 아뇨. 부위원장이 사찰분실장이니 자기 아래의 남로당 간부를 전부 포섭해갖곤 그 세포회의를 시경회의실에서 한다느만."

"그럴 리가."

하고 이동식은 농담 그만하라는 표정을 지었다. 아무리 로푸심의 말일망정 그렇게 황당한 말을 그냥 믿을 수는 없었던 것이다.

"허기야 나도 그 얘길 처음 들었을 땐 믿지 않았으니까 이 교수가 믿으려 하지 않는 것도 당연하죠. 그러나 이건 결정적으로 사실입니다."

로푸심의 설명에 의하면 한국정부의 대공 사찰 책임자가 미군 정보장교에게 자랑삼아 이런 말을 한 것인데 미군 장교가 믿으려 하지 않자, 그 책임자는 미군 장교를 남로당 서울시 당간부가 회의를 열고 있는 회의실 밖에까지 데리고 가서 내부의 모양을 엿보게 했다는 것이다.

"그게 사실이라면 남로당원들은 한국경찰의 지시대로 놀아나고 있는 것 아닙니까?"

"그렇다고 할 수 있지요. 요컨대 경찰은 공산당의 전모를 파악해놓고 적당한 순서로 차례차례로 잡아들이고 있다는 얘깁니다."

"그렇다면 전쟁이 일어나보았자 내부에서 호응할 공산당원은 한 사람도 없다는 얘기가 아닙니까?"

"그건 아니죠. 아직은 불확정 다수라는 것이 있는 거니까요. 그리고 북쪽에서 김일성이나 박헌영이 남쪽의 조직이 이 모양으로 되어 있다는 건 아직 상상도 못하고 있을 테니까요. 그러나 어떤 위기만은 느끼고 있겠죠. 그러니 금년 내로 전쟁을 일으키지 않을 수 없다는 결론을 낼 수가 있는 거죠. 이건 미확인 정보이긴 합니다만 남쪽 당원들의 이탈을 막기 위해 금년 내로 결정적인 사태의 변화가 있을 것이니 만전의 태세를 갖추고 대기하라는 지령을 북쪽에서 보내고 있기도 하답니다."

로푸심의 말을 듣고 있으니 내일이라도 당장 전쟁이 일어날 것만 같은 공포가 일었다. 로푸심의 행동과 말은 항상 괴상했지만 단 한 가지라도 허황된 것이 없었던 터라 동식의 불안은 그만큼 컸다.

"만일이라고 해둡시다. 전쟁이 발생하면 이 교수는 어떻게 하시려우?"

"……"

"하늘이 떨어질까봐 겁내는 태도는 어리석지만 어느 정도 사태의 앞날을 예견해서 대책을 꾸미는 건 결단코 필요한 일입니다."

"내가 정치의 중심에 있는 사람도 아니고 보니 대책인들 있겠소? 그저 될 대로 되는 거죠."

"속수무책, 자포자기한단 말입니까?"

"그런 건 아니죠."

하고 동식은 자기의 마음속에 물었다. 결론 같은 것을 얻었다.

"놈들이 쳐들어온다면 나도 총을 들고 싸우겠소. 내 아내, 내 부모를 지키기 위해서죠. 그냥 지레 죽을 순 없지 않소. 만일 남쪽이 북쪽으로 쳐들어간다면 나는 무기를 들지 않겠소. 그러나 저편에서 침략해온다면 나도 싸우죠. 그밖엔 도리가 없는 것 아닙니까?"

동식의 말과 표정이 너무나 진지했던 까닭인지 모른다. 로푸심이

"이 교수가 그런 각오를 한다면 난 친구를 위해서 한국의 편에 서서 싸우게 될지도 모르겠군. 가만 생각하니 난 사랑해야 할 것, 지켜야 할 것을 가지고 있지 않단 말요. 지금 내게 있어서 소중한 건 이 교수와의 우정, 결국 그 정도가 아닌가 해요."

하고 정색을 했다. 밥상이 들어왔는데도 두 사람은 술만 마셨다. 두 사

람이 주고받는 얘기의 중대성을 깨달았음인지 남희는 조금도 불평하는 빛이 없이 술심부름을 열심히 했다. 식모 아이가 있는데도 남편에 대한 일은 대소를 막론하고 남희가 손수 한다는 것을 깨달은 로푸심은

"이 지상에서 이와 같은 가정을 보전하기 위해서만이라도 전쟁이 있어선 안 되지."

하고 울분 섞인 말을 터뜨리기도 했다.

밤이 깊어서야 돌아가며 로푸심은 취중에도 다음과 같이 되풀이하길 잊지 않았다.

"이 교수, 금년 안으로, 그것도 가을이 되기 전에 전쟁이 있을 것이란 사실, 잊지 마시오. 로푸심이 절대로 빈말은 안 합니다. 그러나 누굴 보고도 이런 말은 하지 마십시오. 군대를 갖지 않은 예언자의 말은 통하지 않을 뿐더러 되려 비운을 만드는 화근이 될 뿐입니다."

그날 밤 이동식과 송남희 사이에 다음과 같은 대화가 오갔다.

"로푸심 씨의 말에 의하면 금년 내로 전쟁이 있을 거랍니다."

"그게 천주님의 뜻이라면 할 수가 없죠."

"천주님의 뜻으로서가 아니고 공산당이 전쟁을 일으킨단 말요."

"그렇다면 그들은 자멸하겠죠. 천주님이 그런 사악한 놈들을 그냥 두진 않을 테니까요."

"천주님이 그들을 벌하기 전에 우리가 먼저 죽으면 어떻게 하지?"

"전 죽음을 겁내지 않아요. 당신과 같이 죽을 수가 있다면요."

"같이 죽을 수 없다면?"

"그럴 까닭이 없죠. 저는 항상 당신 곁에 있을 테니까요. 전쟁이 나면 전 화장실 가는 데도 당신을 따라다닐 테니까요. 한시 반시도 떨어져 있지 않을 테니까요."

"내가 총을 들고 일선에 나가겠다면?"
"그렇겐 안 될 거예요."
"왜?"
"제가 말릴 테니까요."
"말려도 가면?"
"제가 말리는데 가실 턱이 있나요?"
"강제로 징발을 당하면?"
"그러기 전에 같이 어디론지 숨어버리죠."
"그러지 못하면?"
"그렇지 못할 까닭이 있나요?"
"되게 자신이 있구먼."
"자신이 있죠."
"그게 도대체 무슨 자신이지?"
"천주님이 항상 우리 곁에 계시니까요."
"당신은 태평이로군."
"그래요, 태평해요."
이동식은 어이가 없기도 해서 핫하 하고 웃었다. 남희도 따라 웃었다. 그리고 한다는 말이 귀여웠다.
"천주님 곁에 있다는 건 이처럼 든든한 거예요. 알았죠?"

꿈길에서도 로푸심의 말을 되씹었다. 생각할수록 로푸심의 말은 거역할 수 없는 박력으로 동식을 사로잡았다.
어떻게 할 수 없는 일을 두고 고민할 필요가 없다는 처세훈쯤은 모르는 바 아니었지만 그냥 있을 수 없는 기분이었다.

새벽인데도 이종문에게 전화를 걸었다. 이종문이면 그 정보를 이 대통령에게 전달하여 무슨 보람을 볼 수 있을지도 모를 일이라고 생각했기 때문이다.

"어이, 이 교순가아?"

하고 이종문의 잠에 취한 목소리가 들려왔다.

"중대한 얘기가 있습니다. 찾아가서 말씀드렸으면 하는데요."

"그라몬 지금이라도 오게. 아침밥 같이 묵으면서 얘기하몬 안 되겠나."

동식이 태동여관으로 달려갔다. 종문이 푸시시 자리에서 일어나 앉아 담배에 불을 붙이며

"무슨 일로. 요새 들었다만 우리 정 주사 얘긴디 일본 말에 천천히 바빠라쿠는 기 있다며?"

하고 하품을 했다. 듣고 보니 이동식이 너무 설쳐댄 것 같았다. 그래 동식이

"세수하시고 옷이나 입으시죠."

하고 태도를 침착하게 꾸몄다.

"그렇지, 대학교수님 말인디 이대로 들을 수가 있나."

이종문이 어슬렁 일어나서 세면장으로 갔다가 돌아와서 옷을 갈아입고 응접실로 나갔다.

이동식이 어제 로푸심으로부터 들은 얘기라고 전제하고 차근차근 설명했다. 설명을 다 듣고 나더니 이종문이

"로푸심 씨의 얘기에다 이 교수의 의견을 겹친 거니까 소홀하게 흘려 들을 얘기가 아니거마."

하고 긴장하는 빛을 보였다.

"대통령께 말씀드려야 안 되겠습니까?"

"물론 말씀디려야지. 벌써 알고 계실지 모르지만 오늘이라도 들어가서 살펴봐야 되겠네. 그런디 미국사람들이 그 정보를 우리에게 안 알린다는 게 이상하구만. 전쟁이 나몬 즈그도 손핼긴디, 안 그래?"

"나도 동감입니다. 그러나 다른 사람이 아닌 로푸심 씨의 말이니."

"그것도 그래, 로푸심 씨는 희한한 사람인께. 함부로 허튼 소릴 할 사람도 아니고."

"미국사람들에겐 묘한 데가 있는 것 아닙니까?"

"눈이 파랗고, 머리가 노란께 우리완 틀리는 데도 있겠지. 그러나 전쟁이 일어나봤자 38선 근처에서 똑딱똑딱하고 말겠지 별게 있겠나. 우리 국군들도 허수아비를 갖다 세워넣은기 아닌께."

"그러나 이쪽이 대비한 이상의 무력을 갖고 쳐들어오면 그렇게 간단한 문제는 아닐 겁니다. 그러니 미리 철통 같은 대비를 해야죠."

"며칠 전 신성모 국방장관과 같이 식사를 했는디 사흘이면 평양을 점령하고 일주일이몬 백두산에 태극기를 꽂을 수 있다고 장담을 하던디. 그래도 전쟁을 안 하는 것은 첫째 이북의 동포가 불쌍하기 때문이고 둘째는 그로써 3차대전이 될 염려가 있기 때문이라고 하는디."

"그렇게만 돼 있다면야 무슨 걱정이 있겠습니까만."

"명색이 장관인디 허튼 소리 하겠나. 그러나 로푸심 씨의 입에서 나온 말이란께 대통령 아부지에게 전하긴 해야재."

그러고는 이종문이 말을 바꾸어 정성학이란 자가 참으로 조조 같은 사람이라는 얘기를 꺼냈다.

"우찌 한긴지 말이다. 유지숙이란 아가씨의 태도가 영 달라진기라. 잠깐 같이 점심을 먹는 시간에 정성학이 유지숙에게 몇 마디 했다는 것뿐이라고 하는디 말이다. 참말로 귀신이 탄복할 노릇인기라."

동식은 이종문의 그런 주책없는 말에 맞장구를 칠 기분이 아니어서 덤덤한 표정으로 듣고만 있었다.

"지금 당장 결혼을 하재도 들어줄 그런 정도에까지 간기라. 그런데 정 주사 말이 덤벼선 안 된다 안쿠나. 천천히 바빠라 하면서 말이다."

이종문의 목하의 심정은 전쟁이 터지든 벼락이 떨어지든 유지숙에게만 마음이 가 있다는, 그런 태도였다. 부득이 이동식이 한마디 빈정거렸다.

"결혼이고 연애고 전쟁이 나면 끝장입니다."

"허어 참, 왜 끝장이 나노. 2차대전을 5년이나 치뤄도 죽은 사람보다는 살아남은 사람이 많더라. 세상 사람 다 죽어도 나는 안 죽을낀께."

그래도 이동식의 얼굴이 개운하지 않은 것을 보자 이종문이 응접탁자를 탕, 치며

"이 교수, 많은 사람이 한꺼번에 당하는 난리 겁낼 것 없어. 겁나는 건 혼자서 당하는 난린기라."

하고 너털웃음을 웃었다.

7

"······북쪽 놈들은 지금 전쟁 준비에 한창이랍니다."

이렇게 이종문이 결론을 맺자 이승만 대통령은 빙그레 웃었다.

"그럴 테지."

"그런데 그 정보를 미군이 우리들에게 알려주지 않았다고 하니 이상하지 않습니까?"

"그럴 리야 없겠지."

이 대통령의 얼굴에서 웃음이 사라지고 있었다.

종문은 이동식의 말을 소상하게 상기하면서 백두산이란 암호를 가진 미군기관의 정보원은 믿을 만한 사람이며 절대로 허튼 제보를 할 사람이 아니란 것과 그 말을 이종문에게 한 사람 역시 허튼 소릴 하지 않을 사람이란 점을 강조했다. 그리고 그 사람은

"금년 안으로 그것도 빠른 시기에 전쟁이 일어나고 말 것이라고 자신 있게 말했습니다."

하고 종문은 이승만의 눈치를 살폈다.

"놈들이 전쟁 준비를 하고 있을 것은 뻔한 일이지."

이승만은 혼잣말처럼 중얼거렸다.

"그런데 우리들은 지금 뭣 하고 있습니까. 우리도 준비를 해야 할 것 아닙니까?"

"우린들 가만있진 않지. 최선을 다하고는 있어. 허나 미국사람들이……."

하고 이승만은 말꼬리를 흐렸다.

"미국사람만 믿고 가만있을 수가 있습니까."

"그러니까 백방으로……."

하다가 이승만은 뚝 말을 끊고 우두커니 바깥으로 시선을 돌렸다. 종문도 그 시선을 쫓았다.

창밖엔 짙은 녹색을 배경으로 하여 샛노란 개나리가 무리를 이뤄 만발하고 있었다. 종문은 문득 이렇게 화창한 봄날의 오후, 노 대통령을 불안하게 하는 말을 꺼낸 것이 죄스럽다는 느낌을 가졌다.

"아부지, 쓸데없는 말을 해서 죄송합니다."

"쓸데없는 말? 그게 왜 쓸데없는 말인가. 자넨 애국자일세……. 헌데

북쪽에서 전쟁 준비를 하고 있다고 들어도 우리는 속수무책, 미국사람들의 눈치만 살피고 있어야 한다면 이것 기막힌 일 아닌가."

이승만의 말이 쓸쓸하게 들렸다.

"괜히 심기를 어지럽힌 것 같아서 드린 말입니다." 하다가 '더'라고 해버린 것이 무안해서 얼굴을 붉혔다.

"나라가 위태로운데 심기 따위를 걱정하겠나. 방천을 지날 땐 개미굴도 예사로 보지 말아야 하는 법이야."

그러고도 계속 묵상으로 잠겨드는 것을 보고 이종문이 일어섰다.

"왜 일어서는고."

"가봐야겠습니……다."

"아냐, 조금만 더 앉아 있게. 곧 국방장관이 올 테니까 그 사람에게 직접 말을 해보게."

이승만이 반쯤 눈을 감고 잠잠해버린 옆에 종문은 도로 앉아 손을 모았다.

국방장관이 나타난 것은 10분쯤 지나서였다. 돌연한 호출을 받고 허겁지겁 달려온 신성모는 그 자리에 이종문이 앉아 있는 것을 보자 약간 긴장이 풀린 얼굴로 대통령에게 인사를 했다.

이승만은 신 국방을 이종문 맞은편에 앉게 하고

"신 국방, 이 사람 얘기를 들어보게."

하곤 이종문에게 눈짓을 했다. 이종문이 차근차근 설명을 했다. 그러면서 아까 이 대통령에게 한 것과 순서와 내용이 다르지 않도록 신경을 썼다. 종문의 얘기가 끝나자 신 국방은

"우리의 국방 문제는 한미간의 공동관심사인데 그럴 까닭이 있을 리 없소."

하고 단정적으로 말했다.

"있을 리가 없는 일이 있었다고 들으니 사람 환장할 일 아닙니까."

이종문이 약간 무안한 생각이 들어 볼멘소리가 되었다.

"전쟁이 나면 자기들도 당할 판인데 그런 중대한 정보를 우리에게 전달하지 않는다는 건 상식으로 봐서 터무니없는 소리요."

신 국방은 이종문의 태도가 못마땅하다는 듯 노려보기까지 했다.

"미국사람은 상식 밖의 일도 예사로 한답니다. 게다가 우리의 상식이 그들의 상식이 아닐 수도 있을 겁니다. 뿐만 아니라 그러한 정보를 우리에게 전달함으로써 우선 귀찮은 일이 생길까봐 고의로 회피한 것이 아닐까 하는 짐작도 있을 수 있고……."

이종문이 지고만 있을 수 없다는 기분으로 열을 올렸다.

"정보를 전달했다고 해서 귀찮은 일이 생길 그런 경우가 어디에 있겠소."

신성모는 점잖게 말했다.

"왜 없어요. 우리 대통령께선 미국에 군사원조의 증가를 원하시고 계시고 독촉도 하고 계시지 않소? 그러나 미국은 자기들의 기본방침을 고집하고 그대로 밀고나가고 있는 것 아닙니꺼. 만일 그들이 그런 정보를 우리 정부에게 전했다간 대통령께서 그것 봐라, 하고 군사원조의 증가를 요청할끼란 말입니다. 그런 결과가 되몬 그들의 상부가 한국에 있는 미국기관을 보고 왜 쓸데없는 정보를 주어가지고 평지에 풍파를 일으키느냐고 야단할 수도 있지 않겠습니꺼. 그런께 정보를 우리에게 전달 안 할 수도 있다, 이 말입니다."

이것은 이종문이 이동식의 의견을 그냥 전달한 것이었다. 이승만이 놀란 표정으로 바뀌며 한마디 할까, 하는 시늉을 하다가 얘길 좀더 들어보자는 듯 입을 다물고 상체를 소파의 등에 기댔다.

"그건 공연한 추측이오. 그들이 본국 정부에게 그런 중대한 보고를 하면서 우리들을 따돌릴 이유가 없어요."

"그들이 본국에 낸 보고도 미확인 정보라고 되어 있답니다. 그런데 그 정보를 보낸 백두산이란 암호를 가진 사람은 제가 잘 아는 사람이 잘 알고 있는 사람인데 절대로 허튼 정보를 전할 사람이 아니라거든요. 그런데도 미국의 정보기관은 그것을 미확인 정보로 처리하고 있다니 우선 이것부터 답답하단 말입니다."

"답답할 건 없소. 우리에게도 준비가 있으니까."

신성모는 건방지게 나설 필요가 없다는 듯 이종문에게 힐난하는 눈짓을 했다.

"하기야 정보가 어떻게 되었든 전쟁이 일어나도 거게 대한 대비만 되어 있으면 그만이지요."

"그러니까 이형이 걱정할 일이 아니라는 거요."

그러자 이승만의 표정이 굳어졌다.

"신 국방, 말 조심허게. 종문이는 성의껏 말하고 있는 겁네다."

"성의야 저도 잘 압니다만……."

신성모는 어물어물했다. 이승만의 질문이 있었다.

"우리의 북쪽에 대한 정보망은 어떻게 되어 있는가?"

"철통같이 되어 있습니다."

"그 정보엔 북쪽에서 전쟁 준비를 하고 있다는 게 없던가?"

"북쪽에서 전쟁 준비를 하고 있다는 정보는 이미 정보가 아니고 매일 있는 행사와 같은 겁니다."

"구체적인 것이 있었던가?"

"구체적인 것이라기보다 전반적인 겁니다."

"구체성이 없는 정보는 정보가 아닙네다. 막연한 추측을 어떻게 정보라고 할 수가 있습네까."

"구체적인 상황이 없으니까 구체적인 정보가 없는 것으로 압니다."

"아까 종문이 말한 내용은 구체적이었지?"

"예."

"그 정도로 구체적인 정보를 입수한 적이 있는가?"

"없습니다."

"그렇다면 북쪽에 대한 구체적 정보는 하나도 가지고 있지 않다는 게 아닌가?"

"그렇진 않습니다."

"뭘 알고 있는가?"

"지금 북쪽에서 가지고 있는 무기는 일본 패잔병들이 버리고 간 구식무기로서 그것 갖곤 미식장비를 한 우리에게 대항하진 못합니다."

"아라사가 무기를 대어줄 경우도 있지 않겠는가?"

"있어도 작은 부분, 소량일 것입니다. 아라사는 북한에 남긴 일본놈들의 물건 가운데서 쓸만한 건 모조리 가지고 갔습니다. 대포도 크고 쓸만한 것은 남기지 않았다는 얘깁니다. 그런 주제에 북쪽에 무기를 대주겠습니까. 그러니 북쪽이 전쟁 준비를 서둘러봤자, 그렇고 그런 겁니다."

"그렇게 단정할 수가 있을까?"

"있고말고이겠습니까, 각하. 그리고 중공인들 북쪽을 도울 힘이 있겠사옵니까. 작년에 그들의 정부를 세우긴 했으나 아직 내전이 계속되고 있고, 대만으로 가 있다지만 아직 장 총통께서 언제 본토수복작전을 벌일지 모르는 판국인데 무슨 재주로 북쪽을 돕겠습니까. 소련도 2차대전 때 폐허가 되다시피 했다는데 그걸 복구하느라고 다른 나라 돌볼 겨를이 없을 것이올시다."

"그건 항상 듣고 있는 말인데, 북쪽엔 탱크도 있고 비행기도 있다지 않는가."

"그러나 아직은 전쟁을 일으킬 실력은 되어 있지 않을 것입니다. 번연히 질 줄 알고 덤비는 놈이 어딨겠습니까. 공산당은 그 점엔 약삭빠릅니다. 설혹 전쟁이 일어난다고 해도 걱정할 것 없습니다. 38선에서 매일처럼 충돌사건이 있으니 알 수 있는 일이지만 언제나 간단히 격퇴하지 않습니까. 일단 우리가 마음만 먹으면 지금이라도 사흘이면 평양을 점령하고 일주일이면 백두산에 태극기를 꽂을 수가 있습니다. 그러니 각하, 휴념하옵소서."

신성모의 단언적인 이런 말을 듣고 있던 이종문이 공연한 말을 꺼냈다는 뉘우침을 가졌다. 그러다 그 뉘우침에 잇따라 안도감도 갖게 되었다.

"말씀 듣고 보니 제가 공연한 소릴 한 것 같네요."

이종문이 움츠러드는 시늉으로 말했다.

"공연한 말은 아니오. 우리 다같이 국방 문제엔 신경을 써야 하니까요."

신성모는 제법 활달하게 말하고 그만한 것쯤은 양해한다는 듯 아량 있는 시선을 종문에게 보냈다.

"그러나 신 국방, 아까 종문이 말한 얘기는 절대로 등한히 할 일이 못 되어. 그 사실 여부를 조사해보는 것도 중요하고, 따라서 북쪽의 동향을 예리하게 살피도록 해요. 뿐만 아니라 미군기관관 더욱 긴밀한 관계를 맺도록 허게."

"성심껏 거행하겠나이다, 각하."

신성모는 머리를 조아렸다. 이승만이 종문을 돌아봤다.

"아까 그 얘기, 누구헌테서 들었다고 했지?"

"서울대학교의 철학교수로 있는 이동식이란 청년으로부터 들었사옵고, 이동식은 로푸심이라고 하는 미군기관에 있는 친구로부터 들었다고 했사옵니다."

"로푸심이란 자는 어떤 사람인가?"

"미국 CIC에 근무하는 사람인데 아까의 그 정보는 로푸심이 잘 알고 있는 백두산이란 암호를 가진 사람이 무전으로 연락해온 것이라고 했습니다."

"앞으로도 계속 그런 사람들과 접촉해서 정보를 잘 들어두도록 허게."

"예."

경무대에서 나올 때 이종문은 신성모의 차를 탔다. 자동차가 경무대 정문에서 미끄러져 나가자 신성모는 힐난이 섞인 말투로 시비를 걸었다.

"이형, 제발 대통령 각하께 엉뚱한 소릴랑 마소."

"그게 엉뚱한 소리라면 얼마나 좋겠소. 엉뚱한 말이길 나도 바라구만."

"세상엔 쓸데없는 소릴 하고 돌아다니는 놈이 많은데 그런 말을 일일이 곧이 듣다간 하룬들 편하게 살 수 있겠소?"

"쓸데있는 말인지 아닌진 챙겨봐야 알 것 아닙니꺼."

"북쪽에서 전쟁 준비한다는 말이 어제 오늘 나온 말이오?"

"그것도 내용 나름 아닙니꺼."

"하여간 이형, 앞으로 그런 말 들리거든 대통령 각하께로 달려갈게 아니라 나헌테로 좀 오소. 그런 일이 있었는데도 며칠 전 만났을 때, 그땐 왜 애기하지 않았소."

"그 뒤에 들은 애긴디 우찌 그때 한단 말이오. 그라고 그런 말은 대통령 아부지를 통해야만 당신네들 귀에 번쩍하지, 내 같은 놈 말을 성심껏 듣겠소?"
"왜 안 들어."
"지금도 당신은 내가 한 얘기를 예사로 생각하고 있는 것 아니오?"
"그렇진 않소."
"그렇다면 좋소. 참말로 조심해서 알아보시오. 만일 전쟁이 난다쿠몬 큰일 아니오. 일주일이면 백두산에 태극기를 꽂는다꼬 하지만 어디 그놈들은 멍충이오? 그놈들 총에선 탄환이 안 나온다캅데까? 전쟁은 장담갖고 되는기 아닌기라. 일본놈 되게 장담하고 있더니 그 꼬라지 보소."
"앗다, 당분간 전쟁이 없을 게라고 아까 내가 설명 안 하던가배."
신성모는 어느덧 경상도 사투리가 됐다.
"없을끼라고 장담하고 있다가 불같이 당해갖고 쩔쩔매는 것보다 있을끼라고 짐작하고 미리미리 준비해야 하는기라. 그래갖고 전쟁이 안 나몬 그만인 거고."
"준비는 우리의 힘만으론 안 되는 기어. 미국사람이 같이 서둘러줘야지."
"우리가 우리 힘 자라는 대로 서두르고 있으몬 그들도 따라올 것 아닌가배."
"그게 그렇게 안 되니 탈이어."
"그렇다고 손발 동여놓고 있을낀가?"
"가만이야 안 있지. 하는 데까진 열심히 하고 있어."
"열심히 하고 있다니까 좋지만 아무래도 안심이 안 돼."
"그렇게 걱정이 되몬 이형이 국방장관 해라."
"하라쿠몬 못할 줄 알고? 내가 국방장관이 되몬 철통같이 준비를 할

끼다. 미국 사령관 집 앞에서 솥 걸어놓고 비행기 안 줄래, 탱크 안 줄래, 대포 안 줄래, 하고 줄 때까지 외재칠낀께."

"그 꼴 한본 보고 싶구나."

하고 신성모는 헛허 하고 웃었다.

"웃은께 천하태평이구마."

하고 이종문이 시무룩해 있다가 광화문 근처에서 자동차를 내리며 한 방 야무지게 쏘아주었다.

"신 장관, 만일 전쟁이 났는디 사흘 안에 평양 점령 못하면 당신 나헌테 되게 당할끼구마."

"전쟁이 안 나면 우쩔기고."

신성모가 되물었다.

"아재라고 부르고 내 절을 하겠소."

8

말이야 어떻게 했든 국방장관 신성모의 장담을 듣고 이종문은 적이 안심했다. 대통령이 신임하는 국방장관이 그런 태도라면 전쟁의 걱정은 없는 것이라 싶었다. 아무리 로푸심과 이동식을 높이 평가하고 있었기로서니 국방에 관한 문제에 있어선 국방장관과 견주어 말할 수는 없는 것이라는 기분이었다.

이종문이 면회하고 나온 수일 후 이승만 대통령의 기자회견이 있었다. 새해 들어 '금년이야말로 북진통일을 해야 하는 해'라고 엄포를 놓았던 이 대통령이 돌연 다음과 같이 태도를 바꾼 것이다.

"북진통일을 할까 했지만 3차대전을 유발할 우려가 있으므로 그렇게 하지 않겠다."

　이것은 분명히 이종문의 말을 듣고, 북쪽이 전쟁 준비를 하고 있을지 모른다는 것을 의식하고 말한 것이었다.
　이를테면 우리(남한)는 북진통일을 할 수 있는 충분한 준비가 되어 있지만 3차대전이 두려워 그렇게 안 한다고 함으로써 너희들도 서툰 짓 하지 말라고 은근히 위협을 주는 데 목적이 있었다. 아무리 소견이 부족한 놈들이라도 3차대전까지 번질 행위는 하지 못할 것이란 짐작에서였다.
　아닌 게 아니라 이승만은 이종문의 그 정보라는 것을 듣고 적잖은 충격을 받았다. 곰곰이 생각하니 북쪽이 전쟁 준비를 안 할 까닭이 없는 것 같았고, 그 정보를 알고 있으면서도 미군이 우리에게 전달하지 않았을 가능성도 충분히 있었던 것이다.
　이승만은 북진통일을 해야겠으니 군사원조를 증가하라고 서두르고 있었고, 미국은 그것을 견제하고 있는 판이었으니 그러한 정보를 미군이 이편에 전달한다는 것은 미군 스스로가 이승만을 자극하는 결과가 될 것으로 판단했기 때문이다.
　프란체스카는 남편으로부터 이 말을 들었을 때
　"공산당은 간교한 만큼 그런 불장난은 안 할 것이에요."
하고 잘라 말했다. 남한에 대한 공격은 그것 자체로 미국에 대한 공격으로 되는 것인데 어떻게 그런 무모한 짓을 할 수 있겠느냐는 것이 이론의 바탕이었다.
　"그러나 그렇게만 말할 수는 없는 것이오."
하고 이승만이 계속 불안해하자, 3차대전을 유발할 우려가 있다는 점을 들어 프란체스카는 기자 회견을 권고한 것이다.

이종문이 물론 이러한 경위까진 알 까닭이 없었다.

이종문은 전쟁의 위협 같은 건 잊었다. 설혹 그 위협을 계속 느끼고 있었더라도 기실 이종문에겐 그것이 대단한 건 아니었다. 그가 동식에게 말한 그대로 "혼자 당하는 게 진짜 난리지 여럿이 모두 함께 당하는 것은 난리가 아니다."보다도 유지숙에게 대한 연정이 그 무렵의 그에게 있어선 중대사였던 것이다.

조조 같은 정성학의 꾀는 조금씩 성공한 것처럼 보였다.

어느 비 오는 날이었다. 마침 방 안엔 손님도 없었다. 바깥의 사무실도 한산한 오후였다. 공경희는 무슨 용무론가 외출하고 없었다.

유지숙이 이종문의 방으로 들어와 차를 따라놓고 스토브의 불을 고쳤다. 그리고 이종문의 책상 모서리에 붙어 서서 수줍게 입을 열었다.

"사장님, 무슨 고민이 있으세요?"

그 무렵 이종문은 정성학의 귀띔도 있고 해서 우울하기 짝이 없는 표정을 가면처럼 붙이고 있었던 터였다.

"내게 무슨 고민이 있어 뵈나?"

이종문이 덤덤히 말했다.

"아무래도 그러신 것 같애요."

유지숙의 근심스러운 시선이 종문의 얼굴에 간지럽게 느껴졌다. 종문은 고개를 엉뚱한 방향으로 돌리며

"그러나 유양이 알 일은 못 돼."

하고 쓸쓸하게 웃었다. 그리고 곧 후회했다. 유지숙이 무안한 듯한 표정을 했기 때문이다. 그래 얼른 다음과 같이 얼버무렸다.

"어머니 병환은 어떤가?"

"그저 그렇습니다. 빨리 나을 병은 아닌 걸요."
"어때, 입원을 시키면. 병원비는 내가 대어줄께."
"병원에 가봤자 소용이 없는 병인 걸요."
"요즘 의술은 상당히 발달했다던데 찾아보면 좋은 병원도 있을낀디."
"아무리 의학이 발달되어 있어도 반신불수를 낫게 할 순 없는가봐요."
 이종문은 호주머니에서 한움큼 돈을 꺼내 세어보지도 않고 종이에 둘둘 말아 유지숙 앞에 내밀었다.
"얼마가 될진 모르지만 이걸 어머니를 보하는 데 보태 쓰게."
"아녜요, 아녜요."
 유지숙은 기겁을 한 듯 섰던 자리에서 물러섰다.
"병자는 우선 보해야 되는기라. 그러자면 돈이 많이 들낀께, 자 받아두게."
"월급만으로도 충분해요."
 유지숙은 다시 한 걸음 물러섰다. 이종문이 일어서서 그 돈꾸러미를 억지로 유지숙의 손에 쥐어주었다. 그때 이종문은 비로소 유지숙의 손을 처음 잡아보았다.
 섬섬옥수, 차가운 감촉의 손이었다. 종문의 기분대로 할 수 있었다면 잡힌 유지숙의 손을 자기의 뺨에다 갖다댔을 것이었다. 그러나 그러진 못하고 돈꾸러미만 쥐어주고 종문은 도로 자기의 자기로 와서 앉았다.
 이것이 실수라면 실수였다. 공연히 돈을 꺼내 승강이를 벌이는 바람에 차분한 대화의 분위기를 깨뜨려버렸기 때문이다.
 그 후 유지숙으로부터 이종문의 고민이 무엇인가를 다시 묻는 일은 없었다. 결국 정성학이 모처럼 낸 꾀는 정지 상태에 빠져버린 셈이다.

이렇게 되고 보니 이종문이 재미라곤 없었다. 각처에 벌여놓은 공사는 순조롭게 진행되고 그를 통한 인사청탁이 척척 효과를 거두는 바람에 적잖은 금품이 쏟아져 들어오기도 해서 경제적으론 일일시호일이었지만 '마음에 드는 여자를 안지 못할 바에야 돈이 무슨 소용일까.' 하는 심정이었던 것이다.

그럴 무렵 정성학이 다동의 여관으로 종문을 찾아왔다. 그땐 정성학이 영등포로 거처를 옮겨 송원공장의 탈취를 위해 전력을 경주하고 있었다.

"사장님, 박흥업이가 말입니다. 공장을 몽땅 우리에게 양도하겠답니다."

그까짓 공장 양도를 받은들 모슨 소용이야, 하는 말이 목구멍 근처에까지 나와 있었지만 꿀꺽 참고 이종문이 말했다.

"공장을 양도 받긴 빠르지 않소?"

"그래요, 그렇습니다. 그러나 빨라서 나쁠 것은 없죠."

"목돈이 들게 아니오."

"다소 돈은 들지오. 그래서 넌지시 말해두었습니다. 박흥업 사장과 같이 한다는 전제조건 하에 투자를 한긴디 박 사장이 빠져버리면 어떻게 하느냐고요."

"그랬더니?"

"도저히 자기 힘으론 자금을 끌어댈 자신이 없다는 겁니다. 그럴 것 아닙니까. 은행이란 은행이 일절 융자를 해주지 않으니 말입니다. 그걸 사채만으로 꾸려나가자니 당할 도리가 없는 거지요."

"조조의 꾀가 지나쳤거마."

"그렇게 빨리 손을 들 줄이야 누가 알았겠습니까."

"그래 우떻게 할끼요?"

"지금은 우리도 맡을 수가 없다고 딱 잡아뗐지 별수가 있습니까. 그라몬 박흥업은 자본주를 구하러 댕길 것 아닙니꺼. 어떤 놈이 불쌍하지. 한강에 돌 집어넣는 꼴이 될낑께. 결국 자본주는 안 나오는 거지요. 그렇게 되몬 본전 찾을 생각이 굴뚝 같을 깁니다. 조금 있으면 본전의 반이라도 찾았으몬 싶은 생각이 들끼고요. 마지막엔 이러다간 본건을 찾기는커녕 집안의 세간까지 다 팔아먹을 지경이 되겠다는 겁을 먹을 겁니다. 그때 문을 닫아버리려고 할낍니다. 그렇게 되몬 노동자들이 가만있겠습니까. 난리가 납니다. 빚쟁이들이 몰려들구요. 그때 우리는 가장 유리한 조건으로 박흥업의 주를 인수하는 겁니다."

"하여간 얼마간의 목돈은 있어야 할끼 아닌가."

"그건 걱정마십시오. 은행 돈 갖고 인수하고 은행 돈으로 갚게 만들낑께요. 두고 보이소마는 지금 한 1억쯤 은행돈을 빌려 고놈을 인수해 놓기만 하몬 명년엔 담보액을 배로 늘릴 수 있을낑께 그 돈 갚는 건 손 안 대고 코풀기나 마찬가지가 될겁니다. 돈 가치가 자꾸 떨어지는 판인께요. 알아듣겠습니까. 금년에 1억 원을 은행에서 빌려놓으몬 내년엔 그게 2억 원짜리가 됩니다. 그 가운데서 1억 원 갚고 1억 원 안 남습니꺼. 그것 갖고 운영하고 있으몬, 공장에서의 이득은 이득대로 남고 공장의 가치는 오르고 돈 가치는 내리막이니 후명년쯤엔 4억 원의 융자를 받을 수 있다, 이겁니다. 그런께 은행돈 갖고 은행빚 갚는다, 이 말입니다. 땅 짚고 헤엄치기 아닙니까."

이종문이 정성학의 말을 이해할 수가 있었다. 힘들이지 않고 한국 제일가는 방적공장 하나가 굴러 들어오게 돼 있는 것이다.

"은행을 이용할 줄만 알고, 그럴 힘만 있으몬 돈벌기는 문제가 아닙니다. 물가는 오르고 돈 가치는 떨어지고 하는 그 틈바구니를 용하게 이용하몬, 앉아서 수백 수천 억 벌 수도 있는께요. 그렇게 되몬 공장은 은행 돈을 이용하기 위한 수단으로서만도 이용가치가 있는 겁니다. 물론 수지가 맞도록 공장을 경영하기도 해야 하지만 정 딱할 땐 은행 돈을 빼묵은 뒤에 공장을 날려버려도 우리 호주머니엔 돈이 남는다, 이겁니다."

정성학은 득의만면해서 이런 설명을 늘어놓았다. 그러나 이종문은 밸이 틀어져 있었다.

"그런 조조가 왜 내 일은 못 치렀노."

"뭐라꼬요? 공장은 이 사장님 겁니다. 나는 지금 이 사장님의 일을 하고 있는 겁니다."

정성학이 얼굴을 벌겋게 하며 말했다.

"누가 그런 것 모르나 어디. 그러나 지금 내게 급한 건, 중요한 건 ……."

"알았습니다. 유지숙 씨 말이지요?"

"알긴 용하게 아는구만."

"그 후에 아무런 진척도 없습니까?"

"진척이 있었으면 내가 뭐 한다고 또 말을 끄집어내겠어."

"하여간 이 사장님은 걸핏하면 돈 꺼내는 버릇이 탈이란 말입니다. 그때만 해도 그런 돈을 꺼내지만 안 했으면 얘기가 좀더 진전됐을 끼고 그랬더라면 무슨 실마리가 잡혔을지도 몰랐을 낀디 뿐도 없이 돈을 꺼내 앵기는 바람에 잡쳐버린 것 아닙니꺼. 돈을 주어놓았으니 어딜 같이 놀러가자는 소리도 못하게 됐고, 유지숙 씨 역시 돈을 받아놨으니 새삼스럽게 사장님의 고민이 뭐냐고 물을 수도 없게 되었고, 돈을 줄라몬 팔자를 고칠 만큼 주든지 해야 할긴디…….”

"정 주사, 지내간 소리 하몬 뭣 하노. 사람이라쿠는 건 실수할 수도 있는기라. 실수를 했응께 의논하고 있는 것 아닌가배.”

"사장님.”

하고 정성학이 정색을 했다.

"말해보소.”

"제발 엉뚱한 생각하지 마이소. 유지숙 씨 같은 숫처녀헌테 마음 두지 마이소.”

"유지숙은 안 된단 말인가?”

"그런 뜻이 아니고요. 수월하게 좋은 여자 구할 수가 얼마라도 있는디 왜 자꾸 어려운 것을 구하느냐 말입니다. 화류계에도 유지숙 씨 이상 가는 여자가 있습니데이. 젊고 예쁘고 영리한 여자 있습니데이. 춘향이 같은 열녀도 있고요.”

"여보시오, 정 주사, 화류계 이야기는 하지 마소. 알아도 내가 더 많이 알끼고, 겪기도 내가 더 많이 겪었을끼요. 요컨대 화류계 여자는 안 되는기라. 화류계 여자가 나쁘대서 그런기 아니라, 내 마음이 그렇게 돼 있는기라. 남의 손때 묻은 건 싫다, 이기라. 딴 놈이 올라탄 배에 타기는 싫다, 이기라. 어떤 놈이 뭐 ×에 환장을 했겠나. ×는 얼마라도 해봤은께.”

이것은 이종문의 실토였다. 유지숙을 보고부턴, 아니 유지숙에게 마음을 두고부턴 화류계 여자가 딱 싫어진 것이다. 세상에서 제일 좋은 ×를 가지고 있다고까지 느낀 미연이 최근에 와선 더욱 시들해 보이기 시작한 것도 그 때문이었다.

"꼭 그렇다면…….”

"꼭 그렇다면이 아니라 꼭 그런기라."

"그러시다면 내가 꾀를 내보겠습니다."

"제기랄, 그런 꾀도 못 내면 정 주사는 조조도 아니고 나팔도 아니다."

"나는 나지, 조조가 아니오. 물론 나팔도 아니고."

"누가 신소리 시합하자캤나. 아무튼 유지숙이를 내 마누라로 맹글아 주지 않으몬 송원공장이고 뭐고 집어치울낀께, 송원공장을 위해선 땡전 한 푼 안 낼낀께, 그리 아소."

정성학이 어이가 없어 이종문을 말끄러미 보고 앉았다가

"그럼 좋소."

하고 다음과 같이 말을 꺼냈다.

"요즘 어디 출장 가실 일 없습니까?"

"출장은 왜?"

"그럴 일이 있습니다."

"출장을 가야 된다면 가는기지 그게 뭐 대단할 것 있소."

"너무 먼 데 말고."

"오산에서 미군공사를 하고 있은께 거기라도 가몬 되겠지."

"그거 됐습니다. 지금이라도 당장 오산으로 가이소. 거게 가서 얼른 여관을 정하고 그 주소를 내게 알려주이소. 닷새 후 유지숙 씨가 그곳으로 찾아가도록 할낀께요."

"우쩔긴디."

"하여간 아픈 척하고 거게 가서 누워만 있으소. 다른 사람에겐 절대로 그곳을 알리지 말고요."

"거짓말 해갖고 속이는 건 싫어. 억지로 하는 것도 싫고."

"허어참, 사장님. 일을 성사시키기 위해선 거짓말도 필요한 겁니다.

게다가 사장님더러 큰 거짓말하라 소린 안 합니다. 아픈 척 누워만 있으면 된다니까요. 유지숙 씨가 자기 발로 자기의 자유의사로 찾아가게 할끼요. 또 한 사람 아가씨가 있었지요. 어쩌면 그 아가씨와 같이 갈는지도 모릅니다만, 만일 같이 가도 장래에 희망이 없는 건 아닙니다. 그런데 만일 유지숙 씨가 혼자 간다면 일은 될낀께 툭 터놓고 결혼하자는 말을 해보이소."

"무슨 소릴 하는긴지 모르겠구만."

"모르는 게 좋습니다. 내 시키는 대로만 하이소."

조조 정성학의 심중에 무슨 계략이 짜여진 것은 사실인 것 같았다. 이종문은 오랜만에 헛허 하고 쾌활하게 웃었다.

"두고 보자, 정 주사가 참 조존지, 가짜 조존지."

"조조도 이런 꾀는 못 낼끼구만."

하고 정성학도 핫하 하고 웃었다.

9

이종문이 오산으로 떠난 지 사흘째 되던 날, 초동의 사무소에선 본격적으로 소동이 벌어졌다. 사장이 행방불명이 된 지 사흘이나 됐으니 그럴 만도 한 일이었다. 언제나 침착한 문창곡까지도 걱정하기 시작했다. 사람들을 시켜 사방으로 수소문하기도 하고 이종문이 갔을 성싶은 곳은 샅샅이 뒤졌다. 그래도 아무런 흔적이 없었다. 이동식도 달려왔다.

사장에게 무슨 고민이 있다고 들은 유지숙은 그 고민과 행방불명이 무슨 관련이 있는 것이 아닌가, 하고 동식에게 물었다.

"사장님께 큰 고민이 있다고 들었어요. 그 고민이 뭔지를 알면 혹시 무슨 단서가 잡히지 않겠어요?"
 종문에게 고민이 있다는 건 처음 듣는 얘기였지만 사업을 이곳저곳에 벌여놓고 보면 거기에 상응한 고민도 있을 것이란 짐작으로
 "그럼 고민 때문에 어디로 피해버린 걸까?"
하고 고개를 갸우뚱했다.
 "선생님은 사장님의 고민을 아세요?"
 "글쎄요."
 "아마 깊은 고민이 있나봐요."
 "있을는지도 모르죠."
 동식의 침울한 어조에 감염이 된 듯 유지숙이 중얼거렸다.
 "불상사가 없어야 할 텐데요."
 "불상사?"
하고 동식이 벌떡 일어섰다. 아닌 게 아니라 무슨 사고가 없고선 사흘이나 행방불명이 될 까닭이 없는 것이다. 동식은 아무 말 않고 밖으로 나가버렸다. 대학엘 가서 도영소 교수의 집을 알아볼 참이었다. 동식이 나간 뒤 정성학이 헐레벌떡 들어섰다. 그는 어제부터 몇 번이고 들랑거리면서
 "사장님헌테서 연락 있었나?" 하고 묻곤, "없다."고 하면 풀이 죽어 소파에 앉았다가 "이래선 안 되겠다."며 훌쩍 나가곤 했다.
 유지숙과 공경희뿐 아니라 회사 사람들은 정성학의 태도만으로써도 갑자기 불안해졌다. 조조라고 별명이 붙은 데다 항상 같이 붙어 있는 듯하던 정성학이 그처럼 당황하는 것을 보면 예삿일이 아닌 것이다.
 "사장님헌테서 연락 없었나?"
하고 묻곤 이번엔 사장실로 쏙 들어와서 유지숙과 공경희를 불렀다.

"여자의 본능적인 직감이라는 것이 있는 법인데 당신들 마음에 짚이는 게 없소?"

정성학의 말은 엉뚱했다.

"우리들이 점장인가요? 마음에 짚이게."

공경희가 쏘아댔다.

"사람 말을 오해하지 마소. 하두 딱해서 해본 말인께."

정성학이 풀이 죽었다. 그리고 중얼거린 말이

"아무래도 자살을 했을꺼라."

"뭐라구요?"

공경희는 비난하는 투로 말했고 유지숙은 겁먹은 얼굴이 되었다.

"아무래도 자살했을꺼라캤소."

정성학이 어물어물했다.

"자살이 뭣인지나 아세요?"

공경희는 그 따위 불길한 말을 왜 하느냐는 투로 말했다.

"자기 손으로 목을 졸라 죽든지, 독약을 먹고 죽든지, 물에 빠져 죽든지 하는기 자살 아닌가배."

"몰라서 묻나요?"

"알면서 왜 묻소?"

"그런 불길한 말 하지 말라는 말예요."

공경희의 말투는 여전히 앙살스러웠다.

"누가 좋아서 그런 말을 할까. 아무래도 그런 것 같아서 하는 말이지."

정성학은

"태평스럽게 토론만 하고 있을 수가 없구만."

하고 일어서서 휑 밖으로 나가버렸다.

　정성학이 나가고 난 뒤 두 여인은 소곤거렸다.

"자살할 까닭이야 없겠지."

"그럴 리가 있겠수?"

"아냐, 정성학 씬 보통 사람이 아닌데 뭔가 짐작이 갔기에 한 소릴 거야."

"사장님에겐 깊은 고민이 있나봐."

"그 고민이 뭘까?"

"글쎄……."

"뭐니뭐니해도 좋은 사람인데."

"사장님은 좋은 분이야."

"그러나 아무리 고민이 있기로서니 자살할 것까지야."

"고민이 뭔지를 알기만 하면 도와드릴 방도를 생각이라도 해봤을걸."

"설마 자살이야."

"설마가 사람 죽이는 거다."

　이런 얘길 하는 가운데 두 여인의 가슴속에 어떻게 해서라도 이종문 사장을 도울 수 있는 기회가 있었으면 하는 마음이 고였다. 더욱이 유지숙은 이종문이 살아 돌아오기만 하면 그 고민의 내용을 꼭 알아보리라 마음을 먹었다.

　'그리고 힘 닿는 데까지 위로도 해드리고…….'

　바로 이것이 정성학이 노린 상황이었다. 유지숙과 공경희는 그 후 쭉 이종문이 자살을 했으면 어쩌나 하는 공포에 사로잡혀 그 자살을 방지할 수만 있으면 무슨 짓이라도 할 텐데 하는 마음으로 그날을 보내고 밤을 보냈다.

그 이튿날 정성학이 울상이 되어 나타나더니 유지숙을 보고 오늘은 아무 데도 가지 말고 사무실을 지키고 있으라고 일러놓고 총총히 나갔다.

점심때가 지났을 무렵 정성학으로부터 유지숙에게 전화가 걸려왔다. 명동의 어느 다방으로 급히 나오라는 것이었다.

"사장님에 관해 중대한 얘기가 있으니 아무에게도 말하지 말고 빨리 나와요."

유지숙은 바삐 서둘러 지정된 다방으로 갔다. 유지숙을 앞에 앉히자 정성학이 침통한 표정으로 말을 꺼냈다.

"사장님 계시는 곳을 알았소."

"알았어요?"

유지숙의 얼굴이 밝아졌다.

"알기는 했지만 낙관할 순 없어요. 사장님은 내 짐작대로 자살을 하려고 했던 모양이오. 다행히 생명을 보전하긴 했으나 아직 안심은 못 되는 것 같소."

"지금 어디 계시죠? 우리가 가보면 안 되나요?"

"그렇게 서두를 것까진 없소. 이제 와선."

"왜 자살을 하려고 했을까요?"

"원래 사장님은 허무주의잡니다. 마누라와 이혼하고 혼자 살고 있거든요. 주위가 너무 쓸쓸해요. 때때로 술이나 마시고 쾌활한 척 웃길 잘하지만 마음은 텅텅 비어 있단 말요. 그래놓으니 한번 욱 하면 죽고 싶은 마음이 들어버리는 거죠. 참 안됐어, 40을 넘었다고 하지만 체력은 청년 같거든요. 아마 백 살은 사실 어른입니다. 좋은 마누라를 구해갖고 화목한 가정을 이루기만 하면 걱정이 없을 건데 아무리 권해도 결혼을 안 할라꼬 하거든. 스무 살 먹은 좋은 처녀가 있었소. 집안도 좋았고. 처녀의 양친도 상대가 이종문 사장 같으면 좋다며 결혼을 승낙까지 했는데 사장님 본인이 마다하니 기가 막힌단 말요. 사장님의 생각은 나이의 차가 너무 많다는 건데 남자 나이 50에 여자 20세라도 무방한 것 아닙니까. 더욱이 이종문 사장의 건강이면 30세쯤의 차이는 아무것도 아닌긴데, 본인이 사양하니 딱해……. 아무튼 우리 이종문 사장을 구해주는데 힘을 합해봅시다.”

"그래야죠."

"그런데 큰일이 있소. 이종문 사장은 지금 오산에 있는데 아무도 만나지 않으려고 하오. 혼자 두었다간 또 무슨 짓을 저지를까 겁나고 그렇다고 해서 가보았자 만나지도 않으려 하고 참으로 낭팹니다."

"그래도 가봐야지 그냥 둘 순 없잖아요?"

"그렇소, 그렇소. 그래 의논인데."

정성학이 생각에 잠기더니

"어떻소, 유지숙 씨, 유지숙 씨가 가주시면 참으로 좋겠는데." 하고 간청하는 표정이 되었다.

"제가 가서 된다면야."

"되고말고가 어딨겠소. 사장님은 유지숙 씨를 퍽 좋아하시거던. 그런 데서 만나면 참말로 반가워할끼오."

그래도 유지숙은 결심을 못하는 것 같았다.

"공경희 씨헌테 부탁을 해볼까 했지만 사장님은 공경희 씨보다 유지숙 씨를 더 좋아하는 눈치라서 부탁드리는 겁니다. 한걸음 해주이소. 죽을라쿠는 사람을 우선 구해놓고 봐야 할끼 아니오."

"가겠어요."

유지숙은 결심한 듯 말했다.

정성학은 포켓에서 오산의 여관 이름이 적힌 종이쪽지와 봉투에 든 돈을 꺼내 탁자 위에 놓았다.

"간단히 짐을 챙겨갖고 서울역으로 나가이소. 오산 가는 기차는 경부선을 타도 호남선을 타도 됩니다. 회사 사람에겐 알리지 말고, 집에 급한 볼일이 있다쿠고 가이소. 공경희 씨한테도 안 알리는기 좋을끼오."

정성학으로부터의 전화를 받은 이종문은 빙그레 웃었다.
"자살했다가 도로 살아났다는 시늉을 해야 합니더."
하는 소릴 들었을 땐 피식 웃었다.
"자살? 천하 사람이 다 자살한다캐도 나는 안 할낀디."
"방편 아닙니꺼."
"방편도 치사하구만."
"하여간 되게 아픈 척하이소."
"척 안해도 지금 속이 아파 죽겠구만. 어젯밤 양갈보들을 모아놓고 되게 마셨더니만 지금 죽을 지경이라."
"그거 잘됐구만요. 유지숙 씨 내려가거든 기회를 포착해서 단도직입적으로 결혼을 신청하이소. 십중 구는 틀림이 없을낀게요."
"십중 구 가지구 되나. 백발백중 해야지."
"아따, 나머지 하나쯤은 사장님이 알아서 하이소."
"오우케이."
"그거 무슨 말입니꺼?"
"영어 아니가. 어젯밤 헬로야 오케이 왔다는 헬로들 하고 술을 마셨더니만 영어가 줄줄 나오네."
정성학이 전화통에 대고 되게 웃었다. 이종문도 웃었다.

"그러나 사장님, 너무 성급하게 마이소이."
하고 정성학이 전화를 끊었다.

10

유지숙이 오산역에 내렸을 때는 이른 봄의 긴 해도 기울고 있었다. 정성학이 쪽지에 적어준 기호여관은 곧 찾을 수가 있었다. 유지숙이 단숨에 달려갔다. 자살이니, 자살미수니, 하는 끔찍한 일은 순진한 처녀의 감정을 혼란시키고도 남음이 있었다.

여관 안으로 들어선 유지숙은 그 여관이 너무나 초라한데 또 한 번 놀랐다. 근사한 자가용차를 타고 서울의 거리를 누비고 다닌 대회사의 사장이 머물 만한 곳이 아니었기 때문이다.

"여기 서울서 오신 이종문 사장님이란 분 계셔요?"
하고 묻는 말도 떨려 있었다.

구석진 방에서 그 음성을 듣고 이종문은 얼른 이불을 뒤집어썼다. 이쯤 되었으면 일의 성패는 어떻게 연극을 하느냐에 달려 있는 것이라고 다짐했다.

유지숙은 여관집 사람의 안내를 받고 그 방 앞에까지 갔으나 가슴이 떨려 우뚝 서버렸다.

"손님 왔습니다."
여관집 사람이 대신 말을 했다. 그래도 방 안으로부터 아무런 반응이 없었다.

"주무시는가?"
하며 여관집 사람이 방문을 열었다. 어두컴컴한 방에 이불만 보였다. 역시 반응은 없었다. '죽지나 않았을까?' 하고 유지숙의 가슴이 쿵 했다.
여관집 사람이 전등을 켜고 이불 위에 손을 대고 흔들었다.
"손님 오셨어요."
그때사 이종문이 이불을 얼굴에서 끌어내리고
"뭐라꼬?"
기어들어가는 듯한 소리를 하며 눈을 떴다. 여관집 사람이 나갔다. 나가선 방문을 닫았다. 유지숙은 꺾어지는 듯 주저앉으며
"사장님!"
하고 울음을 터뜨렸다. 이종문은 천만 뜻밖의 사태를 만났다는 듯 신음하는 투로 말했다.
"우찌된 일이고."
유지숙은 계속 얼굴을 가린 채 울었다.
"내가 여게 있는 줄 우찌 알았노."
말하기조차 고통스럽다는 듯 이종문은
"귀신 탄복할 일이재, 우찌 알았을꼬."
하며 다시 스르르 눈을 감아 버렸다. 유지숙이 겨우 울음을 멎고
"정 감사님이 가르쳐주셨어요. 사장님 왜 이러시죠?"
"네가 뭐 어쨌나. 외로운 놈이 외롭게 죽겠다는 것도 탈인가?"
기진맥진한 사람의 말투였다. 유지숙이 한동안 말을 잃었다. 그 엄청난 사태에 적응할 말이 생각나지 않았기 때문이다.
"정 감사란 놈이 우찌 알았을꼬. 그자는 나를 죽게도 내버려두지 않겠단 말인가? 제기랄."
"사장님, 왜 그런 말씀을 하시죠?"
유지숙이 침착을 되찾았다.

"우떤 말을 해야 되노. 이 형편에."

"그러시면 못써요, 사장님. 용기를 내셔야죠."

"용기?"

이종문이 쓸쓸하게 웃었다. 그리고 다음과 같이 이었다.

"쓸데없는 소리 말구, 유양은 빨리 서울로 돌아가요. 이런 곳은 처녀가 있을 곳이 못 돼."

"사장님을 모시고 가야 하겠어요."

"뭐라꼬? 정성학이가 그렇게 시키던가?"

"……"

"유양은 정성학이가 시키니까 여겔 왔지? 그런디 내가 시키는 말은 안 들을건가? 나를 조용하게 죽게 내버려둬. 유양은 빨리 서울로 돌아가라고."

이쯤 말해놓으면 제가 내 옆을 떠나지 못하겠지, 하는 이종문의 속셈이었다. 죽게 내버려두라는 말을 듣고도 훌쩍 떠나버리려는 매정스러운 여자이면 소용이 없다는 배짱도 물론 있었다.

"안 돼요, 사장님. 전 사장님의 몸이 회복될 때까지 여기 있을 참예요."

하고 유지숙은 방 안을 둘러보더니 머리맡에 있는 재떨이를 들고 밖으로 나갔다. 이종문은 속으로 빙그레 웃으며 정성학이란 놈 역시 조조라고 생각했다.

유지숙이 비운 재떨이와 걸레를 가지고 들어와 방바닥을 닦기 시작했다. 이종문은 그 동작을 훔쳐봤다. 유지숙은 방구석을 후비는 듯 걸레질을 하고 있었다.

'살림도 야무지게 할 수 있겠고나.' 하는 심정이 갔다.

여간 야무진 여자가 아니고선 네모가 나 있는 방을 둥글게 닦고말아. 그래서 구석의 먼지는 남게 마련인 것인데 유지숙은 그 구석의 먼지를 놓치지 않았던 것이다.

방 안을 치우고 나더니 유지숙이 이불 옆에 얌전히 앉았다.

"진지를 드셔야죠."

"그런 것 소용없어."

하다가 유지숙이 시장할 것이라고 짐작하고 힘을 빼고 말했다.

"유양이 시장하겠구나. 자 여기 돈이 있으니까 밖에 나가서 먹구……, 그 길로 돌아가."

"사장님이 진지를 안 드시면 저도 생각 없어요."

"나는 죽기로 각오한 사람이다. 약이고 뭐고 죄다 빼앗겨버렸으니 굶어죽는 수밖에 도리가 없게 됐어. 그런데 유양이 나와 같이 하겠다면 말이나 될 소린가."

하고 종문은 이불을 뒤집어써버렸다.

얼마간의 침묵이 흘렀다. 그동안 유지숙이 생각했다. 어떻게 하면 이 종문에게 식사를 시킬까 하고. 그러나 좀처럼 좋은 생각이 떠오르지 않았다.

"그럼 뭣 마실 것이라도 가지고 올까요?"

"……."

"사장님, 왜 그런 마음을 먹으시는 거죠?"

종문이 다시 이불을 벗었다. 그리고 허탈한 몰골로 꾸몄다.

"유양, 날 좀 내버려둬."

"왜 그러시는지 꼭 알고 싶어요."

"알아 우쩔긴디. 난 세상이 싫어졌어. 그것뿐이라. 아무런 딴 이유는 없어. 빚에 쪼달려 죽으려는 것도 아니고, 누가 겁이 나서 죽으려는 것도 아닌기라. 이렇게 쓸쓸하게 살아봤자 뭣 하노 싶으니까, 세상만사가 귀찮아졌어. 그것뿐인기라."

"쓸쓸하지 않게 사실 요량을 하시면 될 것 아녜요?"

"어떻게."

"가정을 가지시구."

"가정이 뭐 엿장수 마음대로 되는긴가? 돼먹지 못한 여자하고 살라몬 되려 죽는기 낫는기라. 하여간 유양은 돌아가요. 내게 대한 동정심이 다소라도 있다면 나를 조용히 죽게 내버려둬."

"그렇겐 할 수 없어요."

유지숙이 단호하게 말했다. 여기까지 찾아온 것은 잘못인지 모르지만 이왕 온 바엔 그렇게 호락호락 행동할 수가 없다는 생각을 했다. 만일 이종문이 그 말대로 죽기만 한다면 앞으로 자기의 책임이 되는 것이란 마음도 겹쳤다.

그렇게 되자 한 가지 아이디어가 떠올랐다. 어떻게 하든 식사를 시켜야 할 것인데 그 식사를 시킬 방법이 생각난 것이다.

유지숙이 밖으로 나갔다. 여관 사람에게 물었다.

"이 사장님 언제부터 식사를 안 하시는 거죠?"

"우리 여관에 오시고 나서부턴 쭉 식사를 안 하셨소."

하는 답이 돌아왔다. 물론 이종문이 시킨 대로 한 대답이었다.

"그런데도 가만뒀어요?"

유지숙이 놀람과 비난을 겸해 말했다.

"어떻게 해요. 억지로 퍼먹일 수도 없구."

여관 사람은 능글능글했다.

유지숙은 빨리 밥상을 차려오라고 하고, 미음도 한 사발 끓이라고 당부하고 방으로 돌아왔다. 이종문이 멍청히 천장을 쳐다보고 누웠다가 돌연 이런 말을 했다.

"인생은 참말로 허망한기라. 대천지 한바닥에 뿌리없는 나무로다."

그리고 한숨을 쉬었다.

"사장님, 그러시질 마세요."

유지숙이 타이르듯 조용히 말했다.

"이 사장님만 못한 사람도 모두 기를 쓰고 살고 있는 걸요."

"그렇지, 유양의 아버지는 비명으로 돌아가셨다고 했지."

유지숙이 고개를 숙였다.

"내가 실수를 했고나. 말이 빗나갔어. 참, 어머니의 병환은 어떠신가?"

"그저 그럭저럭해요."

"유양은 훌륭해. 그런 불행 속에서도 너끈히 살아가고 있으니까."

"사장님 덕택이에요. 사장님이 아니었더라면 큰일 날 뻔했어요."

그것은 사실이었다. 이종문이 후하게 월급을 주는 바람에 유지숙 일가는 위기를 모면한 것이었다.

"내 덕택이랄 게 뭐 있겠나."

"아녜요. 그런데 사장님께서 그런 마음을 가지시면 우리는 어떻게 살죠? 뿐만 아니라 사장님 밑엔 많은 사람들이 있잖아요? 그 사람들이 모두 사장님만 바라보고 사는데 사장님이 그러시면……."

말을 하다가 보니 울먹거리는 심정이 되었다.

"모두들 자기 팔자대로 사는 거지 뭐."

대화는 거기서 또 끊겼다. 한동안 침묵이 흘렀다. 밥상이 들어왔다.

"사장님 일어나세요."

"유양이나 먹어."

"사장님 안 자시면 저도 먹지 않을 테예요."

"그래서야 쓰나."

"자, 일어나세요."

"식욕이 없는 걸 어떻게 하나."

"그러시면 미음이라도 잡수세요."

"일어나 앉을 기력이 없네."

유지숙이 그럴 것이라 싶었다. 사흘 동안을 굶었다면 기력이 없을 것이었다. 유지숙은 밥상을 옆으로 밀어놓고 미음 그릇만 내려놓았다. 그리고 숟가락으로 미음을 떠서 이종문의 입 가까이로 가져갔다.

"자, 입을 벌리세요."

이종문이 도리질을 했다.

"그럼 입을 여실 때까지 언제까지든지 이렇게 들고 있겠어요."

이종문은 너무 연극이 심했다간 일을 망칠 염려가 있다는 계산을 했다. 그래 그는 마지못해서 하는 짓이란 시늉을 하며 입을 열었다.

유지숙이 재빠르게 미음을 입 속에 넣었다. 그런데 그런 동작을 되풀이하고 있는 동안 유지숙의 가슴속에 이상한 감정이 고이기 시작했다. 어떻게 하든 이 사람을 내 힘으로 살려야겠다는, 흡사 육친에게서나 느껴보는 그런 감정이었다. 그리고 그 감정은 눈물겨운 빛깔을 띠고 있었다.

미음이 반 그릇쯤으로 비워졌을 때 이종문이 조금 기운이 났다는 양으로 겨우 일어나 앉았다.

"조금 정신이 차려지느만. 내가 먹을 테니까 유양도 식사를 해요."

유지숙이 머뭇머뭇했다.

"유양이 안 먹으면 나도 안 먹을란다."

도로 드러누우려고 하자 유지숙이 엉겁결에

"먹겠어요."

하고 숟가락을 들었다. 상냥하고 아름다운 유지숙과 마주앉아 식사를 하고 있으니 이종문이 흐뭇했다.

"언제나 이렇게 밥을 묵을 수만 있다면 원도 한도 없겠는데."

이것은 결코 연극으로 꾸민 것이 아닌 이종문의 진심이었다. 유지숙이 멍하니 이종문을 바라봤다.

"내가 분수에도 없는 말을 한 것 같구만."

이종문이 어울리지 않게 수줍음을 보였다. 유지숙이 잠자코 젓가락을 움직이다가 말고

"사장님 쓸쓸하다고 하셨죠?"

하고 조심스럽게 물었다.

"그랬지."

"쓸쓸하지 않으시면 엉뚱한 생각 안 하시겠죠?"

"그야 물론."

"그러시다면 어떻게 하면 쓸쓸하지 않을까, 하는 생각을 해보시죠."

"글쎄 그것이……."

"무슨 방법이 있지 않겠어요?"

"몰라, 유양하고 항상 같이 있으몬 쓸쓸하지 않을지 모르지."

"꼭 그렇게 생각하세요?"

"늙도 젊도 않은 놈이 부끄럽구만."

이것도 그의 본심이었다.

그러나 뒤이은 쑥스러운 기분을 덜어버릴 양으로 이종문은

"내 걱정 말고 유양은 밤차를 타고서라도 서울로 돌아가. 여겐 처녀

가 있을 곳이 아니라니까."
하고 준절하게 말했다.

"전 사장님을 모시고 갔으면 갔지 혼자선 안 갈래요."
유지숙이 어리광을 부리듯 했다.

"그럼 참말로 큰일 났는디."
하고 이종문이 여관 사람을 불렀다. 여관 사람이 나타났다. 그를 향해 이종문이 말했다.

"오늘밤 이 손님을 내실에 주무시도록 하시오. 주인더러 특별히 부탁해갖고."

그리고 유지숙에겐

"오늘은 날도 저물었은께 자고, 내일 아침 일찍 돌아가도록 해요."
하고 오래 앉아 있으니 고단하다며 이불 속으로 들어갔다.

밤이 깊었는데도 유지숙이 잠이 오질 않았다. 사장을 위해서라면 무슨 일이라도 하겠다는 각오가 있었는데도 그 각오를 그냥 말할 수 없는 것이 안타까웠다.

이종문도 역시 잠을 이루지 못했다. 말할 수 있는 듯한 상황까지 갔는데도 마지막 얘기를 할 수 없는 것이 안타까웠다. 동시에 유지숙을 상대로 그러한 계략을 꾸민 것이 치사스럽게 느껴지기도 했다.

'천하의 이종문이가 이게 무슨 꼬락서닌가 말이다.' 하는 생각도 들고, 경무대에서 무슨 연락이나 없었을까 싶으니 초조한 마음도 들었다.

'제기랄 내일 아침 탁 깨놓고 이판사판 결판을 지어야지.' 싶으니 용기가 났다.

"거게 누구 없소?"
하고 고함을 질러 여관집 사람을 불렀다. 내실에서 이종문의 고함 소리들은 유지숙이 벌떡 일어나 대강 옷매무새를 고치고 종문의 방 앞으로 달려갔다. 그리고 바깥에서 말을 건넸다.

"사장님 무슨 일예요?"

"여관집 심부름 하는 아이 불러줘요."

"제가 할께요. 시키세요."

이때 여관 사람이 나타나서 무슨 일이냐고 물었다.

"술 한 병 사가지고 와요."

이종문이 퉁명스럽게 말했다. 유지숙이 문을 열고 들어섰다.

"술 자시면 해로울 텐데요. 며칠을 식사도 안 하셨는데."

"통 잠이 안 와, 술이라도 마셔야 하겠어."

유지숙이 걱정스러운 얼굴로 앉았다. 조금 있으니 술상이 들어왔다. 이종문이 일어나 앉자마자 독작으로 잔에 술을 부어 단숨으로 마셨다. 속이 후련해졌다. 어젯밤 과음한 탓으로 속이 안 좋았던 것인데 술이 들어가니 거뜬한 기분이 된 것이다. 그는 연거푸 몇 잔을 마셨다.

유지숙은 말릴 수도 가만있을 수도 없는 얼떨떨한 기분이었다. 그리고 겨우 한다는 말이

"그만 하시죠, 몸에……."

"몸이 문젠가? 마음이 문제지. 마음은 썩어가는디 몸만 피둥피둥하면 뭣 해."

하고 그는 또 술을 들이켰다. 유지숙이 울고 싶은 심정으로 기울어들었다. 그때였다.

"유양."

하고 억센 소리로 불러놓고 이종문이 물었다.

"유양, 날 살리고 싶나?"

얼른 대답을 못했다.

"가만있는 걸 보니 네깐 놈 죽든지 말든지 관계없다. 그런긴가 보거만."

"사장님 무슨 말씀을 그렇게 하세요."

유지숙이 새파랗게 질렸다.

"나를 살리고 싶은가, 죽이고 싶은가, 그 답만 하면 될꺼 아닌가."

엉뚱한 말이었지만 유지숙으로선 충격이었다.

"사장님 오래 사셨으면 해요."

"그러면 꼭 한 가지 방법이 있어."

"……?"

"유지숙이 내 마누라가 돼주는기라. 그 방법밖엔 없어."

이종문이 낭떠러지를 뛰어내린 기분이었다. 가슴을 쾅 두들겨 맞은 것 같은 놀람에서 깨어나며 유지숙은 각오를 굳혔다.

'이것도 내 운명일지 모른다.' 하고.

그런데 무슨 까닭인지 돌에 맞아죽은 아버지의 처참한 시체가 눈앞에 떠올랐다.

11

개선장군처럼 오산에서 돌아온 이종문은 산더미처럼 밀린 일을 콧노래를 불러가며 처리해나갔다. 유지숙이 사무실에 나타나지 않았다. 그 일을 의아해하는 공경희에게 이종문이 서슴없이 말했다.

"유지숙 씨는 곧 사모님이 될끼거마. 그래 안 나오는기라."

"누구 사모님이 된다는 깁니꺼?"

공경희가 눈을 동그랗게 떴다.
"누구 사모님이긴. 사장 사모님이지. 다시 말하몬 내 마누라가 될끼란 말이다."
공경희는 멍청히 듣고 있더니 그것이 막상 농담이 아닌 줄을 알자
"사장님 축하합니다."
하는 말을 남겨놓고 나가버렸다.
공경희는 자기가 그렇게 될 수 있지 않을까, 하는 막연한 기대를 가지고 있었던 터라 그다지 좋은 기분이 아니었다. 그 기분이 그의 뒷모습에 나타나 있었다.
'조 처녀도 괜찮은디.' 하다가 종문은 얼른 그 생각을 지워버렸다.

이종문이 오산에 가 있을 동안 갖가지의 일들이 있었다.
그 가운데 가장 큰 사건은 4월 6일에 시작한 농지개혁이었다. 이것은 지주 중심으로 돼 있었던 경제체제를 혁명하는 대사건이었다. 이 나라의 고질처럼 되어있던 소작제도가 없어지는 점만으로도 획기적이었다.
좌익들의 과격한 토지개혁안에 비하면 온건한 그만큼 현실적이기도 하다. 그러나 이 농지개혁 때문에 이승만 대통령과 한민당과의 관계는 완전히 결렬된 것으로 볼 수가 있었다.
"이 대통령의 농민에게 대한 성의는 이로써 증명된 것입니다."
하는 이동식의 말을 들었을 때 이종문은 자기가 칭찬을 받은 것처럼 코를 벌름벌름했다. 그런데 도영소의 의견은 달랐다.
"기왕의 부채에 관한 정부의 보장적 처리가 없고, 농비農費를 대여하는 등 전제적인 시책이 없는 한 금번의 농지개혁은 보람을 볼 수 없을 것이 틀림이 없다."는 것이다.

이종문은 그럴싸하다고 그 말을 들었으나 '정치가 어디 집집마다의 부엌 걱정까지야 할 수 있겠느냐.'고 속으로 중얼거렸다.

그리고 도영소 교수는 모든 점에 빈틈이 없는데, 뭐든 완전무결하지 않으면 안 된다는 태도는 실정에 맞지 않는다고 생각했다. 종문이 인물에 대한 평가가 그만큼 늘었다는 증거이기도 하다.

조병옥 씨로부터 전화가 왔더라는 메모가 있어 이종문은 조병옥 씨에게 전화를 걸었다. 오산에서 돌아온 지 이틀 만의 일이다. 조병옥 씨가 군정청 경무부장을 할 때 이종문이 특별한 보호를 받은 적도 있었으나 정부수립 이후엔 만난 적이 없었던 것이다.

"어이, 이형이우?"

하고 전화통에 썩 나서는 것을 보면 조병옥이 이종문을 만만찮게 생각하고 있다는 증거로 볼 수가 있었다. 서로의 안부를 교환하고 난 뒤 조병옥이 말했다.

"들으니 이 사장 꽤나 경기가 좋다더군. 어떻소, 술 한잔 사슈. 장소는 국일관이 좋을 거유. 오늘밤 일곱 시쯤이 어떨까?"

이종문이 좋다고 할 밖에 없었다. 일곱 시 정각 이종문이 국일관에 나타났다. 벌써 5분쯤 전에 조병옥이 와서 기다리고 있다고 듣고 종문은 놀랐다. 조병옥은 좀처럼 시간을 잘 지키는 사람이 아니란 걸 알고 있었기 때문이다. 조병옥은 혼자 기다리고 있었다. 그것도 뜻밖이었다. 언제나 너댓 사람의 들러리를 데리고 오지 않곤 요릿집 같은 데 나타나는 사람이 아닌 것이다.

종문이 자리에 앉자 조병옥이 대뜸 물었다.

"요즘도 경무대에 자주 드나드우?"

"청춘사업하느라고 며칠 못 들어가봤는디 내일에라도 가서 문안을 드려야겠습니다."

"그거 마침 잘됐군."

하고 조병옥은 눈을 지그시 감더니 다음과 같은 말을 시작했다.

"내가 이 박사헌테 얼마나 충성을 했는가는 이형도 잘 알지."

"알고말고가 있습니꺼."

"소소한 얘긴 집어치우고도 내 아니었더면 이승만 정권은 없었을꺼유. 하지 중장이 이 박사와 손을 끊으라고 그렇게 간청을 했는데도 나는 듣지 않았소. 민정이양 때만 해도 내가 선두에 서서 서두르지 않았더라면 경찰권 이양을 비롯해서 그렇게 순순히 되질 않았을꺼유."

"그렇습니다."

"선거 때만 해도 그렇지. 내가 경찰을 지휘해서 활동하지 않았더라면 좌익들 등쌀에 선거가 순조롭게 치뤄졌겠수?"

"어림도 없습니다."

"그런데 말요, 이형. 이 박사가 자꾸 나를 멀리하려고만 하니 야단 났다, 이거유. 사람의 신의상 어디 그럴 수가 있소?"

"그건 조 부장님께서 내각책임제를 해야 한다, 농지개혁은 불가하다, 하고 자꾸만 아부지 비위 거스르는 짓을 하니까 그런 것 아닙니꺼."

"상대편이 우리를 멀리하니까 그럴 수밖에. 똑바로 말해서 이 정권은 한민당이 만든 정권 아닌가? 그런데 이 박사 하는 짓이 뭐란 말요. 우리를 배신한 건 이 박사요. 그래도 우리는 잠자코 있었소."

"차차 풀릴 날이 있지 않겠습니꺼."

"그런 날을 기다린다는 것은 소금접시 들고 소부랄 뒤를 따라다니는 격이나 마찬가지란 말유."

그 말이 우스워 이종문이

"서울에도 그런 말이 있었습니꺼. 그건 경상도에만 있는 줄 알았는데."

"소금접시 들고 소부랄 따라간다는 말?"

"예."

"팔도라고 해봤자 우리나라가 얼마나 되우, 큰소릴 낼 줄 아는 놈이 고함을 지르면 백두산에서 한라산에까지 울릴 좁은 땅인데."

"그만한 고함 한번 질러봤으면 좋것네요."

"하여간 말요. 이형이 한 역할 해야 쓰겠어. 이대로 나가면 이 박사와 한민당은 영영 멀어져버릴 판국이야. 멀어져봤자 우리 한민당은 손해 갈 것 없어. 우린 아직 젊고 세력의 뿌리도 깊으니까. 그러나 이 박사는 견뎌내지 못해. 우리가 마음먹고 달려들면 안 된단 말여. 앞으로 있을 선거엔 우리 당원이 몽땅 국회를 차지할 꺼니까. 알겠수? 내 말?"

"대강 알겠습니다. 그런께 아부지를 만나 한민당 괄시하지 말라고 해라, 이것 아닙니꺼."

"그보다도 이런 일이 있소. 어제 국회에서 104명의 국회의원들이 연서를 해서 나를 국무총리 자리에 앉히라고 추천하는 문서를 대통령 앞으로 보냈소. 내사 그 따위 자리를 탐하는 놈은 아뉴. 그러나 한민당과 이 박사 사이를 조절할 뿐 아니라 우리 민족 진영의 화합을 위해선 내가 그 자리를 꼭 맡아야 하겠다, 이거유. 국회의원들의 뜻도 그런거구. 만일 그 추천서를 이 박사가 거절한다면 104명 국회의원을 거절하는 것이며 백만 우리 당원의 의사를 무시하는 것으로서 앞으로의 정국이 이 박사를 위해 결코 좋겐 돌아가지 않을 것이다, 이 말이우. 똑똑하게 말하면 이 박사가 묘혈을 파는 셈으로 된다, 이거유."

"알겠습니더."

권력의 회화 339

"한민당과 등지면 이 박사 좋을 것 한 가지도 없어. 대미관계도 그렇고 대민관계도 그래. 만일 이번에도 우릴 소외시켜봐라. 다음 선거 때 가서 발칵 뒤집어놓을 테니까. 돈이 많아도 우리가 많을 것이고, 지지자가 많아도 우리가 많을 것이니까. 사실 내 마음은 해볼 테면 해보라, 이거야. 그러나 나라를 사랑하는 사람이 어디 그럴 수야 있나. 한신이 놈팽이 사타구니 사이를 기는 짓도 해야지. 이형이 이 박사를 진정으로 위한다면 한 역할 해야 하겠어."

"알겠습니더."

"이형이 말하면 무슨 말이든 이 박사께서 듣는다더군. 이형이 순진하고 사심이 없는 것을 그 어른도 알고 계시는 모양이야."

하곤 조병옥이 술상을 넣으라고 일렀다. 손님이 둘인데 기생은 십수 명이 들어왔다. 술잔이 서너 잔 거듭되자,

"어때 이형, 애들을 활씬 벗겨 방바닥에 깔아놓으면 그대로 육림肉林이 될 게 아닌가. 어디 한번 해볼까?"

하고 조병옥이 호방하게 웃었다.

"그럴 수가 있겠습니꺼."

이종문이 스르르 호기심이 일었다.

"있겠습니까가 뭐야. 그렇게 하라면 해야 되는 거지."

조병옥이 커다란 안주접시를 비우더니 거기 가득 술을 따르라고 이르곤 그것을 단숨에 마셨다. 그러고는 그 잔을 차례차례 기생들에게 돌리고 술을 한 말쯤 갖다놓으라고 이르더니 방문을 잠그라고 했다. 그러고 나서

"너희들 당장 옷을 벗어."

하고 호통을 쳤다. 그 형상은 그야말로 사나운 호랑이를 닮아 있었다.

기생들이 우물쭈물하자 다시 한 번 호통이 있었다.

"빨리 시키는 대로 하면 돼."

하나가 벗기 시작하자 모두들 따라 옷을 벗기 시작했다.

"벗은 옷은 저 구석에 차곡차곡 쌓아둬."

젖가슴을 내놓아야 할 땐 모두들 망설였으나 대갈일성하자 젖가슴을 드러냈고, 마지막 팬티를 벗을 때도 멈칫했었는데 "너희들 뭣 하는 거냐."고 족치자 모두들 홀랑 벗어버렸다.

"자, 그러면 저쪽 벽에 붙어 섯."

십수 명 기생들이 완전히 위압에 눌려 서먹서먹 늘어섰다.

이종문은 우습다기보다 처참한 생각이 들었다. 검은빛·노랑빛·흰빛 등 갖가지의 피부색, 풍성한 젖가슴·빈약한 젖가슴·축 늘어진 젖가슴 등 각양각색의 모습, 그리도 농담濃淡 갖가지의 체모體毛. 아무리 비위 좋은 이종문도 오래 바라보고 있을 수가 없었다.

이종문이 아무 말 않고 독작으로 술잔을 비우고 조병옥에게 건넸다. 조병옥이 그 술잔을 받으며 말했다.

"옛날 연산군은 방바닥에 콩을 깔고 저렇게 여자들을 누이고 그 위를 알몸으로 구르다가 생각이 난 데서 일을 쳤다는구먼. 콩알이 등에 박히니 얼마나 아팠겠는가."

조병옥은 그 이상 가는 놀이도 할 작정인 것 같았으나 이종문이 별다른 흥을 느끼지 않는 눈치를 보자 모두들 옷을 입으라고 하더니 목침덩이처럼 신문지에 싸두었던 것을 풀어 방바닥에 던졌다. 1,000원짜리 지폐가 방바닥에 날리기도 하고 수북이 쌓이기도 했다.

"나중에 모두 공평하게 나눠. 모두들 수고했어. 청춘이 아쉬워 노망이 든 사람이 한 짓이니 모두들 용서하려무나."

조병옥은 주름살마다에 웃음을 띠고 부드럽게 말할 줄도 잊지 않았다. 이종문이 기가 질렸다. 조병옥이 방바닥에 깔아버린 돈이 이종문이 넉넉하게 잡고 술값으로 준비해온 돈의 스무 배 이상 되는 액수일 것이라고 짐작되기 때문만도 아니었다. 북풍처럼 몰아세웠다가 춘풍처럼 감싸기도 하는, 이를테면 강強과 연軟을 골고루 섞어 여자를 다루는 솜씨는 결코 권세가 있대서 되는 일이 아닌 것이었다.

조병옥이 익살과 농담을 섞어가며 술자리를 꾸려나갔다. 주로 기생들을 웃기는 얘기가 많았는데 가끔 '그 어른의 위신과 나이 수완'을 들먹이며 그것이 협동되기만 하면 내일부터라도 태평성세가 될 것이란 뜻의 말을 끼웠다. 그 어른이란 물론 이승만을 말한다. 그러면서도 자기는 자리를 탐하는 것이 아니고 오로지 나라를 위해, 그 어른을 위해 걱정하기 때문에 하는 소리라는 점을 강조하길 잊지 않았다.

그러다가 돌연 조병옥이 기생들을 향해 이종문의 칭찬을 하기 시작했다.

"경상도 사람은 무뚝뚝하지만 정이 있지, 그 가운데서도 이 사장은 특출해. 순박하면서도 사업 능력이 대단하단 말야. 이 박사가 신임할 만허지. 그리고 두고 봐. 앞으로 이 대한민국 제일 가는 재벌이 될걸. 물론 내 힘이 보태져야 하겠지만. 이 사장을 위해선 난 협력을 아끼지 않겠어. 그만한 인물이거든. 상부상조하면 인인성사야……."

그러고는

"이 사장, 이 가운데 하나 골라잡아보라구. 만발한 꽃을 청년이 그냥 지나칠 수야 있나."

하고 은근히 이종문의 마음을 끌어보기도 했다.

그런 상황이었으니 이종문의 기분이 나쁠 까닭은 없었다. 그러나 왠지 어색했다. 어른을 모시고 술자리에 앉으면 으레 조심이 되어 흥이 나지 않는 것이지만 그러한 이유만도 아닌 그 무엇이 있었다. 그것이 뭔지를 꼬집어 말할 수는 없었으나 이종문이 만일 좀더 유식했더라면, 아까 조병옥이 한신이 놈팽이의 사타구니 밑을 기는 고사를 들먹였는데, 그 술자리가 그와 비슷한 것이 아닐까 하는 생각에 미쳤을 것이다.

자리가 파했을 때 술값만은 자기가 내겠다고 이종문이 우겼으나 조병옥이 천만부당하다고 대갈하고 주인을 불러 장부에 달아두라며 종이쪽지에 큼직하게 사인을 했다.

바같으로 나와 헤어질 무렵 이종문이 그 밤의 그 술자리를 조병옥이 예사 마음으로 마련한 것이 아니란 사실을 새삼스럽게 깨달았다. 조병옥이 현관에서 신을 신자 어느 방에선가 7, 8명의 사람들이 쏟아져나와 그를 호위하듯했던 것이다. 헤어지며 조병옥이 이종문에게 마지막으로 한 소리는

"이형은 신의가 있는 사람이지. 내 이형의 신의를 믿어."
하는 것이었다.

12

이승만 대통령의 위신과 조병옥 씨의 수완이 합쳐지면 확실히 정치의 양상이 달라질 것이라고 이종문이 짐작할 수가 있었다. 우선 한민당이 행정부에 협력할 것이니 그만큼 정부의 세력이 공고해질 것은 사실이었다. 그런데 국일관에서 나올 땐 조병옥 씨를 위해서 한 역할 해야겠다고 먹었던 마음이 집에 돌아가 냉수를 한그릇 마시고 나니 달라져 있었다.

'조병옥이 이 박사를 위해 유리한 사람이 아니지 않을까.' 하는 의혹이 돋아난 것이다. 조병옥이 방바닥에 거액의 돈을 뿌렸을 때 이종문은 역시 조병옥은 호걸이구나, 하는 생각을 했던 것인데 차츰 그런 행위에 대한 반발감이 솟아올랐다. 종문 자신도 돈을 꽤 헤프게 쓰는 축에 들지만 그렇게 무모한 적은 없었다. 그것은 돈을 깔보는 사람의 짓이 아니면, 돈 때문에 땀을 흘려보지 않으면서도 공돈이 저절로 생기는 사람이 하는 짓이란 생각이 들었다.

그런데 이승만 박사는 그렇지가 않았다. 자기 돈이든 남의 돈에 대해서든 인색할 정도로 조심스러웠다. 그렇게 해서 축재를 하는 것이 아니라 원래 그러한 성격이었던 것이다.

이종문이 조병옥이 이 박사에게 유리한 사람이 아닐지 모른다는 의혹의 출발점은 바로 여기에 있었다.

'조병옥이 국무총리가 되면 이 박사의 부하가 그의 부하로 된다. 그런데 어쩌다가 이 박사와 조병옥의 사이에 대립이 생겼을 경우, 물 쓰듯 돈을 써서라도 사람을 회유하는 조병옥에게 인색하기 짝이 없는 이 박사가 당해내겠는가.'

정치가 잘되고 안 되고는 차치하고 우선 이러한 문제가 종문의 마음에 걸렸다. 그렇다고 해서 모처럼 술자리까지 마련해준 조병옥의 청탁을 무시해버리는 것도 마음에 걸렸다.

그런 까닭으로 어수선하게 밤을 새운 이종문이 이튿날 아침 이동식을 불렀다. 먼저 도영소 교수를 생각했지만 도영소 교수는 그런 말을 듣기가 바쁘게 단번에 부정적인 답을 낼 것이 확실했기 때문에 의논의 상대를 이동식으로 정한 것이다. 이종문이 동식에게 물은 첫 질문은

"조병옥 씨가 국무총리 자리에 앉으면 정치가 어떻게 될까?"

하는 것이었다.

"글쎄요."

하고 한참 동안 생각하고 난 뒤의 동식의 대답은 이랬다.

"별다른 변화야 있겠습니까. 이 대통령의 개성이 워낙 강하니 그분 시키는 대로 해야 할 거니까요."

"조병옥 씨도 개성이 강한 사람 아닌가."

"대립이 되면 국무총리를 그만두게 할 것인데 아무리 개성이 강해봤자······."

"그럼 조병옥 씨를 국무총리 자리에 앉혀도 무방하단 말인가?"

"그것관 다르죠. 조병옥 씬 영리한 사람이니까 되도록 마찰은 피하겠지만 뒷날을 위해 세력을 부식하는 공작을 할 사람이니까요."

이종문은 어젯밤 있었던 일과 104명의 국회의원이 연서해서 조병옥을 국무총리에 앉히라고 추천 건의를 했다는 얘기를 하고

"이 박사가 그 건의를 무시하면 한민당이 반란을 할 모양이던데 어떨까?"

하며 덧붙여 물었다.

"난 잘 모르겠는데요."

동식의 답은 솔직했다.

"그러질 말고 한번 생각해보라고."

"생각해서 될 일이 있고, 아무리 생각해도 안 될 일이 있는 것 아닙니까. 한민당의 내용도 잘 모르니 어떻게 판단할 수가 없네요."

"요컨대 조병옥 씨가 이 박사에게 유리한 사람인가 아닌가?"

"그건 이 박사 하기에 달렸겠죠. 만일 이 박사가 앞으로 조병옥 씨에게 대통령 자리를 물려줘도 좋다는 생각으로 그를 대접하면 조병옥 씨

도 충성을 다할 거고, 그렇지 않고 일시적으로 이용만 하고 말 그런 배 짱이라면 조병옥 씨도……."

"그리 말한다몬 이 박사도 마찬가지 아니가. 조씨가 자기에게 충성을 하면 그런 마음이 되기도 할 것 아닌가배."

이렇게 얘기가 오갔는데도 뚜렷한 결론은 나지 않았다.

동식의 의견을 요약하면 다음과 같았다. 조병옥이 국무총리가 되든 말든 나라의 사정엔 별반 변화가 없을 것이며, 일단 국무총리가 되면 아무리 조병옥 씨라고 하더라도 한민당의 이해 문제에만 집중하지 못할 것이니 과도적으로 그를 국무총리에 임명한다고 해서 이 박사에게 그다지 해될 것은 없다.

"게다가 이 박사는 이미 연만하시니 뒤를 이을 사람을 키워준다는 생각도 하셔야 할 거구."

"그래 조병옥 씨가 장차 대통령감이 될 수 있단 말인가?"

"안 될 바도 아니죠. 그러나 내가 말하는 건 꼭 한 사람을 키워야 한다는 게 아니라 그런 마음먹기로써 인선을 해야 한다는 거죠."

"그렇다면 우찌 되는 것고. 내가 대통령 각하에게 한 역할 해야 되는 건가, 안 해야 되는 건가."

"말씀만은 해보는 게 좋겠죠. 그것도 일종의 정보니까요."

이종문이 대강의 복안이 섰다.

"술을 얻어먹었으니까 그 값은 해야재. 그런데 그 사람 대통령이라도 되몬 나라 팔아묵겠더라. 돈 쓰는 거 본께."

"아무리 조병옥이라도 항상 그렇겠습니까. 어젯밤엔 이 사장에게 한 번 인상을 써본걸 겁니다. 말하자면 정치를 해본 거죠. 이 사장의 성격이 호방하다는 소릴 듣고 자긴 몇 배 호방하다는 걸 보여주자는 속셈이었을 겁니다."

"그런디 그런 걸 본께 별로 좋은 기분 아니든디."

"그것 보이소. 사장님도 조심하십시오. 그런 짓은 자긴 기분이 좋을지 모르지만 남의 눈엔 불쾌한 겁니다. 지금 귀환동포, 또는 월남동포들이 얼마나 고생스럽게 살고 있는지 아십니까. 겨, 경상도 말론 딩기라고 하는 것을 먹고 연명하는 사람이 많답니다. 물론 그런 것만 생각하고 살 수도 없지만 가끔은 생각해야죠. 조병옥 씨가 만일 어제 요릿집에서 뿌렸다는 돈, 얼마인지 모르지만 그 반이라도 가난한 사람에게 갖다줘야겠다고 생각하고 그렇게 했더라면 틀림없이 대통령감이 되는 것인데……."

"그건 이 교수가 모르는 소리다. 어쩌다 생각이 내켜 동정하는 것보다 정치를 잘해갖고 가난한 사람을 골고루 잘살게 하도록 연구하는 것이 정치간기라. 그리고 조병옥 씨가 하는 짓이 마음에 안 들었다는 건 자기가 번 돈이 아닌께 저렇게 헤프게 쓰는고나 해서 그렇지, 자기가 번 돈이면 그렇게 돈 뿌리는 게 과히 나쁘진 않다고 나는 생각하는디. 그 돈이 결국 가난한 사람들에게 돌아가는 긴께. 은행에 차곡차곡 재놓는 구두쇠보다 그렇게라도 돈을 뿌리는 게 사회적으로 좋은기라. 계통적으로 빈민구제사업을 못할 바에야."

사회적이니, 계통적이니 하는 말이 이종문의 입에서 튀어나오는 것이 우스웠지만 그 말에 진실이 없진 않다고 생각하고 이동식이 익살을 부렸다.

"좋습니다. 사장님께서도 요릿집에 자주 가서 돈을 자꾸 뿌리십시오."

"돈이 있으몬 그러지. 없은께 못하는기라."

이승만은 좀처럼 자기의 마음을 열어보이는 사람이 아니다. 오랜 망명생활과 독립운동을 통해 익힌 습성이었다. 그런데 이종문에게만은 그의 마음 5분의 1 정도는 열어보이는 것이다.

그날도 이승만은 이종문의 얘기를 끝까지 듣더니 빙그레 웃음을 띠고 말았다.

"그래 자넨 조병옥이 국무총리 시켜주려고 왔단 말인가?"

"꼭 그런 것만은 아닙니다."

"좋아. 자네가 꼭 그 사람이 국무총리로서 적당하다고 인정한다면 내 생각할 터이니 바른 대로 말해보게."

"앞으로 있을 선거에 대비해서 그분을 그 자리에 앉히는 게 유리하지 않을까, 하는 생각은 있습니다."

"어째서?"

"한민당의 반대운동을 막을 수 있지 않겠습니까."

"한민당?"

"예, 저는 국회의원 선거 다음에 있을 선거를 두고 말하는 겁니다."

"흠, 자네 말은 이번 선거에 한민당 소속이 많이 당선될 테니 그 사람들을 포섭해야 헌다, 그러자면 조병옥이 필요허다, 이 말인가?"

"예 그렇습니다."

"자네 말대로라면 조병옥을 앞으로 2년 동안은 국무총리 자리에 앉혀두어야겠군, 대통령 선거는 아직 2년이나 남았으니까."

"그렇다면 안 되겠습니다."

"왜."

"잠깐 동안은 몰라도 그렇게 오래 시켜놓으몬 안 될겁니다."

"자네도 그렇게 생각하고 있군. 그러나저러나 조병옥은 안 돼."

"전연 쓸모가 없다는 말씀입니까?"

"그런 건 아니지. 때에 따라 사정에 따라 쓸모가 있을 수도 있지. 그러나 국무총리는 안 돼. 그 사람 장난이 심해."

"선거를 위한 대비만 아니라몬 그 사람 필요없다고 제 소견으로도 그렇게 생각하고 있습니다. 전 대통령 선거가 국회의원 선거 뒤에 곧 있는 줄 알았습니다."

"그럼 자넨 이번 선거에 한민당이 많이 뽑힐 것이라고 생각하나?"

"그럴 수도 있을지 모르는 일 아니겠습니까."

"만일 내가 이 사람을 뽑아라, 하고 내세우는 사람하고 한민당이 내세운 사람하고 경쟁을 한다면 국민은 어느 쪽을 뽑겠나?"

"그거야 사람 나름 아니겠습니까. 혹시 김규식 선생 같은 사람을 한민당이 내세우면, 직접 아부지께서 나선다쿠몬 턱도 없겠지만 다른 사람이 나서면 아무리 아부지가 그 뒤를 봐준다캐도 안 될깁니다."

"자네 말은 그럴듯 해. 그러나 김 박사 같은 사람이 몇이나 되겠나?"

"그래도 지방에 따라선 원래부터 가지고 있는 신망이라쿠는기 있지 않겠습니까."

"그러니까 내가 뽑아달라고 내세우는 사람이 안 될 수도 있다, 그 말 아닌가?"

"예, 그러나 비등비등한 사람이면 아부지가 내세운 사람이 될깁니다."

"그건 왜 그럴까?"

"아부지를 국민들이 믿고 있으니까 그렇습니다. 그런디다 요번 농지개혁을 해놔서 농민들은 그 점만으로도 아부지의 뜻을 받들 것은 틀림

권력의 회화 349

없을 겁니다."

"그렇다면 그만 아닌가. 그리고 만일 국민이 내가 원치 않는 사람을 많이 뽑는다면 내가 물러서면 될 것 아닌가. 이게 민주주의란 거여."

"그럴 일은 없을 겁니다."

"나도 그렇게 생각해."

이종문은 조병옥의 문제는 그렇게 처리하더라도 한민당에 대한 대책은 세워야 할 것이란 얘기를 했다. 조병옥이 한민당이 단결해서 배수의 진을 치면 손해보는 것은 이 박사라고 한 말을 상기한 때문이다.

이승만은 약간 찌푸린 얼굴이 되더니

"자넨 한민당이 그렇게 강하다고 생각허나?"

하고 물었다.

"뭐니뭐니해도 강한 세력 아닙니까."

"그건 자네가 잘 몰라서 하는 말이야. 한민당은 지주들의 당이야. 그들은 재산이 있으니까 일본이나 기타 외국에 자제들을 유학을 시켰어. 그 가운덴 똑똑한 사람들이 있어서 일본에 협력하지 않는 자들도 있었지만, 어떤 사람들은 총독부와의 묵계 속에서 움직인 거야. 내가 농지개혁을 단행한 건 백성들의 소원을 가장 온당한 방법으로 풀어주기 위한 마음에서였어. 그런데도 그들이 많이 뽑혀?"

"그들은 돈을 가지고 있거던요. 백성이라쿠는 건 원래 돈이 없어갖고 푼돈에도 눈이 어두워지는 경우가 있는 겁니다. 그렇게 쉽게 생각할 일이 아닙니다."

"쉽게 생각해선 안 되지."

이승만은 잠깐 생각에 잠기더니

"어때, 자네 이번 선거에 출마해볼 의사는 없나?"

하고 고개를 들었다.

"자신이 없습니다. 제가 노름꾼으로 지내던 때가 불과 5년 전입니다. 고향사람들의 일을 돌봐주고 해서 차츰 신망을 얻어가고 있기는 하지만 아직은 빠릅니다. 보다도 전 사업을 해갖고 아부지를 도왔으면 합니다."

"국회의원을 하면서 사업은 못허나?"

"꼭 국회의원을 해야 할 때가 오면 하겠습니다. 하지만 넉넉잡고 한 4년은 더 기다려야 할 겁니다."

"국회의원은 꼭 자네 같은 사람이 되어야 하는데."

이승만의 이 말엔 갖가지의 함축이 있었다.

"어떻게 하더라도 이번 선거엔 아부지께 충성하는 사람이 많이 뽑히도록 해야 할깁니다."

"민심은 천심이란 말이 있지 않나. 하늘에 맡길 일이지."

이승만은 이렇게 말했지만 종문은 그 말을 액면 그대로 듣지는 않았다.

"저도 응분의 힘을 쓰겠습니다. 아부지에게 충성을 할 사람에겐 선거자금도 대주고요."

"돈을 함부루 써선 안 돼."

"아부지에게 충성할 사람에게야 돈을 써도 되지 않겠습니까?"

"안 돼."

"그럼 돈을 마련해갖고 아부지에게 갖다드리겠습니다."

"그럴 것도 없어. 자넨 자네의 사업이나 잘하면 돼."

"그래도."

"자네가 꼭 도와주고 싶은 사람이 있으면 그 명단을 내게 가져오게.

검토를 잘해보구 내가 결정을 내려주지."

"그러는 것보다는 돈을 제가 아부지헌테 갖다놓는 것이……."

"아니라니까, 내가 결정을 할 테니 돈은 자네가 줘. 그래야만 자네가 그 국회의원을 감독할 수 있고 잘못이 있으면 나무랄 수가 있고, 장차 자네가 국회위원이 되었을 때 그를 지배할 수도 있게 되는 거야. 그렇게 할 상대가 안 되는 사람에겐 한 푼도 돈을 낼 필요가 없어. 지배하지 못할 사람에게 돈을 내면 뭣 하나. 그런 사람은 모두 내게 맡겨두고 자넨 자네가 지배할 만한 사람으로서 우리의 동지가 될 수 있는 그런 사람에게만 동정을 해줘. 그러나 그것도 내 결정이 있고 난 연후라야 해. 한강에 돌을 집어넣는 어리석음을 피해야 하는 거니까."

오랜만에 만난 탓인지, 이승만의 심경이 그래선지, 일어서려는 종문을 붙들어놓고 갖가지 얘기를 했다. 그 얘기 가운데서 이종문의 가슴을 친 것은 선산이 38선 이북에 있기 때문에 고국에 돌아왔는데도 성묘를 못하는 것이 안타깝다는 푸념이었다.

이승만은 그 푸념에 곁들여 국토의 분단이 민심의 분단이 되고, 그것이 화근이 되어 모든 정책이 과도적인 성격을 가질 수밖에 없다는 한탄을 했다.

종문이 단정을 만든 데 대한 후회일까, 했는데 그런 것은 아니었다. 이승만의 다음과 같은 말이 이어졌기 때문이다.

"그때 남한에만이라도 정부를 세운 건 잘한 짓이었어. 하마터면 이 땅덩어리를 송두리째 공산당에게 먹힐 뻔했어. 중공이 대륙을 점령해 버릴 줄을 누가 알았겠나. 지금쯤에 와서 정부를 세우려고 해봐. 동양의 정세는 어림도 없게 되어버렸어. 나라의 반만이라도 찾은 게 다행이야."

듣고 보니 그렇다는 생각이 들었다. 빨갱이의 나라가 되어도 좋다는 사람은 예외일 것이지만 지금 와서 이 박사가 단독정부를 수립했다고 욕할 사람은 없을 것이 아닌가, 하는 생각이 종문에게 들었다. 아닌 게 아니라 그때 중국에서 국공내전이 한창이었으니 다행이었지 만일 공산당정부가 기틀을 잡아 있기만 했더라도 5·10선거는 무망한 노릇이었을 것이다.

"요즘 인심은 어떤가?"

이승만의 물음에 잠깐 어마지두 하다가 일전 동식이 한 말이 생각이 났다.

"대부분 안정되어가는 것 같습니다만 귀환동포와 월남동포의 처지가 딱합니다. 그들에게 일자리도 주고 해서 빨리 안정이 되도록 해야 할깁니다."

"오오라, 그 문제가 있지."

이승만이 눈을 감았다. 무슨 구상을 해보는 것 같았다. 그러다가 잠시 후

"자네 생각 같아서는 어떤가. 귀환동포를 비롯한 난민대책을 말이다."

하고 입을 열었다.

"큰 공장을 짓고 큰 공사를 하고 해서 일자리를 만드는 게 상책이겠습니다만 지금 그럴 형편도 못 되니 야산이나 해변에 적당한 데가 있으면 집단적으로 개간사업과 간척사업을 시키면 좋지 않을까, 합니다. 거게서 수익이 있을 때까지 정부가 보조해주기로 하고 말입니다. 구호물자 같은 걸 쏟아넣으면 정부에서 얼마 보태지 않아도 되지 않을까 싶습니다."

"좋은 생각이다."

권력의 희화

이승만은 메모지를 들더니 뭔가를 적어놓았다. 이종문의 아이디어를 적은 모양이었다. 주무실 시간이 되었다면서 프란체스카 여사가 방으로 들어왔다. 이종문이 일어서며 돌연 생각난 말을 했다.

"아부지 저 이번에 결혼하게 되었습니다."

"결혼? 좋은 소식이군. 그래 상대자는 어떤 사람인가?"

종문이 유지숙의 얘기를 했다. 이승만은 고개를 끄덕끄덕하며 결혼식의 날짜가 정해지면 알리라고 했다.

"그보다는 아부지 앞에서 간단하게 할까 합니다. 아부지 앞에서 맹세하는 걸로 결혼식을 마치고 싶습니다."

이것도 돌연히 생각 난 아이디어였다.

이승만은 잠깐 생각하더니

"상대가 처녀라고 했지?" 하곤

"정식으로 결혼식을 허게. 재래식이든 현대식이든 식을 올려. 그리고 난 뒤 신부를 데리고 놀러오게. 그때 나랑 이 사람이 또 축복을 해주지."

하며 프란체스카 여사에게 설명을 했다. 프란체스카는 손을 벌려 보이며 "오오, 원더플."이라고 했다.

"이 사람도 그 소식을 들으니 기쁘다네."

이승만이 웃으며 통역을 했다.

한길사의 신간들

로마인 이야기 14 그리스도의 승리
마침내 기독교가 로마제국을 삼켜버렸다

4세기 말, 로마제국의 나아갈 방향을 크게 변화시킨 것은 황제가 아니라 한 사람의 주교였다. 정·교가 분리되지 않은 국가가 초래하게 된 위기를 참으로 냉정하게 그렸다.

시오노 나나미 지음 | 김석희 옮김
신국판 | 반양장 | 404쪽 | 값 12,000원

권력규칙 1·2
권력, 그 냉혹한 인간세상의 규칙과 원리를 밝힌다

권력을 도모할 때는 수많은 위험과 희생을 감수하고, 권력을 쥘 때는 상황에 맞는 책략으로 온힘을 다해 실행하며, 권력을 견고히 할 때는 살얼음을 밟듯 조심한다.

쩌우지밍 지음 | 김재영 정광훈 옮김
신국판 | 반양장 | 475쪽 내외 | 각권 값 16,000원

메가트렌드 코리아
21세기, 우리 앞의 20가지 메가트렌드와 79가지 미래변화

항상 역사의 반환점에서 미래를 준비하지 못한 국가는 발전의 대열에서 뒤떨어진다. 우리의 메가트렌드 작업은 바로 미래를 대비하기 위한 시금석이다.

강홍렬 외 지음
신국판 | 양장본 | 408쪽 | 값 22,000원

2020 미래한국
창조적 상상으로 그려내는 내일의 모습!

꿈속의 희망이 오늘의 나를 움직인다. 꿈이야말로 미래를 준비하는 자세다. 각 분야 명망가들이 바라보는 다양한 미래상! 그들의 꿈을 통해 미래를 상상한다.

이주헌 외 지음
신국판 | 반양장 | 400쪽 | 값 15,000원

트랜스크리틱 칸트와 마르크스 넘어서기
가라타니 고진의 10년에 걸친 야심작

초월론적인 비판은 횡단적 또는 전위적인 이동 없이는 존재할 수 없다. 그래서 나는 칸트나 마르크스의 초월론적 또는 전위적인 비판을 '트랜스크리틱'이라 부르기로 했다.

가라타니 고진 지음 | 송태욱 옮김
46판 | 양장본 | 528쪽 | 값 22,000원

춘추좌전 1~3
춘추전국시대 역사 이해의 필수 텍스트

중국 사상의 연원은 공자를 포함한 춘추전국시대의 제자백가다. 제자백가에 대한 이해의 출발점이 바로 당시의 인물 및 사건을 정확히 기록해놓은 '춘추좌전'인 것이다.

좌구명 지음 | 신동준 옮김
신국판 | 양장본 | 448~628쪽 | 값 20,000~30,000원

인간의 유래 1·2
'종의 기원'과 함께 다윈의 또 하나의 위대한 저서

이 책은 세상에 나온 지 130년 이상이 지났지만 오늘날 생물학자, 심리학자, 인류학자, 사회학자 그리고 철학자 들의 마음속에 자리 잡고 있는 많은 문제를 다뤘다.

찰스 다윈 지음 | 김관선 옮김
신국판 | 양장본 | 344, 592쪽 | 각권 값 25,000원, 30,000원

의식의 기원
인간 의식의 문제를 폭넓게 다룬 20세기 기념비적인 저서

거울 속에 보이는 그 어떤 것보다 더 본질적인 '나'라는 내적 세계, 만질 수 없는 기억과 보여줄 수 없는 추억의 보이지 않는 모든 세계의 본성과 기원에 대한 것이었다.

줄리언 제인스 지음 | 김득룡 박주용 옮김
신국판 | 양장본 | 512쪽 | 값 30,000원

지중해의 역사
물의 역사공간, 무한한 매력이 넘치는 지중해 연구

수많은 현상이 이 '액체 공간'에서 일어나고 있으며, 모든 움직임이 이 바다에 존재한다. 지중해에서는 바로 지금도 인간과 세계의 역사가 전개되고 있다.

장 카르팡티에 외 엮음 | 강민정 나선희 옮김
신국판 | 양장본 | 736쪽 | 값 35,000원

에로틱한 가슴
에로틱의 절정, 여성 가슴의 문화사

시대와 지역, 문명에 따라 때로는 적나라하게 때로는 은밀하게 노출되고 감춰져왔던 여성의 가슴. 그것은 수치스러운 것인가, 에로틱한 것인가, 영예로운 것인가.

한스 페터 뒤르 지음 | 박계수 옮김
46판 | 양장본 | 704쪽 | 값 24,000원